民國文化與文學^{研究}

民國文化與文學 研究文叢

七 編

第 31 冊

跨學科視野下的近代中國教育、文學與社會
——北京大學青年學者國際學術研討會論文集

下冊：性別視域下的近代中國社會

高 翔 宇 編

國家圖書館出版品預行編目資料

跨學科視野下的近代中國教育、文學與社會——北京大學青年
學者國際學術研討會論文集　下冊：性別視域下的近代中國社
會／高翔宇 編 -- 初版 -- 新北市：花木蘭文化事業有限公司，
2017〔民 106〕
目 4+250 面；19×26 公分
（民國文化與文學研究文叢 七編：第 31 冊）
ISBN 978-986-485-070-9（精裝）
1. 教育 2. 文學 3. 社會 4. 文集
820.8　　　　　　　　　　　　　　　　　106013227

ISBN-978-986-485-070-9

民國文化與文學研究文叢
七　編　第三一冊　　　　　ISBN：978-986-485-070-9

跨學科視野下的近代中國教育、文學與社會
——北京大學青年學者國際學術研討會論文集
下冊：性別視域下的近代中國社會

編　　者　高翔宇
總 編 輯　杜潔祥
副總編輯　楊嘉樂
編　　輯　許郁翎、王筑　美術編輯　陳逸婷
出　　版　花木蘭文化事業有限公司
社　　長　高小娟
聯絡地址　235 新北市中和區中安街七二號十三樓
　　　　　電話：02-2923-1455 ／傳眞：02-2923-1452
網　　址　http://www.huamulan.tw 信箱 hml810518@gmail.com
印　　刷　普羅文化出版廣告事業
初　　版　2017 年 9 月
全書字數　698995 字
定　　價　七編 31 冊（精裝）新台幣 58,000 元

跨學科視野下的近代中國教育、文學與社會

——北京大學青年學者國際學術研討會論文集

下冊：性別視域下的近代中國社會

高翔宇　編

目
次

下冊：性別視域下的近代中國社會

一、女性、英雄與家國：1930～1940年代的中華婦女

性別解放與政治話語的雙重變奏：
1935年「娜拉事件」的多元觀照

蔡　潔

摘要：1935年元旦，磨風藝社在南京進行了《娜拉》的公演。然而，扮演「娜拉」的小學女教師王光珍及三位參演的女中學生遭遇了學校解聘、開除或斥責的處分。各界對王光珍的聲援，將「娜拉事件」推向了風口浪尖。然而，王光珍卻陷入了失業、失家、失譽的尷尬境地，折射出了自「五四」至20世紀30年代女性在性別解放歷程中的諸多困境。從更深層次而言，國共兩黨為爭奪國統區文藝話語權展開的競逐與博弈，以及全國抗戰前夜對女性性別角色重塑問題上的分歧，使得「娜拉事件」更顯撲朔迷離。在「娜拉事件」當中，媒體炒作、女性啟蒙、政黨政治與民族國家話語等多元而複雜內涵的相互交織，演繹了性別解放與政治話語的雙重變奏。

關鍵詞：「娜拉事件」；性別解放；政治話語；王光珍

在現代中國性別解放話語的敘述中，「娜拉」既是一個無法繞開的命題和符號，同時隨著時代語境的變遷彰顯出了不同的譜系和內涵。「五四」時期，「娜拉」作為反叛傳統家庭制度的「新女性」典範，成為了新文化社會精英共同追捧的對象。校園既為女性提供了反抗封建家庭、男女社交公開、追求婚戀自由、爭取經濟自主的人生舞臺，同時孕育了一批以陳衡哲、冰心、盧隱、馮沅君、石評梅為代表的女性知識精英〔註1〕。然而，走進社會的「娜拉」，

〔註 1〕參見顧秀蓮主編，《20世紀中國婦女運動史》（上卷）（北京：中國婦女出版社，2013年），頁159～161、186～198。

一旦按照「五四」性別話語安排人生時，傳統相夫教子的角色與追求個體人生價值之間的矛盾則迅速凸顯：或因「既不能管理家庭瑣事，又無力參與社會事業」，發出了「何處是歸程」的迷茫與苦悶〔註2〕；或因忙碌於繁瑣的家務，終與「書籍長久地分了手」，陷入了「學的是師範，做的是妻子」的悖論〔註3〕；或為兼顧在家庭與社會賦予的雙重使命，難以避免疲於奔命的窘境〔註4〕。其中，她們有的甘願在社會中充當「花瓶」，有的因誤解平等自由、醉心物質享樂，淪為了都市的「摩登女郎」。特別是伴隨著國民革命的退潮，「新女性」進入一個「不能善後的恐怖時期」〔註5〕。「娜拉」的光環開始逐漸流失，各界彌漫著批判與反思「娜拉出走」的浪潮〔註6〕。至20世紀30年代，政黨政治、國族話語與性別解放問題的相互交織，使得女性性別角色的定位發生了不同於「五四」時期的轉變，「新賢妻良母」形象得到了普遍的推崇。一方面，《婦女生活》《婦女共鳴》等雜誌展開了多次關於「婦女回家」的討論；另一方面，在「新生活運動」中，南京國民政府規定和限制女性的穿著及社交，「糾正浪漫不羈之惡習，而代之以淳厚樸素之美德」，並將女性改良家庭的使命提升到了復興中華民族的高度〔註7〕。

「婦女回家」的思潮，既是對「五四」以來至20世紀30年代女性與家庭關係的再檢討，也是時代語境下性別觀念的轉型。中共領導下的「中國左翼戲劇家聯盟」（即「劇聯」）南京分盟的公開劇團——磨風藝社〔註8〕，認為封建勢力的重新抬頭，已使得性別解放的車輪大有退回「五四」以前的趨向，「新賢妻良母」的枷鎖再次將女性關進了「舊日的牢籠」〔註9〕。故而，該社

〔註 2〕盧隱，〈勝利以後〉，中國現代文學館編，《盧隱代表作》（北京：華夏出版社，1998 年）頁 103～115。

〔註 3〕葉聖陶，〈倪煥之〉，葉至善等編，《葉聖陶集》（第 3 卷）（南京：江蘇教育出版社，1987 年），頁 8～273。

〔註 4〕陶寄天，〈錫滬杭女工生活概況〉，《婦女共鳴》第 1 卷第 9 期（1932 年），頁 20～34。

〔註 5〕傅琛，〈關於娜拉出走問題〉，《女師學院學刊》第 3 卷第 1～2 期（1935 年），頁 99～103。

〔註 6〕何景元，〈新賢妻良母主義的探討〉，《社會半月刊》第 1 卷第 3 期（1934 年），頁 9。

〔註 7〕〈宋美齡對取締剪髮燙髮意見〉，《中央日報》1935 年 2 月 21 日。

〔註 8〕呂復、許之喬，〈左翼「劇聯」南京分盟〉，文化部黨史資料徵集工作委員會編，《中國左翼戲劇家聯盟史料集》（北京：中國戲劇出版社，1991 年），頁 277～285。

〔註 9〕旅岡，〈漫畫「娜拉年」與「戲劇年」〉，《申報》1935 年 12 月 27 日。

於 1935 年元旦在南京舉行了爲期三天的《娜拉》公演，以張揚「新女性」個性、重提「娜拉」精神爲主題，期以喚醒時人對「五四」女性啓蒙話語的歷史記憶。隨之，社會再度掀起了「娜拉出走」的討論熱潮，卻呈現出不同於「五四」時期反抗傳統家庭制度的內涵，此間的焦點則是針對「新生活運動」以及「婦女回家」論調進行「當頭一棒」的打擊〔註 10〕。意外的是，因《娜拉》是一場對南京國民政府的「反叛性」演出，致使扮演「娜拉」的王光珍（後改名「王蘋」）遭到了學校的解聘，加之磨風藝社「左翼」的政治身份，致使部分社員經歷了被國民黨逮捕的厄運，史稱「娜拉事件」。

目前學術界關於《娜拉》在中國的研究主要側重「五四」時期，且著重從性別解放和文學創作層面進行闡述，而對於《娜拉》在 20 世紀 30 年代中國的命運卻鮮有涉及。本文所探討的「娜拉事件」，雖有學者梳理了來龍去脈，並結合 30 年代女性解放思潮展開了論述〔註 11〕，但其史實考證並不完整和準確，且尚未注意到性別解放與政治話語的互動和交織等複雜內涵。本文擬在還原輿論視野中「娜拉事件」的基礎上，比較王光珍在「他者」言說中的形象建構，一方面，分析其在性別解放進程中所遭遇的失業、失家、失譽等困境以及背後深層次的原因；另一方面，探討磨風藝社的「左翼」背景，以及國族話語的滲入使得《娜拉》公演背後還蘊藏著國共兩黨爭奪國統區文藝話語權、重塑女性角色觀念等更爲隱秘的因素。

一、媒體炒作：「娜拉事件」的一波三折

1935 年元旦，由「中國左翼戲劇家聯盟」上海總盟盟員、中共黨員章泯導演的《娜拉》在南京陶陶大劇院拉開了帷幕。該劇由南京分盟的呂復、舒強、水華飾演赫爾茂、柯克洛和南陔醫生〔註 12〕，興中門小學女教師王光珍扮演女主角「娜拉」，以及東方中學的周芬、南京女中的常紹珍、匯文女中的

〔註 10〕川老戌，〈關於《娜拉》的公演〉，《新民報》第 6 版，1935 年 1 月 7 日。

〔註 11〕海外關於「娜拉事件」的研究，主要有許慧琦的〈1935：「娜拉年」〉，載於《「娜拉」在中國：新女性形象的塑造及其演變（1900s～1930s）》（臺北：臺北政治大學歷史學系，2003 年），頁 265～282。國內學者對於「娜拉事件」也有所提及，如楊聯芬的《浪漫的中國：性別視角下激進主義思潮與文學（1890～1940）》（北京：人民文學出版社，2016 年），頁 332～333 和余華林的《女性的「重塑」——民國城市婦女婚姻問題研究》（北京：商務印書館，2009 年），頁 186～187。

〔註 12〕〈中國左翼戲劇家聯盟盟員名單〉，文化部黨史資料徵集工作委員會編，《中國左翼戲劇家聯盟史料集》，頁 446。

李世坤三位女中學生出演莎文、愛蘭和乳娘各角色〔註 13〕，得到了觀眾的熱烈喝彩。如有評論者讚歎道，此爲「一九三五年南京藝術界的第一個 sensation」〔註 14〕。然而，公演前夕，王光珍意外地接到了校長馬式武的解聘書〔註 15〕，其他三位女同學也遭到了開除或斥責的處分〔註 16〕。公演結束後，磨風藝社向各校提出抗議，赴南京各報館請求聲援。其中，《新民報》《朝報》《大晚報》等媒體聞悉藉此炒作，成爲了各界「筆戰」的主要陣地。

2月3日，《新民報》刊登了一篇署名爲「娜拉」的「自白書」，敘述了王光珍平時盡心盡職的教育表現、參演《娜拉》前後兼顧教育與演劇雙重任務的努力、對因演話劇而遭校長解聘的抗議，以及繼續獻身話劇教育運動的雄心壯志：

> ……我總是虛心的學習，盡我所有的力量，來忠心我的職務……在去年十二月裏……
>
> （我）被派演《娜拉》這角色……當時我向社裏鄭重提出條件，就是不曠課、不請假……
>
> 在排演《娜拉》的期間，我仍然安心地在學校任教，課本仍然是按時批改，並且沒有請過假，這也是鐵一般的事實……
>
> 在不久之後，學校方面知道我演劇的事了，就有人偷偷的告訴我說「你不要演戲，如果校長知道，恐怕下半年的職業發生問題」……我想決不會有這樣的事的，於是我也就本著一個教育的良心的驅使，依然熱情地來幹我的理想工作——戲劇。
>
> 十二月二十九日那天，馬校長忽然發表了辭退我的話，革我的職了……指出我教育成績在丙等的考語，再加「不努力」三個字……所謂「欲加之罪何患無辭」罷了……
>
> 雖然，我失業了，我被許多惡劣的環境包圍著，但是我的意志，已經加倍堅強起來……

〔註 13〕〈轟動一時的「娜拉」〉，《女青年月刊》第 14 卷第 3 期（1935 年），頁 45～53。
〔註 14〕林伍，〈談南京的娜拉事件〉，《女青年月刊》第 14 卷第 3 期（1935 年），頁 54～55。
〔註 15〕〈市社會局長昨召娜拉詢話〉，《新民報》第 4 版，1935 年 2 月 6 日。
〔註 16〕〈轟動一時的「娜拉」〉，《女青年月刊》第 14 卷第 3 期（1935 年），頁 45～53。

我將永遠地在戲劇舞臺上及人生的舞臺上學習，永遠忠實於藝
術……〔註17〕

從表面上看，「自白書」彰顯了以新聞媒體為發聲平臺的自主性，努力避免
在輿論炒作中陷入被揣測、被扭曲的困局，並嘗試引導論說的方向。隨後，
《大晚報》《女青年月刊》《戲週刊》等報刊雜誌相繼轉載了這封「自白書」，
並默認此為王光珍所撰寫和投稿的信函〔註18〕。許慧琦在相關研究中也直接
採用了這一說法，並以此作為論述王光珍與性別解放話語之關係的立論基礎
〔註19〕。然而，這篇洋洋灑灑的「自白書」並非王光珍本人所作，而是磨風
藝社為爭取各方的聲援，代替王光珍向社會發出的吶喊。該社的負責人呂復
和許之喬在回憶中表示，其時為了增加事件的影響力，故借用王光珍之名義
在《新民報》上發表了公開信〔註20〕。至於各大報刊未經查實「自白書」的
真偽便相繼刊登，則體現出新文化媒體對熱點新聞炒作的傾向。可見，「自
白書」實為磨風藝社策劃和代言下的產物。

　　繼「自白書」發表後，磨風藝社負責人瞿白音聲明，話劇是社會教育
的重要手段之一，而南京「居然出了這種怪事，真是新都教育界的恥辱」，
呼籲社會局和教育部嚴密調查、主持公道，並質問稱，既然交通部次長可
公開演戲，為何小學教員卻因演劇而遭解聘〔註21〕？與此同時，南京文藝
界、教育界、話劇界及政界迅速發表了聲援王光珍的文章，僅《新民報》
館每天收到的相關稿件便「以數十件計」〔註22〕。在此壓力下，2 月 4 日、
5 日，馬校長先後致函《新民報》，要求對「娜拉」及各界的「不實」之詞
進行更正：

〔註17〕〈何日才有光明之路，娜拉為演話劇而失業〉，《新民報》第 4 版，1935 年 2
　　　　月 3 日。
〔註18〕關於各報刊媒體對「自白書」的轉載，參見〈京市女生演劇風潮〉，《大晚報》
　　　　第 4 版，1935 年 2 月 18 日；〈轟動一時的「娜拉」〉，《女青年月刊》第 3 期（1935
　　　　年），頁 45～53；〈南京娜拉事件的經過〉，《戲週刊》第 27 期（1935 年），頁
　　　　2～8。
〔註19〕許慧琦，《「娜拉」在中國：新女性形象的塑造及其演變（1900s～1930s）》，頁
　　　　268。
〔註20〕呂復、許之喬，〈左翼「劇聯」南京分盟〉，文化部黨史資料徵集工作委員會
　　　　編：《中國左翼戲劇家聯盟史料集》，頁 288。
〔註21〕呂復、許之喬，〈左翼「劇聯」南京分盟〉，文化部黨史資料徵集工作委員會
　　　　編，《中國左翼戲劇家聯盟史料集》，頁 277～293。
〔註22〕編者，〈關於娜拉的話〉，《新民報》第 6 版，1935 年 2 月 9 日。

（一）王光珍去職，係聘約期滿……並非中途革職可比。至續
聘與否完全依據平日成績，決非因演劇而被辭退。（二）敝校通知更
聘教員，係在廿三年十二月二十八日……（三）王女士演劇……敝
校同人事前完全不知……直至二月三日閱華報載娜拉等情，方知王
女士曾演劇也。敝校通知更聘在前，而王女士演劇在後，可見王女
士去職決非爲演劇，其理甚明。（四）演劇……非惟無損人格，並可
藉以練習發表能力。敝校學生每次開懇親會或月會時，曾於歌舞及
話劇均有所表演，即校外亦有時參加……（五）鄙人亦曾排演《英
雄與美人》及《可憐閨裏月》等話劇……〔註23〕

馬校長一方面強調學校對王光珍的解聘與演劇實無關聯，而是基於教學考核
未達標準，不予續聘的例行公事，另一方面聲明學校和本人皆大力支持話劇
運動，不存在故意爲難參演話劇的王光珍之嫌。從表面上看，馬校長純屬按
章辦事，然而若細究之，作爲教育家和話劇愛好者的馬校長，斷言對本校教
員參演世界名劇《娜拉》毫不知情，又稱畢業於師範學校的王光珍未能達到
該校的教學要求，難免令人生疑。故而，馬校長的聲辯書發表後，同情王光
珍者圍繞「王光珍是否因演劇而被解聘」「王光珍能否勝任教職」兩大焦點問
題展開了批判。

　　首先，任何話劇的公演皆需提前排練，如卜少夫指出，「戲劇如果搬上了
舞臺，其先期的排演與準備，至少非半月之前不可」〔註24〕。然而，馬校長
在王光珍參演《娜拉》之後，方做出解聘的決定，故其所持的「解聘在前，
演劇在後」辯詞與事實不符。其次，據侯鳴臯調查，1934 年 12 月 25 日，南
京市各報刊便刊登了關於《娜拉》公演的廣告〔註25〕。實際上，熱心話劇的
馬校長於 12 月 28 日向王光珍發出解聘書時，早已獲知王光珍參演《娜拉》
的消息，因此馬校長所稱「事前完全不知」乃爲掩蓋演劇爲解聘原因的辯護
之詞。再次，王光珍與三位參演《娜拉》的女中學生同時遭到各校處分，也
證明了其被解聘與演劇之間確實存在關聯。對此，林伍深感懷疑，認爲若非
四校校長聯合蓄謀爲之，天下哪有「這樣湊巧的事」〔註26〕？

〔註23〕〈興中門馬校長也曾演過話劇〉，《新民報》1935 年 2 月 5 日；《從前唱過文明
　　　　戲，馬校長男扮女裝》，《新民報》第 4 版，1935 年 2 月 6 日。
〔註24〕卜少夫，〈慰「娜拉」及其他〉，《新民報》第 3 版，1935 年 2 月 7 日。
〔註25〕侯鳴臯，〈我們應有具體的主張〉，《新民報》第 3 版，1935 年 2 月 8 日。
〔註26〕林伍，〈談南京的娜拉事件〉，《大晚報》第 6 版，1935 年 2 月 21 日。

　　況且，王光珍曾接受過南京中學高中部師範科的教學訓練，取得了全校第九名的突出成績，並已通過南京市社會局的師資審核，在興中門小學中擔任一年級的教務，可謂是綽綽有餘〔註27〕。故而，教學能力未能達標並不能成為馬校長解聘王光珍的真實理由。對此，青波反問道，若成績優異的王光珍尚且遭到解聘，則興中門小學的各教學部門均將受到質疑，這無疑暴露了馬校長欲蓋彌彰的醜態〔註28〕。為進一步揭穿馬校長的謊言，孫德中建議社會局重檢王光珍的教學成績，以免其「橫遭犧牲」〔註29〕。

　　輿論對「娜拉事件」的聲援，一時間呈現出鋪天蓋地之勢。有人觀察稱，「日來南京各報……連篇累牘，展開討論，見仁見智，直鬧得滿城風雨，幾乎把這樁事看得比國賊出賣了中國都鄭重」〔註30〕。面對喧囂的聲討，馬校長僅發表了申辯書後便緘默不言。對此，侯鳴皋嘲諷道，馬校長已「黔驢技窮，窘態畢露。他一切的鬼蜮技倆，無非想掩飾他的錯誤，但是愈聲明愈糟，真所謂青竹攪糞缸，愈攪愈臭了」〔註31〕。

二、失業、失家、失譽：「娜拉」與20世紀30年代女性集體性困境

　　從表面上看，在輿論炒作的推動下，磨風藝社取得了勝利。然而，王光珍在獲得「戲劇運動前進的犧牲者」「女性解放運動的典型代表」等殊榮的背後〔註32〕，卻遭到了來自學校、政府、家庭、社會輿論的排擠、敷衍、禁錮、指謫，不僅陷入了失業、失家和失譽的多重困境，而且無法為自身「言說」，僅能被動地接受各界紛繁的「代言」。事實上，王光珍的遭遇實為該時期女性所面臨集體性困境的彰顯，內中折射出了自「五四」至20世紀30年代女性與家庭觀念的變遷，亦展現了女性角色、權力、地位的變動。

（一）王光珍的「失業」難題

　　興中門小學的教員與校長站在同一陣營，建起了一道孤立王光珍的聯合陣線。與校長發表聲辯書同一天，教員們向《新民報》寄送了一封聯名信，並聲稱發表此函實出於良心驅使：

〔註27〕宋昭，《媽媽的一生・王蘋傳》（北京：中國電影出版社，2006年），頁3～4。
〔註28〕青波，〈對於馬校長的申明的申明〉，《新民報》第4版，1935年2月7日。
〔註29〕孫德中，〈「娜拉」為社會所犧牲了嗎？〉，《新民報》第4版，1935年2月5日。
〔註30〕梅屑，〈趕娜拉回家〉，《社會日報》第1版，1935年2月14日。
〔註31〕侯鳴皋，〈我們應有具體的主張〉，《新民報》第3版，1935年2月8日。
〔註32〕靈武，〈論南京娜拉事件〉，《新社會》第8卷第6期（1935年），頁8。

> ……近聞貴刊刊載「娜拉」因演劇革職一事，不勝駭異。緣「娜拉」此次排演該劇，在此前絕未向同人道及，即其每晚進城排演，亦疑其因事回家，絕不知其爲排演而離校。故更聘原因決非爲演劇問題。事實俱在，盡可查詢……此項聲明，敢以人格擔保，純係良心主張，絕非受任何情面之利用。惟恐社會不明眞象，特此鄭重聲明〔註33〕。

隨後，王家恩（王光珍的同學、工作介紹人、同事）又以個人名義致函《新民報》，一方面聲稱王光珍「未刊過自白書」和「未聞悉報刊相關報導」，另一方面記錄了陸稼美（王光珍的同事兼好友）與王父的對話，力證校長事先對王光珍演劇一事並不知情：

> 至二月四日，恩與王女士打電話之情形如下。（恩）：今日曾閱本京各報麼？今日各報登載關於你的消息很多，大意說因爲你出演《娜拉》而被學校革職，不知你看見沒有？（珍）：家中所訂都是上海報，絕無本京報紙，故這個消息完全不知。（恩）：此項消息，究係何人傳出？（珍）：奇怪得很，我不知道。（恩）：此項消息既非你傳出，你願意更正麼？（珍）：等我將各報買來看看再定……迨陸女士（注：教員陸稼美）至王女士家中，乃父云：光珍已外出。女士遂與乃父略談如下。（乃父）：光珍被辭原因，究竟如何？（陸）辭退原因，校長並未宣佈，但校長並不知道她演劇的事……〔註34〕

事實上，馬式武是以南京市教育局科員的身份，出任了南京最早的官辦小學之一——興中門小學校長這一職位。對於教員們而言，以保護校長的姿態，努力消解王光珍演劇與被解聘的聯繫，表面上是爲了削弱控訴馬校長的輿論力量，但內中隱藏的是「推卸責任」和「受校長脅迫」的深意。1932 年，馬校長出版了《南京興市立中門小學概況》一書，要求全體教員「藉資惕勵」，切忌「精神散漫」，成爲了規範教員行爲舉止的標杆〔註35〕。然而，作爲僅有半年執教經歷的王光珍，在中學時期便接受了「左翼」思想，特別是參演

〔註33〕〈全體來函〉，《新民報》第 4 版，1935 年 2 月 6 日。
〔註34〕〈興小兩教員先後訪問娜拉，王家恩函本報述經過〉，《新民報》第 4 版，1935 年 2 月 7 日。
〔註35〕馬式武，《南京市立興中門小學概況》（南京：南京市圖書館民國特藏部藏，1932 年）。

《娜拉》違反了該校的規章與制度〔註 36〕。對此，作為王光珍的介紹人、保證人王家恩，面對王光珍的「叛逆」之舉，選擇以發表公開信的方式申明支持馬校長的立場，實為避免遭其連累。故而，對於其與陸稼美受馬校長所託，強迫王光珍在校方所擬的「自白書更正啓事」上簽字這一事實，成為了王家恩不得不隱藏的秘密〔註 37〕。與其相似的是，其他教員儘管知曉王光珍在排演期間，每晚奔波在校園與劇社之間，且因多次在夜裏背誦劇本、在夢裏念臺詞而被同事喚醒等情狀，但卻一致表明完全不知曉其演劇的態度，亦是出於對馬校長管理教員規則的忌憚，以免同王光珍一道遭遇失業的厄運〔註 38〕。

　　馬校長做出解聘王光珍的決定，並非出於對新文化及話劇運動的反對。其亦是話劇的推崇者和實踐者，如在求學期間曾參演過《英雄與美人》《可憐閨裏月》等話劇，且在興中門小學大力倡導話劇演出〔註 39〕。至於馬校長與王光珍產生矛盾與對立的真實原因，一方面是深夜歸校以及在劇場上拋頭露面等行為，違背了該校要求教員「安於職守」「得體大方」的訓誡〔註 40〕，另一方面緣於劇中的裝扮與南京國民政府對於女性在衣著、髮型、舉止等方面的整飭背道而馳。1935 年前後，南京市政府多次頒發檔，取締舞片、廣告、文字中包含有香豔肉感和隱晦不堪等內容，嚴禁女性燙髮，以正道德風氣〔註 41〕。而王光珍身著開放的西洋服飾、身披捲髮出演《娜拉》，明顯偏離了政府整頓

〔註 36〕宋昭，《媽媽的一生·王蘋傳》，頁 2～7。

〔註 37〕據筆者考證，王家恩在公開信函中稱，其與陸稼美於 2 月 4 日，先後通過打電話和登門拜訪王家，以及校方已經擬定關於「自白書」的更正檔，越日即發佈在報刊上，並詢問王光珍是否同意發表更正的聲明。據王家恩的記錄，王光珍並沒有直接答應發表「更正聲明」，只說待其將近日的相關報導閱讀後再做打算。然而，2 月 5 日，馬校長便在《新民報》上發表了「更正聲明」，而在同一天，王光珍卻在與社會局的談話中，明確表明其被解聘與演劇有直接的聯繫。可見，青波所調查的結果應為屬實，即王家恩和陸稼美強迫王光珍在聲明上簽字未成，便自行發表了「更正聲明」。參見青波，〈對於馬校長的申明的申明（續前）〉，《新民報》第 6 版，1935 年 2 月 9 日。

〔註 38〕青波，〈對於馬校長的申明的申明〉，《新民報》第 4 版，1935 年 2 月 7 日。

〔註 39〕〈興中門馬校長也曾演過話劇〉《新民報》第 4 版，1935 年 2 月 5 日；〈從前唱過文明戲，馬校長男扮女裝〉，《新民報》第 4 版，1935 年 2 月 6 日。

〔註 40〕馬式武，《南京市立興中門小學概況》（南京：南京市圖書館民國特藏部藏，1932 年）。

〔註 41〕〈元旦實行取締奇裝〉，《新民報》第 3 版，1935 年 1 月 2 日；〈挽澆風礪末俗，取締肉感廣告〉，《新民報》第 3 版，1935 年 2 月 4 日。

女界風氣的取向〔註42〕。如一評論者道出了這一實質，「你看她（演娜拉照片）頭髮燙得蓬鬆鬆地，穿著袖子不掩半臂的西裝，走起路來一定會扭扭捏捏地顯出『臀波乳浪』來，現今三令五申不許小學女教員和姨太太一樣裝扮的年頭兒……這是何等地不『風化』啊！〔註43〕」可見，馬校長實為南京國民政府理念的踐行者，這也決定了南京國民政府、馬校長、教員三者最終在解聘王光珍這一問題上，站在了同一戰線上。

如是，馬校長對於王光珍的解聘最終獲得了政府的默認和配合。2月5日，社會局局長李德心邀請王光珍談話。期間，李局長詢問了王光珍到校任職、離職、收到解聘函、參演《娜拉》的時間，以及解聘函轉手人、辭退與演劇是否有關聯等信息後，僅表示「明白了」，便以開會為由結束了會談〔註44〕。隨後，交通部次長張道藩亦出面調解，承諾助王光珍復職，允其參加戲劇，且同意磨風藝社重演《娜拉》〔註45〕。然而，儘管未見政府最終對該案的處理措施，但從王光珍後來接受了江寧縣黃土鎮小學校的聘請，後轉戰西北，再赴上海，終向影視人轉型的履歷看，政府官員對王光珍的過問，僅是在輿論壓力下勉強開下的「空頭支票」〔註46〕。並且，其他三位女學生也未有歸校就讀的消息。

（二）王光珍的「失家」困境

被學校逼回家庭的王光珍，不僅難以獲得諒解，還招致了父親嚴厲的責罰。2月6日，《新民報》記者赴王家探訪時，王父方得知王光珍的失業是演劇所致，竟勃然大怒：

> 叩門而入，娜拉之乃父出迎。……記者受其殷勤接待後，即將此時原委，言之甚詳。
>
> 然對其女兒失業，異常憤懣。登時表現極不愉快之色，繼發出不歡之言。記者復多方慰藉，其氣稍平，但自是不復續談。其語氣中大有對彼女娜拉將用嚴重制裁……並云娜拉出走已在昨日，先生找其談話，大可待諸異日……

〔註42〕參見扉頁中王光珍出演《娜拉》的劇照，謝曉晶主編，《章泯紀念文集》（北京：中國電影出版社，2011年）。

〔註43〕雙用，〈伸冤與造冤〉，《新民報》第3版，1935年2月7日。

〔註44〕〈市社會局長昨召娜拉詢話〉，《新民報》第4版，1935年2月6日。

〔註45〕呂復、許之喬，〈左翼「劇聯」南京分盟〉，文化部黨史資料徵集工作委員會編，《中國左翼戲劇家聯盟史料集》，頁289。

〔註46〕宋昭，《媽媽的一生‧王蘋傳》，頁21～35。

……曾有鄰居謀氏詢其家世，據云王係安徽曲陽人……生女三人，娜拉其幼女也。長女王光美，任教徐州，兒女王光琅，人徐家巷小學教師，均繫畢業中學，品學甚佳。夫妻得此三女工作，以娛晚年……〔註47〕

從上述材料得知，王父支持三個女兒完成了中學學業，並允許她們在社會上自謀生計，實際上並非傳統意義上的封建大家長。然而，王光珍參演話劇的行為卻難以被父親見容。據王光珍之女宋昭回憶，王父認為王光珍已淪落為戲子，讓家族「丟盡了臉面」，故將其「狠狠地揍了一頓，然後把她鎖進了小閣樓，再不許她跨出家門一步」。為實施救援，磨風藝社同仁曾登門邀請王光珍赴上海演出。王父卻「把大門一關，站在院子裏，大聲痛罵瞿白音，愣是把瞿白音給罵走」。此外，家族中的長輩得知此事後，也紛紛勸說王父盡快將王光珍嫁出，聲稱「只要嫁了人，女孩子的心就定了」。隨後，便有「好幾個有錢人家的公子」，為目睹王光珍之美貌，爭先派媒人登門求婚。為了反抗家庭的包辦婚姻，王光珍惟有以絕食相威脅，陷入了「既失業又失家」的雙重困境〔註48〕。

王父與王光珍之間的衝突，緣於兩者在接受「五四新文化」中的傾向性差異。一方面，作為女兒的王光珍，期望通過教育的途徑，追求人格和經濟的獨立，以及婚姻的自由，成為一位能夠主宰自己命運的「新女性」。當時，校園對諸多女性而言，是通向自由與獨立的一條路徑，王光珍也湧進了這股女性外出求學的浪潮中來。另一方面，對於王父而言，在「五四新文化」的洗禮下，也放鬆了對女兒身體的束縛，且允許其走出閨閣，進入新式學堂。在放足方面，王父默許、寬容了女兒「偷偷地把裹腳布剪開」，革除封建陋俗對女兒身體的戕害；在求學方面，王父滿足了女兒接受新式教育的願望，特別是對王光珍先後考上南京女子中學和市立南京中學高中部師範科的公費生，又以「女生第一，全校第九名的優異成績」畢業後，進入興中門小學任教等突出表現，深感「很有面子」〔註49〕。

然而，在性別解放道路上，王光珍卻比父親走得更遠。其曾因在家裏閱讀新文學和新女性讀物，遭到父親嚴厲斥責，便偷偷地將書本藏在校園裏，

〔註47〕〈大雪紛紛訪娜拉〉，《新民報》第 3 版，1935 年 2 月 7 日。
〔註48〕宋昭，《媽媽的一生‧王蘋傳》，頁 12～13。
〔註49〕宋昭，《媽媽的一生‧王蘋傳》，頁 2～7。

以躲過父親的搜查，後來又逐漸深受「左翼」思想影響，瞞著父親加入了南鐘劇團，並參演了《姐姐》等話劇〔註50〕。誠然，王父對於「五四」女性解放話語的接受僅限於教育層面的鬆動，目的是「把孩子培養成一個爲人之師者」，期望女兒成爲具有「新教育，舊道德」的女性，但絕非允許突破社會主流的家庭道德觀念。因此，當王父認爲王光珍的演劇之舉已「敗壞了家庭的名聲」後，則以囚禁和逼婚的方式剝奪了女兒的人身自由和婚姻自主權。事實上，王光珍經受家庭的奚落與排擠，與「五四」時期李超的死亡有著相似性的一面，皆難以擺脫封建家族乃至社會倫理觀念的牢籠。年僅二十餘歲的李超，因外出求學頻遭兄長和族長反對，最終在經濟和精神的雙重壓力下憂鬱而終〔註51〕。可見「五四」時期性別解放與「娜拉出走」這一命題依然沉重。

（三）王光珍的「失譽」尷尬

學校將王光珍逼回了家庭，家庭又將其逼進了社會。家庭的懲戒使得王光珍頗爲無助，進入社會場域的王光珍更遭遇了任意指謫，陷入了失譽的尷尬境地。有論者批評道，失業本是現今一種「平淡無奇的現象」，若有眞才實學，何愁沒有立足之地，但王光珍採取「向社會告哀」的方式，恰是暴露了弱者的本質〔註52〕；又有論者諷刺道，王光珍僅是「利用誰愛起哄的心理，以制裁她的『怨家』某校長」〔註53〕，至於不敢在「自白書」上署眞實姓名，不啻深知演劇爲「不體面不名譽的事，而處處掩飾」，實難副「娜拉」盛名〔註54〕。

王光珍的失譽，一方面緣於磨風藝社將《娜拉》的公演視爲抵禦「新生活運動」的堡壘，這顯然背離了「新賢妻良母」思潮對女性角色的重新規制。既然「娜拉」仍是推動性別解放持續前進的一面旗幟，故而王光珍演出《娜拉》的用意，在於告誡女性「不要迷醉在那享樂的圈子裏面」〔註55〕，不要再做「小松鼠」和「不懂事的孩子」，而要發揚「五四」性別話語，與「復古」

〔註50〕 宋昭，《媽媽的一生‧王蘋傳》，頁 5～6。

〔註51〕 胡適，〈李超傳〉，《胡適文集》（第 2 卷）（北京：北京大學出版社，1998 年），頁 582～591。

〔註52〕 萬嶺，〈一枝冷箭〉，《朝報》第 3 張第 4 版，1935 年 2 月 10 日。

〔註53〕 劍，〈「娜拉」〉，《朝報》第 2 張第 6 版，1935 年 2 月 6 日。

〔註54〕 劍，〈再說「娜拉」〉，《朝報》第 2 張第 6 版，1935 年 2 月 7 日。

〔註55〕 猛亞，〈談中國娜拉〉，《婦女月報》第 1 卷第 1、2 期合刊（1935 年）。

的文化症候抗爭到底〔註56〕。然而，王光珍爲「娜拉」代言的努力非但顯得
疲軟無力，反而招致了已對「娜拉」產生反感情緒者強烈的抵制。如一評論
者指出，王光珍名譽遭損「表示社會只允許女人株守在閨庭內，不讓她們出
來盡她們所當盡的義務，只當女人是男人的玩具、附屬品，幾千年來『三從
四德』的舊禮教的餘毒，在中國現社會還是牢不可破的」〔註57〕。

　　另一方面，一些男性知識精英的性別焦慮，使其堅信「回家」才是女性
正當的出路，如林語堂指出，回歸家庭才是「女子最好、最相宜、最稱心的
職業」〔註58〕。而「娜拉出走」所引發的女性與家庭傳統紐帶的斷裂，使得
他們因家庭中「妻子/母親」角色的缺失而深感不安。如在同時期以性別爲題
材的小說文本及現實境遇中，淩叔華書寫了女主人公綺霞的丈夫因不滿於妻
子爲了追求理想而外出求學，最終另擇新歡的苦悶〔註59〕；令人潸然淚下者，
還有《女子月刊》主編黃心勉，既難以承擔超負荷的工作，又無力應對繁重
的家務，最終釀就了積勞成疾的悲劇〔註60〕。從這個意義上而言，王光珍大
膽、叛逆、開放的演出姿態，自然難以獲得「婦女回家」呼喚者的認同。

　　並且，女權進步的有限性使得「失譽」後的王光珍，難以獲得女界同仁
實質性的援助。當王光珍爲此表現出「對於都市生活，委實感覺厭煩……所
願者希望在鄉村教學，以便飽享自然」的悲觀情緒時〔註61〕，「婦女文化促進
會」儘管派員親赴其寓所致以慰問，贊揚其「現身舞臺，爲婦女運動努力之精
神」，但若談及對王光珍現實處境的關照，卻流露了愛莫能助的惋惜〔註62〕。身
處「失語」和「被言說」尷尬的王光珍，除了《新民報》刊登和其他報刊轉
載過一則由磨風藝社代寫的「自白書」外，此間並未見其發表過相關的言論。
可見，女界自身的「發聲」終被壓抑與淹沒。

　　事實上，王光珍的悲劇並非一己之遭遇。時人即有將「娜拉事件」與1935
年初發生的著名影視人阮玲玉因與情人官司纏身而被迫自殺、黎元洪的遺妾

〔註56〕 茲九，〈娜拉在中國〉，《申報》第8版，1935年2月24日。

〔註57〕 何寶圖，〈三件事所給予我們的教訓〉，《新民報》第4版，1935年2月23日。

〔註58〕 林語堂，〈婚嫁與女子職業〉，《時事新報》1933年9月13日。

〔註59〕 淩叔華，〈綺霞〉，鄭實主編，《淩叔華文集》（北京：燕山出版社，1998年），
頁64～78。

〔註60〕 上官公僕，〈悼黃心勉女士聯想到節育〉，《女子月刊》第3卷第7期（1935
年），頁45～95。

〔註61〕 〈友人傳出消息，娜拉有了出路〉，《新民報》第6版，1935年2月11日。

〔註62〕 〈婦女文化促進會派員慰問娜拉〉，《新民報》第4版，1935年2月6日。

黎本危因再嫁而被青島市政府逐出境外、浙府主席魯滌平的遺妾沙氏因殉節而獲得各報刊的贊賞四大事件相提並論者，指出自「五四」以來，社會在思想方面非但鮮有進步，反呈覆古之勢，「舊禮教、宗法思想、封建思想不但打不破，反而較前猖獗，較前利害」〔註63〕。正如茅盾所言，王光珍的遭遇折射了該時期女性困境的某種共性，但這「決不是中國的女性太弱，而是因為中國的社會還沒替出走後的娜拉準備好『做一個堂堂的人』的環境」〔註64〕。

　　然而，《娜拉》的公演，並非因王光珍的「失語」而消逝，而是在上海獲得了新生。1935年6月，「劇聯」領導下的「業餘劇人協會」不僅在上海成功地將《娜拉》推上了舞臺，更帶動了一股公演《娜拉》的熱潮，以致1935年獲得了「娜拉年」美譽〔註65〕。事實上，《娜拉》先後經歷了遭禁與新生的不同命運，實與南京和上海的政治氣候密切相關。其中，上海「華洋雜居」的租界環境，為《娜拉》的演出提供了較為寬鬆的政治環境，而南京則處於國民政府的直接統制之下，使得「娜拉出走」的歷程顯得步履蹣跚。

三、「娜拉」的出路：國族話語下的政治博弈

　　《娜拉》在南京公演的受挫，固然彰顯了自「五四」至20世紀30年代女性解放所經歷的尷尬與困局，但若細究公演《娜拉》的磨風藝社作為中共領導下的「左翼」劇團這一政治背景，以及1935年前後民族危機的空前嚴峻，亦可知曉「娜拉事件」遠遠超出了性別解放這一範疇，而不自覺地染上了政治化的色彩，顯得更加撲朔迷離。

（一）《娜拉》公演背後：國共兩黨對文藝話語權的爭奪

　　磨風藝社隸屬於中共領導下的「中國左翼戲劇家聯盟」南京分盟。1931年1月，「劇聯」在上海成立，宣揚「徹底反帝國主義，反豪紳地主資產階級的國民黨，擁護蘇聯及中國蘇維埃與紅軍，在白色區域開展工人、學生和農民的演劇運動，兼顧中國電影運動以及建設無產階級的戲劇理論」〔註66〕，並以「黨團」為領導核心，吸收了諸多優秀的戲劇編導、演員以及戲劇理論

〔註63〕何寶圖，〈三件事所給予我們的教訓〉，《新民報》第4版，1935年2月23日。
〔註64〕茅盾，〈從《娜拉》說起——為《珠江日報・婦女週刊》作〉，《茅盾全集》（第16卷）（北京：人民文學出版社，1988年），頁140～142。
〔註65〕旅岡，〈漫話「娜拉年」與「戲劇年」〉，《申報》第4版，1935年12月27日。
〔註66〕〈中國左翼戲劇家聯盟簡介〉，文化部黨史資料徵集工作委員會編，《中國左翼戲劇家聯盟史料集》，頁1～2。

創作者，成功地在進步戲劇界建立了中共統領的文藝聯合戰線〔註67〕。除了在上海建立總盟外，「劇聯」還於北平、漢口、廣州、南京、杭州、南通、天津、太原、濟南、青島、成都、歸綏等城市設立了分盟或小組〔註68〕，出版了《戲劇新聞》、《戲劇通信》等機關刊物，並通過國外的中共黨員，與莫斯科的《國際文學》、《莫斯科新聞》，日本的《普羅戲劇》等報刊取得了密切的聯繫〔註69〕。南京分盟則於1933年8月正式組建，並以磨風藝社和大眾劇社為公開劇社〔註70〕。誠然，身處南京國民政府「文藝查禁」最為嚴格的城市——南京，南京分盟及磨風藝社，成為了國統區中共對抗南京國民政府「文藝統制」政策的骨幹力量。「娜拉事件」則是國共兩黨圍繞國統區文藝話語權爭奪的產物。

如是，磨風藝社以王光珍的名義所發表的「自白書」，無異於控訴政府當局摧殘「左翼」文藝的宣言：

……為什麼幹教育的人，頭腦會這樣的淺薄殘酷？為什麼社會會這樣的守舊，還把戲劇當為無恥的下流的事情？在民國政府三民主義治理下的小學校長會這樣的無知？教育和戲劇有什麼衝突？為什麼小學教員不能演戲？為什麼教育家要摧殘薄弱的中國戲劇運動？中國劇運何日方有光明之路？……演戲到底是不是正當的活動……

我並不希望僅僅在我個人方面的援助……我所希望的，是從這次事件，可以喚起社會人士的注意，引起有意義的論爭，來推進整個的戲劇運動、文化運動〔註71〕。

可見，磨風藝社的目的，是期待通過「娜拉事件」，謀求「左翼」話劇運動的增進，爭取「左翼」文藝在首都的生存和發展空間。

對於該社的演出和控訴，南京國民政府的態度經歷了從拉攏到鎮壓的轉變。在事件發生之初，政府官員對該社給予了大力的支持。如張道藩一方面

〔註67〕周偉，〈章泯——左翼舞臺藝術的奠基人〉，謝曉晶主編，《章泯紀念文集》，頁41。

〔註68〕趙銘彝，〈左翼戲劇家聯盟是怎樣組成的〉，文化部黨史資料徵集工作委員會編，《中國左翼戲劇家聯盟史料集》，頁40～52。

〔註69〕趙銘彝，〈回憶左翼戲劇家聯盟〉，文化部黨史資料徵集工作委員會編，《中國左翼戲劇家聯盟史料集》，頁60。

〔註70〕呂復、許之喬，〈左翼「劇聯」南京分盟〉，文化部黨史資料徵集工作委員會編，《中國左翼戲劇家聯盟史料集》，頁277～285。

〔註71〕〈南京娜拉事件的經過〉，《戲週刊》第27期（1935年），頁2～8。

將王光珍的遭遇視同爲話劇運動做出了「光榮的犧牲和代價」〔註 72〕，另一方面指責馬校長鄙視和摧殘戲劇運動，以及對教育者高尚人格的玷污〔註 73〕。中央黨部文藝科長張德中也認爲，馬校長對王光珍解聘，形同「舊社會對於新文化的一種反動」〔註 74〕。固然上述政府官員對「娜拉事件」的聲援，在客觀上爲南京分盟的文藝控訴起到了一定推動作用。然究其實質，他們是藉此機會拉攏磨風藝社，爲實現對南京話劇界的「統制」張本。「娜拉事件」發生後，鑒於磨風藝社名聲大噪，張道藩邀請王光珍等參加「春節宴請文藝界」大會，嘗試將這一「左翼」劇團納入國民黨政黨宣傳系統的範疇之內。對此，該社深爲疑慮，但爲確保在南京文藝界的生存空間，故改派呂復前往〔註 75〕。

誠然，身爲新文化人的張道藩與張德中，本與磨風藝社在推動戲劇運動方面存在著某種程度的共識，然而，他們之所以最終選擇與南京國民政府一道，站到了磨風藝社的對立面，即是基於該社所表現出來的不合作態度，故在「三八節」前夜採取了查禁的行動。2 月 7 日，徐方等五人致函《新民報》，稱「娜拉事件」誠爲「一九三五年本京一社會問題……要求該社重行公演一次，以享社會人士之愛好戲劇者及未有機緣觀看《娜拉》者之渴慕」〔註 76〕。故磨風藝社計劃在「三八節」再爲觀眾呈現一場精神盛宴，以期將「娜拉事件」的影響力再推向一個高峰〔註 77〕。然而，《娜拉》的再度公演卻陷入「出師未捷身先死」的困境。3 月 7 日晚上，磨風藝社遭到了國民黨特務組織的查封，導演章泯以及瞿白音等正排練的社員紛紛被捕〔註 78〕，故不得不於 3 月 8 日宣佈停止公演，並將組織轉向地下〔註 79〕。

〔註 72〕 張道藩，〈光榮的娜拉！〉，《新民報》第 6 版，1935 年 2 月 4 日。

〔註 73〕 張道藩，〈質問開除演劇的教員和學生的幾位校長〉，《新民報》第 4 版，1935 年 2 月 5 日。

〔註 74〕 孫德中，〈「娜拉」爲社會所犧牲了嗎？〉，《新民報》第 4 版，1935 年 2 月 5 日。

〔註 75〕 呂復、許之喬，〈左翼「劇聯」南京分盟〉，文化部黨史資料徵集工作委員會編，《中國左翼戲劇家聯盟史料集》，頁 289。

〔註 76〕 〈有人要求《娜拉》再公演〉，《新民報》第 3 版，1935 年 2 月 8 日。

〔註 77〕 磨風藝社，〈再演《娜拉》獻詞〉，《新民報》第 4 版，1935 年 3 月 8 日。

〔註 78〕 王光珍雖已從鄉下趕回南京籌備 3 月 8 日的公演，卻因在家休息，未赴排演現場，故幸免被捕。參見〈乘興而來敗興返，南京「娜拉」騎驢去〉，《新民報》第 5 版，1935 年 3 月 10 日。

〔註 79〕 姚時曉，〈左翼「劇聯」大事記・1935 年 3 月〉，文化部黨史資料徵集工作委員會編，《中國左翼戲劇家聯盟史料集》，頁 501～502。

　　值得注意的是，南京國民政府 4 月 20 日發佈了一則瞿白音等被捕社員的「脫黨宣言」，宣佈成功實現了對磨風藝社及南京分盟的拉攏和整合。一方面否定中共的階級鬥爭理論，以及領導救亡運動的合法性，另一方面聲稱他們主動接受「三民主義」、歸附國民政府的立場：

> ……最準確之革命理論，則為我先總理精撰之三民主義是焉……乃中國共產黨挾其左傾邪說，倡導階級鬥爭，分裂民族統一戰線，標榜革命之名，行其反革命之實：標榜反帝之名，行其投降帝國主義之醜行……初因……受其蠱惑，參加該黨文化工作，誤入歧途……蒙中央伏簪初衷，不咎既往，允予自新……任叔等誓當出其所學，秉其忠貞，在中國國民黨領導之下，努力於三民主義之國民革命及民族文化建設運動……

> 王任叔、施春瘦（又名施玉）、瞿白音、蔣樹強、李希望、王小洛〔註80〕

從隨後的人生經歷看，瞿白音等六位被捕社員依然從事中共的文藝宣傳活動，並非服膺南京國民政府統治。據「劇聯」同仁回憶，此篇宣言實屬偽造，南京國民政府欲藉「左翼文藝分子」的名義，宣傳「三民主義」優於階級鬥爭理論、國民黨政權勝於中共「赤化組織」的一種政治策略，以期加強對國統區民眾的精神洗禮，從而消弭中共文藝宣傳的影響，增強統治的合法性〔註81〕。

　　繼之，隨著「劇聯」將《娜拉》再度公演的計劃從南京轉向上海，國共兩黨在文藝上的博弈逐漸向滬轉移。1935 年 6 月下旬，張道藩的話劇《摩登夫人》搶先在上海金城大劇院演出，大力宣傳「婦女回家」的論調〔註82〕。為與之抗衡，中共吸取了此前各劇社因獨立演出而屢遭國民黨查封的教訓，聯合了各大劇團的進步力量，邀請了李伯龍、陳鯉庭、魏鶴齡、瞿白音、呂復等有影響力的戲劇家，組建了一個具有「強大演出陣容」的「業餘劇人協會」〔註83〕。隨後，該協會特意選擇在公演《摩登夫人》的劇場同時推出《娜拉》，取得了轟動一時的效應，並首次在中國話劇舞臺上採用了天幕、月亮和

〔註80〕 〈上月名話劇《娜拉》停演謎〉，《新民報》第 3 版，1935 年 4 月 20 日。
〔註81〕 姚時曉，〈左翼「劇聯」大事記‧1935 年 6 月〉，文化部黨史資料徵集工作委員會編，《中國左翼戲劇家聯盟史料集》，頁 502～503。
〔註82〕 《廣告：摩登夫人》，《申報》本埠增刊第 5 版，1935 年 6 月 19 日。
〔註83〕 毛羽，〈陣容強大的業餘劇人協會──30 年代話劇運動散記之一〉，文化部黨史資料徵集工作委員會編，《中國左翼戲劇家聯盟史料集》，頁 245～250。

樂隊伴奏等獨特的藝術，這在中共領導下的「左翼」戲劇運動史上具有特殊的意義，即實現了從遊擊式的小劇團向聯合式的大劇場表演的轉型，「走上了正規化、職業化的道路」〔註84〕。事實上，作爲「劇聯」重要團體的磨風藝社，從公開抵制到轉向地下、轉戰上海以及參與隨後的改組等系列行動，一方面體現了中共領導下的「左翼」劇團，在南京國民政府「文藝統制」政策的夾縫下，爲謀取生存空間而尋求的因應之策；另一方面，也暗示南京國民政府的「文藝統制」難以對「異己」勢力實現有效的控制或清除。

（二）國族話語的滲入：國共兩黨圍繞女性角色重塑的競逐

只是，國共兩黨在國統區爭奪文藝話語權的政治博弈，伴隨著國族話語的滲入，使得「娜拉事件」的背後，還隱含著更爲深刻的意蘊，即內中彰顯了全面抗戰前夕國共兩黨在女性性別角色調整中呈現出的不同邏輯。「九一八」事變以來，國難的日益嚴重，迫使「全民皆爲民族主人翁」的意識愈發濃鬱，並達成了「將包括女性在內的全體國民整合到民族救亡的隊伍中來」的共識。然而，關於如何重塑女性角色這一命題，國共兩黨在策略上卻呈現出「要求女性回家」與「動員女性出走」的不同取向。

其中，南京國民政府主張女子應根據兩性在生理上的差異，爲社會盡不同的職責，故在「新生活運動」中，大力動員女性回歸家庭：

> ……（婦女應）身體力行，方能夠使新生活運動普及於社會，普及於家庭。婦女界更應當遵守新生活規律、守規矩、守時間、有禮貌，講求整齊清潔，生活要簡單樸實，戒除一切過去的惡習慣。大家能夠實行新生活，才配做一個現代婦女……婦女應從家庭改良爲基本的運動……方能達到婦運的目的……〔註85〕

並且，政府當局還要求女性遵守「四維八德」，學習烹飪、縫紉、刺繡、編織等技能，並推廣家庭衛生運動和婦女識字運動〔註86〕。

誠然，國難語境下，南京國民政府呼喚「婦女回家」具有一定的合理性：一方面，「五四」時期所倡導的個性、自由、獨立、自主等女性解放精神，進入 20 世紀 30 年代後，逐漸顯得並非迫在眉睫，因其在一定程度上離析了國家的凝聚力，不符合國民合力抵禦外侮的時代要求。與之相反的是，服從、

〔註84〕〈章泯年譜（1906～1975）〉，謝曉晶主編，《章泯紀念文集》，頁 224～225。
〔註85〕〈省婦女會昨舉行三八婦女節紀念會〉，《民國日報》1934 年 3 月 9 日。
〔註86〕顧秀蓮主編，《20 世紀中國婦女運動史》（上卷），頁 299。

團結等集體主義理念，則被視爲更爲重要的命題；另一方面，「五四」以來「摩
登女性」的風行，違背了傳統以及戰爭年代所需求的簡樸、堅韌的精神。而
「新生活運動」將家庭視爲改造國家的起點，以及振興國族的場域，並賦予
了女性改良家庭之使命這一設想，在客觀層面上爲增強「家」與「國」之間
的紐帶，整合全體國民的力量，提供了一條可能性的路徑〔註 87〕。

　　然而，在中共看來，抗日救亡是全民族的共同使命，不應存在性別的畛
域，認爲「婦女回家」的論調，不僅是對「五四」精神的背離，更與民族救
亡的迫切任務不相適宜。故而，儘管在長征途中處於軍事失利地位，中共依
舊鮮明地高舉自二大以來的婦女解放旗幟〔註 88〕，通過上演《娜拉》等文藝
形式，捍衛「五四」性別話語。實際上，中共動員女性繼續走出家庭，投身
社會建設，是期以將女性解放納入社會改造和民族救亡的浪潮之中，改造當
前的社會經濟制度，建設眞正自由平等的社會〔註 89〕。隨著全民族抗戰的爆
發，國族話語的絕對至上，女性在家庭中從事衛生健康等方面的漸進改良，
終究顯得不合時宜。相反，中共所倡導的動員女性參與民族國家救亡這一性
別解放路徑，更切合時代語境的內在需要。

　　只是，王光珍卻不幸地被捲入「娜拉事件」的漩渦，且被當局者以其與
「左翼」文藝組織有牽連爲藉口，排擠出「黨國」體制下的校園舞臺〔註 90〕。
由此可見，「娜拉事件」的風波伴隨著 20 世紀 30 年代性別解放面臨的新困境
而興起，然而，國共兩黨在文藝政策話語權方面的爭奪，則使得性別問題政
治化。只是，由於國族救亡語境的主導力量，抗戰前夜國共兩黨對於女性角
色的重塑，又使得「娜拉事件」再度回到性別解放這一原初命題。故而，在
「娜拉事件」中間，演繹了性別解放與政治話語的雙重變奏。

四、結語

　　1935 年前後，伴隨著「新生活運動」的開展，「婦女回家」論調的彌漫，
使得「新賢妻良母」角色的重塑漸有取代「五四新女性」的趨向。爲了將性

〔註 87〕樊仲雲，〈舊事重提話《娜拉》〉，《文化建設》第 1 卷第 11 期（1935 年），頁
　　　　134～136。
〔註 88〕〈關於婦女運動的決議〉，中央檔案館編，《中共中央檔選集（1921～1925）》
　　　　（北京：中共中央黨校出版社，1982 年），頁 56～57。
〔註 89〕伊凡等，〈娜拉座談〉，《婦女生活》（上海 1935）第 2 卷第 1 期（1936 年），
　　　　頁 104～120。
〔註 90〕宋昭，《媽媽的一生：王蘋傳》，頁 13。

別解放再度推向新的高潮，中共領導下的「中國左翼戲劇家聯盟」南京分盟的公開劇團磨風藝社，以對政府當局「反叛性」的姿態，在南京公演《娜拉》，高舉「五四」時期「娜拉精神」的旗幟。然而，出演《娜拉》的女主角王光珍，先後遭遇了學校的解聘、家庭的懲戒以及社會的指謫，陷入了失業、失家、失譽的困境。內中緣由，既有傳統家族制度及道德倫理的束縛，也與部分男性知識精英的性別焦慮不無相關，同時女界解放的有限性也使得王光珍在「娜拉事件」中頗爲無助。更重要的是，王光珍出演「娜拉」的行爲，違反了南京國民政府在「新生活運動」中對女界的諸多規制。至於公演《娜拉》策動者的磨風藝社，最終被當局者以與「左翼」有涉爲由將其查禁，不僅反映了國共圍繞國統區文藝話語權展開政治博弈，也是全面抗戰前夜兩黨在女性角色重塑層面存在理念分歧的產物。在這段豐富而充滿張力的史事中間，媒體炒作、女性解放、政黨博弈，以及國族話語等多元而複雜的內涵交織且糾纏其間，使得性別解放與政治話語的雙重變奏，演繹了屬於「娜拉事件」精彩紛呈的獨特記憶。

若將視野投向「娜拉事件」風波後的王光珍，則可發現其在自我反省中繼續探索著性別解放的出路。經歷了鄉下短暫的歸隱，1935 年底王光珍離開南京，轉戰西北影業公司，1936 年與中共黨員宋之的結爲連理，正式加入「劇聯」上海總盟〔註 91〕，並改名爲王蘋，從而開啓了生命中戲劇、影視職業化的文藝生涯〔註 92〕。至全面抗戰爆發後，王蘋奔走於重慶、香港、昆明各地參演戲劇，並得到了毛澤東、周恩來等黨的最高領袖的褒揚和接見，逐漸從一個具有朦朧性別解放意識的女教師，成長爲一位接受中共領導的女性文藝骨幹〔註 93〕。1949 年以後，王蘋先後進入東北電影製作廠、總政文化部電影處、八一電影製片廠工作，並導演了大型音樂舞蹈史詩《東方紅》等經典劇目，踐行了一名社會主義新人、文藝旗手的光榮使命〔註 94〕。時過境遷，儘

〔註91〕 需要說明的是，在參演《娜拉》期間，王光珍僅作爲磨風藝社社員的身份現身，但尚未正式加入南京分盟。其加入中共領導下的「左翼」劇社，樂意爲「娜拉」代言，甚至在被學校解聘的情形下依舊堅持將《娜拉》一劇演完，則彰顯了向「左」轉的思想傾向。參見呂復、許之喬，〈左翼「劇聯」南京分盟〉，文化部黨史資料徵集工作委員會編，《中國左翼戲劇家聯盟史料集》（北京：中國戲劇出版社，1991 年），頁 277～293。

〔註92〕 宋昭，《媽媽的一生：王蘋傳》，頁 22～26。

〔註93〕 宋昭，《媽媽的一生：王蘋傳》，頁 36～70。

〔註94〕 宋昭，《媽媽的一生：王蘋傳》，頁 235～236。

管一度風靡舊都南京的「娜拉」王光珍，逐漸淡出了公眾的視野，然而作爲新中國第一位「女導演」的「王蘋」，成爲文壇演藝界一顆冉冉升起的新星。由此可見，革命使得失語後的「娜拉」探索出了一條獲得新生的康莊大道。

　　進而言之，在近代中國性別解放歷程中，代表「五四」精神符號的「娜拉」，作爲家庭反叛者的形象，以性別啓蒙者的姿態，曾激勵過無數女性追求自我覺醒，並承載了民族的寓言。然而，隨著國族話語成爲時代的主潮，女性啓蒙的任務在救亡這一使命的感召下，顯得並非那麼迫切，故而「娜拉」這一符號所代表最原初的內涵也漸趨被消解。在這個意義上，爲「娜拉」重新代言的王光珍，在20世紀30年代堅守「五四」性別話語的努力與實踐，以失敗的結局收場。誠然，五四「娜拉精神」的重提，已無法應對國族語境下對女性解放所提出的新命題，而女性、英雄與家國三者的結合，實爲抗戰建國與民族復興時代對於女性切實的呼喚和期許。「左翼革命」的動員符號激勵著「娜拉」們與無產階級大眾相結合，以在「革命之家」中尋找新的價值認同，並將其視爲改變「娜拉」命運的基礎。實際上，「娜拉事件」受挫後的王光珍，對於「左翼」及中共黨組織的靠近與轉向，不僅完成了從「五四新女性」向「民族女英雄」形象的轉變，而且演繹了「中國式娜拉」從「出走」到「革命」這一性別解放路徑的脈絡。這種獨特的人生書寫，既呈現出了與革命道路之間某種同構性的關係，並且這種性別解放與民族解放的合一，也隱喻了現代中國的性別文化與政治實踐。

（作者簡介：蔡潔，女，中央民族大學歷史文化學院博士生）

「木蘭從軍」故事的現代講述——
以抗戰時期的上海、桂林爲中心

秦雅萌

　　摘要：抗戰時期，「孤島」上海與「文化城」桂林，先後出現了講述「木蘭從軍」故事的熱潮。本文選取其中幾個具有代表性的文本，探討戰爭年代女性英雄的製造，抗戰時期家國觀念的新內涵，以及桂劇改革視野中的木蘭故事等主題。通過考察戰時兩個不同地域「木蘭從軍」故事的講述過程，結合木蘭從軍故事與「前文本」的差異，抗戰時期上海與桂林不同的戰時文化氛圍，分析戰時語境下「木蘭從軍」故事中的現實隱喻。這一論題的展開借助跨地域、跨媒介的視野，以文本解讀爲中心，重建歷史現場，管窺抗戰期間「木蘭從軍」故事在不同地域敘事差異形成的原因，發現戰時文化語境中的新問題。

關鍵詞：木蘭從軍；抗戰；女性英雄；家國

一、前言：「木蘭從軍」故事的現代演繹

　　作爲中國古代的歷史傳說，花木蘭這一形象被廣泛接受，源自北朝民歌《木蘭詩》。至晚到唐代，木蘭的故事已廣爲流傳。唐人多次爲花木蘭立廟，文士歌詠木蘭的詩作更是不勝枚舉。花木蘭作爲女性英雄的形象逐漸被民眾所崇敬，並且被愈發神聖化。元、明、清時期，花木蘭成爲了具有「神力」的女性形象，與此同時，隨著理學思想的倡揚，花木蘭身上的「貞節孝烈」的因素也不斷被加以強調。在近現代中國，對「木蘭從軍」故事的演繹長盛

不衰，其譜系的展開與國族命運的變動息息相關。爲配合中華民族的救亡運動，「木蘭從軍」的故事曾被多次改編，搬上戲劇舞臺，其所涉及的劇種也豐富多樣。如《花木蘭傳奇》（陳蝶仙）、《木蘭從軍》戲本（俠抱）、《木蘭從軍》戲本（《中國白話報》刊）、《木蘭從軍》戲本（《女報》刊）、《代父征》（梅蘭芳、齊如山）、《新花木蘭》（言慧珠）以及《木蘭從軍》（許如輝）等〔註1〕。「木蘭從軍」故事的現代講述，不僅承續了原有故事中的思想文化內涵，還在「故」事「新」編的基礎上反映出戰爭年代的時代面向。其中，抗日戰爭時期對木蘭故事的改編熱潮尤爲值得關注：「孤島」上海與大後方「文化城」桂林，先後出現了對「木蘭從軍」故事的新的講述。在一系列代表性文本中，歐陽予倩分別作於 1938 年與 1942 年的兩部《木蘭從軍》劇本，上海新華影業公司據歐陽予倩 1938 年所作劇本拍攝的同名電影〔註2〕，無疑成爲其中引人注目的作品。由這些作品所完成的「木蘭從軍」故事的現代講述，不僅具有跨媒介的特性，還具有跨地域觀照的可能，電影與地方劇中的「木蘭從軍」故事，在與作爲歷史傳說的「前文本」構成互文性的同時，也在其各自不同的上演地域之間形成對話。

對於抗戰時期木蘭故事的重新講述問題，以往的研究者主要著眼於上海「孤島」時期的電影《木蘭從軍》。對於此後「木蘭從軍」故事在桂林的再次改編，學界的關注尚不充分。李道新在他的著作《中國電影史（1937～1945）》中，對電影《木蘭從軍》的放映情況做了翔實的史料梳理工作，並將其置於「抗戰時期中國電影」的大脈絡中進行分析〔註3〕。美國學者傅葆石則從「上海」與「香港」互動的文化語境中，運用嚴謹而富有啓發性的理論，對《木蘭從軍》的製片、發行、放映、宣傳等工作均做了有益的闡發，並特別指出，木蘭從軍故事在越境講述的過程中，顯露出戰時中國的政治界限與戰時中國民眾心理疆界之間的關係〔註4〕。晏妮則利用中日雙方史料，對電影的跨政治空間放映尤爲關注，特別分析了《木蘭從軍》電影的在渝被焚事件與對日本

〔註1〕具體內容可參見馬紫晨編，《豫劇名家演出本——花木蘭（十一場豫劇）》（鄭州：中州古籍出版社，2003年）。

〔註2〕《木蘭從軍》，1939年2月16日上海首映，資料影片，（北京：中國電影資料館複製收藏；武漢：湖北電影製片廠1983年洗印）。

〔註3〕李道新，《中國電影史（1937～1945）》（北京：首都師範大學出版社，2000年）。

〔註4〕傅葆石，劉輝譯，《雙城故事：中國早期電影的文化政治》（北京：北京大學出版社，2008年）。

的影響，重新描述了電影史上的這一特殊文本〔註5〕。邵迎建通過將《木蘭從軍》電影置於上海抗戰時期話劇的總體面貌中，分析了日方的電影政策與《木蘭從軍》上演之間的互動關係〔註6〕。另有研究者避開慣常的文本分析方法，從「文化抵抗」與「抗戰建國」的角度考察了抗戰時期歷史劇的總體面貌，認爲當時的以知識分子、農民與女性等群體爲書寫對象的歷史劇，參與了抗戰時期的學術論爭與思想文化的構建〔註7〕。

本文則試圖將抗日戰爭時期「木蘭從軍」故事的再講述問題，置於上海與桂林兩個地域進行觀照。「孤島」上海與「文化城」桂林所湧現出的「木蘭從軍」故事的改編，不僅涉及戰爭年代女性英雄的製造，抗戰時期家國觀念的新內涵，以及桂劇改革視野中的木蘭故事等主題，還牽涉著抗戰時期上海與桂林不同的戰時文化氛圍，一方面是淪陷區與大後方政治版圖的比照，另一方面也與劇作家歐陽予倩20世紀40年代文學軌跡的變化發展密切相關，由同一作家在不同時空所創作與修改的文本序列，更具有文本對讀的空間。這一論題的展開借助跨地域、跨媒介的多重視野，以文本解讀爲中心，重建歷史現場，分析抗日戰爭時期木蘭故事的現實隱喻，管窺「木蘭從軍」故事在不同地域敘事差異形成的原因，以期發現戰時文化語境中的新問題。

二、「孤島」木蘭：家國之間的女性英雄

1937年10月17日，上海文化界、戲劇界人士在關閉了多年的卡爾登戲院（現長江劇場）召開大會，歡迎離滬三年的田漢先生歸來，並成立了上海戲劇界救亡協會。大會推選歐陽予倩任主席團主席。歐陽予倩在發言中介紹，上海話劇界在抗戰開始後曾分赴內地和前線進行演出宣傳，話劇界救亡協會擴大爲戲界救亡協會，主要以適應時代並擔負起時代的使命爲目的。田漢則呼籲戲劇界在抗戰救亡這一共同的目標下統一合作起來，「要從鏡框的舞臺中跳到更廣大的陣地中去。不論哪一層的文化藝人，各人擎起各人的武器，要開闢新的道路，從救亡工作中來救自己。」〔註8〕同年，歐陽予倩在上海又先

〔註5〕晏妮，〈戰時上海電影的時空：《木蘭從軍》的多義性〉，姜進等著，《娛悅大眾：民國上海女性文化解讀》（上海：上海辭書出版社，2010年）。

〔註6〕邵迎建，《上海抗戰時期的話劇》（北京：北京大學出版社，2012年）。

〔註7〕王家康，《抗戰時期思想文化背景中的歷史劇寫作》（北京：北京大學，2003年）。

〔註8〕萬良，〈上海戲劇界救亡協會成立始末〉，《上海戲劇》1994年第3期。

後組織成立了「中華劇團」與「中華京劇會」，編導並參演了多部配合抗戰宣傳和救亡的劇作。

1938 年 4 月，由於上海的各類抗戰救亡藝術活動受到日軍新聞檢查所的威脅，歐陽予倩離開上海，輾轉於香港與桂林兩地。同年，受電影人張善琨之邀，歐陽予倩在香港寫作完成了電影劇本《木蘭從軍》。影片《木蘭從軍》由上海新華影業公司〔註9〕攝制，導演為卜萬蒼，主演陳雲裳、梅熹。影片於 1939 年 2 月 16 日在「滬光大戲院」〔註10〕上映。電影腳本發表於同年阿英主編的《文獻》叢刊第 6 卷上，署名歐陽予倩〔註11〕。

影片《木蘭從軍》基於歷史傳說「花木蘭替父從軍」的基本故事情節（改了一下語序），另外設置了花木蘭的戰友、影片男主角劉元度這一角色。在木蘭進入軍營、從軍殺敵的過程中，穿插進花木蘭與劉元度從相識到相知、從戰友到夫妻的愛情戲份，因此，「木蘭從軍」的故事可以看作由兩條敘述線索生成的，一條線索是女性英雄盡忠報國的故事，另一條線索則是戰時女性追求自由愛情的故事。與此同時，導演卜萬蒼也十分注重影片敘事的張弛節奏，木蘭、元度與軍營中的叛變者鬥智鬥勇，並最終戳穿其賣國陰謀，成為電影中情節作為緊張的一段；而木蘭與元度互訴衷腸的敘事則表現得緩慢而悠長。

正是對於傳統故事的巧妙改編，對於電影敘事策略的準確把控，使得電影《木蘭從軍》在上映之初便受到了觀眾的熱烈歡迎，「人人說好，場場滿客」〔註12〕，且「開映月餘，依然客滿」〔註13〕。電影連映 85 天，打破了當時上海電影的賣座記錄，引起「孤島」電影界的轟動與熱議。《文獻》雜誌曾用「最高的贊詞」，向觀眾推薦這一「沉著、有力的傑作」：「它像海嘯

〔註 9〕1934 年，新華影業公司由張善琨創辦於上海。

〔註10〕滬光大戲院位於原愛多亞路（今延安東路 725 號），是「孤島」時期第一家建成開業的首輪影院，於 1939 年 2 月 16 日開幕，開幕日首映國產片《木蘭從軍》。

〔註11〕按照歐陽予倩 60 年代初的回憶，他所作的電影劇本到了導演卜萬蒼那裏，則是「更多地注重了噱頭，劇本好幾處都曾被修改過」。歐陽予倩對此特別強調，「發表的是修改本，不是我的原本」，但「儘管如此，這個戲的用意一般的還是能看得出來。」因此，《木蘭從軍》的電影與劇本應當看作是融合了編劇歐陽予倩、導演卜萬蒼，乃至演員們的綜合敘事。參見歐陽予倩，〈電影半路出家記〉，《歐陽予倩全集》（第六卷）（上海：上海文藝出版社，1990 年），頁392。

〔註12〕《大晚報》（上海）1939 年 2 月 24 日。

〔註13〕《大晚報》（上海）1939 年 3 月 24 日。

中的怒語；它像一口卸枚疾走的行軍；它更像天色灰黯以前的風暴；它更像戰士們出征前的鼓譟；它說出了：此時此地中國人民的兒女，慷慨激昂的情緒。」〔註14〕

「孤島時期」的「木蘭熱」與當時的政治局勢密切相關。在文化藝術領域，電影戲劇的演出與書籍報刊的出版均受到嚴格審查與限制〔註15〕。在這個被作家王統照稱為「牢城」的上海，知識分子的生活遭到嚴峻考驗。抗戰時期上海一度繁榮的歷史題材影片與劇作的編演熱潮，實際上成為文藝工作者借歷史諷喻現實的藝術手段。面對抗日戰爭愈發嚴峻的形勢，借用歷史上抵禦外族侵略的愛國主義題材，隱喻「此時此地」淪陷區抗日救亡的政治訴求，構成這一特殊歷史時期的隱微修辭，木蘭從軍故事的再演繹也由此應運而生，而它所引起的轟動效應表徵著公眾內心慷慨激昂的戰時情緒，正如學者傅葆石的概括，作為「孤島」電影標誌的《木蘭從軍》，「它的成功之處在於投射了中國大眾在上海這座困城裏所經歷的痛苦和具有的渴望」〔註16〕。可見，花木蘭作為巾幗英雄形象在「孤島」上海的重現，引發了「此時此地」社會性情緒的集體表達，極大地滿足了民眾心目中對民族英雄的呼喚。

以「歷史」諷喻「現實」，一方面可以應對「孤島」嚴格的文藝審查環境，另一方面則緩解了當時電影與戲劇界「劇本荒」〔註17〕的尷尬局面。「孤島」時期，上海的電影與戲劇工作者曾一度苦於沒有合適的演出劇本。1937 年「八・一三」事變後，上海電影的發展則借一時興起的歷史片熱潮轉向繁榮期。這一轉折的形成，電影《木蘭從軍》功不可沒，人們甚至認為歐陽予倩《木蘭從軍》的成功，「在精神上領導上海電影界向著光明大道上進發」〔註18〕，「上

〔註14〕〈大英夜報無晃徐麗陳立三先生合評〉，《文獻》1939 年第 3 期。
〔註15〕關於電影《木蘭從軍》接受日方審查的過程，晏妮的論文〈戰時上海電影的時空：《木蘭從軍》的多義性〉，以及邵迎建的專著《上海抗戰時期的話劇》有專門的論述。
〔註16〕傅葆石著，劉輝譯，《雙城故事——中國早期電影的文化政治》（北京：北京大學出版社，2008 年），頁 51。
〔註17〕莫諱，〈中國電影的演進及其他〉，《新華畫報》（上海）1939 年第 4 期。莫諱總結上海的劇本荒時指出，電影劇本資源題材窄，表現在如下三個方面：局限在將從前開映成績美滿的默片複製為有聲片；從歷史的書蛆蟲搬出些「民間」式的故事；從舞臺上的劇本，又搬上了銀幕——在這三者之中彷徨著，而創作劇本卻幾乎告絕。
〔註18〕於由，〈春節國片總評〉，《大晚報》（上海）1939 年 2 月 20 日。

海電影界只有循著這條路，才能保證鬥爭的勝利，確立最堅固的基礎」〔註19〕。時任雜誌《文獻》主編的阿英也曾撰文表達對《木蘭從軍》的高度肯定。他認爲，電影《木蘭從軍》的出現，使上海電影界從「沒落」轉向「蘇醒」。通過比較《木蘭從軍》之前的各種戲本與劇本，以及曾經轟動一時的梅蘭芳的演本與民新公司的無聲電影，阿英認爲，電影《木蘭從軍》較之其他各版本的木蘭故事，具有更爲鮮明的「時代感」與「進步性」，並且「配合了目前抗戰的形勢及其需要，有利於戰時的觀衆，成爲上海界的新的血液」，可謂抗戰以來上海最好的影片〔註20〕。

「孤島」上海盛行的歷史題材影片構成了探討電影《木蘭從軍》的必要背景。古裝歷史片的走紅並非偶然，歷史傳說與民間故事題材較容易走近大衆，便於寄託「民族意識」〔註21〕，「以先代人的史蹟激發今人」〔註22〕，從而借傳統故事獲得現實的「啓示性」。對比同時期放映的歷史題材影片《孟姜女》《楚霸王》和《貂蟬》，評論者多將《木蘭從軍》的成功歸因於故事本身積極的價值取向以及電影流利輕快的敘事節奏：「木蘭從軍的故事本身，原來就很有意義。它是動員一切力量捍衛國土的有力指示，經過歐陽予倩先生重新加以處理之後，它已經超過了歷史的價值，而與我們息息相關」〔註23〕。影片《木蘭從軍》在「孤島」上海的熱映，同時也引發了電影界對於古裝歷史片創作道路的討論。人們認爲，在當時的「孤島」，採取歷史上（或民間中）

〔註19〕 在影片放映的第二天（1939年2月17日），《大晚報》便刊登了一組文章，由14人聯名推薦電影《木蘭從軍》（署名：棲樺、吳漢、長質夫、莫言、毛駒、丹丁、葉蒂、無晃、姜恕、麗玲、史遷、于由、巨川、錢塗），《大晚報》1939年2月17日。

〔註20〕 阿英，〈關於《木蘭從軍》〉，《文獻》（上海）第6卷（1939年）。

〔註21〕 「此時此地鬧著劇本荒的上海電影界，關於製作古裝片的取捨，在原則上我們是沒有異議的……古裝歷史片在現在的境況中，決不是沒有意義的，假使劇作者所採取的題材是深入大衆層面而又有民族意識的話。」莫諱：〈中國電影的演進及其他〉，《新華畫報》，上海，1939年第4期。莫諱總結上海的劇本荒時指出，電影劇本資源題材窄，表現在如下三個方面：局限在將從前開映成績美滿的默片複製爲有聲片；從歷史的書蛀蟲搬出些「民間」式的故事；從舞臺上的劇本，又搬上了銀幕——在這三者之中彷徨著，而創作劇本卻幾乎告絕。

〔註22〕 〈推薦電影《木蘭從軍》〉（署名：棲樺、吳漢、長質夫、莫言、毛駒、丹丁、葉蒂、無晃、姜恕、麗玲、史遷、于由、巨川、錢塗），《大晚報》1939年2月17日。

〔註23〕 〈申報之白華先生之評〉，《木蘭從軍佳評集》，《新華畫報》（上海）第3期（1939年）。

的故事來作為電影題材，已成為國產電影取材的新途徑，然而，這並不意味著「把歷史上（或民間）的古色古香，和可歌可泣的故事，依樣畫葫蘆地搬上銀幕就了事，而是應該通過了劇作者的正確的觀點，從古人身上灌輸以配合著大時代新生命；換一句話說，只要在並不十分違背史實記載的原則下，把有意義的部分加以強調，沒有意義的部分儘量減削，甚至全部揚棄」〔註24〕。

電影《木蘭從軍》的熱映不僅引發人們再度關注作為歷史傳說的木蘭故事母題本身，也啟導人們思考傳統故事與社會現實的關聯，這種「古為今用」的意圖在抗戰語境中表現得尤為明顯。劇作者從古人身上取今人所需，以配合抗戰語境中的「大時代」與「新生命」〔註25〕，其「意識之健全，內容之真實，形式之充滿力的美」，被看作為歷史片中借古喻今的成功範例，影片《木蘭從軍》無論是內容還是形式，都被譽為「抗戰前後所不多見的佳構」。評論界尤其看重編劇歐陽予倩的意義：「他盡可能地透過歷史，給現階段的中國一種巨大的力量，它告訴我們怎樣去奮鬥，怎樣去爭取勝利」〔註26〕。

正如唐代詩人韋元甫在《木蘭歌》中對花木蘭「忠孝兩不渝」的贊美，「忠」與「孝」構成木蘭故事的兩個敘事基點。在木蘭故事的歷次改編中，「忠」與「孝」、「國」與「家」的主題一直是題中應有之義。1939 年的電影《木蘭從軍》將故事發生的背景置於唐朝，木蘭是老軍人花世榮的次女，父母在堂，木蘭的哥哥在從軍中犧牲，木蘭還有一個待字閨中的姐姐與一個年幼的弟弟。她自幼跟隨父親練就一身武藝，影片特別強調了她的弓馬嫻熟，百發百中；著力表現了木蘭在戰爭中的「又忠又勇，足智多謀」，而這正是屬於「現代木蘭」〔註27〕的性格。在行伍中，木蘭曾多次以自己的聰明正直應對軍中營混子的欺侮，也結交了劉元度這一志同道合的戰友，並在凱旋後與之結為夫婦。影片中木蘭「忠孝兩全」的美德被賦予了新的時代內涵。木蘭參軍的目的並不僅在於冒名頂替年邁多病的父親以盡孝道，更在於完成一項自身的使命。影片中的木蘭在換上一身戎裝準備出發前，這樣對父親說：「多謝爸爸

〔註24〕　〈申報之白華先生之評〉，《木蘭從軍佳評集》，《新華畫報》（上海）第 3 期（1939年）。
〔註25〕　〈申報之白華先生之評〉，《木蘭從軍佳評集》，《新華畫報》（上海）第 3 期（1939年）。
〔註26〕　〈推薦電影《木蘭從軍》〉（署名：棲樺、吳漢、長質夫、莫言、毛駒、丹丁、葉蒂、無冕、姜恕、麗玲、史邊、于由、巨川、錢堃），《大晚報》1939 年 2月 17 日。
〔註27〕　〈申報白華先生之評〉，《文獻》第 3 期（1939年）。

教得女兒一身武藝，使得女兒能夠盡忠報國，又成全了女兒的孝道，真是兩全其美。」木蘭的肺腑之言構成了對「忠孝兩全」這一傳統倫理觀念的全新闡釋。抗戰年代木蘭從軍故事的演繹已經突破了歷史上「孝」/「家」這一模式，不再局限於傳統倫理道德層面，更注重宣揚木蘭的民族意識，並將木蘭的「孝親愛家」置於「盡忠報國」的大前提下，進而確定了「木蘭之孝」的新的倫理價值內涵。因此，從某種程度而言，木蘭的執戈衛國不再是單純地向父盡孝，也不再是古代社會徵兵服役制下的被動行為，而成為現代社會戰爭動員過程中具有明確國族意識的現代國民的主動選擇。

電影《木蘭從軍》的結尾頗耐人尋味。在凱旋祝捷會的晚上，微醉的木蘭與她屬意已久的元度月下獨白，以歌聲相訴衷腸的場景，配合著《月亮在哪裏》的背景音樂與皎潔的月光，在軍營帳篷內外營造出了濃厚的抒情氛圍，構成了電影中最為浪漫的一段情節，具有舒緩而優美的調子，音樂在造成情節推進的同時，也形成了敘事節奏的波動，凱旋的木蘭辭謝了皇帝的嘉獎，脫下戰袍，換上女裝，與元度喜結良緣。這一結尾預示著，作為女性英雄的花木蘭，在「孤島」時期的上海，具有了「全能性」的榜樣意義：木蘭一方面憑藉著個人的智慧與英勇，像男性一樣，完成身上所肩負的為父盡孝的家族任務與抗敵禦辱的國族使命；另一方面又剛柔並濟，擁有典型的女性特質，追求自由與愛情。她既令人仰慕，又歸於平凡，成為政治宣傳與社會動員的女性英雄符號。

從歐陽予倩最初的劇本，到最終呈現在觀眾面前的電影，其間加入了導演的修改、演員的演繹。這一再創造的過程，同時也伴隨著從文字敘述到視覺表現的轉化。儘管歐陽予倩筆下最初的電影劇本已經無法還原，但從電影的直觀鏡頭來看，作為「孤島」時期上海古裝歷史劇的代表，影片《木蘭從軍》對於花木蘭服飾的設計十分考究。在歷代「花木蘭替父從軍」故事的改編中，「木蘭換裝」都是無法被修改的細節。服飾的意義不僅限於道具層面，而是觸及了「男扮女裝」這一關鍵性情節。整部電影以木蘭打獵射箭的鏡頭拉開帷幕，馬背上的花木蘭，身著男子服飾，其精準的箭法與到位的姿態，不僅意在表明木蘭的英武之氣，也暗示著木蘭身上堅韌的力量；而對於回到家中的木蘭，鏡頭則對準了木蘭織絹時柔美的側影，溫婉嫻淑的「好女兒」與「好姐姐」形象躍然於觀眾眼前；木蘭與父母辭別前去從軍的一刻，是影片裏歷次「木蘭換裝」中最為核心的一環，電影巧妙地融入了地方戲曲的元

素，引發強烈視聽效果的不僅在於木蘭身著戰裝的威武氣勢，而且在於木蘭舞槍弄棒的英勇姿態，猶如中國傳統戲曲舞臺上的絕妙表演；影片尾聲中木蘭的換裝則伴隨著凱旋而歸的喜悅，木蘭在「脫我戰時袍，著我舊時裳」〔註28〕的過程中重返家庭生活，也在「當窗理雲鬢，對鏡貼花黃」〔註29〕的姿態裏回歸女性的平凡。在 40 年代的影評界中，曾有觀點認爲，對木蘭這一女性英雄形象的塑造，演員陳雲裳功不可沒。不同於許多劇團中女作男角的「扭捏之態」，她的戎裝打扮英俊非凡，氣概剛強，「陳雲裳的木蘭很能稱職，打拱、舞劍等等不特沒有破漏，並且似乎極富工夫的，幾個化裝都好，校尉的英俊，閨女的秀麗，番女逼肖，都是應付裕如」〔註30〕。陳雲裳憑藉其優秀的演技，塑造出奔放、英武、智慧的「現代木蘭」形象，甚至贏得了「欲使胡蝶失色」的「南國影后」的美譽〔註31〕。

曾有「東方好萊塢」之稱的上海，也是以「洋涇浜文化」著稱的多元文化彙集的空間。可以說，對女演員陳雲裳的精心包裝〔註32〕；對花木蘭與劉元度愛情婚姻「好萊塢式」的浪漫渲染〔註33〕；對故事大團圓結局的特別設置，其中固然包含了導演對於娛樂性與商業性的考慮，但也與劇作家對現代女性問題的關注密不可分。「提倡女權」，強調「婦女也能抗敵」是歐陽予倩戰時文學創作的一貫主張。而在戰爭年代，以女性形象表現民族意識與愛國情懷，將女性重塑爲戰爭動員的象徵符號，又包含了特定的性別政治意涵。正如學者傅葆石所分析的那樣：「如果嬌柔無力、留守家園的女性都能挺身而出保衛家國，那麼在社會和歷史公共舞臺上作爲主角的男人，則更有義務捨棄一己之私利爲國效力。」〔註34〕面對抗日戰爭這一特殊的歷史情境，男女的性別差異被抗敵救國這一更高的時代主題所統攝，作爲女性的木蘭，不僅擁

〔註28〕郭茂倩編，《樂府詩集》（北京：中華書局，1979 年），頁 374。
〔註29〕郭茂倩編，《樂府詩集》（北京：中華書局，1979 年），頁 374。
〔註30〕任慕雲，〈觀「木蘭從軍」後〉，《現世報》第 49 期（1939 年）。
〔註31〕〈新聞報廉先生之評〉，《文獻》第 3 期（1939 年）。
〔註32〕具體可參見傅葆石所著《雙城故事：中國早期電影的文化政治》第二章第四節，文章具體論述了對「明星」陳雲裳的「製造」過程。
〔註33〕《新聞報廉先生之評》：「卜萬倉有好萊塢導演的風格：不一貫嚴肅，愛在緊張場面之餘，滲以趣味的穿插。……好萊塢歷史片中必然點綴一頁羅曼史。導演與編劇的作風融合而成的成功。」參見《木蘭從軍佳評集》，《新華畫報》（上海）第 3 期（1939 年）。
〔註34〕傅葆石，劉輝譯，《雙城故事──中國早期電影的文化政治》（北京：北京大學出版社，2008 年），頁 32。

有參軍的合法理由，還被作爲與男性無差別的時代英雄所頌揚。於是，作爲民族英雄形象的花木蘭被大眾文藝所成功製造出來，而戰爭動員中女性參軍服役的問題，也借花木蘭替父從軍這一故事題材得以傳奇式的、想像性的解決。

三、桂劇改革視野中的「木蘭從軍」：西南社會現實的側影

抗日戰爭時期的歐陽予倩，歷經了戰爭文化的洗禮，多次轉輾於上海、香港與桂林，逃難遷徙的經驗與途中的見聞，讓歐陽予倩對於「木蘭從軍」故事的改編有了新的思考。1942 年，歐陽予倩以「孤島」電影《木蘭從軍》腳本爲底本，將其改編爲桂劇《木蘭從軍》〔註35〕。1944 年，此劇還作爲第一屆西南戲劇展覽會的開幕劇演出。〔註36〕

作爲明清時期逐漸形成的地方劇種，桂劇表演中的內容腐敗與表演粗俗曾被人詬病。抗戰爆發後，在廣西大學校長馬君武的發起與推動下，桂林成立

〔註35〕 歐陽予倩，〈電影半路出家記〉，《歐陽予倩全集》（第六卷）（上海：上海文藝出版社，1990 年），頁 38。

〔註36〕 西南劇展是在 1941 年皖南事變後的西南政治語境中籌備的，最初由歐陽予倩和田漢倡議，1943 年 11 月，桂林戲劇界正式開始了「西南戲劇展覽會」的籌備工作，歐陽予倩被推爲籌委會主任。1944 年 2 月 15 日，「西南劇展」暨藝術館新廈落成典禮於下午三時在藝術館禮堂隆重開幕，有歐陽予倩、田漢、熊佛西、李文釗、瞿白音等以及來自西南八省二十三個戲劇團隊近一千人參見，是抗戰期間一次空前轟動的「規模巨大的盛會」，茅盾稱其爲「國統區抗日進步演劇活動的空前大檢閱」。

劇展包含了中國共產黨對西南大後方文藝的領導意圖，按照時任中共重慶局文化工作委員會委員和桂林文化組組長的邵荃麟的説法，西南劇展意在通過戲劇的演出與展覽，「去認識和評價這幾年來戲劇運動發展的成果，去接受抗戰運動中的經驗和教訓，和從這裡去重新肯定今後戲劇運動的方針和方向，以及研究戲劇藝術上的各種問題」，將戲劇這一文化落後國家中「最有力的啓蒙形式」應用到人民大眾中去」。

西南劇展的活動分爲三部分：一是戲劇演出展覽，包括話劇、京劇、桂劇、傀儡戲、少數民族舞蹈和雜技等內容；二是資料展覽；三是戲劇工作者大會。1944 年 2 月 16 日，「西南劇展」的演出展覽部分正式開始。由廣西戲劇改進會桂劇實驗劇團演出的《木蘭從軍》被安排爲劇展的首場演出，在第二展覽場國民戲院演出。以「表示對廣西地方戲的尊重」。

第一屆西南劇展的戲劇工作者大會除了探討了戲劇界諸多的理論與實踐的問題外，還通過了三十六項提案，其中包括四十字的〈戲劇公約〉：1. 認清任務；2. 砥礪氣節；3. 面向群眾；4. 面向整體；5. 精研學術；6. 磨練技術；7. 效率第一；8. 健康第一；9. 尊重集體；10. 接受批評。以上資料參見魏華齡，《桂林文化城史話》（南寧：廣西人民出版社，1987 年）。

了「廣西戲劇改進會」，針對傳統桂劇中的糟粕因素進行改良。1938 年 4 月，
歐陽予倩應馬君武之邀，由上海經香港到達桂林，受聘爲廣西戲劇改進會顧
問，主持桂劇改革工作，希望在「改良桂戲方面多下工夫」〔註 37〕。1939 年 9
月，歐陽予倩受邀二度由港入桂，再次著手桂劇改良事業，在被譽爲抗戰時期
的「文化城」的桂林，展開了桂劇改革的深入實踐。桂劇《木蘭從軍》的創作
便是這場改革中的重要成果。同年 11 月，歐陽予倩將原廣西戲劇改進會所屬
桂劇團進行了整頓，1940 年春正式命名爲「桂劇實驗劇團」，並親任團長，編
排新戲與整理舊戲並行。歐陽予倩指出，舊戲擁有大多數觀眾，但內容多半腐
敗：封建思想、奴隸道德、迷信的宣傳、淫虐的表現，佔據了中心。〔註 38〕針
對這些問題，歐陽予倩提出了桂劇改革的基本步驟：首先要建立一個「健全的
職業劇團」，把桂劇從「角兒制度」和「商業劇場」中解放出來，眞正成爲一
項嚴肅的「事業」；其次，革新桂劇的內容，使之「與現代的社會思想相吻合，
而有積極的意義，並在形式上加以新的處理……音樂、舞臺裝置、燈光、服裝、
化裝都要予以統一的處理」。最後，還需要打破地域封閉性，吸收姊妹藝術的
長處，同時保持桂劇的傳統風格。〔註 39〕作爲抗戰時期內遷西南的知識分子的
代表，歐陽予倩在廣西的活動時間長達七年之久（1938～1944），在這段時期，
歐陽予倩改革桂劇的實踐，開拓了桂劇表現現代題材的先例，使桂劇這一傳統
劇種獲得了反映現實生活與鬥爭的能力，並服務於抗日救亡運動。

桂劇舊有 800 多出傳統劇目，題材多爲歷史故事。歐陽予倩在這一時期
的戲劇作品，包括話劇、戲曲和歌劇共 28 部，其中同樣包括了很大比例的歷
史題材劇作。事實上，早在 1930 年代，歐陽予倩對廣義的「歷史劇」就形成
了一套自己的看法。他認爲，歷史題材的戲劇敘事，不應照搬原有情節，而
應注重歷史與現實的關聯：「並不是布置一個夢境似的迷宮，而是要使觀眾因
過去的事跡聯想到目前的情況，這就是所謂『反映現實』」──將歷史劇在現
代的舞臺上「復活」，使歷史劇「演得如現實一樣，絕不宜使觀眾感覺到是另
一世界的事」，惟其如此，才能創作出具有「新生命」的劇作〔註 40〕。

〔註 37〕華嘉，〈訪歐陽予倩先生談香港的戲劇與電影〉，《救亡日報》1939 年 10 月 1 日。
〔註 38〕歐陽予倩，〈關於舊劇改革〉，《克敵》第 23 期（1938 年 8 月 13 日）。
〔註 39〕歐陽予倩，〈改革桂戲的步驟〉，《公餘生活》第 2 卷 5 期（1940 年 1 月）。
〔註 40〕歐陽予倩，「我們要在現代舞臺上使其（歷史劇）復活這也是一個重要的使命。
　　　　如若只拿過去的事實照樣鋪敘一番，豈不是絲毫意義沒有？所以說歷史劇要
　　　　現代化而有新生命。」參見《戲劇》第 1 卷第 1 期（1929 年 5 月 25 日）。

　　歐陽予倩 30 年代的這一追求，已經觸及了 40 年代桂劇改革實踐中一個重要的理論命題。40 年代歐陽予倩所領導的桂劇改革是在更為廣義的「舊劇（戲曲）改革」背景下進行的。如果追溯其理論背景，則與 40 年代初的「民族形式問題的論爭」，1942 年《在延安文藝座談會上的講話》密切相關。在歐陽予倩看來，舊戲的改革一方面順應了戲劇本身的發展趨勢，另一方面也始終與抗戰發生關係。正如廖沫沙所言，「抗戰使中國變了，也使中國的戲劇變了」〔註 41〕。利用或改革民間戲曲形式作為抗戰宣傳的工具，成為抗戰爆發後戲劇界的一種重要趨向。然而，民間戲曲的「現代化」進程並不容易，它涉及傳統戲曲與舶來品話劇，乃至電影的對話。當時流行的論斷是「舊瓶裝新酒」，即在傳統戲曲形式下添加進現實生活中的新內容。歐陽予倩則並不囿於戲曲內部的「形式與內容」論爭，他的戲曲改革實踐並不局限於戲曲內部，而是主動與時代新命題對話，因此，桂劇改革視野中的「新桂戲」《木蘭從軍》，呈現出上述鮮明的現實關懷。

　　40 年代的歐陽予倩曾闡明自己寫作這類歷史題材劇作的初衷：「近年來，我有一個心願：我想多寫出一些堅強誠實忠義的人物，鼓勵氣節，為搖動、浮薄、姦猾的分子痛下針砭。不論為男為女，不論身份尊卑，不論事情的大小，我都要用全力加以描寫，《桃花扇》《木蘭從軍》和《李秀成》，都是從同一動機出發。」〔註 42〕但細讀桂劇《木蘭從軍》劇本，可以發現歐陽予倩除了塑造出花木蘭「堅強誠實忠義」的人格和高尚的「氣節」之外，還觸及了戰時中國語境下的諸多現實的社會問題，對這些問題的處理也構成了劇作家以戲劇形式回應時代命題的方式。桂劇《木蘭從軍》表現出歐陽予倩對於如何將「木蘭替父從軍」這一歷史傳說題材進行現代演繹的持續性思考。桂劇版本的木蘭故事，延續了「孤島」電影《木蘭從軍》的基本故事情節，同時對抗戰新形勢下西南地區的社會現實問題給予了特別關注。

　　關注西南內地抗戰語境中的現實社會問題，對木蘭故事情節的靈活處理，離不開歐陽予倩的歷史劇創作原則與立場。他在回顧西南第一屆劇展時曾斷言：「這個時代是了不得的大時代」，「很好的戲劇題材隨處皆是」，之所

〔註41〕易庸（廖沫沙），〈讀歐陽予倩的舊劇作品——兼論舊劇改革〉，《戲劇春秋》第 2 卷第 3 期（1942 年 9 月 10 日）。

〔註42〕歐陽予倩，〈《忠王李秀成》弁言〉，蘇關鑫編，《歐陽予倩研究資料》（北京：中國戲劇出版社，1989 年），頁 161。

以題材受限並不是由於劇作家缺少「深刻地體驗」與「誠懇地描寫」，而是限於「種種生活上的壓迫」，導致「劇作家、導演都失去了創作的自由，沒有研究和體驗的餘裕」。因此，歐陽予倩呼籲劇作家們「把圈子放得大一點」，「不僅描寫環境，還要創造環境」〔註 43〕。這也表明，歐陽予倩劇作中的現實關懷，並非單純觸及「歷史眞實性」與「生活眞實性」，而是兼及劇作家的「體驗」與「創造」。

在抗戰時期不同版本的木蘭故事中，十分耐人深思的是對故事結局的設計。考究《木蘭從軍》劇本的形成，歐陽予倩在 60 年代初曾有回憶。故事是由作者在原有歷史傳說的基礎上「加了一點虛構的情節」發展而成的：

> 當時我翻了一翻明、清兩代的一些筆記中有關木蘭從軍的傳說。如俞正燮的《癸巳存稿》所引《江南通志》的記載，說木蘭姓魏，隋恭帝時人，立了很大的戰功，從軍十二年，人不知爲女子，凱旋回鄉，改著舊裳，同行盡駭，皇帝聽到，要納她爲妃，她不從，一氣就自殺了。據說，也就因爲這樣，史官沒有爲她立傳。我本想把她作爲一個反封建的女性，把戲寫成悲劇，後來一想，爲了宣傳抗戰，鼓舞人心，應當著重寫她的英勇和智慧〔註 44〕。

電影《木蘭從軍》的結尾與桂劇《木蘭從軍》類似。戰爭的激蕩使得深處閨中的木蘭放下女子織絹繡花的本職，走出家庭，走向戰場。作爲英雄女性的木蘭，在完成了她的從軍使命後，如何回歸平凡，重新開始她的新生活，電影與桂劇給出了一個頗爲理想化的答案：花木蘭與戰友劉元度月下談情，傾訴衷腸，歸家後二人結爲夫妻。在他們看來，戰爭與亂世並不構成日常生活的障礙──邊關無事，二人同務農桑；邊關有事，一同再上前線，在花木蘭身上，「妻子」與「元帥」的身份也可以順利地進行相互轉化，如此大團圓的愛情婚姻模式無疑代表了當時人們心中簡單化的理想訴求。

延續 1938 年《木蘭從軍》電影劇本中對家國主題的敘述，歐陽予倩在 1942 年的桂劇劇本中，針對「家與國」「忠與孝」的問題進行了更爲具體而全面的思考。劇本設置了木蘭與劉元度的深夜對話，劉元度問起花木蘭爲何還不睡，

〔註 43〕 以上引文參見歐陽予倩，〈能否把圈子放得更大〉，《新文學》第 1 卷第 4 期（1944 年）。

〔註 44〕 歐陽予倩，〈電影半路出家記〉，《歐陽予倩全集》（第六卷）（上海：上海文藝出版社，1990 年），頁 390。

是不是想念家鄉，花木蘭回答：「爲了保衛家鄉才去當兵打仗，自己的家鄉怎能不想。」〔註45〕劉元度與花木蘭談到家中是否有妻室，花木蘭的唱詞爲「目下爭的是勝利，個人之事不須提」。全劇不僅呼籲大的「國」超越小的「家」，對民族國家的「忠」超越對個體家庭的「孝」，也同樣強調「家」在「國」中應有的位置，「家」在「國民」心中不可替代的情感所繫。桂劇《木蘭從軍》對這一問題的敘述借用了普通百姓最爲樸素的抗戰心願。劇本還設置了周苞、王泗這兩個農民兵，以他們之口道出了千萬農民兵的參戰理由：只有保「國」，才能安「家」：

　　　王泗：我怕敵人來了，老婆也難保，我要打走敵人，才保得住

老婆。

　　　周苞：我怕國破了家也保不住，我要先打走敵人再回家〔註46〕。

桂劇劇本中「家」與「國」的關係不是單純的二元對立，「家國之間」的現代國民也不再彷徨於「保家」與「衛國」的矛盾選擇之中。桂劇《木蘭從軍》對「家」與「國」的思考並不是去情感化的、口號式的宣揚。頗有意味的是，劇本特別安排了敵軍陣營中相對應的敘事情節：當敵軍的士兵們唱起了思鄉曲，首領哈利可汗氣急敗壞，馬上傳令「斬立決」，規定今後軍中不允許再有人唱思鄉曲。這與木蘭對士兵們耐心的心理疏導形成了鮮明對照。顯然，劇作者更爲讚同木蘭的策略，肯定戰士思鄉的自然情感。《木蘭從軍》正是以這樣的書寫，賦予家國關係新的時代內涵，同時反映了1942年身處桂林的歐陽予倩對「國」與「家」關係的進一步思考。

　　值得特別關注的是，這些身處「家國之間」的人物形象身上所負載的政治身份與國族認同。無論是電影、桂劇《木蘭從軍》，還是話劇《花木蘭》，文本中各類人物所負載的政治身份與國族認同均多少帶有二元論的思維特點。軍營中的人物，不是民族英雄，便是賣國漢奸。如此黑白分明的判斷與命名，忽略了處於「忠」與「奸」之間複雜的「灰色地帶」。因此，分析抗戰時期「木蘭從軍」故事中各類士兵身份命名，可以發現，對軍人形象的書寫不無簡單化與二元化的思維傾向。這正如美國羅徹斯特大學弗素在《戰爭與

〔註45〕歐陽予倩，〈木蘭從軍（桂劇）〉，《歐陽予倩全集》（第三卷），（上海：上海文藝出版社，1990年），頁349。

〔註46〕歐陽予倩，〈木蘭從軍（桂劇）〉，《歐陽予倩全集》（第三卷），（上海：上海文藝出版社，1990年），頁361。

現代回憶》（*The Great War and Modern Memory*）中分析的那樣，戰爭對現代意識結構具有深遠的影響。他將第一次世界大戰中逐漸形成的戰時意識結構概括爲「現代的敵對習慣」（Modern Versus Habit）：「戰爭的其中一份遺產是（對事物）簡單的區分法。簡單化和對立化成了思維習慣。假如眞實是戰爭的主要受害者，那麼多義性（ambiguity）便是另一個。」〔註 47〕戰爭對文化心理與文化結構的影響是普遍的，人們逐漸開始並習慣以涇渭分明的二元對立觀點分析複雜的社會現象與人物身份。愛國與叛國、英雄與漢奸、忠與邪、好與壞、「非此即彼」成爲了戰時語境中人物身份的命名方式，即便到了和平年代，這種思維習慣也不無影響。這三個木蘭文本對人物政治身份的設置，無疑成爲抗日戰爭時代文化意識結構的徵候性表現。

1942 年的桂劇劇本與 1938 年的電影劇本之間的差異性也頗爲明顯。如果說 1938 年的電影劇本著力表現木蘭的「英勇和智慧」，從而借用電影這一大衆文藝工具「宣傳抗戰，鼓舞人心」〔註 48〕，那麼到了 1942 年的桂劇劇本，歐陽予倩則更具體深入地挖掘了木蘭故事的現實性意義。歐陽予倩通過「現代木蘭」之口，爲西南民衆講述了戰爭的意義：「我們倘若自不努力，敵人去了還能再來。況且，內憂外患，用兵多年，國家的元氣傷了，生聚教訓至少還要十年。房子燒了要重新建造，田地荒了要努力耕種，失學的兒童要好好教訓。必定要使天下沒有飢寒之人，沒有失學的子弟，沒有吃閒飯的敗類。然後民能富，兵能強，國家才能有眞正的太平。」〔註 49〕可以說，1942 年，歐陽予倩面對「西南」〔註 50〕這片相對封閉的內地空間與國民大衆，所作劇本更多地關注了如何向民衆解釋「戰爭」的本身，啓導人們思考士兵究竟爲何而戰，以及戰爭結束後中國該向哪裏去的問題。從某種程度來說，1942 年的桂劇劇本可以看作是 1938 年電影劇本的延伸、拓展與深化。

與上海「孤島」的言說語境類似，桂劇《木蘭從軍》在桂林上演後同樣引起了諸多關注與討論。作家廖沫沙除了肯定《木蘭從軍》中所倡導的民族

〔註 47〕轉引自傅葆石，〈戰爭和文化結構的關係〉，《復旦學報》1985 年第 6 期。

〔註 48〕歐陽予倩，〈電影半路出家記〉，《歐陽予倩全集》（第六卷）（上海：上海文藝出版社，1990 年），頁 390。

〔註 49〕歐陽予倩，〈木蘭從軍（桂劇）〉，《歐陽予倩全集》（第三卷）（上海：上海文藝出版社，1990 年），頁 389～390。

〔註 50〕「西南」這一地域概念與今日不同。1940 年代的西南地區指「西南五省」，以四川、貴州、雲南、湖南、廣西五省爲其範疇。參見中國旅行社編，《西南攬勝》（ Scenic Beauties in Southwest China）（1940 年）。

意識外，還引用劇中第三場木蘭父親接到出征軍書時的對白，分析劇本中對
現代戰爭本身的深刻思考：

> 蘭父：怎麼帥府有信到來？好，拆書念與我聽。
>
> 木蘭：女兒拆過了。
>
> 蘭父：說些什麼？
>
> 木蘭：說的是匈奴犯境，元帥興兵抵擋，命爹爹入隊應卯，又
> 　　　要去打仗去了。
>
> 蘭父：啊？打匈奴嗎？你看清楚了沒有，打哪個？
>
> 木蘭：打匈奴（以信示父）。
>
> 蘭父：打的是侵佔我們土地的強盜嗎？（一面接信，一面說）
> 　　　哈哈哈哈！兒啊，想為父打了一世的仗，總是打的自家
> 　　　人，替一個人去爭天下。我受過好幾次傷，這裡，這裡，
> 　　　這些傷都是白受了，如今也輪到我去打外來的強盜，替
> 　　　國家出力，為父有了葬身之地了。好，好，好！〔註51〕

木蘭父親的心聲「代表異族侵淩時代千百萬人們的心聲」，在廖沫沙看來，歐
陽予倩「捕捉了這一個平凡而又普遍的民族最高意識，隨手織入他的劇作中，
看來雖很容易，實際卻是在舊歌劇中採用新的現實內容新的思想意識的一個
大問題」〔註52〕。劇本的這一表達不僅是現實的，更是現代的。所謂的「現
代的表達」，反映在這段人物對白中，則主要表現為現代的戰爭觀念，實際上
概括了古代戰爭與現代戰爭的根本差異：不同於傳統戰爭「替一個人（君主）
去爭天下」的作戰動機，「現代」的戰爭是「替國家出力」，國家作為一個具
有現代內涵的民族共同體，將全民納入戰爭格局，形成現代社會全民參戰的
總體戰態勢。因此，「木蘭從軍」中的「從軍」具有兩重內涵：既是「女性的
從軍」，又是「全體國民的從軍」。

　　在桂劇劇本《木蘭從軍》中，歐陽予倩從側面敘述了戰爭產生的原因，
借敵人首領哈利可汗的獨白隱喻當下抗日戰爭中的「內憂」問題：

〔註51〕此段引用應是廖沫沙於 1942 所見的初版本（未見），與其後收入《歐陽予
　　　倩全集》中的文字略有不同。此處原文錄入。參見易庸（廖沫沙），〈讀歐
　　　陽予倩的舊劇作品——兼論舊劇改革〉，《戲劇春秋》第 2 卷第 3 期（1942
　　　年）。

〔註52〕易庸（廖沫沙），〈讀歐陽予倩的舊劇作品——兼論舊劇改革〉，《戲劇春秋》
　　　第 2 卷第 3 期（1942 年 9 月 10 日）。

　　哈利可汗：（念）衝風冒雪過沙漠，堪羨中華物產多。百萬健
兒操練好，試看鞭影斷黃河。孤，哈利可汗是也。世居漠北，將勇
兵強，因愛中華氣候溫和，物產豐富，久想興兵奪取，多少年來，
沒有機會可以下手。可喜近來，中華起了內亂，有機可乘，因此點
起大兵百萬，要殺進長城，首先佔領延安府，然後掃蕩江南。〔註53〕

在這裡，歐陽予倩將外敵入侵的根源一方面歸結為敵人覬覦中華的富饒領
土，另一方面則認為，正是由於「中華起了內亂」，敵人才「有機可乘」，進
而告誡民眾，抗戰救國首先要解決內憂問題，團結各方力量。桂劇《木蘭從
軍》多處交待了作為統帥的木蘭對各方力量的團結，尤其關注了階級衝突背
景下的強行徵兵問題：

　　花木蘭：列位呀！
　　（唱）弟兄們休流淚免悲聲，
　　你們都是善良的人。
　　可恨那豪紳惡霸心腸狠，
　　教你們披枷帶鎖去充軍。
　　這時候忍下心頭恨，
　　必須要一步一步挨到邊城；
　　到了邊城再把計來定，
　　去掉了枷鎖才好謀生。
　　如今前方軍事緊，
　　一定要你們去當兵，
　　那時節拿起刀槍拼性命，
　　打退了敵寇好做人〔註54〕。

桂劇《木蘭從軍》設置了四個被強行徵調的農民兵，他們在從軍的路上怨聲
載道，與「豪紳惡霸」多次發生衝突。劇本並未迴避抗戰年代西南地區因大
量徵調農民兵而引發的社會矛盾，而是通過劇中木蘭語重心長的疏導，啟發
民眾理解抗戰時期徵調農民軍的現實性與必要性。廖沫沙重點關注了桂劇《木
蘭從軍》中此類「新鮮現實的問題」，讚賞歐陽予倩在改革舊劇中所加入的此

〔註53〕歐陽予倩，〈木蘭從軍（桂劇）〉，《歐陽予倩全集》（第三卷）（上海：上海文
　　　藝出版社，1990年），頁325～326。
〔註54〕歐陽予倩，〈木蘭從軍（桂劇）〉，《歐陽予倩全集》（第三卷）（上海：上海文
　　　藝出版社，1990年），頁348。

類「新內容與新事物」，認爲「歐陽先生在改革舊歌劇運動中，已經走上了一條大道」。〔註55〕桂劇《木蘭從軍》還安排了「眾父老」與「花木蘭」的對白，劇本由此展開了「團結抗戰」主題之下「軍與民」關係的探討，即團結戰區當地的父老百姓，一方面解決軍隊的糧食與兵力的困難，另一方面則爲抗戰建國打下基礎。軍民一體，萬眾同心參與抗戰成爲了劇本的另一關注焦點。

《木蘭從軍》的情節設置與當時的抗戰局勢密不可分，1942 年，抗日戰爭進入相持階段，社會思潮中不乏對抗戰勝利後的想像。劇本敘述到木蘭所率領的軍隊進入勝利的最後關頭時，元帥花木蘭不斷強調戰爭的「反攻」任務既激動人心，又最爲艱巨。更值得關注的是，桂劇《木蘭從軍》不僅書寫了戰爭的階段性勝利，更將其置於戰後建國的視野中探討。當木蘭所率領的軍隊贏得了勝利時，木蘭在一片歡呼中陷入沉思，劇本安排了這樣一段獨白：

> 花木蘭：我們倘若自不努力，敵人去了還能再來。況且，內憂外患，用兵多年，國家的元氣傷了，生聚教訓至少還要十年。房子燒了要重新建造，田地荒了要努力耕種，失學的兒童要好好教訓。必定要使天下沒有飢寒之人，沒有失學的子弟，沒有吃閒飯的敗類。然後民能富，兵能強，國家才能有真正的太平。如今不是苟且偷安的時候……〔註56〕

花木蘭的獨白既高屋建瓴，又思慮深廣，同時回應著「抗戰建國」的理念。劇本的敘述啓發觀眾——不應僅僅滿足於對戰爭勝利的想像，而應將戰後的建國問題看作戰爭自身的延續，並將其作爲一個嚴肅而重要的議題進行思考。

四、結語：多重視野中的「木蘭從軍」

在戰時語境下考察歷史傳說或傳統故事的改編，包含著多重性與複雜性的視野。「故」事如何「新」編的問題，既涉及「講故事人」的自身觀念，又離不開其所處的大時代的社會文化語境。當我們聚焦在抗戰時期「木蘭從軍」故事的現代講述問題時，「孤島」上海與「大後方」桂林無疑成爲不可迴避的觀照視點。作爲「東方好萊塢」的上海，是中國電影的發祥地，自晚清以降便孕育著中國的摩登文化與現代商業氣息。1939 年的電影《木蘭從軍》，儘管

〔註55〕易庸（廖沫沙），〈讀歐陽予倩的舊劇作品——兼論舊劇改革〉，《戲劇春秋》第 2 卷第 3 期（1942 年 9 月 10 日）。

〔註56〕歐陽予倩，〈木蘭從軍（桂劇）〉，《歐陽予倩文集》（第三卷）（上海：上海文藝出版社，1990 年），頁 389～390。

敘述的主線仍然是「家國之間」女性英雄的再現，然而其中娛樂性元素的視覺呈現也無疑成爲影片難以迴避的重要問題，女性形象在「換裝」過程中的重塑，具有「全能性」特質的女性英雄的製造，同時帶來了探討「孤島」上海女性與家國問題的多元視野。

而在桂劇改革背景下出現的新桂劇《木蘭從軍》，則延續了劇作家歐陽予倩對「木蘭從軍」這一故事母題的思考。抗戰形勢下西南社會中的現實情境成爲桂劇《木蘭從軍》集中關注的問題，相比於電影《木蘭從軍》對於「噱頭」與「浪漫」色彩的設計，桂劇《木蘭從軍》則以劇中人物之口，道出了「家國之間」的普通百姓的抗戰心聲，關注「家」在「國」中的位置與作用，「家」對於「國民」情感歸屬的重要意義。同時，進入戰略相持階段的後期，桂劇《木蘭從軍》也觸及了諸如當時社會中內憂與外患的關係，軍民合一的基礎，以及元氣大傷的中國如何爲日後的「抗戰建國」做足準備的現實性問題。

總之，抗日戰爭時期對「木蘭從軍」故事的再演繹，既是現實的表達，也是現代的表達，其中無處不隱喻著人們對於抗戰的想像。抗戰的年代是變動不居的年代。從 1938 年到 1942 年，隨著戰爭形勢的變化，從淪陷區到大後方，從東南沿海到西南內地，在抗日戰爭的歷史語境中，對木蘭從軍這一歷史傳說的現代演繹，既包含了對當下社會態勢的思考，也融入了戰時文化心理與政治訴求，更牽連著自五四以來的歷史命題。儘管在「木蘭故事」漫長的演繹史中，抗戰時期的木蘭文本只是其中的一小部分，但所呈現的戰時風貌與現實關懷卻頗值得關注。

（作者簡介：秦雅萌，女，北京大學中文系博士生）

二、晚清民初女子教育與女性形象的建構

閨閣聯吟，一門風雅——
以商景蘭爲論述核心兼論山陰祁氏閨秀群體

許愷容

摘要：本文結合史料與闡釋，通過以文證史的步驟，除了析理祁氏閨秀聯吟的面貌，復從閨秀詩會的核心人員商景蘭入手，從傳承的角度梳理家風，以作爲深研作品背後意涵的鑰匙。祁氏詩會不僅止於閨閣內的互動，亦延及不同性別，乃至於閨閣外的才子、才女的互動。這種文學性的社交活動，不僅豐富作品的表現技巧與內容，使得視野更爲開闊，而能別出於傳統閨秀題材的局限；不僅是閨秀詩會的先聲、也促成閨秀才學的提升，允爲女子教育的另種體現。

關鍵詞：山陰祁氏；閨秀詩會；才女；商景蘭；祁彪佳

一、前言

祁彪佳（字弘吉，1602～1645），山陰人（今浙江紹興），祖父世清白吏，父親祁承爍（字爾光，1563～1628）爲著名藏書家，曾撰《澹生堂藏書目》。父祖的佳範懿德，加上自身興趣廣博，政治上體恤民情、敢於諫言，藝文上長於戲曲品鑑兼擅詩文。〔註1〕商景蘭（字媚生，1605～1676），會稽人，父

〔註1〕祁彪佳承繼父親的志業，據考有藏書3萬餘卷，以戲曲文獻的收藏爲特色。惜祁氏家破後，藏書逸散，無復原貌。關於祁承爍藏書面貌，可參嚴倚帆，《祁承爍及澹生堂藏書研究》（臺北：臺灣大學圖書信息研究所，1987年）；祁家藏書簡介部分，參李玉安、黃正雨，《中國藏書家通典》（北京：中國國際文化出版社，2005年）。

親爲吏部尚書商周祚（字明兼，1601 年進士），家學薰陶下，行止風雅、德才並濟。阮元（1764～1849）《兩浙輶軒錄》提到：

> 梅市祁忠敏一門，爲才子之藪，忠敏群從則駿佳、豸佳、熊佳，公子則班孫、理孫、鴻孫，公孫耀徵；才女則商夫人以下，子婦楚纕、趙璧，女卞容、湘君。閨門內外，隔絕人事，以吟詠相尚。青衣家婢，無不能詩，越中傳爲美談。〔註2〕

祁彪佳、商景蘭與子女輩（及配偶）的家庭成員包含：祁理孫（字奕慶，1625～1675）、祁班孫（字奕喜，1632～1673）、祁德淵（字弢英，約 1628 前後）、祁德玉（字卞容，約 1628 前後）、祁德茝（字湘君，約 1628 前後）、祁德瓊（字修嫣，1628～1662），以及張德蕙（字楚纕，生卒年不詳，祁理孫配偶）、朱德蓉（字趙璧，生卒年不詳，祁班孫配偶）等。〔註3〕

門當戶對的結合，才子佳人的婚姻，而有美譽：「祁公美風采，夫人商亦有令儀，閨門唱隨，鄉里有金童玉女之目。」〔註4〕語源自朱彝尊（1629～1709）《靜志居詩話》，其中「閨門唱隨」特指祁氏家族女性成員的文學唱和活動。值得一提的是，擅長詩歌的文藝才女，明清之際的名妓群體，成就亦頗爲人重視。同樣歸類在才女群體，閨秀才女除了階級、門第的考量，更重視德業基準，以使家族綿延不衰爲訴求。簡言之，閨秀才女在「才藝」之外，更重

〔註2〕清・阮元，《兩浙輶軒錄》（上海：上海古籍出版社，2004 年），頁 473。

〔註3〕祁彪佳、商景蘭兩人共育有七名子女，長子祁同孫出生後便過繼給祁彪佳長兄祁麟佳，故一般皆以次子祁理孫爲長。祁德玉行事失載，或作「祁德姬」。祁家女媳以「德」字排行，惟二女失載。由於商景蘭詩作裏，有〈代卞容寄妹〉、〈代卞容閨怨〉、〈代卞容怨詩〉，產生「卞容」何指的疑問。有一派主張卞容爲祁德玉，疑其不善詩，主之者，如應裕康《王編祁忠敏公年譜述評》、曹淑娟《流變中的書寫——祁彪佳與寓山園林論述》；另一派主卞容爲祁德淵，如胡文楷《歷代婦女著作考》、謝愛珠《賢媛之冠——商景蘭研究》。筆者從祁德淵善詩又字修嫣，疑不需他人抓刀；再加上此三首代作的內容推測，從卞容爲祁德玉說法。參胡文楷，《歷代婦女著作考》（上海：上海古籍出版社，2008 年），頁 309；應裕康，〈王編祁忠敏公年譜述評〉，《中國學術年刊》1981 年第 3 期，頁 138；曹淑娟，《流變中的書寫——祁彪佳與寓山園林論述》（臺北：里仁書局，2006 年），註 6，頁 313；謝愛珠，《賢媛之冠——商景蘭研究》（中央大學歷史研究所，2007 年），頁 102。

〔註4〕又「商景蘭字媚生，會稽人，吏部尚書周作女，祁公彪佳之配，祁商作配，鄉里有金童玉女之目，伉儷相重，未嘗有妾媵也。」清・朱彝尊，《靜志居詩話》（北京：人民文學出版社，1990 年）（卷23），頁 727。

視「德才」，在商景蘭身上，蔚爲集中的體現。〔註5〕

　　本文以祁氏家族的閨秀群體爲主，其餘唱和、交往對象爲輔，試圖通過閨秀聯吟、祁氏家族的家風承續到促成詩會的推手商景蘭的特質，以掘發祁氏閨秀一門風雅的面貌，進而析探其文學活動，並反思這種模式的意義與成效。

二、「雪散庭前香氣暖，風開玉樹鬪芬芳」：閨閣聯吟面貌管窺

　　祁氏家族或以郡望得稱：「山陰祁氏」，在商景蘭的促成，而有閨門詩歌聯吟。以中華本《祁彪佳集》爲本，附錄商景蘭《錦囊集》詩 63 題 70 首、詞 56 首、文 2 篇（1 篇另收錄於《未焚集》），祁德瓊《未焚集》詩 78 題 80 首，其他只餘祁德淵詩 1 首、祁德茝詩 9 首、張德蕙詩 5 首、朱德蓉詩 7 首。〔註6〕

　　作品的逸散，使今人僅能從輯佚的殘篇裏，管窺祁氏閨閣的才情風致。如祁德瓊〈春夜同諸姊妹分韻〉「雪散庭前香氣暖，風開玉樹鬪芬芳。」（《未焚集》，頁 314）便形象鮮活地描繪了眾女眷齊聚一堂，才智競逐的熱鬧場景。又因作品多未繫年，僅能就有限的文本進行判斷。遍覽諸人作品，題目與黃

────────────

〔註5〕才女群體，指擅長詩文才藝的女性群體。依家世背景、職業身份，可分成閨秀才女群、名妓才女群。此外，尚有如黃媛介、吳岩子等遊處於士人群體，具備書詩畫等才技者，陳寶良、常娟以爲可歸類於「女山人」（或是「女清客」）。「女山人」興起於嘉隆年間，名稱源自譚元春〈女山人〉，以及詩作〈江夏女客行〉。除了「女山人」，當時尚有「女幫閒」（三姑六婆之儔），作爲當時社交網絡的媒介群體。常娟以爲，「女山人」群體可與閨秀才女群、名妓才女群鼎足而三，同爲才女群體言。筆者以爲，「女山人」固然可目爲「才女」，惟此歸類下的女子數量，是否與其他兩類相儔？仍有商榷空間。因此，本文還是將才女群體分成兩類：閨秀才女群、名妓才女群。黃媛介則作爲個別的特殊現象來談爲宜。參謝愛珠，《賢媛之冠——商景蘭研究》；陳寶良，〈從「女山人」、「女幫閒」看晚明婦女的社交網絡〉，《浙江學刊》2009 年第 5 期，頁 44～45、42；宋清秀，〈十七世紀江南才女文學交遊網絡及其意義〉，《浙江社會科學》2011 年 1 期；常娟，《明清之際的才女群及其家族化》（重慶：西南大學，2012 年）。

〔註6〕本文徵引祁彪佳與祁家閨秀作品，以道光十五年刊本爲底本的《祁彪佳集》（北京：中華書局，1960 年）及所附錄的《錦囊集》（祁德淵、祁德茝、張德蕙、朱德蓉等詩附）、《未焚集》、《紫芝軒逸稿》，以下僅標作品名、文集名、頁碼，不再另外詳註。部分未載詩文，核以道光二十二年（1842）爲底本的《祁忠惠公遺集》增補本。

媛介（字皆令，？～1669）相關者尤多。〔註7〕黃媛介，文學黃象三妹，嫻翰
墨、好吟詠、工書畫，更以詩文享有令譽。據傳所作〈和梅村鴛湖四章〉，詩
一出，「屬和甚眾」。〔註8〕雖困於生計，嘗以浪跡賣畫維生，更嘗擔任閨塾女
師，而於士林間或有非議。〔註9〕但因才華卓絕，而能以文學交往於閨閣才女、
名妓才女群體。從兩大群體涇渭分明的樣態看來，能居中游處而獲得接納，
亦可印證黃媛介不凡的實力。〔註10〕商景蘭因黃媛介的到訪，更持詩以贈：

> 門鎖蓬萊十載居，何期千里覯雲裾。才華直接班姬後，風雅平
> 欺左氏餘。八體臨池爭幼婦，千言作賦擬相加。今朝把臂憐同調，
> 始信當年女校書。（〈贈閨塾師黃媛介〉，《錦囊集》，頁 274）

首聯提起歡迎之情，頷聯、頸聯堆疊班昭（約 45？-約 117？）、左芬（275 前
後）、蔡邕（133～192）、司馬相如（前 179-前 117）典故，意在烘託黃媛介的
博學英才，結句以點睛之筆「女校書」，增添親睹其人，名不虛傳之讚譽。另
首〈題黃門夫人畫兼贈廿二太娘〉，亦對其才華多所稱詠：「給事夫人老畫家，
將軍大婦美才華。」（《錦囊集》，頁 271～272）三女祁德瓊除了作〈喜黃皆令
過訪〉迎之，另有〈同皆令遊寓山〉、〈和黃皆令遊密園〉、〈雨中游密園集詩
碑〉、〈同皆令登藏書樓〉諸篇存世。當黃媛介離開祁家時，眾姊妹莫不贈詩送
別，如商景蘭以知音難得起調，張德蕙、朱德蓉以送行場景寫真，同題共作多
渲染臨別悲惋的氛圍，而祁德茝〈送別黃皆令〉，格調尤為清婉，引錄如下：

> 畫閣聯吟恰一年，此時分袂兩凄然。雲間歸雁路何處？林下飛
> 花香可憐。遠客青山皆別思，仙舟明月已無緣。懷君日後添離夢，
> 寂寞荒邨度晚煙。（《錦囊集》附，頁 292）

〔註 7〕黃媛介際遇坎坷，而有修養才情，詩文並美兼擅書畫，著有《離隱詞》、《湖
上草》。施閏章：「以名家女，寓情毫素，食貧履約，終身無怨言。庶幾哉稱
女士矣。」或曰：「多流離悲戚之辭，而溫柔敦厚，怨而不怒，既是觀於性情，
且可以考事變。」參劉詠聰編，《中國婦女傳記辭典·清代卷（1644～1911）》
（澳洲：悉尼大學出版社，2010 年），頁 59～61。

〔註 8〕清·吳偉業《梅村詩話》「黃媛介」條：「媛介和余〈題鴛湖閨詠四首〉詩。
此詩出後，屬和者眾。」清·吳偉業，《梅村詩話》（上海：掃葉山房，1924
年）。

〔註 9〕在商景蘭詩作裏有「始信當年女校書」句。據考「女校書」之名，最早是用
來委婉地指稱如薛濤之儔，富有才華的藝妓。從黃媛介的生平事蹟來看，此
處不宜援用此種解釋，而應從字面意義理解，作富有學識的才女即可。

〔註 10〕參註 5。

詩中首提黃媛介來到祁家參與文學唱和的時間，後以雲間歸雁、林下飛花、遠客青山、仙舟明月等意象，一方面以別離的必然性，爲不捨的淒楚作消解，一方面將無可奈何的意緒，帶到尾聯的「離夢」。而以「寂寞荒邨」、「晚煙」的寥落，反襯首句的熱絡作結，增添幽思婉轉的餘韻。

　　祁德茝，荳蔻年華即韶慧絕人，公認爲著名的越中閨秀，著有《寄雲草》，惜多所佚散，殘篇寥寥。〔註11〕相較之下，祁德瓊幸得夫婿輯成《未焚集》，存篇較多，卻也如商景蘭〈序〉所言「生平吟詠十不存一二」（《未焚集》，頁297）。除了與黃媛介偕同巡遊、觀覽的作品，〈送黃皆令歸駕水〉、〈送黃皆令往郡城〉、〈初寒別黃皆令〉等送行主題，以及兩首寄懷之作，不費重辭、連篇而書的離愁別緒，在在體現著祁德瓊的一往深情。祁德瓊出嫁前與兄嫂、弟妹友好，因此張德蕙、朱德蓉皆爲這享年僅35歲的女眷作歌以悲之，載錄朱德蓉〈哭修嫣〉如下：

> 我懷朱明時，萬山似凝碧。秋氣入簾櫳，落葉紛如織。景物逝
> 若飛，感時想蕙質。蘭蕙徒芬芳，不能駐顏色。琴臺杳無聲，繐帳
> 渺無跡。酸風射兩眸，動止俱成泣。自期長爲歡，誰憐永幽隔。含
> 掾憶故姿，容光在瞬息。忽焉委塵土，無由見彩筆。愁深不忍言，
> 憂思日盈積。此意欲訴天，天高安可悉。舒憤寄短章，哀響迷雲日。
> 悲聲繞座來，聞者應愴惻。安得女媧方，一煉補天石。（《錦囊集》
> 附，頁 294～295）

字裏行間呈現的沉痛與悽愴，化作古體的句句悲音。同輩人姑且感傷如此，作爲母親的商景蘭，心境的煎熬，更是悱惻，從《未焚集・序》裏以回溯的視角，痛陳白髮人送黑髮人之心境可見一斑。

　　誠如前所言及，黃媛介離開祁家時，閨秀們發抒知音少的不捨，就意味著文學聯吟的必要條件就在於「才女」。〔註12〕因此閨女的遠嫁，往往調動吟唱群體的密度。因此，當季女德茝于歸之後，便有「懷湘君」、「贈湘君」爲題的多首作品，可見姊妹情深面貌。值得一提是，德瓊有〈寄懷仲兄客遊姑蘇〉、〈送仲兄遊禾中〉詩作；班孫亦存一首〈青春行贈女弟茝〉。雖難見雙方

〔註11〕毛奇齡，「越中閨秀舊稱伯仲商夫人其後，伯商夫人女有祁湘君者繼夫人起。」清・毛奇齡，〈徵士徐君墓碑銘〉，收錄於氏著，《西河集》（杭州：杭州出版社，2003 年，欽定四庫全書本）（卷85），頁13。

〔註12〕不只是閨秀才女常有「知音少」之感，名妓才女亦有此之歎，才女與「知音」難覓的議題，實有探討、思考的空間。

實際唱和的面貌,卻可窺得詩歌酬唱亦有男性成員的參與身影,引錄班孫作品如下:

> 綠滿瀛洲草欲生,香滿芳堤花欲明。花發間關鳥雙鳴,來傍玉樓春風情。玉樓闌干各宛轉,面面風搖珠簾輕。深閨小妹動盈盈,盤中題詩早得名。初見落梅能弄笛,還宜新月照彈箏。彈得瑤池彩雲曲,吹入金枝楊柳青。柳絮飛來忽飛去,東家西家歸何處。

> 閒屏獨倚翠蛾顰,愁絕春光春不住。春光點點逐春江,春水悠悠渡夕陽。空留匣琴千種恨,空留錦宇三載香。匣琴錦宇無消息,故將天壤怨王郎。(《紫芝軒逸稿》,頁349)

以「匣琴錦宇無消息,故將天壤怨王郎」作結,趣味之中,帶有對德莄出閣的難捨。而通過上述考察,除了同題和作的腦力激盪、特定人物到訪的刺激、特定主題的感發,亦是造就連篇佳什的箇中要因。值得注意的是,相較於男性文士遍遊(仕宦)四方的空間位移,傳統道德對女性的規範仍在、更因著纏足難以享有行動自如的便利,即便不完全是養在深閨、杜門不出,像黃媛介般流離不定的畢竟只是特例。所幸祁承爌、祁彪佳構建的密園、寓山園林,開闊了才女們的視野,以及活動疆界;在主題呈現上,除了閨怨、詠物題材外,往往出現著「寓山」、「寓園」、「密園」等地景巧妙設計的園林,亦豐富了才女的巧思、識力,帶來作品的紛呈面貌。〔註13〕

三、「存亡雖異路,貞白本相成」:商景蘭的深情與家風存續

　　陳維崧(1625～1682)《婦人集》:「會稽商夫人,以名德重一時,論者擬於王氏之有茂宏,謝家之有安石。」此條下引錄魏耕(1614～1662)語:「撫軍居恒有謝太傅風,其夫人能行其教。故玉樹金閨,無不能詠。當世題目賢媛,以夫人為冠。」〔註14〕稱道商景蘭因著個人德行,而能承接祁彪佳遺意,帶動家族唱和,樹立祁家風致。

　　關於商景蘭所接受的祁彪佳意指何如?從祁彪佳遺下的〈別妻室書〉、〈遺言〉可見端倪。首先看到〈別妻室書〉:

〔註13〕關於寓山園林與女性書寫的交涉,曹淑娟《流變中的書寫——祁彪佳與寓山園林論述》論述綦詳,可以參看。

〔註14〕明·陳維崧撰、冒襃注、王士祿評、王英志校點,《婦人集》(南京:鳳凰出版社,2010年),頁18～19。

　　自與賢妻結髮之後，未嘗有一惡語相加，即仰事俯育，莫不和藹周詳。如汝賢淑，真世所罕有也。我不幸值此變故，致於分手，實爲痛心。但爲臣盡忠，不得不爾。賢妻須萬分節哀忍痛，勉自調理，使身體強健，可以區處家事，訓侮子孫，不墮祁氏一門。

　　則我雖死擾生矣。一切家務應料理者，已備在於兒子遺囑中，賢妻必能善體我心，使事事妥當。至其中分撥多寡厚薄，我雖如此説，還聽賢妻主張。稗僕非得用者，可令辭出。凡事須較前萬分省儉，萬分樸實，處亂世不得不爾也。賢妻聞我自訣，必甚驚憂，雖爲我不起，亦是夫則盡忠，妻則盡義，可稱雙美，然如一家男女絕無依靠何。

　　切須節哀忍痛，乃爲善體我心也。世緣有盡，相見不遠。臨別倦倦，夫彪佳書付賢妻商夫人。〔註15〕

書信明言夫妻感情甚篤，爲成大義而分手，實乃不得已的艱難抉擇。固然交代己身赴死的堅持，又不忘提點伴侶珍重節哀，並遺下教誨子女的責任。由「賢妻聞我自訣，必甚驚憂」，推測祁彪佳事前並未告知這項決定，再看到〈遺言〉：

　　時世至此，論臣子大義，自應一死。凡較量於緩急輕重者，未免雜以私意耳。試觀今日是誰家天下，尚可貪浪餘生，況死生旦暮耳。貪旦暮之生，致名節掃地，何見之不廣也。雖然，一死於十五年前，一死於十五年後，皆不失爲趙氏忠臣。深心遠識者，不在於溝瀆自經。若餘斫斫小儒，唯知守節而已。臨終有暇，書此數言，繫以一詩，質之有道。

　　運會厄陽九，君遷國破碎。鼙鼓雜江濤，干戈遍海內。
　　我生何不辰，聘書道迫至。委質爲人臣，之死誼無二。
　　光復或有時，圖功審機勢。圖功爲其難，殉節爲其易。
　　我爲其易者，聊盡潔身志。難者待後賢，忠義應不異。
　　余家世簪纓，臣節皆罔替。幸不辱祖宗，豈爲兒女計。
　　含笑入九原，浩氣留天地。（《祁彪佳集》，頁221～222）〔註16〕

〔註15〕　〈別妻室書〉係根據道光二十二年增補本所錄。參錢亞新，〈談談《祁彪佳集》的版本〉，《江蘇圖書館工作》1980年第2期，頁21。

〔註16〕　〈遺言〉，增補本主要是字、句上的增錄，並不影響意旨，因此筆者正文並未標出。增錄版本的相關內容，參錢亞新，〈談談《祁彪佳集》的版本〉，頁21～22。

此處將赴節的考量，交代得更加清楚：其一，清廷聘書道至，與其委身異族，不如身殉；其二，爲了報效明朝的忠誠，眼前尙可以選擇抗清，只是相較於抵抗這木已成舟的帝國，赴死實爲較容易的選擇。〔註17〕而抗清這項責任，就留待後來豪傑實現。選擇赴節，而不辱祖宗，將這浩然正氣留給天地，豈能因兒女之情，苟活餘生呢！「含笑入九泉」，正巧妙地爲祁彪佳自沉荷池的結局呼告。〔註18〕

現存中華本《祁彪佳集》，底本爲道光十五年刊本，另有道光二十二年增補本。結合後者補錄的〈辭宗廟文〉、〈別叔嬸書〉、〈別兄弟書〉、〈父臨訣遺囑咐兒理孫班孫遵行〉等，大意爲：彪佳表明殉節是爲了堅拒滿清的禮聘。懇求兄長祁駿佳（季超，生卒年不詳）、妻景蘭，代爲訓誨二子，使他們作個端人正士，並從事耕讀斷絕仕進。文中還提到如何處理家產、藏書、著述等問題，思慮之周詳亦可側面證得死意堅定。祁彪佳赴死的堅決及其透過文字留名的青史意識，可溯自祁承爗父祖的身教垂訓與儒家道德規範的浸潤。〔註19〕

這種忠義情節，縈繞著祁氏家門，非惟男性成員，如理孫、班孫日後舉眾抗清的舉動，也影響著家族女性的生命情懷。試以兩首「剩國」爲題的作品爲例：〔註20〕

> 黃鸝檻外聲小，曲徑殘梅未掃。淑氣含春遍芳草，正晴光繚繞。
> 閒庭竟日悄悄，無奈佳人去蚤。蛺蝶輕飛，風飄花亂，新愁多少。（商景蘭〈洞天春〉初春同友坐剩國書屋，《錦囊集》，頁287）

> 日落長江暮，風吹深樹林。空山春月起，歸鳥到荒庭。（祁德瓊〈剩國晚妝〉，《未焚集》，頁307）

〔註17〕關於明遺民的自我選擇，主要有七種：出家、行醫、務農、處館、苦隱、遊幕、經商。詳張志敏，《明遺民生存狀況探析》（甘肅：蘭州大學，2007年），頁23～29。

〔註18〕祁彪佳自沉荷池的選擇，或有論者從其思想依承追溯，從身殉到「殉道」、「殉國」細節辯證，詳林芷瑩，〈重論祁彪佳作爲「蕺山弟子」〉，《臺大中文學報》第46期（2014），頁177～212。

〔註19〕關於祁彪佳欲以文成史的意識，詳初禕，《祁彪佳身份研究》（長沙：中南大學文學院，2013年），晏選軍先生指導，頁38～39。

〔註20〕「剩國」或作「勝國」，意謂被滅亡的國家。《周禮·地官·媒氏》：「凡男女之陰訟，聽之於勝國之社。」鄭玄注：「勝國，亡國也。」按，已亡之國爲今國所勝，故「亡國」意同於「勝國」，後用來指前朝。漢·鄭玄注、唐·賈公彥疏，《周禮注疏》（北京：商務印書館，2006年，欽定四庫全書本）（卷14），頁22～23。（總頁碼：0085-233～0085-234）

上引第一闋詞，書寫的季節在初春，理應是大地回春、生機蓬勃，筆下卻是閒亭悄悄、佳人早去、風飄花落的寂寥；第二首詩，描寫的春景，亦是日落幕景、歸鳥荒庭，空山裏伴隨著風吹密林的聲響，季節與情致的矛盾，更增寥落。其餘〈坐剩國書室〉、〈剩國聽雨和仲兄韻〉、〈憶秦娥〉（初春剩國憶子），亦是類似情景相生，反添愁更愁的情調。再看到〈哭父〉中「國恥臣心在，親恩子難報」，更是自居遺民，國仇家恨下的痛訴。

詩為心聲，商景蘭內心忖度為何？與此相關的論述，遍見於〈悼亡〉、〈五十初度有感〉、〈五十自敘〉、〈過河渚登幻隱樓哭夫子〉等。曹淑娟以為：「祁彪佳的遺囑與商景蘭的悼亡回應，較完整呈現了男女雙方對此一問題的考量，應是一個值得留意的事例。」〔註21〕根源於此，引錄〈悼亡〉二首如下：

> 公自成千古，吾猶戀一生。君臣原大節，兒女亦人情。
>
> 折檻生前事，遺碑死後名。存亡雖異路，貞白本相成。（其一）
>
> 鳳凰何處散，琴斷楚江聲。自古悲荀息，於今悼屈平。
>
> 苞囊百歲恨，青簡一朝名。碧血終難化，長號擬墮城。（其二）
>
> （《錦囊集》，頁 260～261）

第一首除了引用漢成帝時朱安的典故，用來指彪佳政事上敢於直諫的舉措。其餘內容，圍繞著首聯「公自成千古，吾猶戀一生」而發，尾聯「存亡雖異路，貞白本相成」，則扣合著彪佳的遺囑。第二首，例舉古來忠臣荀息、屈平譬喻彪佳之忠，那忠心耿耿的碧血是留名史冊無絕期的，而那失去丈夫之慟亦若孟姜女哭倒長城似的悲愴。合觀商景蘭在〈五十自敘〉的自白：固然「我家忠孝門，舉動為世則。行當立清標，繁華非所識。事事法先型，處身如安宅。讀書成大儒，我復何促刺。」為世所重，允為範式，但「山河皆改易」、「鳳凰不得偶」的創痛卻始終難以消解。（《錦囊集》，頁 272）明清易代的身份遞移，忠孝與夫婦之倫難以兩全，即便孰輕孰重，已有答案，然而失去至親、摯愛的傷悲，獨守空閨的寂寞，還是滿盈胸臆。帶有既肯認彪佳的選擇，卻又理難節情的矛盾。

〔註21〕正文所引，係曹氏在肯認曼素恩對於明清女性守節模式轉化的觀察後，進而掘發出的論點。與此可相互參照的置疑，見於曹氏論著註89：「唯其強調『女詩人在生死抉擇之間，敢於承認吾猶戀一生，而且肯定了活下去的意義』云云，似乎忽視了來自於祁彪佳遺囑的影響力，也過於樂觀地估算了商景蘭走出夫婿與兒子兩重悲情的力量。」曹淑娟，《流變中的書寫——祁彪佳與寓山園林論述》，註87、89，頁321。

　　雖是祁、商勞燕分飛之慟，卻也是明清異代之際，不少遺民家庭所面對的共同悲哀。再聯繫爾後理孫、班孫相繼殉難、遇難，致使商景蘭多年未提筆寫作詩文，也影響了閨秀聯吟的運作，此見家族劇變帶來的沉重打擊，不僅是祁氏家族的缺憾，也未嘗不是時代的眼淚。

四、德才並茂，賢媛冠冕：商景蘭爲祁氏閨閣活動的靈魂人物

　　傳統閨秀文學，以閨怨、詠物題材爲主。山水園林的遊賞之樂，既擴大地理空間，也讓心境獲得舒展。祁彪佳修築的寓山園林裏，既有著與商景蘭共同編織的願景、伉儷情深的投射，也給予閨秀賞花遊園、舉行詩會的恣適空間。空間視域的拓展，給予眾名媛大展才華的背景，相較於男性的行動自由，園林之於古代女性而言的意義更爲重要。處於明清易代時節，祁彪佳的殞落正在寓園花池，隨之而來的館閣易整、人事變遷，使居處期間的商景蘭，很難不被這變動擾動，從而爲閨音賦予更深、更難以言喻的愁。如〈春日寓山觀梅〉：

　　　　爭春梅柳一庭幽，物在人亡動昔愁。惟有春風無限意，依然香
　　氣滿枝頭。(《錦囊集》，頁 268)

明明是春光正好，寓目盡是凋零人事，景情衝突之際，更添張力。而〈卜算子〉(春日寓山看花)、〈點絳唇〉(春日遊寓園)、〈卜算子〉(初春遊寓山看花)等，亦然。這種因滄海桑田，帶來的愁情，一如〈燭影搖紅〉(詠雕堂懷舊)：

　　　　春入華堂，玉階草色重重暗。寒波一片映闌干，望處如銀漢。

　　　　風動花枝深淺。忽思量、時光如箭。歌聲撩亂。環珮叮噹，繁
　　華未斷。

　　　　遊賞池臺，滄桑頃刻風雲換。中宵笳角惱人腸，泣向庭闈遠。

　　　　何處堪雷顧盼。更可憐、子規啼遍。滿壁圖書，一枝殘蠟，幾
　　聲長歎。(《錦囊集》，頁 288)

較之「男子作閨音」著意仿擬女性口吻，以抒發纏綿悱惻的情緒，達到淒怨幽惋的纖弱美感；商景蘭那刻鏤在心中的痛、泣，脫去「代言」、「變腔」的隔膜，直抒胸臆地詠歎著白雲蒼狗的奈何，就用眞摯地感情深拓了詞境。〔註22〕

〔註22〕「閨音」涵義有三：1. 它是用「女聲」歌唱，即以纖婉風格來抒情，以便取
　　得纏綿婉轉的抒情效果；2. 在題材上表現女性生活柔細傷感的情感狀態；3.
　　在語言上具有纖細優美特徵。男子們通過變位感覺所作出來的「閨音詞」，畢
　　竟出於男性對女性情感經驗的揣想。即使他們以柔聲細語的「變腔」，借女性
　　的傷感情緒，來寫自己的其他人生感觸，也不能算是他們的「正聲」。女性作

　　或許是佛理的啓悟、或許是白髮人送黑髮人的無奈，商景蘭對於才女早逝這個命題，頗爲關注。除了見諸於祁德瓊傷逝的系列和作，另如〈哭姪女〉「自古紅顏女，多緣薄命稽」、〈聞次女有弄璋之期〉「常恐紅顏多薄命」。亦見於詠物題材作品，下舉〈詠荷花〉爲例：

　　　　小苑荷花一色紅，芬芳搖颺碧池中。總來難禁秋霜起，漫向人前鬭晚風。（《錦囊集》，頁 264）

詩中即將這種心情賦予荷花意象，呈現夏荷難禁秋霜、嬌顏易逝的面貌。不是不食人間煙火的白描，而是寄予深深感觸。或寫景寄慨、抑或質疑、恐懼，都是隨題詠絮的片段，惟晚年所作的〈琴樓遺稿序〉可見較爲完整的論斷，節錄如下：

　　　　女媳輩曰：「以槎雲之才之孝，天胡不假之年，以富其學而副其德？」

　　　　余笑曰：「此非汝輩能知者也。大抵士之窮，不窮於天而窮於工時；女之夭，不夭於天而夭於多才。是蓋有莫之爲而爲者。使槎雲享富貴、壽耆頤，而無所稱於後世，又何以爲槎雲者乎？」（《錦囊集》，頁 289）

張昊（字槎雲，生卒年不詳），爲康熙年間「蕉園七子」之一。〔註 23〕逝去之年僅 25 歲，由夫婿胡大瀠輯成《琴樓遺稿》。節錄的這段，女媳的疑問，來自於商景蘭告誡女媳以張昊爲範式，傚仿德、才。女媳則從張昊的早卒問難，以爲若能增壽，宜能廣其學、涵養德行。商景蘭認爲正同於士人的困阨在於不遇時，而不在壽命長短；同理，才女苦於多才卻未能於世有稱，而不在年歲。序文裏的論斷，就從德、才、命之辨，增加了「名」的部分。換句話說，爲才女揚名，正是商景蘭作序的目的。相似的概念，亦見於〈西施山懷古〉：

　　　　土城已作一荒丘，人去山存水自流。身事繁華終霸越，名垂史冊不封侯。

爲「閨音的原唱者」，在表現諸種「閨中情感」時，則脫去了「代言」的色彩和「變腔」的風貌，發諸於眞實的生命體驗，自然不存在因觀察角度的局限和情感投入的多少，而具有的模糊、揣測之弊了。鄧紅梅，《女性詞史》（濟南：山東教育出版社，2002 年），頁 3～4。

〔註 23〕「蕉園七子」意謂清康熙年間，顧之瓊所號召，活躍於杭州一帶的女子詩社群體。

> 鬚眉多少羞巾幗，松柏參差對敵讎。憑弔芳魂傳往什，愁雲黯淡送歸舟。(《錦囊集》，頁273)

憑弔著吳越爭霸時，周旋於吳王夫差之間，得以讓越王句踐生聚教訓、雪恥復國的西施。昔人雖消逝在滾滾的歷史洪流，不惜委身敵國的忠心，卻是名垂青史而不朽，暗合著葉紹袁以「德、才、色」為女子「三不朽」(名)的觀點。〔註24〕因此，從紅顏薄命之歎，到「德、才、色」的不朽，女性可藉由立名衝破命限的概念，便昭然若揭；而立名非惟史傳，更可因著為文集作序以揚名。這些概念匯歸到〈琴樓遺稿序〉藉問答以論斷的部分，應是商景蘭經年觀察有得的體悟與總結。

〈西施山懷古〉注明為「代作」，以現存的作品看來，商景蘭較之女媳，而有更多代作、代擬的作品。「代作」，顧名思義即效摹請託者的口吻、揣想心境，並代為發聲。反映出商景蘭的才情不殊，性格上較為雅重、溫潤，樂於成就他人。這些特質，正是商景蘭所以為閨秀詩社樞紐的要件；不僅肇就祁氏名媛的才名，更形成閨秀群體的先聲。

五、走出閨門，轉益多師：閨閣外的交遊

商景蘭閨秀詩會的成立，在祁彪佳殉國前，便有活動。祁彪佳殉國後，商景蘭並未作出寡居婦女的普遍選擇，如身殉或是杜門不出。〔註25〕前者固然與祁彪佳的臨危受命帶有關連，後者卻是商景蘭的自我選擇。〔註26〕

殘存於《祁彪佳集》的作品顯示，商景蘭的交遊對象，不僅止於閨閣的內部成員。例如吳夫人(〈喜吳夫人過訪〉)、寶姑娘(〈長相思〉(雪中作

〔註24〕 由於當時文士對詩媛的敬重，葉紹袁覺得有必要重新定義《左傳》之「三不朽」。因此序《午夢堂全集》時，以為閨閣三不朽應推「德」、「才」與「色」。清・沈宜修，《午夢堂全集》(吳江：唐氏寧儉堂排印，1916年)。關於女子才德觀的論述，可參孫康宜著、李奭學譯，〈論女子才德觀〉，收於氏著，《古典與現代的女性闡釋》(臺北：聯合文學出版社，1999年)，頁152～153。

〔註25〕 明代結合儒家義理和政治手段，朱元璋更頒布詔令獎勵守寡的貞節烈女，使得不計其數的女子以青春、性命踐行統治者所賦予的道德理想。詳參明・申時行，《明會典》(臺北：商務出版社，2001年)，頁85。

〔註26〕 祁氏閨秀未必都同商景蘭般，不囿於傳統女性的約束，而在孀居時領導詩社活動，且行動支持才女編著作集、不以立名妨德。如朱德蓉在班孫逃亡時，就選擇杜門幽居；祁德瓊詩作多數焚毀，幸得丈夫收集殘篇成《未焚集》。

寄寶姑娘）、〈寄寶姑娘〉），詩歌酬唱中可見交情。〔註 27〕亦有不同階層人物的交往，例如女尼谷虛（1824～1896）。在〈喜谷虛師住密園〉裏，「交深擬共居」、〈憶秦娥〉（雪中別谷虛大師）「飛翔莫定，何時相見」，可見兩人交情甚篤。而〈訴衷情〉（雪夜懷女僧谷虛）、〈坐谷虛大師新居對月二絕〉則運化禪語入詩詞。稽考祁彪佳日記，即有記載「微雨……內子同女尼谷虛及女輩至寓山採茶」。以及與其他禪師交往的紀錄：「爲內子延誕日，放生諸友畢集，禪師遍密、歷然、無量俱至，自舉社來，是會最盛。午後與遍密談因與氣質之異同，及省事收心之要。晚懸燈山中，與內子觀之爲樂。」〔註 28〕

祁彪佳身殉後，谷虛時常陪伴左右，以文學交、以佛理開導，爲兩人的交誼增添了知識廣度與心靈深度。祁氏家門的禮佛，由主人公祁彪佳嘗捐獻財物、於寓園舉行浴佛儀式，遺言將園林部分捐贈爲佛寺，與商景蘭商討佛法的紀錄云云；再從班孫日後遁入空門的選擇，都可以尋出祁氏一門與佛禪甚有關聯的軌跡。商景蘭參禪信佛的歷程，箇中心曲，於〈絕句〉中，可略窺端倪：

> 月影依稀到枕邊，清光何處不堪憐。世事盡從蝴蝶夢，愁人未解學參禪。（其一）

> 曲曲屏風月半圓，夜闌無雨怨燈前。欲將好夢驅愁緒，又被雞聲唱曉天。（其二）

> （《錦囊集》，頁 261）

夜闌人靜時清冷的明月映照著自己的孤獨，世事若能如夢，就不會此般惹人惆悵。滿腔愁思難解，只能藉由參悟佛理，尋求緩解、消解的可能。固然意欲以如夢之理淡化心緒，卻被突如其來的現實感（雞聲）驚擾。或曰商景蘭的「參禪」是一種「逃禪」的表現，筆者以爲理解爲「禪悅」較爲適切。「禪悅」意謂藉由佛理獲得心靈上的超脫與寬舒，較之隱遁佛門的「逃禪」，更符合商景蘭的實況。〔註 29〕

〔註 27〕祁彪佳日記有十三年「出寓山，內子亦與姒娌出迎吳期生夫人。」若然，此「吳期生夫人」即詩作內所提到的「吳夫人」。明・祁彪佳，《祁忠敏公日記》（紹興：紹興縣修志委員會，1937 年），「13.10.18」，頁 1208。

〔註 28〕明・祁彪佳，《祁忠敏公日記》，「09.10.08」，頁 1063。

〔註 29〕謝愛珠：晚年商景蘭禮佛可能還有一個因素：做爲一個遺民家庭，逃禪的情況向來相當盛行，甚至商景蘭的次子祁理孫在獲救後，也以逃禪的方式度過

　　誠如高彥頤的揭示,以為商景蘭的詩社跨越男／女、家內／公眾領域,含有多重社會定位。﹝註 30﹞男性「外人」的介入,當為清初大儒毛奇齡。據毛奇齡〈徐都講詩集序〉載:「予弱冠時,過梅市東書堂,忠敏夫人出己詩與子婦張楚纕、朱趙璧、女湘君四人詩,合作編摘,請予點定。」﹝註 31﹞所著《西河詞話》亦云:

> 徐仲山夫人係商太傅女,善文,與其女兄祁忠敏夫人,俱以閨
> 秀為越郡領袖。﹝註32﹞

徐仲山即徐咸清,夫人為商景徽是商景蘭的妹妹,毛奇齡稱譽兩人為越郡領袖。得此盛譽,才名自然廣就。聯繫商景蘭請毛氏點批作品,以及對於祁氏閨秀才華的肯認與提拔,可證實兩人之間的確存在著文學交流。

　　由此看來,商景蘭的交遊圈,範圍的確能打破閨閣固有的疆界,初具四方輻輳的面貌。值得一提的是,儘管較之當時婦女,商景蘭已是交遊廣闊、思想較為進步的女性,然而即便夫婿祁彪佳、友人黃媛介均與從良名妓柳隱(字如是,1618～1664)有過交誼,商、柳作品集裏,卻全然未見來往紀錄。﹝註 33﹞可見商景蘭的交遊面向,還是帶有閨閣與名妓群體的扞格、界分,體現著時代的局限性。

　　最後,聯繫商景蘭在〈琴樓遺稿序〉中提到「屈到之嗜芰」、「嵇公之好緞」的典故,再如偶得《琴樓遺稿》,以作者德才兼具,欽美之際為之作序一段看來:

　　　晚年。謝愛珠,《賢媛之冠——商景蘭研究》,頁 145。
　　　筆者案:謝氏將商景蘭與谷虛等的交往,視作等同於祁理孫的「逃禪」。考察兩者接觸佛禪的型態,其實還是待有差異性。商景蘭或許在某些層面上有受到影響,但至始至終並未走向逃禪之道。

﹝註30﹞ 美・高彥頤著、李志生譯,《閨塾師——明末清初江南的才女文化》(南京:鳳凰出版社,2005 年),頁 239。

﹝註31﹞ 清・毛奇齡,〈徐都講詩序〉,《西河文集》(上海:商務印書館,1937 年),頁 3175。案《毛奇齡全集》未收錄此篇序文。此篇序收在《西河文集》附錄的《徐都講詩》。

﹝註32﹞ 清・毛奇齡,《西河詞話》(杭州:杭州出版社,2003 年)(卷 2),頁 5。

﹝註33﹞ 柳如是(1618～1664),本名楊愛,後改名柳隱,字如是。因讀辛棄疾〈賀新郎〉中:「我見青山多嫵媚,料青山見我應如是」,故自號「如是」,又稱「河東君」、「蘼蕪君」。祁彪佳評柳如是詩文以其具晉魏風格因而欽慕之、亟欲會晤,祁彪佳日記亦記載嘗會晤柳如是的事情。此外,黃媛介亦嘗暫居柳如是寓所,與之為文字交。參楊豔琪,〈明代祁彪佳與文學女性〉,《北京印刷學院學報》2008 年第 3 期,頁 57;陳寅恪,《柳如是別傳》(北京:三聯書店,2001 年)。

商景蘭不僅組成閨閣詩社，開閨秀群體的先聲，亦能不閉處閨門，通過遍及不同家族、階級，在文學欣賞、相互學習的前提，透過與異性文人來往切磋、借鏡早逝的才女，從而吸納不同背景的知識，可謂開閨閣女性的多樣選擇。

六、結論

處於經濟富庶、思想較爲活躍開放的江南地區，且是衣食無虞的貴冑階級、學有傳承的簪纓世家。祁承㸁、祁彪佳不僅是首屈一指的藏書家，更築建密園、寓山園林，提供閨秀良好的遊賞空間。作爲閨秀詩會的先聲，山陰祁氏有其得天獨厚的背景。商景蘭逝去後，祁氏詩會便難再復興，可見箇中關鍵，在於商景蘭的召集。

商景蘭不僅承繼夫婿祁彪佳的遺意，以忠孝風教子弟（〈五十自敍〉），以德才訓勉女媳（〈琴樓遺稿序〉），從而樹立家風，衝破「女子無才便是德」的固陋傳統。在德、才、命實難兼得的情況下，商景蘭通過生命的體驗與辯證，據以得出以立名（不朽）衝破命限的論點，並身體力行地爲才女文集作序，爲之揚名。而從多首「代作」作品，亦透顯出商景蘭才情不殊，樂於成就他人的特質。

一手推動的詩會，不僅止於閨秀之間的聯吟，更往往加入其他腳色，例如家族內的男性成員、家族外的才女名媛，都見唱和、贈答的作品互動。甚至當代大儒毛奇齡，亦載及商景蘭親持女媳作品集，請之過目批點的情形。因此，從另外一個角度而言，這亦是一種閨秀教育的模式，亦即透過社群的互動，開展出互相學習、集體創作、才藝競逐的可能。正如高彥頤的定義：商景蘭所推動的是跨越男／女、家內／公眾的社交性社群。必須指出的是，這個社交的基準點，正在於文學。在閨秀們的互動群上加入外在人員、條件的刺激，從閨閣到寓山園景的遊覽，乃至於明清遞嬗的時局變異反映在閨秀作品云云，從內容到技巧，從一次次的文學角力，豐富了閨秀文學的視野與面向，影響了後代的閨秀結社風氣，更激盪了出眾的文學花果。

（作者簡介：許愷容，女，國立臺灣大學中文所博士生）

虛無黨・暗殺・女學——
以上海愛國女學校爲中心

詹宜穎

摘要：蔡元培在創辦上海愛國女學校時，曾說過「暗殺於女子更爲相宜」，並且將暗殺的知識帶入女性教育領域當中，可謂中國女學教育發展上的一樁特例。這也顯示出女學教育在晚清，特別是 1900 年之後與中國革命運動之間的緊密連結。本文從虛無黨與暗殺的角度切入探討女學教育，主要由於晚清中國湧現了許多「虛無黨」的論述，同時也充斥著各種關於「女虛無黨員」的描寫。這些描寫一方面呼應了中國當時革命的需要；另一方面則成爲女權發聲的利器，但也同時也建構出了「理想女性」的特徵，進而使女性實際參與實踐此種理想形象。身爲女虛無黨員、因暗殺沙皇而得名的蘇菲亞，其強悍、慷慨不屈、從容赴義、不輸男子風範的形象，既是男性對女性的期待，也構成了當時女性對自身的期待。

關鍵詞：虛無黨；暗殺；愛國女學校；女性；蘇菲亞

一、前言

自三十六歲以後，我已決意參加革命工作。覺得革命工作止有兩途：一是暴動，一是暗殺。在愛國學社中竭力助成軍事訓練，算是下暴動的種子。又以暗殺於女子更爲相宜，於愛國女學，預備下暗殺的種子。〔註1〕

〔註 1〕蔡元培，〈我在教育界的經驗〉，《蔡元培文集・教育》（下）（臺北：錦繡，1995年），頁 704～705。

周作人（1885～1967）曾經評論這位擔任過民國教育部長、兩度留學歐洲（德、法）的蔡元培（1868～1940）是一位具有儒家思想的教育家。〔註2〕而在現今學者的眼中，他也是一位致力男女平權的實踐者。〔註3〕不過，無論哪一種形象特質，都不容易概括蔡元培的一生，以及他對教育的推展與貢獻。時代的動盪、政治的變化無常，在歷史浪潮當中的人們，無論是政治立場、教育的思想觀念也未必能夠始終定於一尊。

在戊戌變法（1898）失敗之後，蔡元培積極參與革命工作，並於 1902 年冬天，與蔣智由（蔣觀雲，1866～1929）、林白水（林少泉，1874～1926）、黃宗仰（烏目山僧，1895～1921）、陳彝範（陳夢坡，1860～1913）等人在上海共同創辦了「愛國女學校」。〔註4〕誠如蔡元培所說，這間學校特出之處在於培養革命人才，「種下革命的種子」。〔註5〕

時勢所趨，浪潮所逼，固然難以抵禦，不過，在「暗殺於女子更為相宜」這句話裏面，我們完全可以看到在男性的眼中，「女性」是以什麼樣的形象參與到「革命」的政治暴力以及男性主導的「教育」論述裏。「暗殺」呈現出陰柔（與陽剛相對）同時又含有暴力的雙重特質，並且在宏大的「愛國」民族號召當中，進一步被塑造成具有正當性的行為。〔註6〕

〔註2〕「其思想，倒真正的儒家也。」知堂，〈記蔡子民先生的事〉，《中國文藝》第2 卷第 2 期（1940 年 4 月），轉引自夏曉虹，〈蔡元培：男女平權的力行者〉，《晚清文人婦女觀（增訂本）》（北京：北京大學出版社，2016 年），頁 148。

〔註3〕夏曉虹，〈蔡元培：男女平權的力行者〉，《晚清文人婦女觀（增訂本）》，頁 148～183。

〔註4〕關於這間學校的建成與發展，許多學者已提出相關的史料說明，如雷良波等人指出：「1902 年冬，蔡元培和蔣觀雲、林少泉、陳夢坡、吳彥復等在上海創辦愛國女學。初由蔣觀雲管理，後蔣觀雲赴日，改推蔡元培為總理。該校初辦時學生很少，後動員愛國學社社員家屬進此女學，女學生驟增。」見雷良波、陳陽鳳、熊賢軍，《中國女子教育史》（武漢：武漢出版社，1993 年），頁 243。

〔註5〕該學校部分的教育科目，蔡元培也曾說明：「一方面受蘇鳳初君的指導，秘密賃屋，試造炸藥，並約鍾憲鬯先生相助，因鍾先生可向科學儀器館採辦儀器與藥料。又約王小徐君試製彈殼，並接受黃克強、蒯若木諸君自東京送來的彈殼，試填炸藥，由孫少侯君攜往南京僻地試驗。一方面在愛國女學為高材生講法國革命史、俄國虛無黨歷史，並由鍾先生及其館中同志講授理化，學分特多，為練製炸彈的預備。」見蔡元培，〈我在教育界的經驗〉，頁 704～705。

〔註6〕「愛國女學校」的辦學宗旨在於培養女子的「愛國心」：「以增進女子之智、德、體力，使有以副其愛國心為宗旨。」對革命志士而言，「愛國」為提倡革命的首要出發點，「國家／民族」涵蓋了所有的「個人」，無論男女皆是。不過，如果僅以「愛國」視角切入，容易模糊女性在革命運動當中的形象與位

　　20 世紀初期中國的知識分子，無論男性、女性，爲求振興國家，開始鼓吹與提倡「女學」與「女權」。陳擷芬（1883～1923）在上海創辦的《女報》（1903年改爲《女學報》）〔註7〕，即主張「興女學、復女權」，同時表彰「女界先進」，刊載許多「名女人」的事蹟以樹立榜樣，如被譽爲法國大革命之母的女傑「羅蘭夫人」傳記。羅蘭夫人對自由的追求，在晚清提倡「革命」的知識分子論述中倍顯重要。在這個脈絡之下，致力推翻俄國沙皇政權、恢復農奴自由的俄國民意組織「虛無黨」（Nihilist Party），以及參與暗殺沙皇亞歷山大二世的女性「蘇菲亞」（Sophia）也被納入了「革命」浪潮的論述，而成爲中國革命志士——特別是女性——付諸行動的典範與象徵。胡纓（Hu Ying）在她的論文中指出中國知識分子如梁啓超，曾將中國與俄國相提並論，指出兩國的國土均廣，且同樣採取專制的政體。〔註8〕在此邏輯之下，追求改革的知識分子開始引介俄國的民間組織與革命志士。蘇菲亞（Sophia）既是在這個脈絡下被廣爲宣傳，同時在諸多論述中被轉化爲中國的「蘇菲亞」（Su Feiya）。〔註9〕

　　而令筆者深感興趣的問題在於，「虛無黨」此一概念的來源爲何？它是如何深入中國知識分子的革命論述，並且影響晚清中國知識分子的女學教育和女性形象塑造？職此，本文將嘗試從「虛無黨」以及「暗殺」的角度觀察晚清知識分子對俄國「虛無黨」的關注，以及他們如何將「虛無黨」的行動運用在女學

置。至少我們可以看到，在蔡元培的思維裏，女性與男性擔負了不同的革命角色，即便都是在「愛國」的宏偉敘事與框架之中。關於愛國女學校的辦學宗旨，見朱有瓛主編，《中國近代學制史料》（第二輯・下冊）（上海：華東師範大學出版社，1989 年），頁 618。

〔註7〕《女學報》爲中國第一份婦女報刊，於 1898 年創刊，旋即於 1899 年停刊，1902 年復刊，但 1903 年蘇報案發生，《女學報》隨之停刊。關於該報所刊載的西方女性傳記的研究，可見夏曉虹，〈明治「婦人立志」讀物的中國之旅〉，《晚清女子國民常識的建構》（北京：北京大學出版社，2016 年），頁 101～110。

〔註8〕除了梁啓超，轅孫也曾在〈露西亞虛無黨〉一文提到：「其擁廣大之土地，繁殖之人民，而專制依舊者，惟吾國與露西亞。露國壓制之暴，實爲全球列國所僅有。其凡百行政司法機關之腐敗，不可殫言。」見轅孫，〈歷史：露西亞虛無黨〉，《江蘇》第 4 期（1903 年），頁 52。

〔註9〕胡纓用的標題爲「From Sophia to Su Feiya」，意在強調 Sophia 被「中國化」的過程。在一連串的傳頌過程當中，中國化的蘇菲亞被添加上許多中國的道德性格。見 Hu Ying, *Tales of Translation : Composing the New Woman in China*, 1899～1918. Stanford, California : Stanford University Press, 2000. pp. 107～152. 另，本書有中譯本，見胡纓著，龍瑜宬、彭珊珊譯，《翻譯的故事：中國新女性的形成（1899～1919）》（江蘇：江蘇人民出版社，2009 年）。

教育實踐上（如蔡元培等人創辦的上海愛國女學校），並且探討「虛無黨」衍伸出來的意義內涵如何影響中國人（無論男女）去塑造、刻畫女性的形象。同時，女性形象的塑造從來不是只有男性單方面的論述，在對虛無黨女傑蘇菲亞的引用當中，女性也參與其中，並且落實她們對理想女性的看法。

二、「虛無黨」、「暗殺」與「革命」思維

「暗殺」行動在晚清蔚為風潮，革命派以此對抗清廷，清廷亦以此對付革命派。〔註10〕當時社會同時流行「虛無黨」（Nihilist）一詞，「虛無黨」被視為從事暗殺行動、對抗政府的組織。周樹人（1881～1936）、周作人兄弟認為一開始這個詞出現在屠格涅夫的《父與子》當中，通行之後，政府遂用以指稱叛亂之人。〔註11〕不過，周氏兄弟對這個詞彙的認識，可能來自於日本的翻譯。

李艷麗研究指出早在1878年，日本報紙《東京曙新聞》已經出現虛無黨相關的用語。〔註12〕1882年西河通徹（1856～1929）翻譯《露國虛無黨事情》〔註13〕，同年安東久治郎（1869～1932）也編著《露國虛無黨由來》〔註14〕，又有川島忠之助（1853～1938）翻譯自 Vernier Paul 的小說 *La Chasse aux Nihilist'es*《虛無黨退治奇談》，這篇小說取材自1879年虛無黨人襲擊皇室所搭乘的列車，加以改編。足見虛無黨一詞在當時的日本早已廣為流傳。

根據西河譯述的虛無黨歷史發展，在1860年左右，沙皇亞歷山大二世（1818～1881）曾推行一系列的改革，然而卻未能收效，且政權遭到權臣把持（姦臣邪相ノ毒手），致使民間出現「秘密會社」（セクレットソサイテー，secret society），該組織追求國家的進步發展，向政府抗爭，而遭到壓制。如此反覆，而在1870年解散。但同時也出現更多黨派，結為同盟，一再與政府抗

〔註10〕 魏瑩有一論文探討清末的暗殺，見《清末民初（1895～1916）暗殺風潮研究》（陝西：陝西師範大學，2010年）。

〔註11〕 獨應（周樹人、周作人兄弟在日本期間共用的筆名），〈論俄國革命與虛無主義之別〉，《天義》第11、12卷合冊（1907年11月30日），頁33～38。此處轉引自萬仕國、劉禾校注，《天義·衡報（上）》（北京：中國人民出版社，2016年），頁189～191。

〔註12〕 李艷麗，《晚清日語小說譯介研究（1898～1911）》（上海：上海社會科學院出版社，2014年），頁50～51。

〔註13〕 西河通徹譯述，《露國虛無黨事情》（競錦堂，1882年）。

〔註14〕 安東久治郎編輯，《露國虛無黨由來》（東雲館，1882年）。

爭，因而被視爲「革命黨」。革命黨人見到農民的苦難，許多貴族紳士、淑女自願成爲農民，鼓吹農民起身反抗、追求自由，但號召未果，且多次遭受殘酷的壓制與屠殺。而其中一派較爲激進的派系，決定採取暗殺突擊的手段。歐洲輿論、新聞媒體開始以民意黨（テルロリスト，Terrorist）稱之，因其以民意爲基礎，由實行委員從事恐怖的暗殺行動。〔註15〕

　　而在 1902 年，煙山專太郎（1877～1954）《近世無政府主義》一書問世，對中國知識分子的影響更鉅，該書詳述「虛無黨」的歷史發展，也指出「虛無黨」之所以轉爲實行暗殺最大的原因，即是在於無法號召廣大農民參與革命活動。〔註16〕因此梁啓超在〈論俄羅斯虛無黨〉一文才會提到：

　　　　俄羅斯何以有虛無黨？曰：革命主義之結果也。昔之虛無黨何
　　以一變爲今之虛無黨？

　　　　曰：革命主義不能實行之結果也。〔註17〕

也就是說，「虛無黨」並非一開始採取恐怖的暗殺策略，而是革命失敗之後，仍不放棄推翻專制政體的理念，才成爲「今之虛無黨」。

　　日本知識分子對「虛無黨」的譯述深化了中國人對於「虛無黨」人主張「革命」，進而採取「暗殺」手段的印象。在《清議報》上可以看到日人對俄國政治狀態的介紹：

　　　　近年俄國益傾於狹隘國家主義、專制主義。愈爲加甚，貴族社
　　會之勢力亦大爲增加。

　　　　觀一千八百九十五年，諸種團體之代表者，集於冬宮，祝皇帝
　　之即位及大婚時，皇帝之演說曰：「俄國之人民，有不可不知之一事，
　　朕必傾全力以增進國民之幸福。雖然、不可不爲獨裁政治」云云。

〔註15〕西河通徹譯述，《露國虛無黨事情》，頁 11～36。

〔註16〕該書分爲前、後二編，前編爲「露國虛無主義」，第一章爲「虛無黨的淵源」；第二章「虛無主義的鼓吹者」；第三章「革命運動的歷史」；第四章「虛無黨的諸機關」；第五章「西歐關於虛無黨逃亡者的運動」；第六章「虛無黨的女傑」；第七章「國事犯罪人的禁獄及西伯利亞流放」。後篇第一章「歐美列國無政府主義的祖師」；第二章「國際黨史發展」；第三章「晚近的無政府主義」。該書出版後不久曾被政府列爲禁書，在中國也被多位知識分子轉介，如金一（金天翮）《自由血》、淵實〈虛無黨小史〉，都是譯述自該書。見大原社會問題研究所編，《日本社會主義文獻》（東京：日本圖書センター，1997 年），頁 46。

〔註17〕中國之新民（筆者按：即梁啓超），〈論俄羅斯虛無黨〉，《新民叢報匯編》（1903 年），頁 401。

故虛無黨及學生，或改革派，如何運動，而俄國之壓制主義，反有日增月盛之勢。〔註18〕

又《新民叢報》上，梁啟超（1873～1929）對於俄國政治改革的理解，與西河通徹的介紹也相去不遠：

昔者俄皇亞歷山大第二嘗改革矣。千八百六十一年下詔放免奴隸。越三年開地方議會。

令民選議員，又改司法制度，全國耳目一新。徒以臣下奉行不力，有名無實，民心大怨。於是虛無黨始起，而皇卒以刺死。俄國虛無黨之猖獗，實亞歷山大第二時代之偽改革爲之也。由此言之，偽改革之成效。章章可睹矣。〔註19〕

這些刊物爲中國人在日本所創辦的立憲派報刊〔註20〕，都曾介紹俄國虛無黨的革命活動，並且也批評了俄國皇室的專制，強化虛無黨人活動的理由與正當性。〔註21〕而革命派刊物《江蘇》也在1903年6月連載了轅孫對俄國虛無黨的介紹：

虛無主義者，破壞主義也，露西亞特有之一種革命論也。彼其處於水深火熱之時，政府官吏既不可望而其愁苦慘憚之情，又抑爵（案：鬱，原誤）而無可訴，乃以爲欲去此社會之茶（案：荼，原誤）苦，必先建設新國家，欲建設新國家，不得不推翻舊政府，誅滅殘暴之君主，於是不得不出於破壞之一策。〔註22〕

轅孫此文從虛無黨主張的革命論切入，認爲俄國革命論者強調的是先破壞、再創造的革命策略。其文又云：

時有一寒人子名納查夫者，以一八四六年生於彼得堡。少時即

〔註18〕 譯自國民新聞，〈帝國主義〉，《清議報》第99冊（1901年12月1日），頁6149～6150。

〔註19〕 中國之新民，〈敬告當道者〉第18號（1902年10月16日），頁4。

〔註20〕 張玉法曾介紹清末革命運動引介的西方思潮，云：「西方革命思想及民族主義，以國人在日本所辦的報刊爲主流。立憲派的報刊，若《清議報》、《新民叢報》等，均曾介紹革命思想，鼓吹革命。而成績較著者，則爲革命派的刊物，……《譯書彙編》、《國民報》、《湖南遊學譯編》、《湖北學生界》、《浙江潮》、《江蘇》等。」見張玉法，《清季的革命團體》（臺北：近史所，1966年），頁13。

〔註21〕 關於「暗殺」在1900年代的中國如何成爲一個社會效應，可參考羅皓星，〈1900年代中國的政治暗殺〉，《政大史粹》第28期（2015年6月），頁153～199。

〔註22〕 轅孫，〈露西亞虛無黨〉，《江蘇》第4期（1903年6月25日），頁8。

深愍平民之疾苦，惡社會上階級之弊，年二十三，訪巴枯寧於西歐。
巴枯寧者，亦以國事犯而遠颺於西歐，蓋鼓吹虛無主義之驍將也。
納氏既得一聆其謦欬，於是破壞之思潮益高。是年九月，莫斯科聯
結農學校之諸青年，且集合諸散逸革命黨之小團而統一之爲一大團
體，名之曰「定民」。以莫斯科爲中心點，其勢力且及於伊革諾諸村
落，其黨員皆秘密集會設活版所，刊行檄文、僞造通幣、研究禁書，
且一廢前此平和的革命而用暗殺鐵血主義焉。〔註23〕

由是，「虛無黨」之名來自「虛無主義」的破壞性，也蘊含「暗殺鐵血主義」
的性格，更與巴枯寧（1814～1876）等人主張的無政府主義有直接的思想淵
源。而俄國虛無黨能成功採取暗殺手段，原因梁啓超已述及：

夫暴動者，宗旨與手段兩不得秘密者也，暗殺者，手段較易秘
密，而宗旨則竟不秘密者也。虛無黨於諸種手段之中，淘汰而獨存，
此最優勝者，可謂快事，可謂快人。〔註24〕

宗旨爲眾人所知，而手段秘密、隱而不顯，因此不容易被阻撓，容易成事。
虛無黨人的行動宗旨正好貼近中國改革人士急於改造中國的需要，「虛無黨」
成功「登陸」中國，在中國的知識分子心中構築出了許多想像，隨著革命的
白熱化，這些想像也一步步走入實際的革命行動當中。

三、「虛無黨中多女子」──暗殺與女性的連結

在對俄國革命運動的介紹裏，蘇菲亞（Sophia Lvovna Perovskaya，1853～
1881）在俄國革命運動浪潮中的活躍。特別是 1881 年指揮黨員暗殺沙皇亞歷山
大二世成功一事，使她成爲革命的楷模與典範。在革命的框架裏，「女性」被置
入振興「新中國」的論述裏，在當時的中國社會情境，女性深居簡出，其所處
的社會位置，正好屬於執行「暗殺」的最佳人選。對中國知識界影響最深的，
大概是《東歐女豪傑》這部小說。這部由嶺南羽衣女士所著，僅有五回且未完
結的小說作品，裏頭描述女虛無黨成員蘇菲亞不顧自己貴族的身份，深入人民，
並且四處演說，爲追求理想、反抗專制，精神堅毅不催的形象。〔註25〕

〔註23〕轅孫，〈露西亞虛無黨（續）〉，《江蘇》第 5 期（1903 年 8 月 23 日），頁 5～6。
〔註24〕中國之新民，〈論俄羅斯虛無黨〉，頁 408。
〔註25〕胡纓認爲蘇菲亞形象中國化的轉變，受《東歐女豪傑》影響頗深，特別從賦
予她「姓蘇，名菲亞」的姓名即可見一班。見 Hu Ying, *Tales of Translation：
Composing the New Woman in China*, pp.108～110.

　　這個形象到了任克〈俄國虛無黨女傑沙勃羅克傳〉中，變得更加鮮明，沙勃羅克即蘇菲亞，文中幾乎仿照《東歐女豪傑》的描述，塑造了蘇菲亞好學且充滿反抗精神的形象：

　　　　（沙勃）年十五，遂肄業於市立中學，耽社會平等主義，而
　　尤好與葉培克等諸同學相往還。葉培克即虛無黨中最偉大、最英幹
　　之人物也。至是沙勃求學之心益猛進。人有以何事孳孳不倦問之？
　　以欲拋卻好頭顱對，於是不見諒於其父，錮之於斗室中。沙勃笑曰：
　　「生我也，權操而父，殺我也，恐權不操而父。」漏深月白，乃越
　　萬仞銅圍匿身於同學之家，遂斬髮易男子裝，得其母私齎以學金，
　　復受業於大學。沙勃既經家族之風潮，其嗜革命嗜流血之心乃益
　　熾。〔註 26〕

在任克的筆下，沙勃生於貴族世家，卻醉心社會平等主義，受到父親的禁錮。這正是當時中國大多數女性的生活型態。沙勃後來掙脫父權的壓制，踏上革命之途，展現了中國「新女性」的一面。有趣的是，在這段描寫中，沙勃並非始終以「女子」的姿態在社會中奔走，反而要「易男子裝」，方才「復受業於大學」。顯然在這段描述中，沙勃走出家庭之後，受到社會風氣的影響，「女性」仍必須將自己隱藏在「男性」的偽裝下，才能從事與男性相當的活動。「女豪」、「女英雄」的邏輯並非來自於女性自主的覺醒，而是經過「社會現實」的包裝所生成的思維模式。〔註 27〕任克在文章裏賦予沙勃男性的豪爽、霸氣與大丈夫的性格特質，更借其口說出：「回想歡場結客，一曲紅綃，是時予幾忘卻爲千金不字之女兒。」〔註 28〕其後又描述道：「日者爲路抱不平事，受捕於警官，然並未知其爲虛無黨中出色巨子女豪傑也。」〔註 29〕都意味著在革

〔註 26〕　任克，〈俄國虛無黨女傑沙勃羅克傳〉，《浙江潮》第 7 期（1903 年 9 月 11 日），頁 1～2。
〔註 27〕　根據王明珂對「社會現實」的解釋，該詞彙指的是：「社會中存在的、普遍的、受政治權力建構與維持的人群區分體系……，以及與此相關的習俗、常識、社會規範（如道德、律法）以及審美觀。以一個中國古代平民擁有一塊美玉這件事來說，『現實』是他的身份不容易讓他保有這樣的玉，現實是『懷璧其罪』。」此處引用此概念，說明晚清「女性」地位的改變，是迫於環境而被主流論述所建構出的結果。王明珂文章，見《反思史學與史學反思：文本與表徵分析》（臺北：允晨出版社，2016 年），頁 39。
〔註 28〕　任克，〈俄國虛無黨女傑沙勃羅克傳〉，頁 3。
〔註 29〕　任克，〈俄國虛無黨女傑沙勃羅克傳〉，頁 3。

命論述之下，女性成為一個中性，甚至是接近男性氣質的個體。而在以炸彈成功炸死亞歷山大二世之後，即便被逮捕，也形容她「從容受首，沙勃未嘗稍變顏色，臨刑僅以嬌滴之聲呼曰：『慈母兮慈母，兒從此辭矣。』」〔註30〕任克既描述她從容就義的形象，又特地強調「嬌滴之聲」，足以顯示出一方面希望女性能與男性有共同的成就；卻又能保有女性特質的雙重性格。1903 年秋瑾身著男裝與吳芝瑛至戲院看戲，引起轟動〔註31〕，也呼應了此篇文章裏中國知識分子觀看「女性」社會形象的一個側面。

除了對於蘇菲亞女傑形象的描述，也有許多文章描述女虛無黨的事蹟，如蔣觀雲所說：

> 初虛無黨員某，為政府所捕縛，被繫首都之獄中。於托倭夫將軍之前。未行脫帽之敬禮。托倭夫將軍憾焉，引之使出，而棒擊之。虛無黨員某不堪痛苦，揚悲鳴之聲。獄中國事犯聞之，咸不忍，憤極。打破窗及鐵柵。獄吏又引喧騷之徒，一一笞之，血肉淋漓。閉之於暗室中。於是虛無黨人切齒於托倭夫，誓必殺之。蓋用笞刑拷問，於一八六三年四月十七日既被廢，為國法所禁，而此復擅用之，為非法之濫刑也。有賽綷麗三少女者（俄國虛無黨中多女子）耳其事，不勝義憤之情，遂□（案：此字不清）托倭夫將軍之邸，以一書呈將軍，為訴願狀，乘其讀書之際，擊之中其腹部，負重傷。
>
> 賽綷麗後以辯護士之力，當事者動於輿論，得以無罪放免。
>
> 〔註32〕

文中描寫虛無黨女子賽綷麗為了替黨員復仇，直接打傷迫害黨員的托倭夫將軍，並且全身而退。此事初看似與家國問題無涉，為單純的復仇，但實際上卻指出國家腐敗、官吏濫用職權的陋習，賽綷麗之行為乃是匡正官吏逾權的典範。

另外，在劉師培（1884～1919）、何震（？-？）共同創辦的無政府主義雜誌《天義》上，也刊載相當多的俄國政治與虛無黨事蹟。其中一則〈俄國女傑遺事彙譯〉，記載虛無黨員之事：

〔註30〕任克，〈俄國虛無黨女傑沙勃羅克傳〉，頁 6。
〔註31〕參考羅秀美，《從秋瑾到蔡珠兒──近現代知識女性的文學表現》（臺北：學生書局，2010 年），頁 112。
〔註32〕觀雲，〈極東問題之滿州問題〉（續三十七號），《新民叢報》第 38、39 號（1903 年 10 月 4 日），頁 71～72。

> 俄國之有女傑，百年於茲矣。虛無黨員，女子實占多數。……
> 惜捨蘇菲亞諸人外，事蹟鮮傳於中國，故博採東西書籍所記載，輯
> 爲《俄國女傑遺事記》，以爲申儆吾民之資。〔註33〕

該文介紹了阿基舍魯鐸夫人、維拉・斐哥奈爾、施旁替、喬妙、柯留士、恩諾柯爾哈（蘇菲亞之友）、恩諾耶替們烏、伯約奧烏等女虛無黨員，描述其投身虛無黨之後的暗殺行動以及入獄經過，建構出她們「慷慨不屈」的行事作風。

通過這些描述，「女虛無黨人」有情有義、勇於任事的強悍作風，以及虛無黨的暗殺手段逐構築出晚清知識人，尤其是男性論述女子性格的一種形容詞彙。如在《新民叢報》上便曾刊載一篇短文，描述暗殺兩廣總督的史堅如（1879～1900）的妹妹（史憬然）的作風：

> 庚子之秋，孫逸仙黨人史堅如，謀以炸藥焚兩廣督署不成，流血於羊城。聞其妹之智慧氣魄尤過乃兄，嘗在博濟醫院學西醫通西文云，事後遁於香港。俄國虛無黨女子之風，行將見於中國矣。〔註34〕

史堅如與史憬然兩人皆爲興中會成員，史堅如暗殺兩廣總督失敗被捕，1900年被處死，史憬然到了香港，加入興中會，也參與了清末革命運動。〔註35〕該文以「俄國虛無黨女子之風」加以形容史憬然，可見當時革命分子如何想像「女虛無黨」的作風，並將此種形象加賦在女性身上。

另一方面，《湖北學生界》中也記載了一事：

> 今年（案：1903年）春、聖彼得堡之女子醫學院與大學校亦釀成此案。當時俄國之例，付諸秘密。不許記載於一切新聞紙。處分既終，而後由文部大臣、以官報發表。
>
> 依其報告，三月初旬，女子醫學院循例行進級試驗。發表後，女學生有以爲不平者，三月廿三日午後五時，約六百名女學生集合於校內解剖室。校長命其解散，不聽，視學官復來諭之，亦不聽。乃密議三時間，翌日以聚會休業之女學生，交教員懲罰裁判。

〔註33〕衡民，〈俄國女傑遺事彙譯〉，《天義》第 8、9、10 卷合刊（1907 年 10 月 30日），頁 91～96。轉引自萬仕國、劉禾校注，《天義・衡報》（上），頁 406。

〔註34〕不詳：〈道聽途説〉，《新民叢報》第 3 號（1902 年 3 月 10 日），頁 87。

〔註35〕史堅如、史憬然（史堅如妹）以及史古愚（史堅如兄）皆參與革命活動，史憬然 1900 年於香港入會。見張玉法，《清季的革命團體》，頁 193。

該裁判之結果，決意處罰三百四十五名、內二十八名，既加譴
責，復不許退校，且課種種之罰。自餘三百十七名加譴責而戒將來，
斯時校長左首謀者，免之。傳命宣告二十八名之懲戒裁判而令出校，
二十八名皆不應其命。文部大臣以此女學生之所為，不但故意違反
規律，且對教員之懲戒裁判，表不敬之意，將來亦不欲聽從合法之
秩序，命其退校。自四月九日、如常開校云。俄國虛無黨中往往有
女流，蓋出此等女學生為多也。〔註36〕

此事由於女子醫學院學生對於學校加諸於自己身上的處分深感不平，因此群
起抗爭。女學生的「反抗」，在此文作者的眼中，則與「虛無黨」的行動相似，
「俄國虛無黨中往往有女流，蓋出此等女學生為多。」同樣也是以「虛無黨」
作為描述女性強悍、不輕易服從權威的性格。因此「女虛無黨」一方面成了
「暗殺」的適任人選；另一方面則表現出對於權威者的反動，逐漸構築出晚
清中國的革命志士／改革者對於女性的期待。在官方正式頒訂「女子小學堂
章程」與「女子師範學堂章程」之前〔註37〕，已有多所民間設立的女子學校
成立。〔註38〕這些學校乘著各種改革的浪潮而來。其中，蔡元培等人創辦的
愛國女學校，真正結合了虛無黨論述與女性教育實踐，在晚清女學教育披荊
斬棘的過程中，開創了一條與眾不同的道路。

四、政治暴力視野下的女學及其餘波──革命參與及暗殺行動

夏曉虹曾分析政府創辦的女學堂與民間辦學思想傾向的差異，官方創設
的學校，講求教育婦女「為婦為母之道」，重視傳統的婦德；而「維新派人士
所辦的中國女學堂，其『立學大意』的核心是：『為大開民智張本，必使婦人

〔註36〕 不詳，〈外事〉，《湖北學生界》第 5 期（1903 年 5 月 27 日），頁 2。
〔註37〕 光緒三十三年（1907 年）頒定章程後，1908 年開辦，在湖北、江西、江蘇、
浙江先後成立女子師範學堂。見舒新城編，《近代中國教育史料》（北京：中
國人民大學出版社，2012 年），頁 281～290。
〔註38〕 根據盧燕貞的分析，受傳教士開辦女學，以及甲午戰爭受挫的影響，1897 年
經元善在上海成立經氏女學（經正女學堂），為中國第一間私立女學校；1901
年吳懷疢同在上海創辦務本女學，揭示賢妻良母的教育方向；1902 年蔡元培
與蔣觀雲等人成立愛國女學校，以培養愛國、革命女子為宗旨；同一年顧實、
何承憲在常州創辦爭存女子學堂；1903 年胡和梅在無錫創辦胡氏女子小學；
1904 年成立蕪湖女子公學以及南京旅寧第一女學。各地開辦女學風氣漸開，
各城市中的仕紳也有與官紳合辦公立女校。見盧燕貞，《中國近代女子教育史》
（臺北：文史哲，1989 年），頁 29～30。

各得其自有之權。』；革命派志士創立的愛國女學校，政治色彩更鮮明，故以『增進女子之智、德、體力，使有以副其愛國心爲宗旨。』」〔註39〕這段話概括當時中國的女學教育，既有獨厚培養女性婦德、賢妻良母表現的學校；也有提振婦女權利、開化啓蒙的學校；更有以愛國、革命爲宗旨，培養女子體力的學校。教育觀念的多元造就了各式不同的學校。而當中最與虛無黨、暗殺思維相關的，無疑就是革命派所創的愛國女學校。

　　這所愛國女校，聚集許多提倡婦權人士的力量，1902 年 10 月 24 日在上海成立。〔註40〕成立之初，學生極少，後因愛國學社成立，讓學社學生的姊妹入學，人數才逐漸增加。〔註41〕在當時的報紙上，有肯定此校的言論：

　　　　自去年（案：1902 年）中國教育會成立，漸露頭角。而愛國女

　　學校，而愛國學社，蓬蓬勃勃，駕舊觀而上之，迄於今歲。〔註42〕

此時中國教育會公開提倡革命，而愛國女學、愛國學社亦爲革命黨之秘密機關。〔註43〕

　　1904 年後，愛國女學校逐漸步上軌道，學生也漸增。此時教育的內容經歷了一次變革。根據俞子夷（1886～1970）〈愛國女學與光復會〉一文所述：

　　　　如增設法國革命史、俄國虛無黨史等科，蔡師著校歌有「特殊

　　新教育、舊法新俄吾先覺」句，可以明確：這女學是爲訓練青年女

〔註39〕夏曉虹，〈晚清婦女生活中的新因素〉，《晚清文人婦女觀》，頁 24～25。

〔註40〕關於愛國女學成立的過程以及參與人士的論述，可參考晏，〈近代上海における愛国女子学校の設立について〉，《奈良女子大學史學會》第 57 號（2012年 2 月），頁 7～29。此文詳細說明愛國女學校成立始末，先是經元善與林少泉的提倡，隨後林少泉攜妻、妹（林宗素）至上海，6 月中國教育會會員林宗素、陳擷芬、吳亞男成立上海女學會，9 月《選報》刊行了〈愛國女校開弁簡章〉，預告女校即將開設，1902 年 10 月 24 日正式成立。

〔註41〕蔡元培：「愛國女學第一次發展，在愛國學社成立以後，由吳稚暉先生提議，遷校舍於學社左近之泥城橋福源里，並運動學社諸生，勸其姊妹就學，而學社諸教員，如王小徐、葉浩吾、吳稚暉、蔣竹莊諸先生，亦兼任女學教課，適時本校始有振興之氣象。」見蔡元培，〈愛國女學三十五年來之發展〉，《蔡元培文集・教育》（下），頁 697。

〔註42〕不詳，〈內國之部〉，《浙江潮》第 5 期（1903 年 6 月 15 日），頁 126。

〔註43〕按蔡元培自述，在他擔任愛國女學校校長時：「凡革命同志徐伯蓀、陶煥卿、楊篤生、黃克強諸先生到上海時，余與從弟國親及龔未生同志等，恆以本校教員資格，借本校爲招待與接洽之機關。其時，較高級之課程，亦參革命意義，如歷史授法國革命史、俄國虛無黨故事；理化注重炸彈製造等。又高級生周怒濤等，亦秘密加入同盟會。」蔡元培：〈愛國女學三十五年來之發展〉，《蔡元培文集・教育》（下），頁 697。

　　子時行暗殺以實現虛無主義的機構。特種化學科，五、六個高班生
　　每日學一時，由我擔任。先從普通化學入手，預計將來再以炸藥、
　　毒藥爲主，但課餘我仍繼續試製。〔註44〕

愛國教育與革命實踐並行，因而蔣維喬（1873～1958）曾說這是一間「表面
辦理教育，暗中鼓吹革命」的學校。〔註45〕「虛無黨」與「暗殺」思維在學
校以革命爲主的教育邏輯中呈顯出重要意義。毒藥與炸藥，分別爲兩種重要
的暗殺方式，俄國蘇菲亞即指揮同伴以炸彈炸死沙皇。而毒藥則適合暗中施
放，殺人於無形。因此蔡元培亦指示俞子夷進行毒藥的研究，不久之後又轉
向炸藥：

　　蔡師知道我對化學有興趣，囑我研製毒藥。……但他指示我：
　　液體毒藥，使用不便，易被人發覺，必須改制固體粉末，最好性烈
　　而事後不易被查出者，於是向日本郵購了一批藥物學、生藥學、法
　　醫學等書籍從事研究。但無大進展與成就，而研究的對象不久即轉
　　向炸藥。〔註46〕

在 1902 年冬至 1904 年，該校不僅培養女子的愛國精神，同時也鼓勵女子參
與革命，如周怒濤（生卒年不詳）、周怒清（生卒年不詳）姊妹便曾身體力行
參與革命行動。

　　又如范慕英（1892～1924），曾先後就讀上海愛國女學與上海女子師範
學堂體育專修科，1908 年自專修科畢業後，1910 年參加滬軍女子北伐敢死
隊出征。〔註47〕復於 1912 年擔任湖南長沙體育教師，提倡女子體育運動。
〔註48〕

　　此外，發起創辦《天義》的何震，1904 年進入愛國女校就讀後，或受課
程啓發，1907 年赴日後積極推動「女界革命」，並積極提倡「無政府主義」，

〔註44〕陳學恂主編，《中國近代教育史教學參考資料》（中冊）（北京：人民教育出版
　　　　社，1987 年），頁 32～33。
〔註45〕陳學恂主編，《中國近代教育史教學參考資料》（中冊），頁 9～10。
〔註46〕陳學恂主編，《中國近代教育史教學參考資料》（中冊），頁 30～31。
〔註47〕潘君拯，〈范慕英——辛亥革命時期的女子敢死隊隊員〉，收於顧國華編，《文壇
　　　　雜憶》（第六冊）（上海：上海書店出版社，2015 年），頁 149～150。
〔註48〕湖南名人誌編委會編，《湖南名人誌》（第 1 卷）（湖南：中國檔案出版社，1999
　　　　年），頁 812。又見馬毅君、李淑媛，〈湖南最早的女體育教師——范慕英女士〉，
　　　　收於湖南省體育文史辦公室編，《湖南體育史料》（第 4 輯）（湖南：湖南省體
　　　　育文史辦公室，1984 年），頁 6。

介紹許多「虛無黨」活動及「無政府主義」之政治主張。〔註 49〕更曾寫詩歌頌女虛無黨人蘇菲亞：

> 獻身甘作蘇菲亞，愛國群推瑪利農。言念神州諸女傑，何時杯
>
> 酒飲黃龍？〔註 50〕

何震赴日能夠迅速接納無政府主義主張，並且運用虛無黨、法國革命等事蹟作為論述的象徵，應是受上海愛國女學的教育的影響。

1908 年愛國女校改由蔣維喬擔任校長後，轉型為純粹從事教育的女學校。〔註 51〕革命之後，愛國女校的教育方向則朝向培養切實應用、符合社會所需的女子。〔註 52〕可見「虛無黨」所持的虛無主義「破壞」觀念，已不適用於求「建設」的民國階段了。

不過，虛無黨雖然步入虛無，暗殺的風潮和手段卻仍然持續。暗殺的目的也不再標舉國族危機與民族大義，而是轉入個人仇恨的釋放。著名的施劍翹（1906～1979）復仇案發生在 1935 年 11 月 13 日，當日她到了佛堂，對主持誦經儀式的孫傳芳（1885～1935）射了三槍，令孫傳芳當場斃命。她並沒有立刻逃走，而是向大家說明自己為父報仇的目的，決不傷害他人。〔註 53〕孫傳芳為直系軍閥首腦，曾手刃施劍翹的父親，為了復仇，施劍翹直接採取最激烈的手段。這個例子在一定程度上回應了「女子適合暗殺」的既定印象。「女虛無黨」的愛國行動與「政治暗殺」的手段在革命時期成為中國女性自我建構的一個標誌，而在革命之後，這兩種印象仍存在於社會論述的脈絡之中，影響著女性對自身的想像。

〔註 49〕 見夏曉虹，《晚清文人婦女觀》（增訂本），頁 274～276。

〔註 50〕 何震，〈贈侯官林宗素女士〉，《警鐘日報》（1904 年 7 月 26 日）。

〔註 51〕 蔡元培：「第三次之發展，則為蔣竹莊先生長校時期。時在民元前三年一月。釐訂課程，使適合於中小學校教育之程度；訂建校舍，使教室與運動場有相當之設備。從此，本校始脫盡革命黨秘密機關之關係。」蔡元培，〈愛國女學三十五年來之發展〉，《蔡元培文集·教育》（下），頁 697。

〔註 52〕 據民國十年七月公佈的愛國女學校學則總則：「本校採自動的教育，以培養女子切實應用之智慧，並陶冶其德性，發育其身體，使能應升學、成社會之需要為宗旨。」參考胡適紀念館檔案，檔號：JDSHSC-217-400-100。

〔註 53〕 Eugenia Lean, *Public Passions : The Trial of Shi Jianqiao and the Rise of Popular Sympathy in Republican China.* Califonia： University of California Press, 2007. pp.1～2. 中文譯本為陳湘靜譯，《施劍翹復仇案：民國時期公眾同情的興起與影響》（江蘇：江蘇人民出版社，2011 年），頁 1～2。Lean 此書旨在探討施劍翹事件引起的輿論，對整體中國社會帶來的影響。

五、革命時期女性自我形象的期許與建構

　　虛無黨與蘇菲亞的事蹟，在報刊當中不斷被訴說。虛無黨的訴求和行為在標榜女權的雜誌裏不斷發酵，進一步影響女性對自我社會身份的想像。在一篇刊載在《女子世界》，題為〈革命與女權〉的文章中，曾提及俄羅斯暗殺組織事：

> 前有閱大將者，以多殺革名黨（案：原誤，應為革命黨）立功名者，在彼得停車場為一女俠所鎗斃。嗚呼！此非專制政體之末路而女權時代之開幕歟！我女同胞有感於中否乎？〔註54〕

此處所指的「革命黨」正是「虛無黨」。此事件描述一位以殺革命黨人立功的將軍，在停車場被一名女子所殺害。這類記事的所傳達出的目的，一方面指出執行謀殺者為「女俠」，在字裏行間已賦予了「暗殺」正當性；另一方面指出「專制政體的末路」即是「女權時代的開幕」，將打倒專制政體視為女權的開放與提升，而革命便是能夠破壞、打倒專制體制，同時提振女權的行動。這些論述的邏輯不斷在報刊雜誌上，特別是婦女報刊上出現。

　　刊載在續刊《女子世界》的〈記露女俠暗殺事〉，轉錄了《神州日報》所報導的俄羅斯暗殺事件：

> 是日方午，少女命棧夥請於麥突斯，而面陳某要事，麥突斯引與相見，少女持一函呈麥，麥披閱未終，鎗聲一發，彈貫其顱，由右臉出，餘勢猶入於東壁。麥倒地斃，少女以其銀光的爍之鎗置於屍上，悠然下樓而去。〔註55〕

少女奇蹟似地未被逮捕。文章先描述暗殺事件的突然，再敘述事發原因。當時麥突斯擔任典獄官，為求立功，對待國事犯（政治犯、革命黨人）手段兇殘，引發革命黨人的憤恨，這名少女或為革命黨的一份子，參與執行案殺任務。文章同時也提及警方在少女行李中發現「虛無黨員誅殘酷賤奴麥突斯」。這個事件正好與〈革命與女權〉所述的事件相呼應。由於女性不易被男性懷疑別有貳心，使得她們較容易執行暗殺任務。這類事件的描述

〔註54〕〈時評：革命與女權〉，《女子世界》2 年 6 期（1907 年 7 月），頁 30。此文轉引自《復報》，作者不詳。見〈革命與女權〉，《復報》卷 2（1907 年 3 月 4 日），收於中華全國婦女聯合會婦女運動歷史研究室，《中國近代婦女運動歷史資料（1840～1918）》（北京：中國婦女出版社，1991），頁 235。

〔註55〕〈特別記事：記露女俠暗殺事（錄《神州日報》)〉，《女子世界》2 年 6 期（1907 年 7 月），頁 109～110。

都有一種類似的邏輯：政府官員爲求自己的私利、功名，殘忍地屠殺虛無黨人，甚至錯殺無辜人民，虛無黨人無法坐視不管，加上別無其他途徑可以阻止政府的壓制，只好親自下手處決殘酷的政府官員，既報同伴的仇，又能洩心頭之恨，並且更隱含著解放國家、成就自由理想的大義。而執行者，往往以女性爲多，意味著女性正是解放國家遭受專制壓制的重要關鍵。〔註 56〕

這些事件的發生，以及對事件的宣述，建構出當時社會上強調女性參與革命、拯救國家的思想觀念。晚清時期的「虛無黨」論述，本身都是一種建構女性形象的實踐。因而在女性自主的發言裏，都能找到她們也期許自我成爲如同蘇菲亞一般的人物、期待中國的頹勢能在革命活動中振作奮起。

在《女子世界》裏，常熟女士佩蘅有一篇〈讀《俄事警聞》有感〉：

> 十五垂髫帶劍來，腥風血雨斷頭臺。如何一樣君權國，不見虛無黨會開！〔註 57〕

《俄事警聞》爲蔡元培所創辦，後改名爲《警鐘日報》，早期發表許多文章，揭發俄羅斯帝國侵佔中國東北罪行。〔註 58〕佩蘅此詩，旨在希望中國也與俄國一般，能夠有與虛無黨相同的革命組織，起身與君權對抗。打倒專制是否就能夠帶來平和的世界？顯然在後見之明的歷史事實中，誠然不是如此，但作爲一種期許，已在當時許多女子心中埋下種子。

而汪毓眞女士也有詩作賦蘇菲亞：

> 慷慨蘇菲亞，身先天下儂。馳驅千斛血，夢想獨夫頭。生命無代價，犧牲即自由。可憐天縱傑，不到亞東洲。〔註 59〕

〔註 56〕這兩段論述之間的呼應關係，夏曉虹已經有所討論，並且認爲《女子世界》這份刊物已將「女權革命」匯入「民族革命」的浪潮當中，要求女性具有愛國、救國思想，進而將推翻滿清作爲女權解放的前提。見夏曉虹，〈導讀：晚清女報的性別觀照〉，《〈女子世界〉文選》，頁 43。

〔註 57〕常熟女士佩蘅，〈讀《俄事警聞》有感〉，《女子世界》2 期（1904 年 2 月）。轉引自夏曉虹編，《〈女子世界〉文選》（貴州：貴州教育出版社，2014 年），頁 301。

〔註 58〕高平叔：「蔡元培在上海支持南洋公學學生退學風潮，倡辦中國教育會、愛國女學、愛國學社，通過《蘇報》及張園演說會鼓吹革命，倡刊《外交報》、《俄事警聞》和《警鐘》日報，組織光復會，主持過中國同盟會上海分部等等活動。」見高平叔，〈蔡元培的家世與家庭生活〉，《蔡元培文集·自傳》（卷一），頁 304。

〔註 59〕女士汪毓眞，〈讀《東歐女豪傑》感賦〉，《女子世界》8 期（1904 年 2 月）。

此詩同在期許中國能有如同蘇菲亞一般的女性，犧牲生命拯救中國。毫無疑問，最知名的人物秋瑾（1875〜1907），即是此一精神的體現者。秋瑾在1907年與徐錫麟等人準備在浙、皖起義，但因爲徐錫麟倉促行動，清廷獲得密報，致使秋瑾被捕。她堅不供說共犯，後遭到處決。其友人吳芝瑛（1868〜1934）爲其作《小傳》，云：「人或以蘇菲亞、羅蘭夫人相擬，女士亦漫應之，因自號曰鑑湖女俠云。」〔註60〕又云：「雖俄之蘇菲亞、法之瑪利儂，不及。」〔註61〕秋瑾與蘇菲亞的形象在眾人的論述當中重疊，甚至超越，或許是秋瑾本人始料未及之事。〔註62〕不過，這些敘述都說明了在晚清革命風潮熾烈之時，「虛無黨」的革命目的以及「女虛無黨」的積極作爲，賦予中國人對女子所應具備之特質的期許。

六、結論

本文首先梳理「虛無黨」概念的來源，說明中國知識分子如何接受日本關於俄國政治知識的翻譯。在俄國專制政體下，形成許多民間的革命組織，在多次遭到鎮壓之後，各自活動，其中一派「民意黨」主張虛無主義，並採取暗殺的手段，當時人多以革命黨稱之，又因爲「虛無主義」的主張而被日本知識分子翻譯爲「虛無黨」。到了中國，這個概念遂定型下來，與革命、政治暗殺相去無幾。

其次，說明在俄國的民意黨當中，有許多女性成員，她們擔負了重要的暗殺任務，且積極行事，特別是1881年蘇菲亞與其他黨員合力擊斃了沙皇亞歷山大二世，引起轟動。「女虛無黨員」的活躍，成爲中國知識分子論述「革

　　　　轉引自夏曉虹編，《〈女子世界〉文選》，頁312。

〔註60〕吳芝瑛著，郭廷禮編，〈秋女士傳〉，《秋瑾研究資料》（山東：山東教育出版社，1987年），頁60。亦見於志達，〈秋瑾死後之冤〉，《天義》第15卷（1908年1月15日），頁27〜32。轉引自萬仕國、劉禾校注，《天義・衡報》（上），頁302。

〔註61〕吳芝瑛著，郭廷禮編，〈秋女士傳〉，《秋瑾研究資料》，頁68。

〔註62〕關於蘇菲亞與秋瑾的形象，符傑祥也曾以「『舉國徵兵之世』與晚清蘇菲亞傳奇」爲主題，探討蘇菲亞在晚清時局脈絡中對中國人帶來的影響。並且認爲：「正像《東歐女豪傑》中華明卿與蘇菲亞亦師亦友的精神聯繫一樣，對秋瑾來說，蘇菲亞既是拯救她走向革命的啓蒙導師，也是撫慰她內心傷痛的精神姊妹。走進蘇菲亞的故事之內，又走出蘇菲亞的故事之外，秋瑾將女英雄爲革命流血犧牲的傳奇轟轟烈烈地搬上近代中國的歷史舞臺。」見符傑祥，《國族迷思：現代中國的道德理想與文學命運》（臺北：秀威，2015年），頁44。

命」與「女權」一個相當重要的指標和象徵，隨後成立的上海愛國女學校，遂以培養女性「革命家」爲教育方針，並且針對高等科的學生教導俄國虛無黨史、法國革命史，以滋長女性的愛國意識。當時許多女性也自發地迎向這股救國、愛國的風潮，遂以「蘇菲亞」自我期許。

「虛無黨」以及「暗殺」遂構成晚清女性建構視野中難以忽略的一部分。而暗殺的觀念亦曾在民族大義的包裝下，顯得飽含正義與希望，也建構出革命時代女性對「理想女性」的形象認知。

（作者簡介：詹宜穎，女，臺灣國立政治大學中文系博士生）

從明清才女到女英雄：論《黃繡球》中的才德觀念與女子教育

張玉明

摘要：晚清時期，小說被賦予強大的社會責任，諸多希冀宣導的新觀念、新議題，都被置放在小說文本中，企圖以這樣的形式，達成教育國民的目的。女學及女權議題，之所以出現在小說中，與此密切相關。阿英在 1937 年出版的《晚清小說史》，視《黃繡球》爲眾多闡述婦女問題的晚清小說中，最優秀的啓蒙小說。阿英認爲：「這部書保留當時新女性的艱苦活動的眞實姿態，當時社會中的新舊戰爭經過，反映了一代的變革。」本文即依此來做探討。《黃繡球》一書的作者頤瑣，本名湯寶榮（約 1860 前後～1932 前），字伯遲，號頤瑣，江蘇吳縣人，在此書裏，可以看到晚清女性，如何因應時代背景的課題，由一介孤女，到賢妻良母，再到興辦女學堂的發起者，最後成爲女英雄的故事。本文分成三個部分：一、明清才女與女英雄：就定義及時代背景來考查，並探討階級上的流動；二、《黃繡球》中的才德觀念：從才德觀念轉化，探討「才」—「實學」，「德」—「平權」的演進；三、《黃繡球》中的女子教育：聚焦在「廢纏足」「興女學」的時代課題，及「西學東漸」的影響。本文以《黃繡球》爲討論核心，探討在清末世局當中，由傳統「才女」過渡到「女英雄」的救世盼望，如何具體彰顯在小說當中；並耙梳傳統到晚清的才德觀念及女子教育，企圖彰顯《黃繡球》一書的特異之處。

關鍵詞：黃繡球；晚清小說；女子教育；女英雄；才女

一、前　言

　　歷史上有名的閨閣才女，幾乎都屬於士族階層〔註1〕。因爲原生家庭的蓄意培養，她們服膺於「三從四德」的規範，德才兼備，詩文作品流傳於後世。明清時期，才女輩出。僅以明清兩朝而論，女性刊刻所著者，即多達三千五百人。能夠有這麼多女性投身文壇，當時文人支持的態度，居功厥偉。

　　隨著知識的逐漸普及，女子教育在晚清時期〔註2〕，正式納入學制。從士族階層到平民百姓的女子，都有機會於家庭空間之外，上女學堂。清廷正式下令改書院爲學堂，是光緒二十七年（1901年），光緒二十九年（1903年）更定章程，將女子教育包括於家庭教育當中，而奏定女學堂章程，正式將女子教育納入學制系統，是光緒三十三年（1907年）。這樣突破性的發展，促進了中國由傳統邁向現代，而這樣的現象，也具體反映在晚清小說當中。

　　晚清時期，小說被賦予強大的社會責任，諸多新觀念、新議題，都置放在小說文本中，企圖能達成教育國民的目的。女學及女權議題，之所以出現在小說中，與此密切相關。阿英在1937年出版的《晚清小說史》〔註3〕，視《黃繡球》〔註4〕爲眾多闡述婦女問題的晚清小說中，最優秀的啓蒙小說。阿英認爲：「這部書保留當時新女性的艱苦活動的眞實姿態，當時社會中的新舊

〔註1〕累官三代以上及居官五品以上，同時合於這兩個條件者，視爲士族。……與「士族」相對的名詞爲「寒素」，寒素的定義，當時人言之甚詳。《晉書·李重傳》中苟組嘗曰：「寒素者，當謂門寒身素，無世祚之資也。」至於介於「士族」與「寒素」之間，即稍有門資，父祖之一任官，而又未達士族標準者，特以「小姓」稱之。出自毛漢光，《兩晉南北朝士族政治之研究》，（臺北市：中國學術著作獎助委員會，1966年）。

〔註2〕歷史上，晚清通常指鴉片戰爭爆發到辛亥革命成功的這段期間（1840—1911），許多研究晚清的著作皆以這七十餘年做爲關注的對象。如王爾敏《晚清政治思想史論》、汪榮祖《晚清變法思想論叢》、康來新《晚清小說理論研究》、林明德《梁啓超與晚清文學運動》等等的歷史、文學專著、論文，無不以清朝後七十年爲研究範圍。

〔註3〕阿英，《晚清小說史》（臺北：里仁書局，2000年）。

〔註4〕（清）頤瑣，《黃繡球》。《黃繡球》於《新小說》雜誌創刊後，在光緒三十年（1904年）的《新小說》第二卷第3號起至第26號連載，總共刊載26回，直至光緒三十二年（1906年）《新小說》雜誌停刊後而止，光緒三十三年（1907年）續完最後四回，並發行單行本。本文所據文本收錄自尉天驄、李豐楙、胡萬川、賴芳伶等人主編之，《晚清小說大系》（臺北：廣雅出版社，1984年），後引回數即根據此書章節，不再贅述。

戰爭經過，反映了一代的變革。」〔註5〕在此書裏，可以看到晚清女性，如何因應時代背景的課題，由一介孤女，到賢妻良母，再到興辦女學堂的發起者，最後成爲女英雄的故事。

張玉法稱《黃繡球》足以代表晚清興起的女權小說，他認爲書中主旨在闡明：「倡男女平等，謂世界上的男女，本來各有天賦之權，可以各做各事，因此鼓吹婦女放足、讀書和再嫁。」〔註6〕郭延禮亦認爲《黃繡球》在描寫婦女解放問題的小說中，是最具代表性的一部。〔註7〕澤田瑞穗指出，《黃繡球》在處理婦女問題，提倡男女平等、女子教育方面的小說中最爲出類拔萃。〔註8〕不論中外文史學者都清楚表明，《黃繡球》一書的價值及重要性，值得去深思和探討。

《黃繡球》的作者頤瑣〔註9〕，本名湯寶榮（約 1860 前後～1932 前），字伯遲，號頤瑣，江蘇吳縣人，早年師事俞曲園，任商務印書館總記事，涵芬樓叢刊十九經其校勘，五十餘歲過世。〔註10〕除此之外，關於頤瑣的生平，當今可見專著論述均未提及，資料極少。

臺灣針對《黃繡球》進行專論研究的作品不多，僅：劉怡廷《黃繡球研究》〔註11〕，針對時代背景，討論作者在婦女、教育、政治及其他社會問題各方面的改革意見；和衛琪《黃繡球研究》〔註12〕，就晚清的政治現況、生活觀及社會問題等外緣關係切入研究，展現其政治性與社會性的一面，彙整出以婦女問題爲主的思想與內涵；蔡佩育《世紀末，女英雄的回眸與再出發——從「黃繡球」到「女獄花」》〔註13〕，則以《黃繡球》及《女獄花》勾勒

〔註 5〕 阿英，《晚清小說史》（臺北：里仁書局，2000 年），頁 136。

〔註 6〕 張玉法，〈晚清的歷史動向及其與小說發展的關係〉，收錄於林明德編，《晚清小說研究》（臺北：聯經出版社，1988 年），頁 19。

〔註 7〕 郭延禮，《中國近代文學發展史》（山東：山東教育出版社，1995 年），頁 2046～2050。

〔註 8〕 澤田瑞穗，〈晚清小說概觀〉，收錄於林明德編，《晚清小說研究》，頁 44。

〔註 9〕 頤瑣之眞實姓名有異說，本文采信原名湯寶榮之說（亦有學者認爲是梁啓超，現今學界大多數認定是湯寶榮，故此處用之），參郭長海，〈《黃繡球》的作者頤瑣考〉，《社會科學戰線》1993 年 4 期，頁 241～242。

〔註10〕 此據陳玉堂，《中國近現代人物名號大辭典》（杭州：浙江古籍出版社，1996 年），頁 222，是目前頤瑣僅有的詳細背景資料。

〔註11〕 劉怡廷，《黃繡球研究》（臺中：東海大學中國文學研究所，1996 年）。

〔註12〕 衛琪，《黃繡球研究》（嘉義：南華大學中國文學研究所，2002 年）。

〔註13〕 蔡佩育，《世紀末，女英雄的回眸與再出發——從「黃繡球」到「女獄花」》（高雄：中山大學中國文學研究所，2012 年）。

出世紀末的女英雄們，回顧過去的舊傳統，終能擺脫束縛已久的女教條和父權壓制，重新喚醒女性意識，擁有獨立的人格和思考，懷抱著對改革社會的理想和熱情。本文即以《黃繡球》為討論核心，探討在清末世局當中，由傳統「才女」過渡到「女英雄」的救世盼望，如何具體彰顯在小說文本當中；並耙梳傳統到晚清的才德觀念及女子教育，企圖突顯《黃繡球》一書的特殊之處。

二、明清才女與女英雄

（一）才女之定義

「才女」並非是一個固定不變的概念，在歷史的推演當中，文人對於「才女」的定義及期望，隨著時代的演進而不停變化其內容。從「德重於色」，到「才貌雙全」，到明清時期的「才在德先」，背後都反映了時代潮流下，文人對於「才女」的認同及追尋，甚或恐慌及排斥。《牡丹亭》中的杜麗娘，強調「至情」及「絕色」，似乎與文才較少關連；《鏡花緣》中刻畫了眾多才女，反映出文人化的才女觀，並最後向傳統思維靠攏〔註14〕；而《紅樓夢》〔註15〕當中的眾多女子，較多篇章僅圍繞著討論兩大女角：「詠絮才－林黛玉」及「停機德－薛寶釵」，關於其他相異於「才德」方面的女性角色，則較少視之為「才女」，甚至直接定義《紅樓夢》當中的「才」為「詩詞之才」，無法窺見並廣納所有女性角色的全貌。

有關「才女」的定義，鮑家麟認為廣義言之，除詩文外，繪畫、彈詞、工藝、刺繡等，亦均屬於才藝之列。〔註16〕曼素恩則認為，詩禮世家的博學女子們有著矛盾的形象，一是以班昭為代表的嚴正不苟的女教師；另一則是以詩人謝道韞為典型的優雅詠絮才女〔註17〕明清小說作家對才女的認定標準，以宋孟貞《「紅樓夢」與「鏡花緣」的才女意義析論》〔註18〕的研究為例，作者驗證《紅樓夢》的才女觀時，認為「才」主要指的是詩才。

〔註14〕 李玉馨，〈反傳統與擁傳統：論《鏡花緣》中的女權思想〉，《中外文學》第 22 卷第 6 期（1993 年 11 月），頁 109～119。

〔註15〕 （清）曹雪芹、高鶚原著，馮其庸編註，《紅樓夢》（臺北：地球出版社，1990 年），後引回數即根據此書章節，不再贅述。

〔註16〕 鮑家麟，〈明末清初的蘇州才女徐燦〉，《中國婦女史研究》（第五集）（臺北縣：稻鄉出版，2001 年），頁 228。

〔註17〕 （美）曼素恩著，定宜庄、顏宜葳譯，《綴珍錄：十八世紀及其前後的中國婦女》（南京：江蘇人民出版社，2005 年），頁 103。

〔註18〕 宋孟貞，《「紅樓夢」與「鏡花緣」的才女意義析論》（南投：暨南國際大學中國語文學系，1999 年）。

　　從六朝以後，文人就發展一套才女觀，以為理想的佳人除了美貌之外，還必須具有詩才。而這種才女觀到了明清時代終於演變成文人文化的主流，促使明清婦女文學達到空前的繁榮。〔註19〕孫康宜在〈走向「男女雙性」的理想——女性詩人在明清文人中的地位〉〔註20〕一文中，探討到明清時期「男女雙性」的現象。它與明清文人對女性詩才的重視密切相關，除了編選女性作品外，更重要的是他們對才女的認同。基於自身的邊緣處境，他們對薄命的才女產生一種「懷才不遇」的認同感。於是文人文化與女性趣味合而為一，而男性文人的女性關注也表現了文人自我女性化的傾向。

　　相反地，明清女詩人紛紛表現出一種「文人化」的傾向，表現在生活藝術化及對世俗的超越：例如吟詩填詞、琴棋書畫、談禪說道、品茶養花、遊山玩水等生活情趣的培養。這些女詩人強調寫作的自發性、消遣性、分享性，這種寫作的價值觀原是十足地男性化的，等於創造了一種風格上的「男女雙性」（Androgyny）。〔註21〕而這樣的現象，很好地詮釋了明清才女輩出的主要原因。

（二）清末女英雄之救國想像

　　小說雖然未必能條理化的表達作者意見和思維，不過透過小說文本，也許更能呈現出當時的時代氛圍，及身處其中所可能面臨的困境，更加具體反映當時的婦女問題。

　　晚清從鴉片戰爭到八國聯軍以來，中國除連年割地賠款外，整個國家的命脈幾乎完全操縱在外人之手。而清政府所借的外債，從1895～1900年間，就高達451000萬白銀，為當時國庫收入的五・五倍。中國資源被列強劫奪，農村經濟徹底破產，城市工人大批失業，僅1900年，華北地區的失業工人即高達幾百萬人。這些敗落的現實又回過頭來加重中國的動亂；形成困苦不停

〔註19〕 這種突發的演變與明清文人文化的特殊性是息息相關的。在明清時代，所謂的「文人文化」是代表「邊緣文人」的新文化，它表現出一種對八股和經學的厭倦以及對「非實用價值」的偏好。首先，它重情、尚趣、愛才——特別是崇尚婦才，迷醉女性文本，把編選、品評和出版女性詩詞的興趣發展成一種對理想佳人的嚮往。摘自康正果，〈邊緣文人的才女情結及其所傳達的詩意——《西青散記》初探〉，《九州學刊》1994年7月，頁87～104。

〔註20〕 孫康宜，〈走向「男女雙性」的理想——女性詩人在明清文人中的地位〉，《古典與現代的女性闡釋》，（臺北：聯合文學出版社，1998年4月），頁72～82。

〔註21〕 孫康宜，《古典與現代的女性闡釋》，頁73～74。

地擴大，中國傳統的倫理道德與生活方式，也產生根本上的動搖。正因如此，晚清中國所面臨到的，是千古未有之變局。〔註22〕

為了因應這樣的時局，梁啓超深感中國傳統舊小說不足以應付大時代的變化，「新小說」代之而起，以其為首的「小說界革命」〔註23〕正式展開。小說成為晚清的文學主流，梁啓超的首開風氣，功不可沒：

> 欲新一國之民，不可不新一國之小說。故欲新道德，必新小說。
> 欲新宗教，必新小說。
> 欲新政治，必新小說。欲新風俗，必新小說。欲新學藝必新小說。乃至欲新人心，欲新人格，必新小說。〔註24〕

這樣的說法，把小說地位提高到「文學最上乘」，蘊含著救國濟世的積極企圖，更直接衝擊到晚清小說的書寫內容，在《黃繡球》一書中，即可看到這樣的現象。

黃繡球在夢中，是經由羅蘭夫人夢中授讀西文書《英雄傳》而覺醒的。〔註25〕羅蘭夫人在近代中國知識界知名度很高，主因梁啓超1902年10月《新民叢報》上刊出〈羅蘭夫人傳〉導致的。梁啓超在文中突顯羅蘭夫人人格的高尚，為了爭取法國的自由，最後為革命而犧牲，毅然決然走上斷頭臺。〔註26〕學者夏曉虹認為，在晚清女權思想萌芽過程中，因為羅蘭夫人的女性身份使其特別具有號召力，經過不斷地重複引述她的言行，成為了一個「意蘊豐富

〔註22〕 摘自尉天驄，《晚清小說大系・總序》（臺北：廣雅出版社，1984年），頁2～3。

〔註23〕 李瑞騰為「小說界革命」下定義：指一群懷抱著高度自覺的中國知識分子為了傳播新思想，改革舊的政治體制，發現小說可以做為有效的傳播媒介和改革的具體武器，一方面擴大小說的社教功能，一方面有效地運用，再配合其他主客觀條件，小說在文學的地位，突破性地獲得前所未有的肯定。李瑞騰，《晚清文學思想論》（臺北：漢光文化出版社，1992年），頁152。

〔註24〕 梁啓超，〈論小說與群治之關係〉，陳平原、夏曉虹主編，《二十世紀中國小說理論資料》（北京：北京大學出版社，1989年），頁50～53。

〔註25〕 「『這三個字叫做《英雄傳》，做這傳的人，生在羅馬國，把他本國的人，同以前希臘國的人，各揀了二十五位，都是大軍人、大政治家、大立法家』……便照常起身，夢中的事，居然記得清楚，頓然腦識大開，比不到什麼抽換腸胃，納入聰明智慧的那些無稽之談，卻是因感生夢，因夢生悟，那夢中女子所講的書，開了思路，得著頭緒，真如經過仙佛點化似的，豁然貫通。」（《黃繡球・第三回》）

〔註26〕 梁啓超，〈近世第一女傑羅蘭夫人傳〉，收於李又寧、張玉法主編，《近代中國女權運動史料》（上冊），（臺北：傳記出版社，1975年），頁318～331。

的形象符號」。對解放女子權利者而言，她是女性自立自強的榜樣。〔註27〕《黃繡球》一書中，便是以羅蘭夫人進入女主角黃繡球的夢境，啟發她的思想知識，使她從一介無知無識的村婦，成為行為思想都判若兩人的「女志士」，後更創立「女學堂」，最後成為「女豪傑」、「女英雄」。

黃繡球父母早歿，命運弄人，她從小就寄人籬下，養在嬸娘家裏，後來婚配黃通理，終於擺脫寄人籬下的辛酸與悲哀。一開始出現的形象，仍是服膺三從四德，裹著小腳，生兒育女，克盡傳統婦女的職責，職掌家庭內的私領域，外面的世界一概無知。而從小說中的第二回，她的名字從「秀秋」改成「繡球」〔註28〕，就是象徵著從家庭的私領域，跨足到社會教育的公領域。她一路放纏足，興女學，到最後甚至走上了「地方自立」，也就是不只是「興女學」的女教育者形象，更是帶動革命的「女英雄」形象，歷歷可見。

從傳統古典小說中的「閨閣才女」，到清末小說中的「女英雄」，可以照見女子有才的才性需求，產生質的變化；更可看出階級從士族階層，開放流通到各個階層，具體回應在當時「興女學」、「母教救國」的時代氛圍。

（三）上層社會到庶民階層

傳統才女的生活空間，僅限於原生家庭及婆家，關注的層次圍繞著周遭所能看見的場域，有著女性生活空間狹窄與見識相對短淺的無奈。蘇轍〈上樞密韓太尉書〉一文即提到文章的養氣論，或由孟子的浩然之氣來培養，或仿傚太史公遍覽名山大川，與豪傑交遊來厚植，一個人的文章深度，和他所讀的書、結交的人、所親眼見證的世界，習習相關。

此外，孫康宜研究明清才女文本時提出，家務的內容常是明清才女詩歌的題材：

> 一般說來，明清女詩人突破了傳統女性詩詞的閨怨和棄婦的狹隘內容。她們把注意力移到日常生活中的種種親身體驗，而且十分真切地寫出了個人得自觀察的情景及靈感。從刺繡、紡織、縫紉到

〔註27〕 夏曉虹，〈羅蘭夫人在中國〉，收於《晚清社會與文化》（武漢：湖北教育出版社，2000 年），頁 181。

〔註28〕 「決心要做，要做得徹底，要做得同錦繡一般，叫那光彩激射出來，照到地球上，曉得我這村子，雖然是萬萬分的一分子，非同小可。日後地球上各處的地方，都要來學我的錦繡花樣，我就把各式花樣給與他們，繡成一個全地球。」（《黃繡球·第二回》）

> 烹飪，直到養花、撫育，所有一切有關家務的詩作都構成了明清婦
> 女詩詞的新現象。〔註29〕

孫康宜認為，明清才女作品突破了以往傳統詩詞閨怨和棄婦的內容，而能將題材擴大到日常生活中的親身體驗，更重視相關經歷的體悟與描摹，擴大了女性作品的範圍。雖然從閨怨棄婦的古典抒情中走出，但是仍不脫家庭瑣事的感悟，而這樣的書寫題材，在晚清時便引來了「批風抹月」之譏。

梁啟超在 1896 年的《變法通議》一書中，討論關於女子教育時，對於「女子無才便是德」的觀念提出批判，也對傳統所謂能「批風抹月」的才女不以為然：

> 人有恆言曰，婦人無才即是德，此蟊言也。世之瞀儒執此言也，
> 務欲令天下女子，不識一字，不讀一書，然後為賢淑之正宗，此實
> 禍天下之道也。古之號稱才女者，則批風抹月，拈花弄草，能為傷
> 春惜別之語，成詩詞集數卷，斯為至矣。若此等事，本不能目之為
> 學，其為男子，苟無他所學，而專欲以此鳴者，則亦可指為浮浪之
> 子，靡論婦人也。〔註30〕

從這段文字當中，可以看出梁啟超反對「女子無才便是德」的才德觀念，鼓勵女子有才、女子就學，但對於「才女」所能書寫的內容範疇，僅限於「批風抹月」，表露極高的不滿。換言之，以往閨閣才女的歌詠形象已逐漸被晚清內憂外患的時代氛圍所解消，不但所書寫的題材需要更切合國計民生的需求，以往被上層社會所培養，甚至所壟斷的「閨閣才女」，也在梁啟超針對晚清時局國家興亡的時代重任要求下，期許「才女」從上層社會推廣到庶民階層，而「才」的內容，也從詩詞之才，轉化成為對國計民生有益的實學。

這樣的現象亦反映在晚清小說《黃繡球》中。自小父母雙亡的黃繡球，沒有機會像傳統的才女一樣，受到原生家庭智識上全方位的培養，雖有意奮發，卻缺少啟蒙和點撥，無法成為一位知書達禮的佳人。作者採用「託夢點化」的方式，安排黃繡球受到羅蘭夫人的點化，而智識大開。託夢點化是黃繡球一生的轉捩點，使她突飛猛進，成為有思想有見識的新女性，亦成為作

〔註29〕 孫康宜，〈走向「男女雙性」的理想——女性詩人在明清文人中的地位〉，《古典與現代的女性闡釋》（臺北：聯合文學出版社，1998 年），頁 79～80。

〔註30〕 梁啟超，〈變法通議‧論女學〉，摘自梁啟超著，林誌鈞主編，《飲冰室文集》（第一冊）（臺北：中華書局，1983 年），頁 39。

者心目中，女豪傑女英雄的化身。值得注意的是，《黃繡球》一書中的女主角，迥異於其他古典小說中大家閨秀的形象，既不是謹守家規的形象，亦不是溫柔婉約安於賢妻良母的框架之中，換言之，女角形象從上層社會到庶民階層，具體呈現出當時對於女子教育的身份訴求。

誠如蔡佩育所說：

> 晚清女性的社會意識，隨著時代的轉輪，從零起步，結合政治/性別的籌碼，女性不斷更新自我的社會價值，從個體到集體，從家庭到社會國家，她們或是自覺/或是被挑動，終究能夠踏著既蹣跚卻又堅定的步伐，移向正面主動的人性權利區塊。從《黃繡球》籌辦與女學的女義士們，到《女獄花》的女界革命黨，晚清女性跳脫傳統的社會意識與社交模式，從以文會友到以志結會，她們一再廓清女性群體意識的覺醒，劃清文學的效能。小說情節從虛構出發，卻糾舉著社會的真實狀況，作者呈現女性自我意識的改變，轉而帶動社會價值觀的更新過程。〔註31〕

晚清反映婦女的小說，以《黃繡球》及《女獄花》為例，可以看出晚清女性關注的層面，從自身家庭擴展到社會國家，所產生的變化。晚清才女們，也從以文會友到以志結會，從閨內吟詠走向閨外結社，由家庭私領域跨足到社會的公領域。簡言之，「才女」逐漸擴大其意義及範圍，從詩才到實學，從家庭到國家，從才女到女英雄，從上層社會到庶民階層，這樣的轉變，歷歷可見。

三、《黃繡球》中的才德觀念

中國傳統受儒家影響，自古重「德」性，孔子思想以仁貫之；到了漢末，「才」方變成中國文人的主要關懷。究其緣由，曹氏父子的推動當係主因。他們篤好斯文，一時俊才雲蒸。曹操（155～220）乃「鄴下文學沙龍」的「掌舵者」，「他用人的標準是不拘品行，唯才是求」。曹丕的〈典論·論文〉〔註32〕抬高文學的價值，認為文學是「不朽的盛事」，建安時代因而特重文才，眾望之殷史無前例。評斷女子亦以文才為標準：

〔註31〕 蔡佩育，《世紀末，女英雄的回眸與再出發──從「黃繡球」到「女獄花」》，頁 179。

〔註32〕 蕭統著，李善注，《昭明文選》（卷五二），（臺北：河洛圖書出版社，1975年），頁 1128。

謝太傅寒雪日內集，與兒女講論文義。俄而雪驟，公欣然曰：
「白雪紛紛何所似？」

兄子胡兒曰：「撒鹽空中差可擬。」兄女曰：「未若柳絮因風起。」
公大笑樂。即公大兄無奕女，左將軍王凝之妻也。（言語第二·71，
頁 131）

顯而易見，謝安「大悅」乃因道韞詩才出眾，他閱人的準據是美學原則而非
道德考量，道韞句特具詩意，故而深受賞識，道韞後果以文名詩才見重於世。
〔註 33〕

　　明末清初，才女大量湧現於文壇。而才女葉小鸞的父親葉紹袁，也在此
時重新肯定所謂的女性「三不朽」。他在《午夢堂全集》的序中說道：「丈夫
有三不朽：立德立功立言。而婦人亦有三焉：德也才與色也。幾昭昭乎鼎千
古矣。」自古以「德」出名的女子甚多，卻少有女子以「才」著稱者，所以
藉著為自己家中才女結集的機會，重申婦才的可貴。〔註 34〕而明清才女並不
完全依靠男性來提高她們的文學地位。她們除了編選女性詩詞集之外，還很
自覺地出版自選集，尤其更以一種自我呈現的精神在序跋中鄭重地為自己奠
定一個特定的形象。〔註 35〕隨著出版業的興盛，她們不但得到當代讀者的贊
賞，也渴望自己的作品能永垂不朽。以下探討《黃繡球》中，才德方面轉向
及重新定義的觀察。

（一）才德觀念的轉化

　　女性的才德問題，當從班昭的〈女誡〉談起。章學誠的〈婦學〉一開始
就提到班昭，拈出的婦行四目：婦德、婦言、婦容、婦功，這是注重道德禮
法的約束力量。到了漢末，「才」方變成中國文人的主要關懷。如《世說新語》
裏歌詠謝道韞的詩才出眾，有「林下之風」，婦才觀開始萌芽。到了唐代，「才」
觀更為普遍，而當時唱和甚多、以文才自居的女詩人，多為歌伎與女冠，如
薛濤、李冶、魚玄機之流，衛道人士便以她們人生的「失行」及「敗德」，印

〔註 33〕《謝道韞集》（二卷）今已佚亡，現代人所編之選集僅見謝作數首，參見何滿
　　　　子〈謝道韞〉，收錄到陳邦炎編，《十大才女》（上海：上海古籍出版社，1991
　　　　年），頁 39。
〔註 34〕孫康宜，〈婦女詩歌的「經典化」〉，《古典與現代的女性闡釋》（臺北：聯合文
　　　　學出版社，1998 年），頁 68～69。
〔註 35〕康正果，〈重新認識明清才女〉，《中外文學》第 22 卷第 6 期（1993 年 11 月），
　　　　頁 124。

證並提出了「才可妨德」的說法。宋代以後更由於理學的高度發展，反對女性寫作的言論漸起，理學家多認同德為本、才為末的觀點。明清才女輩出，關於才德之爭日益激烈，對於袁枚廣收女弟子的行為，趙甌北稱其「名教罪人」，譚復堂斥為「文妖」，都是立於衛道，倡言禮教大防的擁德派。而明清婦女受此風氣影響，部分女子以「詩詞非女子事」，將詩稿焚毀捨棄，不願落入「失德」的口實。〔註36〕

　　另一方面，也有文人提出「才德相成」的觀念，認為德才並不相妨。而李漁也認為「才德二字，原不相妨，有才之女，未必人人敗行；貪淫之婦，何嘗歷歷知書？」〔註37〕且明末文人對「才」情有獨鍾，視為生命理想，如錢謙益及柳如是之間的婚姻傳為佳話，連魚玄機都獲得平反，贏得「才媛中詩聖」的美譽。趙世傑在《古今女史》中說：「海內靈秀，或不鍾男子而鍾女人。其稱靈秀者何？蓋美其詩文及人也。」這樣的重才概念，在《紅樓夢》當中，表現得更為明顯。賈寶玉認為女子是水做的，男子是泥做的，閨秀獨佔天地靈秀之氣，並藉此稱頌貌美而綽約的才媛。

　　而女子之德的觀念，反映在對「三從四德」的遵循當中。「三從」之出，可以追溯到先秦之時。《儀禮・喪服・子夏傳》中說：「未嫁從父，既嫁從夫，夫死從子。」所謂「四德」，即《周禮・天官・九嬪》載之：「婦德、婦言、婦容、婦功」〔註38〕。頤瑣為「三從四德」的定義，做了新的解讀，在既有的基礎上重新詮釋：所謂「從」字，必須從舊章書理來翻案，不是光叫女人服從，為父、為夫、為子，有德有才在先，為女、為妻、為母的自然會信從，所以此「從」作「信從」解，而非「服從」：

　　　　若照後人解說，只當事事跟隨，難道殺人也跟著去殺？做盜賊
　　也跟去做？發了瘋吃屎，也跟著吃屎？（《黃繡球・第二十二回》）

〔註36〕許玉薇，《明清文人的才女觀——以「西青散記」與賀雙卿為例之研究》（南投：暨南國際大學中國語文學系，1999年），頁11～29。

〔註37〕李漁，《閒情偶寄》，收入《李漁全集》（第三卷），頁141～142。

〔註38〕班昭解釋，「婦德----『不必才明絕異』，『清閒貞靜，守節整齊，行己有恥，動靜有法』。婦言----『不必辯口利辭』，『擇辭而說，不道惡語，時然後言，不厭於人』。婦容----『不必顏色美麗』，『盥浣塵穢，服飾鮮潔，沐浴以時，身不垢辱』。婦功----『不必工巧過人』，『專心紡織，不好戲笑，潔齊酒食，以奉賓客。』」見班昭，《女誡》，錄自徐少錦等主編，《中國歷代家訓大全》（上冊）（北京：中國廣播電視出版社，1993年），頁5。

綜上所述,《黃繡球》一書中的才德觀念,傾向「才德相成」,認同梁啓超「女子有才」對國家社會的貢獻;而其中的「女才」不是「詩才」而是「實學」,其中的「婦德」不是「服從」而是「信從」。正是因為女子有才有識,能夠作主判斷夫、父、子的所作所為是否合乎道義,不是盲目跟從,這樣符合新時代需求、嶄新的「才德觀念」,是《黃繡球》一書中特異之處。

(二)強調實學的救國盼望

梁啓超在 1896 年的《變法通議》一書中,討論女子教育時,特別強調「實學」的重要性:

> 今中國之婦女,深居閨閣,足不出戶,終身未嘗見一通人,履一都會,獨學無友,孤陋寡聞,以此從事於批風抹月,拈花弄草之學猶未見其可,況於講求實學,以期致用〔註39〕。

梁啓超以實學的角度,批評明清以來的才女,關注自身處境且傷春悲秋,對於社會國家助益不大,在如此的角度之下,專務詞藻批風抹月的作品,成為晚清文人摒棄的對象。

何謂女學堂中的實學呢?中國自十九世紀下半,由基督教會開啓興女學大門,維新派等人繼之而起,打開女子教育的風氣,女學堂的數量日益增加。梁啓超、康廣仁、經元善等人的籌辦及女界合作之下,光緒二十四年(1898年)創辦中國近代史上第一所女子學堂----中國女學堂〔註40〕。該校聘請美德等外籍教員任教,課程有西文、算學、女紅、繪事、醫學、音樂、體操及國文,國文課程內容有女孝經、女四書、幼學須知句解、內則衍義、十三經義、唐詩、古文等。

由上述的課程內容,可以觀察到一些現象:首先國文方面承襲傳統的道德教化,雖有唐詩古文,但不以寫作詩詞文章為重心〔註41〕;而女紅、繪事、

〔註39〕 梁啓超,〈變法通議·論女學〉,摘自梁啓超著,林誌鈞主編,《飲冰室文集》(第一冊),頁 39。

〔註40〕 初名「桂墅里女學會書塾」,後向清廷申請,正式定名為「中國女學堂」,或「上海女學堂」、「經正女塾」、「經氏女學」等不同的名稱。

〔註41〕 「教科書的編者們一再強調女子教育的重點在於道德教化與實用,而不在發展學術與才幹。他們同時也倡導『興女學』、發展女才,然而他們討論的焦點不是如何促進女子的博學與學術發展,而是『發展女才的目的是什麼』,故提出『才以促德』的觀點。」劉景超,《清末民初女子教科書的文化特性》(北京:知識產權出版社,2015 年),頁 94。

醫學及算學，女紅、繪事依循過往的傳統，醫學及算學即可屬實學，以能夠更好地服務家庭爲目的〔註 42〕；西文、音樂、體操則是新時代實學，西文著重與外國人溝通應答，體操則扣合著身體強健的「強國保種」時代命題，音樂課除了「和性情」〔註 43〕外，在《黃繡球》中仍背負著改良社會風氣，宣傳教令的使命。由此可見，教材從傳統過渡到當代，女子教育的實學，仍著重在「賢妻良母」，以母教救國的實用性框架之中。

其中西文、音樂、體操課程，在當時尤引起爭議，認爲西文只適合男子學習，女子應謹守「內言不出於閫之義」，即使學成亦不能與西人應對，唯恐音樂、體育課程逾閒蕩檢，不益學之〔註 44〕。

簡言之，課程內容涵蓋中西文化，除了古典文學之外，尚有重女德之書，除了智育之外，亦重視體育、音樂，強調適性均衡發展，並特別強調實用的價值。亦能看到雖然推廣女子教育，但是當時推動所遇到的困難，來自根深柢固重男輕女的觀念，女子不應拋頭露面、不能與西人應對，都是無法一時之間打破的陳腐念頭。這樣的新舊衝突亦表現在《黃繡球》一書中，容下章再做探討。

晚清的時代課題，便是「愛國強種」。要愛國必先強種，強種必先保種，黃繡球開辦的「城西女學堂」，來校女學生必須講究衛生，衛生乃強種之本，能衛生，始能強身體健，教育出聰明強健、氣宇不凡的學生。黃繡球夫婦抱定宗旨，從城西女學堂開始推行，養成有實業學問，又身強體健的女學生。黃繡球利用彈詞，將纏足與不纏足的利害、衛生、體育、胎教，養成國民之母的內容，全都編入教材，廣爲宣傳。（第十五回）文中強國保種的觀念，與當時維新派梁啓超提出「賢母良妻」、「強國保種」的女子教育宗旨契合，梁啓超云：

〔註 42〕 清政府在 1907 年頒布的《奏定女子小學堂章程》中是這樣規定的：「令其能識應用文字，通解家庭應用之書算物理，及婦職應盡之道，女工應爲之事，足以持家教子而已。」轉引自劉景超，《清末民初女子教科書的文化特性》，頁 95。

〔註 43〕 「聲音之道，足以和洽性情，宣解鬱抑，故東西國女學校中，皆列音樂一科。」轉引自夏曉虹，《晚清女子國民常識的建構》（北京：北京大學出版社，2016 年），頁 130～131。原註出自〈學校唱歌〉，《女子世界》1 期（1904 年 1 月），頁 51。

〔註 44〕 何良棟，《皇朝經世文四編》（卷二十七）（臺北：文海出版社，1972 年），頁 11。

> 故治天下之大本二，曰正人心，廣人才，而二者之本，必自蒙
> 養始，蒙養之本，必自母教始；母教之本，必自婦學始，故婦學實
> 為天下存之強弱之大原也。〔註45〕

梁啟超駁斥傳統中國女教「女子無才便是德」，而「相夫教子」的教育觀，也被解釋為「賢母良妻」的教育主義，成為新學女教的主要方針。《黃繡球》及梁啟超所推廣的女教，不以詩詞等「批風抹月」的才能為尚，而著重於愛國強種的實學，突顯作者的寫作動機，背後有著積極的救國盼望。

（三）男女平權的婚姻關係

女子之德，在於柔順。女子的妾婦之道：「女子之嫁也，母命之，往送之門，戒之曰：『往之女家，必敬必戒，無違夫子。』」〔註46〕此言支配中國大多數婦女的婚姻命運，凸顯父母主導女子婚姻權，女子謹守順從的妾婦之道，服從成為中國自古以來的「婚姻觀」。正如《黃繡球》文中所提到：

> 只把男女的婚姻大事，任著父母做主，父母又只聽著媒人的話
> 說，泥住了男女不見面，拘定了門戶相當，十人有九成為怨偶，倒
> 把什麼巧妻常伴拙夫眠的話，歸到緣分上去，又是什麼月下老人暗
> 暗牽紅絲注定了的，自古至今，也不知害死多少女人。(《黃繡球·
> 第二十三回》)

古時婚姻重視門當戶對，聽信媒妁之言，作者在文中對此情形做出批判。然而文中的女主角黃繡球，亦非自由戀愛，是以童養媳的身份與黃通理結為連理，並沒有跳脫傳統的結婚模式。然而，文中的黃通理、黃繡球二人之間的夫妻模式，從文初到文末起了很大的轉變。一開始黃繡球的想法是：

> 那四德的「德」、「容」兩字是說不上，連字都不懂是怎樣講。
> 若說是能言舌辯，只怕是男子的事，不應該婦女上前。至於那「功」
> 字，又件件不曾學得。在家從父，我從小又是沒父母的人，如今只
> 索從了丈夫，日後從了兒子就完了。但不知自古以來，男女是一樣
> 的人，怎樣做了個女人，就連頭都不好伸一伸，腰都不許直一直？
> 腳是吃盡了苦，一定要裹得小小的。終身終世，除了生男育女，只

〔註45〕梁啟超，〈變法通議·論女學〉，摘自梁啟超著，林誌鈞主編，《飲冰室文集》
（第一冊）（臺北：中華書局，1983年），頁40～41。

〔註46〕〈孟子·滕文公下〉，《四部備要·孟子注疏》（臺北：中華書局，1965年），
頁4。

許吃著現成飯，大不了做點針黹，織點機，洗洗衣裳，燒燒飯，此外天大的事都不能管。像我是細巧事不會，相貌又不好，幸虧丈夫還體諒我從小兒在嬌娘身邊失了教導，一切不與我計較。(《黃繡球‧第四回》)

文中處處可見黃繡球的自我貶抑，以傳統的婦德來要求自己，深自反省自己不是個完美的妻子，以不能達成四德爲缺憾。但文中亦可看出黃繡球對於這樣的現狀，有企圖改變的自覺，是以當黃通理說起女子也可以出來做事，替得男子分擔責任，就讓她胸中企圖做事的思想，如電氣一樣噴薄而出。

她在夢中受到羅蘭夫人的感召，開了思路，邀了十幾位村民到家，訴說發心放腳的緣由、夢中情境，眾人聽了出神，黃通理見妻子的表現暗暗稱異：

怎麼他竟變了一個人？這些話竟講得淋漓透徹。若是我家設一個講壇，開一個演說會，請他演說演說，倒是一位好手……但是大凡的女豪傑、女志士，總讀過書，有點實在學問，遊歷些文明之地，才能做得到。如今她卻像是別有天授的，便這般開通發達，眞令人莫測。(《黃繡球‧第三回》)

黃通理不以妻子的絕大轉變引爲怪談，反而能夠欣賞她、尊重她，對她也從一開始的「你去罷，你的話不對我的意思，我的意思同你也說不上。」(第一回)放棄溝通，到此回稱美她的才學，再到黃通理說出「『三從』的『從』字，只好講作信從，不是什麼服從。有個信字，從不從還在自己的主意，便是有自己的權。」(第二十二回)這樣男女平權的話，在舊傳統禮教的晚清時期，眞是獨一無二，在其他晚清小說中是看不到的。《黃繡球》未劃清性別的界線，不把男女視爲絕對的對立面來伸張女權，而是展現一個男女平權的婚姻相處模式。正是因爲作者意識到，中國婦女欲完全改革自身的處境，除了奮發向上之外，仍舊需要男性的信任和互相配合，此書因此成爲晚清婦女小說中，夫妻和諧關係的相處典範。

四、《黃繡球》中的女子教育

在中國女學堂成立後，常、錫、蘇、滬各地求學的女學生眾多，影響所及，遠在松江、廣東、南洋、新加坡等地，也都陸續設立了女學堂。光緒二十八年（1902 年）吳懷疚在上海捐資創辦「務本女學」，以「賢妻良母」爲教

育宗旨，招收師範、中學兩科學生，此為國人私人興辦女子學校的前驅，成績頗為可觀，直接影響民間私人辦學。〔註47〕

　　陳擷芬在〈盡力〉一文中開宗明義的指出：「中國為什麼不強？因為沒有人才。為什麼沒有人才？因為女學不興。」〔註48〕以此彰顯「興女學」與國家存亡的密切關係。方君笄在〈興女學以復女權〉中倡言：「中國女子之無權，實由於無學，既以無學而無權，則欲倡女權，必先興女學」〔註49〕他們一致認為，興女學、發女權是振興中國的必要手段。光緒三十一年（1905年），清政府始設學部，奏定學堂章程，把女學歸入家庭教育法；遲至光緒三十三年（1907年），學部終於奏頒了《女子小學堂章程》和《女子師範學堂章程》，女子教育開始在中國的法律上得到政府最初的確認。〔註50〕本章即探討，《黃繡球》一書中的女子教育現象。

（一）廢纏足與興女學

　　現有可見的晚清小說文本中，追求女權的具體做法，著重描寫「廢纏足」與「興女學」二項。

　　黃繡球解放自我，成為新時代女性的第一步，即是放掉小腳，踏出傳統被局限捆綁的女性私領域，企圖跨界到社會國家的公領域。黃繡球說：

> 虧你說出這句話！照你說，一個人站在地球上，不能做點事，不能成個人，才怕人笑話。這我放我的腳，與人什麼相干？他來笑我，我不但不怕人笑，還要叫村上的女人，將來一齊放掉了腳，才稱我的心呢。（《黃繡球・第四回》）

黃繡球放掉小腳，本與女性自我意識相關，由「放纏足」這個舉動，背後象徵著不再受社會期待、風氣壓迫，重新拿回身體的自主權，不再因為活在別人的眼光裏，而畏縮著不敢活出真正的自己。但是這樣的舉動，後面竟然引起鄉民圍觀，甚至去坐牢：「黃氏族中多事之人，傳到官府裏去，說黃通理的

〔註47〕程謫凡，《中國現代女子教育史》記光緒二十八年，吳懷疚創辦。俞慶堂《三十五年來中國之女子教育》與黃福慶《清末留日學生》，同記為光緒二十四年創辦。而俞慶堂稱「吳懷疚」，黃慶福作「吳懷芝」，實則同為一人。

〔註48〕陳擷芬，〈盡力〉，《女學報》第二年第2期（1903年）。收於李又寧、張玉法主編，《近代中國女權運動史料》（上冊），頁575。

〔註49〕方學笄，〈興女學以復女權說〉，《江蘇》第3期，收於李又寧、張玉法主編，《近代中國女權運動史料》（上冊），頁577。

〔註50〕杜學元，《中國女子教育通史》（貴陽：貴州教育出版社，1995年），頁338～346。

妻子黃繡球行為詭秘（按：指放小腳），妖言惑眾，派了差役來拿」（第三回），
由小說文本的敘述，便可看出當時「廢纏足」之路在現實生活中走得艱辛。

鴉片戰後，中西文化接觸日益頻繁，基督傳教士積極提倡天足，對纏足
陋習頗多譏誚，開始影響國人對纏足的看法。康有為於光緒八年（1882 年）
創不纏足會於廣東，為中國不纏足會之始：

> 中國裹足之風千年矣，折骨傷筋，害人生理、謬俗，固閉已甚，
> 吾鄉無有不裹足者，亦以不裹足，則人賤為妾婢，富貴家無娶之者。
> 吾時堅不為同薇裹足，族人無不駭奇疑矣而為慮之，吾不顧也。吾
> 北遊，長親迫逼裹足，甚至幾裹矣，張安人識大義特不裹。創義固
> 不易哉！……至乙未年，與廣仁弟辦粵中不纏足會，實同此例之序
> 文。〔註51〕

康有為堅持不為女兒裹小腳，認為戒纏足乃革除數千年之陋習，梁啟超與譚
嗣同等人在光緒二十二年（1896 年）倡設「上海戒纏足會」，積極推廣婦女不
纏足運動。此後全國省、縣，不纏足會組織，如雨後春筍般設立。〔註52〕小
說文本反映現實生活「放纏足」的時間點、理由及宣導的企圖，歷歷可見。

放掉小腳只是第一步，黃繡球真正要做的大事在於興女學，從辦理黃氏
家塾及城西女學堂，籌措經費、修房子、買教材、編彈詞〔註53〕、找教員，
以至於打通衙門等大小事務，全憑黃氏夫妻張羅，地方上的學堂，都要回頭
向他們學習。

然而，小說文本當中，也著重描寫「興女學」所遇到的新舊觀念衝突：

> 黃通理家的房子業已修理完工，覺迷庵捐辦女學堂，也經新任
> 官批准，而且新任官將書院改併學堂，以及清查寺產，開辦警察諸
> 事，一切都有了眉目，迴與那舊任官不同。但是這地方上久已閉塞，
> 人心風俗鄙陋不堪。一旦風氣初開，多還有頑固社會，百般阻撓，
> 所以各事草創起來，不但全無精神，連形式也是雜亂無章。有些高
> 明子弟，沒有得著新學的皮毛，反中了新黨的習氣，就如瘟疫一般，

〔註51〕康有為，《康南海自編年譜》（臺北：廣文書局，1971 年），頁 6。
〔註52〕林秋敏在《近代中國的不纏足運動》列出「天足會」（1895 年）至「順直天足
　　　總會」（1911 年）等五十八個不纏足會組織，林秋敏《近代中國的不纏足運動》
　　　（臺北：政治大學歷史研究所，1990 年），頁 52。
〔註53〕黃繡球利用彈詞，將纏足與不纏足的利害、衛生、體育、胎教，養成國民之
　　　母的內容，全都編入教材，廣為宣傳。（第十五回）

> 一時傳染開了⋯⋯那保守派分外的堅持俗見，維新派也分外的激烈
> 猖狂。其實新不成新，舊不成舊。舊的講忠君愛國，不過在功名富
> 貴上著眼；新的也講愛國愛種⋯⋯卻是說話高興⋯⋯不論名分。(《黃
> 繡球・第十五回》)

黃繡球的興辦女學，草創之時幾乎完全是自己找資源，沒有官方的配合與
補助，甚至還要想辦法打通關係，才不會被姦人所害，惹來牢獄之災。她
說服女尼姑成爲教職人員，背後有著「破迷信」與「重實學」的意圖；她
爲了成功在各階層宣導流傳，自己編了彈詞讓尼姑去傳唱〔註54〕，希冀能
更深入人心。這篇小說中，除了展現黃繡球「女志士」的形象外，亦可由
上述引文中，看出當時推動新政令、新觀念的困難，新舊兩派各自爲了個
人利益，對於國計民生實無助益，遠比不上不崇尚名利，踏實做事的黃氏
夫婦。

《黃繡球》一書刻畫「廢纏足」、「興女學」的新時代女性，黃繡球由傳
統婦女，一步步成爲「女志士」，積極「興女學」，最後成爲「女英雄」，從中
不難看出作者先「興女學」再「啓女權」的思想脈絡；她最後達到走出家庭
私領域，發達村莊，希冀錦繡地球的目的，而這正是此書作者頤瑣，最期待
看到的女性救國圖像。

（二）西學東漸啟迪民智

《黃繡球》一書中，有明顯西學東漸的痕跡，藉由西方的古今人物，來
啓發主角與讀者的眼界和思想。前面提及的羅蘭夫人，之所以會佔全書中的
這麼多篇幅，和晚清的時代背景，密切相關。

〔註54〕丁初我說：「樂歌者，所以平心，所以移性者也。現今學界之風潮，既由浮動
而趨靜穆；學界之事業，復由言論而進實行，種種科學發達之精神，尚武激
昂之志氣，將於唱歌一科中繫之。」丁初我：〈記常熟公立校發起音樂科事〉，
《女子世界》第8期，1904年。丁初我認爲，歌曲能成爲一種啓蒙的工具，
善用它的特性，將一些有用的思想新知編入歌詞中，再譜上簡易的旋律，在
傳唱的過程中，能讓不識字的人，也能接收新思潮。特別是向女性宣揚新思
想時，在識字不普遍的情況下，藉由歌曲的朗朗上口容易流傳的特性，其影
響應較書面文字更大。梁啓超認爲欲振興中國詩界，「詩樂合一」是相當重要
的步驟，將新思想融入歌詞當中，最後再譜曲便宜傳唱，讓新思想隨著歌曲
的流傳散佈，不僅能影響更多的人，也可爲中國的詩歌尋繹出一條新的道路，
可以與時代新思潮相容的新詩體式。摘自李曉萍，《晚清「女子世界」(1904
～1907) 中婦女知識與典範之建構》(臺中：東海大學中國文學系博士論文，
2012年)，頁154～156。

夏曉虹提到：

> 羅蘭夫人在晚清文人圈中的顯赫名聲，固然依靠眾多傳記的
> 反覆敘說；而若要使其人成為社會各界共同奉仰的楷模，則有賴於
> 各種文學樣式「眾聲喧嘩」的渲染，以普及人物事跡，增強感化
> 力。……但如想細說其人，影響大眾，卻非兼採長於敘事的通俗文
> 藝形式不可。晚清具有啟蒙意識的知識者，往往借助編寫小說、戲
> 曲與彈詞以開通民智，講說羅蘭夫人故事的最佳體裁，因此非此莫
> 屬。〔註55〕

以羅蘭夫人為主角的戲曲與彈詞雖有，在此處略過不提；唯引文中一方面可
以歸納出晚清時代，對於羅蘭夫人女性革命形象的根深柢固，一方面亦可看
出企圖啟蒙大眾的知識分子，善於運用民間俗文學的力量，諸如小說、戲曲
與彈詞，去宣導新觀念新思想，深植人心。

除羅蘭夫人外，《黃繡球》30回的小說當中，所出現的西方人物，衛琪歸
納如下：

> 有拿破崙（第三回及第二十九回）、俾斯麥（第三回）、笛卡兒、
> 美利萊恩（第七回）、巴律、孟德斯鳩、亞當斯密（第十回）、哥倫
> 布、馬志尼、立溫斯頓、彼得大帝、福澤諭吉（第十六回）、傅萼紗
> 德、奈經概盧、伽陀鼇（第十七回）、噶蘇士、梅特涅、馬丁路德、
> 克倫威爾、華盛頓、托爾斯泰、林肯（第二十九回）等二十五人之
> 多。而提及的中國人物有老子（第四回）、孟子、王安石（第七回）、
> 陳同甫（第九回）、朱熹（第十六回），僅僅五人，兩者相較之下，
> 顯然在思想文化的構思及人物塑造的淵源方面，以西方人物為主要
> 書寫的對象，企圖以歐美進步的實例，做為中國學習的對象及目標。
> 〔註56〕

這麼多的西方人物，出現在晚清小說《黃繡球》當中，雖然不無掉書袋的嫌
疑，但是對於開啟風氣，引進西學思想，讓民眾讀到這些名字感到好奇，甚
至主動閱讀追尋，這樣的做法不無振聾發聵之功。其中，特別值得觀察的，
是傅萼紗德、奈經概盧、伽陀鼇、美利萊恩這四個對象，其所取材的出處，

〔註55〕夏曉虹，《晚清女性與近代中國》（第二版）（北京：北京大學出版社，2014
年），頁239。
〔註56〕衛琪，《黃繡球研究》（嘉義：南華大學中國文學研究所，2002年），頁142。

及翻譯出現的譯名，可推論來自於《世界十女傑》一書中〔註57〕。夏曉虹教授在比對《世界十女傑》與《世界十二女傑》〔註58〕二書時提到：「與《世界十二女傑》之尚有無關緊要者濫竽其中且宗旨駁雜不同，《世界十女傑》始終將目光集注在對於天賦自由權的爭取與維護上，所選人物因此也偏向革命，這是由於編撰者本以之爲獲取自由必不可少的手段……對於晚清『女界革命』論者而言，該書所增補的最重要人物還是傅萼紗德夫人（今譯福西特，Millicent G.Fawcett，1847～1929），作者對她的定位是『英吉利提倡女權之勇將』。」〔註59〕《黃繡球》中的舉例，之所以選擇《世界十女傑》當中的人物，推論也與「天賦自由權」及偏向革命的思潮認同有關。

　　除了大量引用西方人名外，在書中更可看見黃繡球大談歐美近代國家，在政治上、歷史上的開國英雄豪傑，如：

> 匈牙利國的噶蘇士，當那奧國宰相梅特涅奸雄壓制的時代，他不過一個書生，能同宰相對敵，把他下到牢裏去，他還著書立說，一定要破那奧國政府的專制，這是同宰相對敵，把他下到牢裏去，他還著書立說，一定要破那奧國政府的專制，這是同宰相政府相抗，還都不怕，何況這小小地方官？……華盛頓起初不過種田出身，看著美國受了英國的管束，就能創出一片新地方，至今比英國更要繁盛；更有那法蘭西建國的拿破崙；……況且同如今的俄羅斯國，是地球上第一等講專制的，然而他國裏有一個人，叫托爾斯泰，能創同胞兼愛平等主義，把這些主義都做在小說書上，俄國念書的人，看了他的書，風氣一變。（《黃繡球·第二十九回》）

到了書末，所引這些西方人物，已經不是思想家或是冒險家，更近似於革命家，往回扣住了羅蘭夫人的主軸。這些西方人氏事蹟功名的引入介紹，在《黃繡球》書中佔據不少篇幅，可看出作者頤瑣受到西方文化影響甚深。但這些

〔註57〕 在會議裏，經夏曉虹教授提醒筆者觀察參照，比對這些譯名的翻譯方式，尤其是傅萼紗德、奈經概盧（即南丁格爾），僅出現在《世界十女傑》一書。而《世界十女傑》一書未見版權頁，僅能推斷大抵於1903年3月出版，關於此書的信息，皆轉引自夏曉虹，《晚清女子國民常識的建構》（北京：北京大學出版社，2016年）一書中，後不再贅述。

〔註58〕 岩崎徂堂、三上寄風合著，趙必振譯，《世界十二女傑》（上海：廣智書局，1903年）。

〔註59〕 夏曉虹，《晚清女子國民常識的建構》，頁47～48。

人物僅是略述，均不及羅蘭夫人來得重要，羅蘭夫人這樣的女革命家思想，可謂貫串全書的精神要旨，透過夢中授讀《英雄傳》，點化了黃繡球，也傳達自由、男女平權等先進思想，借由這樣的女革命家精神，黃繡球因此受到鼓舞，成功將自由村織成個花團錦簇，更期待能夠錦繡整個地球。

五、結　語

《黃繡球》一書中的婦女主題思想，超越一般晚清小說的思想格局。作者頤瑣肯定婦女有和男子平權、平分秋色的本領，質疑男尊女卑的倫理規範，並挑戰了父權體制下「夫唱婦隨」的準則，在更多時候，黃繡球是拿定主意、有所主張的角色，她的衝動以黃通理的謹慎爲後盾互補配合，具體呈現了男女平權的婚姻相處模式。

晚清小說當中的女性形象，有著迥異於明清才女的風貌。明清閨閣才女養在上層，知書達禮，寫作詩詞，共組詩社聯吟，「批風抹月」之餘，更多的是服膺賢妻良母的閨範，見識不出於家庭，有的甚至帶著病弱嬌美的薄命感。而黃繡球來自於庶民階層，思想開通後第一步便是放掉小腳，

得到了行動自主權，不以柔弱順從爲尚，反而具備能與男子一較高下的女英雄特質。她剛毅果敢，廢纏足、興女學、立女權，最後甚至追求地方自治，深刻體現以天下爲己任的女豪傑情操。

女主角黃繡球結合自由村上眾家姐妹之力，與官場惡勢力搏鬥，終於成功創辦城西女學堂、黃氏家塾，開興女學風氣之先，無怪乎有學者認爲，《黃繡球》內多談及興辦女子教育事業，以女子教育爲重心，應該稱爲教育小說。黃繡球的女子教育主張，除了提及的廢纏足和興女學外，亦可觀察其對於實學的重視，此反映著晚清母教救國的積極盼望。而爲了順利推廣、打開民風而作的彈詞，亦取代了明清才女著重書寫的詩詞，展現將思想由上層流通到各個階級所做的努力，這些融合西學東漸貫通而來的彈詞內容，將思想包裝地更易讓人接受，正如同作者頤瑣之所以創作這部小說的主要原因。

綜上所述，由明清才女到女英雄，女子有才的質量變化，關於婦德的創新檢視，在在反應著晚清時期，男作家筆下的女性救國圖像。由女權到國權，由女教到女英雄，佳人從溫柔順從的簾幕中走出，輕輕鬆開綑綁千年的小腳，一步一步走出先女學後女權的道路。不再局限於階級和家族之內，能夠和男人互別苗頭，對於社會國家同樣有貢獻有才能，也能在婚後得到丈夫對等的

互信及尊重。這是《黃繡球》一書中對於性別、教育、國家的想望，於今看來，依舊閃爍，耀著跨時代的光輝。

（作者簡介：張玉明，女，臺灣國立成功大學中國文學系博士生、新北市立板橋高級中學國文科專任教師）

長記定公矜一語　不將此骨媚公卿
——論陳翠娜小說創作的閨秀氣質

馬勤勤

摘要：陳翠娜是民國初年重要卻被忽視的女作家，她的小說更是極少被人關注。陳翠娜生長在一個充滿文人氣息的家庭，故而養成了一種清逸出塵的品格和卓爾不群的閨秀氣質。這種閨秀氣質很明顯地體現在陳翠娜的小說中，使她的作品在近代中國女性小說創作中顯得別具一格。

關鍵詞：陳翠娜；小說；閨秀

　　近年來，不少中國近代史或現代文學的研究者開始討論一個看似單純而其實相當複雜的問題：傳統才女在 20 世紀初期，是如何遭到時代的衝擊並開始重新詮釋自我？還有，在所謂「新女性」正式浮出歷史地表之前，她們如何順應時勢而調整自我？筆者在探尋相關問題時，發現這實際上是一個非常個人化的過程；也就是說，同樣被歸類於最後一代的傳統才女，不同女性面臨的生活境況不同，其所做的選擇也自然各異〔註1〕。

〔註 1〕對此，筆者曾以啓蒙、市場、學校爲切入點，以劉韻琴、高劍華以及直隸第一女子師範學校 7 位女學生爲例，探討過清末民初女性小說創作的多元面向。參見〈清末民初女小說家劉韻琴及其反袁小說〉，《南京師範大學文學院學報》2015 年第 1 期；〈當「才女」與「市場」相遇——從高劍華看民初知識女性的小說創作〉，《南開學報（哲學社會科學版）》2016 年第 2 期；〈「浮出歷史地表」之前的女學生小說——以《直隸第一女子師範學校校友會會報》（1916～1918）爲中心〉，《文學評論》2014 年第 6 期。

在中國古代的女性文化中，「閨秀」與「才女」傳統可謂源遠流長。該詞語出《世說新語‧賢媛》：「王夫人神情散朗，故有林下風氣；顧家婦清心玉映，自是閨房之秀。」事實上，「閨秀」與「才女」的含義不盡相同——後者可以涵括具有文藝素養而身份、地位各異的所有女性；而「閨秀」則不同，它特指才學、品行俱佳的世家女子。對此，女性自身也有非常清醒的認識。清代道光年間，完顏惲珠在編輯《國朝閨秀正始集》時，自始至終以昌明「聖朝文教」為職志，始終恪守「閨秀」的壁壘〔註2〕，以維護這一神聖詞彙的名實相符。

本文所論之主人公陳翠娜，即是這一擁有千年歷史的「女性傳統」，在近代中國得以延續的一個典型人物。儘管陳翠娜的出身並非高門大戶，但卻生長在一個充滿文人氣息的家庭，自小得到長輩們的無限寵愛，故而養成了一種清逸出塵的品格和卓爾不群的閨秀氣質。這種氣質很明顯地表現在陳翠娜的小說創作中，從而使她的作品在近代小說文壇上別具一格。

一、陳翠娜生平小考

陳翠娜，原名陳璻，字翠娜，又字小翠，別號翠樓、翠吟樓、翠吟樓主，浙江錢塘人〔註3〕，生於 1902 年〔註4〕。其父為近代著名小說家、實業家陳蝶仙；其母朱恕，字嬾雲，擅吟詠；其兄陳蘧，字小蝶，也為文壇名家寫手；另有一弟，名次蝶，亦擅詩畫。可見，陳翠娜出生在一個商、儒結合，滿門風雅的家庭，曾被贊為「鍾靈毓秀一門賢」〔註5〕、「時人譽之者，輒比為眉山蘇氏」〔註6〕。

陳翠娜的出生頗不尋常，她在《半生之回顧》中，轉述母親朱嬾雲的一段敘述：

> 女生時值中秋，皓月垂華，一室如畫。兒一足先出。醫嫗賀曰：「此魁星生也，使為男，當大魁天下，惜其女也。」

〔註2〕參見〔美〕曼素恩著，定宜莊、顏宜葳譯，《綴珍錄：十八世紀及其前後的中國婦女》（南京：江蘇人民出版社，2005 年）。

〔註3〕栩園居士（陳蝶仙）編，〈苔岑錄〉，《文苑導遊錄》（第 1 冊），1917 年。

〔註4〕1917 年《文苑導遊錄》之〈苔岑錄〉謂陳翠娜「現年十六歲」。又，陳翠娜《半生之回顧》稱「兄生六年，予始生」，《宇宙風》第 62 期（1938 年 3 月），而陳蘧生於 1896 年。綜上，可以判定她生於 1902 年。

〔註5〕桐鄉張心蕉，〈和栩園老四十自壽元韻〉，《申報》1918 年 6 月 29 日。

〔註6〕〈天虛我生自傳〉，《申報》1940 年 5 月 19 日。

正因這一傳奇經歷，陳翠娜得到祖母難得的憐愛。她曾回憶，「祖母善怒，惡小兒。惟見予，恒有霽色，錫予名曰璈，字曰翠娜」；且翠娜四歲時，「見諸兄讀，心竊羨之，請於祖母，從兄入塾」。也許正是因為較早地接受啓蒙教育，加之繼承了父母優秀的文學基因，陳翠娜在孩提時代，就表現出異常聰慧的稟賦，父親陳蝶仙曾說：

> 璈在孩提中頗穎慧，惟予所處環境日趨困難，絕無心緒以課兒女，但任吾婦為之教養燈盞，四聲何時能辨，予亦未嘗前知。清宣末年，予自平昌幕中歸，挈我妻女泛宅於七里瀧間，始知吾女已能屬對，時年十歲。越三年，予客蛟門，吾婦來函多為吾女代筆，函尾綴以小詩，婉孿可誦。予初以為吾婦口占，而吾女筆之於書，及後挈眷來署，始知左家嬌女，亦已能文。〔註7〕

可見，陳翠娜在十三歲時，已能作出「婉孿可誦」之小詩；而《翠樓吟草》開篇的《銀箏集》，即署「乙卯年始，時年十三」。

陳翠娜幼年居於杭州，家在紫陽山下，「山畔小亭，為讀書之所。憶五色玻窗，映日煥彩，松鼠啾啾，恒從窗隙窺人」；六歲那年，因父親「為幕客於平昌，攜眷與俱」，翠娜亦跟隨前往；辛亥間，「離亂相會，居無定所」，家中幼童皆失學，翠娜「恒積果餌資購書自修，並課弟讀」；至十三歲，陳蝶仙舉家遷居上海〔註8〕。到滬之後，陳翠娜曾在崇文女子高等小學學習，畢業後未再深造，於家中自修國文〔註9〕。

1915 年 4 月，陳翠娜在《申報‧自由談》上連載了第一篇小說《劫後花》。此後，便一發不可收，接連在《禮拜六》《小說海》《小說叢報》《小說大觀》等雜誌上刊出著、譯小說多部。關於她如何走上小說創作之路，陳翠娜《半生之回顧》中有一段回憶：「時父兄方譯著小說，八口之家，所入惟賴硯田。予亦試為之，家君以為可用。」陳蝶仙也在《〈翠樓吟草〉序》中說道，「嗣予僑居海上，以譯著小說為生涯，輒命（翠娜）分譯一編，頗能稱事」。

1917 年，陳蝶仙投身實業，與吳覺迷一起研製凍瘡膏，「妻、子、女、侄等一起動手，在家製作」、「一個多季下來，略有積累」。1918 年，他又與李常

〔註7〕〈《翠樓吟草》序〉，收《栩園叢稿》（二編之四）（家庭工業社香雪樓藏版，
　　　　1927 年），頁 1a、頁 1b。
〔註8〕以上見陳小翠，《半生之回顧》。
〔註9〕見《文苑導遊錄》第 1 冊之〈苔岑錄〉。

覺成立「家庭工業社」,改做牙粉,亦即後來享譽一時的「無敵牌擦面牙粉」
〔註10〕。對此,陳翠娜曾有回憶,「時日中交惡,家君乃棄儒而商,為無敵牌
牙粉,以抵制劣貨。各地遙從弟子,競為推銷,以家庭為工廠,家眷為工人」;
此時,她也貢獻了一份力量,「予司香精,冬日為化學品所侵,手膚盡裂,然
殊感興趣,不以為苦」〔註11〕。

　　1920年以後,陳翠娜繼續在《新聲》《半月》《社會之花》《禮拜六》《紫
羅蘭》等雜誌發表文學作品,一時文名鵲起。1924年,上海女子文學專門學
校創辦,特意延請陳翠娜擔任詩詞教授〔註12〕。在8月12日的開學禮上,她
做了演說,「於文藝上頗多發揮,語皆清婉,聞者鼓掌不絕」〔註13〕。同年,
《社會之花》也將陳翠娜列入「本旬刊作者諸大名家」之內,謂其「才華富
麗,而能莊重不佻,家居定省之餘,惟以讀書吟詠自娛」〔註14〕。

　　1927年,時年二十六歲的陳翠娜嫁給浙江名儒湯壽潛的長孫湯彥耆;一
年後,翠娜育有一女,名曰「翠雛」。但是,婚後夫妻不睦,最後竟宣告分居,
女兒由翠娜撫養〔註15〕。

　　據鄭逸梅所說,陳蝶仙的弟子顧佛影曾追求過陳翠娜,「佛影詩神似漁
洋,和小翠很合得來,可是佛影一介書生,門第上是有差異的,蝶仙思想帶
些封建性,未成佳偶」〔註16〕。因而,有人據此判定陳蝶仙嫌貧愛富,毀了
女兒一生幸福;但筆者並不讚同這種說法。首先,陳蝶仙曾經批判過包辦婚
姻之弊:「苟非兩小互相愛慕而漫為撮合,則大錯鑄成」、「為父母者不啻為違
反天和、喪滅人道之罪人」;同時指出「自由結婚」需具備三個條件:「一、
媒妁之言,二、父母之命,三、結婚者雙方之同意」〔註17〕。其次,陳蝶仙
對女兒十分疼愛,他不會因此耽誤翠娜的一生幸福。而且,陳翠娜在出嫁之

〔註10〕 陳小翠、范煙橋、周瘦鵑,〈天虛我生與無敵牌牙粉〉,《文史資料選輯》(第
　　　　80輯)(北京:文史資料出版社,1982年),頁217～219。
〔註11〕 陳小翠,《半生之回顧》。
〔註12〕〈女子文專聘定新教授〉,《申報》1924年8月12日。
〔註13〕〈各學校之開學禮‧女子文專〉,《申報》1924年8月13日。
〔註14〕〈本旬刊作者諸大名家小史‧陳翠娜〉,《社會之花》第1卷第5期(1924年
　　　　2月25日)。
〔註15〕 鄭逸梅,〈記陳小翠女士〉,朱孔芬編選,《鄭逸梅筆下的文化名人》(上海:
　　　　上海書畫出版社,2002年),頁258。
〔註16〕 鄭逸梅,〈記陳小翠女士〉,朱孔芬編選,《鄭逸梅筆下的文化名人》,頁258。
〔註17〕 蝶仙,〈覆唐法思先生書〉,《申報》1913年5月24日。

時，不僅未嘗反對婚事，相反還在詩中寫下對婚後生活的嚮往：「鬥茗迴廊烹細茗，敲棋樓閣落星辰」、「馬帳傳經千載事，鹿門偕隱百年心」〔註 18〕。事實上，陳翠娜嫁入的湯家，不僅是高門大戶，更是詩禮之家。可以說，陳蝶仙將愛女許給湯家，正是爲她一生的幸福考慮。

除文學外，陳翠娜在藝術上亦頗有建樹。她早年「從畫家楊士猷、馮超然學畫，擅長工筆仕女、花卉畫」，「風格清雅俊逸，饒有風姿」；書法亦「筆致清峻，有俊秀挺拔之趣」〔註 19〕。1934 年 4 月，陳翠娜與馮文鳳、楊雪玖、顧飛、吳青霞、謝月眉等閨閣名流在上海創辦中國女子書畫會，「舉行展覽會、設立研究班、編印美術刊物」〔註 20〕，翠娜出任書畫會常委和畫刊主編〔註 21〕。自 1940 至 1943 年間，陳翠娜與顧飛、馮文鳳、謝月眉四人，連續舉辦了三次「四家書畫展覽會」，社會反響十分強烈。

1946 年，陳翠娜在上海無錫國學專修學校擔任詩詞教授。最初，她很可能只是替顧佛影代課〔註 22〕；然而，該校許多畢業生憶及當年求學生活時，都提到過她。范敬宜曾說，「直到抗戰勝利，復校上海，我就是那年考入該校的……這裡卻集中了當時上海文、史、哲方面最著名的教授、專家」，隨後所列名單中，即有「陳小翠」〔註 23〕。與他同班的馮其庸也回憶說，在上海無錫國學專修學校學習期間，「詩詞方面，我們還經常請教陳小翠」〔註 24〕。可見，陳翠娜給許多學生留下了深刻印象。而且，直到 1947 年下半年，她還在該校任教，或是正式被聘爲任課老師，也未可知。

建國後，陳翠娜被上海中國畫院聘爲畫師，其女翠雛遠嫁法國。1966 年，「文革」禍起；次年 7 月 1 日，陳翠娜不堪受辱，於家中引煤氣自盡。其留下的自撰年譜云：「丙午，六十五歲。作詩甚多，編《翠樓吟草》五編。夏，

〔註 18〕　〈感紀〉，見《翠樓吟草》，收《栩園叢稿》（二編之四），頁 48b。

〔註 19〕　包銘新，《海上閨秀》（上海：上海畫報出版社，2003 年），頁 107。

〔註 20〕　〈女子書畫會成立〉，《申報》1934 年 4 月 22 日。

〔註 21〕　〈女子書畫會昨開常會〉，《申報》1934 年 5 月 8 日。

〔註 22〕　黃漢文在〈緬懷朱大可先生〉中說，顧佛影「一九四六年秋來滬教詩詞，一度由陳栩園之女翠娜女士（小翠）代課」。見劉桂秋編，《無錫國專編年事輯》（北京：中國大百科全書出版社，2011 年），頁 460～461。

〔註 23〕　〈校長的人格魅力〉，見《敬宜筆記集萃》（北京：人民日報出版社，2010 年），頁 28。

〔註 24〕　〈詩書畫一體，情文韻三絕──讀《范敬宜》〉，見《馮其庸文集》（第 6 卷）（青島：青島出版社，2012 年），頁 300。

無產階級文化大革命起，秋遭慘禍，半夜死復生。丁未，六十六歲。驟遭文字之獄，小人造謠陷害，禍。」〔註25〕

二、抱貞絕俗的閨秀生活

陳翠娜的父親陳蝶仙出生在杭州一個殷富之家，但因祖父陳福元早亡，家境隨之敗落〔註26〕。母親朱嫻雲儘管生於詩禮之家，但外祖父朱康壽不過是一位貧寒縣丞。而且，陳翠娜幼年時，曾一度失學；後來雖全家遷居上海，經濟來源亦不過是依靠父兄編撰小說所換得的稿費。可以說，與同期一些小說女作者相比，陳翠娜的出身絕非高門大戶。然而，她自小就得到了全家人的喜歡，在一個滿是呵護和疼愛的環境中成長起來。

前文已述，由於傳奇的出生經歷，陳翠娜得到脾氣暴躁的祖母之無上憐愛，不僅親自為她取名，而且還對她有求必應。後來，報刊介紹陳翠娜時，也稱：「在襁褓的時候，祖母有時在病中常常發脾氣，看著什麼東西，都覺得討厭，獨有瞧著她，即笑口吟吟，‘王母一笑天為春’，她不啻是玉女再世了。」〔註27〕祖母之外，陳翠娜更得父母寵愛。王鈍根曾說，由於她的聰穎伶俐，「父母愛之甚，擇壻綦苛。母嫻雲夫人尤有非宋玉、衛玠不許之意」〔註28〕。陳蝶仙也說，「予生平寡交遊，不喜酬酢……而可與言詩者，則惟吾女一人」，並封女兒為「立地書櫥」〔註29〕。1927年，陳翠娜出嫁，陳蝶仙又悲又喜，歎道：

> 今將離我而去，正不知來日光陰，如何排遣。予心中有萬千感想而不能措一辭，以視河梁握手、朋友分襟，其情狀為何如耶？女子生而願為有家，固為父母者所當然；特不審昔人嫁女，何以自聊？予蓋百思而不得一解慰之方。惟此一卷，或於酒酣耳熱之時，用破

〔註25〕陳翠娜的年譜筆者並未親見，也未聞出版。此處引自許宛雲：《我所認識的陳小翠先生》，《東方早報》，2011年2月27日。許宛雲是陳翠娜好友陳懋恒（陳寶琛侄女）的兒媳，曾多次與陳翠娜見面。據許宛雲說，陳翠娜的自撰年譜，是其外孫拿給她看的；並且，她與陳翠娜之女湯翠雛亦有會面，文章所記陳翠娜早年事跡與各項時間也頗準確。因而筆者以為可信，故採用。

〔註26〕錢塘陳栩蝶仙，〈我生篇（乙巳作）〉，《著作林》第10期（1908年）。

〔註27〕陸丹林，〈介紹幾位女書畫家·陳小翠〉，《逸經》第33期（1937年）。

〔註28〕〈本旬刊作者諸大名家小史·陳翠娜〉，《社會之花》第1卷第5期（1924年2月25日）。

〔註29〕〈《翠樓吟草》序〉，收《栩園叢稿》（二編之四），頁2a。

　　　　岑寂，使老懷抑塞之際，添月夜遙憐之什，將於吾女歸寧時，一較

　　奚囊誰重，藉作破涕笑歟！〔註30〕

其對女兒感情之深，可見一斑。

　　事實上，父女間這種深摯情感，在陳蝶仙的朋友圈中人盡皆知。鄭逸梅曾回憶：「小翠最得蝶仙的鍾愛，所以離亂時，給小翠的信特多。小翠常以古風一首，以代家書，蝶仙覆書，小翠又演繹爲律詩，再寄蝶仙，以博老人一笑。」〔註31〕1940 年，陳蝶仙去世，周瘦鵑作《哭陳栩園丈》組詩，其中即有「金谷村中夕照愁，左家嬌女淚難收。落花微雨人長往，可有新詞寄翠樓？」一首，並用括號注明「平日丈每有所作，必示之令女翠娜女士」〔註32〕。

　　不僅如此，陳翠娜的成長環境還充滿雅致的文人氣息。她在《半生之回憶》中，曾講到父親 1917 年投身實業，「以家庭爲工廠，家眷爲工人」，全家在工作之餘的娛樂生活：

　　　　闔家於困苦中相愛相勉，怡怡然如登春臺。暇則斗酒勞，家君

　　撾笛，予倚聲和之，阿兄月琴，小弟琵琶，阿母手紅牙拍，歡歌之

　　聲，喧騰一室。

多年後，陳翠娜依然對此念念不忘，且說「屈指半生，當以此時光陰爲最足紀念也」〔註33〕。

　　類似的家庭生活片段還有很多。譬如，周瘦鵑曾記述在陳小蝶大婚之際，翠娜匿名投詩的一段趣事，並評價「盡家庭之樂事矣」〔註34〕。此外，筆者也在第 151 期《禮拜六》上看到一幅照片——陳翠娜與兄長小蝶、弟阿寶以及表兄朱瘦鵑身著戲服，正在演出當時上海流行劇《貓狸換太子》的《拷寇》一段。無疑，這些充滿文人氣息、風雅快樂的家庭生活，不僅會給陳翠娜留下深刻印象，也會影響其性格與氣質的形成。

　　正是在這樣的家庭環境中，陳翠娜養成清逸出塵的品格和卓爾不群的閨秀氣質。《翠樓吟草》開卷爲《銀箏集》，結集時她年僅十三。此時，這種個性已經在詩中初步顯現，如：

〔註30〕見天虛我生，《翠樓吟草》序）。
〔註31〕鄭逸梅，〈天虛我生陳定山父子〉，《近代名人叢話》（北京：中華書局，2005年），頁 321。
〔註32〕周瘦鵑，〈哭陳栩園丈〉，《申報》1940 年 5 月 19 日。
〔註33〕見陳小翠，《半生之回顧》。
〔註34〕瘦鵑，〈蘭簃雜識〉，《申報》1920 年 11 月 7 日。

> 思入青天渺渺時，冰鬟凝露結珠璣。
>
> 孤山月滿花如雪，吹徹瓊簫鶴未知。〔註35〕

全詩以梅花映雪、孤月盤山的環境，烘託詩人之孤高，顯示出一種清心玉映的慧質與小女兒的高潔。

事實上，在《翠樓吟草》中，有許多詩篇都能體現陳翠娜的這種風骨與情操，例如，「雪壓闌干花壓雪，最高山閣獨梳頭」〔註36〕；「泰山有孤竹，霜雪淩其姿。一生自孤直，落落無旁枝」〔註37〕；「長憶定公矜一語，不將此骨媚公卿」、「寒蟲心事無人解，何必逢秋訴不平」〔註38〕；「美人在天末，仙袂從風揚。遺世不一顧，冰雪填肝腸」〔註39〕等等。特別是到了成年，陳翠娜的詩藝已臻成熟，品格愈高，一種抱貞絕俗的閨秀氣質呼之欲出，溢於紙上。

關於陳翠娜的這種品格，陳蝶仙在《〈翠樓吟草〉序》中描述得尤為詳盡：

> 居恒好靜，絕少朋儕，惟與顧青瑤時通筆箚，餘皆懶慢，往往受書不報，蓋以寒暄語非由衷，不善為酬應辭也。然與人辯論古今得失，則又滔滔莫之能禦。庭幃瑣屑，不甚置意，日惟獨處一室，潛心書畫，用謀自立之方。其母嘗曰：「吾家奏一書畫，不問米鹽，他日為人婦，何以奉尊章，殆將以丫角終耶？」璿則笑曰：「從來婦女自儕廝養，遂使習為竈下婢。夫豈修齊之道，乃在米鹽中耶？」母無以難，則惟任之。

這段話生動地刻寫了陳翠娜好學深思、狷潔自守的形象。古之女子由於沒有知識和技能，也就無法獨立謀生，不得不依附丈夫，卑屈人格；而尚處閨閣的陳翠娜早已意識到這一點，故「潛心書畫，用謀自立之方」。小小年紀即有如此見識，不得不說，是先天的慧悟與後天的學識共同起了作用。

1934年4月，陳翠娜與一些閨閣名流在上海創辦中國女子書畫會，此時的她已經因感情不和與丈夫分居，獨立一人撫養女兒翠雛。中國女子書畫會是中國歷史上「第一個由女性自行發起組織的女性藝術家團體」〔註40〕。成立不久，即於6月2日在「寧波同鄉會」舉辦了書畫展覽會，被譽為「集海

〔註35〕〈山居（其一）〉，收《翠樓吟草》，見《栩園叢稿》（二編之四），頁4a。
〔註36〕〈冬閨〉，收《翠樓吟草》，見《栩園叢稿》（二編之四），頁1b。
〔註37〕〈擬古（其一）〉，收《翠樓吟草》，見《栩園叢稿》（二編之四），頁15b。
〔註38〕〈陋室（其三）〉，收《翠樓吟草》，見《栩園叢稿》（二編之四），頁18a。
〔註39〕〈偶占（其三）〉，收《翠樓吟草》，見《栩園叢稿》（二編之四），頁40a。
〔註40〕見包銘新，《海上閨秀》，頁43。

上名媛閨秀書畫之大成」，「陳列作品六百餘福，美不勝收，爲最近藝林稀有之盛事」〔註41〕。其後三年，畫會每年舉辦畫展一次〔註42〕。1937年，抗戰爆發，由於上海淪陷，畫會一度停止活動；但作爲畫壇知名女畫家，陳翠娜依然處於創作的巔峰，佳作迭出。自1940至1943年，她與顧飛等人，連續舉辦三次「四家書畫展覽會」；其中，陳翠娜的作品十分受歡迎。《申報》對第二次展覽的報導稱：「聯翩前往參觀者，已逾萬人，盛況爲前所僅見。今日已最後一天，畫件什九定去，復定者紛至迭來。其中，顧飛、小翠出品，爲外埠定者取去甚多，故於昨日另陳列山水及仕女扇頭多頁、俱精心傑構。」〔註43〕

　　事實上，陳翠娜這種抱貞絕俗、貞介獨立的閨秀氣質，不僅表現在她的詩歌創作中，也浸潤在其日常生活裏。而最能體現這一點的，還是她對與顧佛影之間情感的處理。1946年，顧佛影返回上海，與翠娜相見，此時的翠娜已與丈夫分居多年。也許顧佛影流露了重敘舊情、結爲伉儷之意，陳翠娜作《還珠吟有謝》七絕九首答之。詩題中的「還珠」之典，出自唐代張籍《節婦吟》——「還君明珠雙淚垂，恨不相逢未嫁時」。第七首「臣朔家原有細君，莫教花雨誤聲聞」，陳翠娜提醒對方已有妻子，應珍惜聲譽；第八首「明珠一擲手輕分，豈有羅敷嫁使君」指出自己雖與丈夫分居，但也不能再嫁？「長憶法華郊外雨，小樓燈火對論文」表明倘若二人能像從前那樣燈火論文；最後一首「玉案雙吟願已奢」、「詩難再續始爲佳」，更是直接點明再續前緣絕無可能。在此詩之後，尚有《大風雨日寫示大漠》，「莫以閒情傷定力，願爲知己共清談」；另有《重謝》兩首，「幼日天眞良可念，三生知己本難求。梁鴻自有山中侶，珍重明珠莫再投」〔註44〕。陳翠娜在這些詩中表達的態度十分明確，即兩人只能成爲知己，不可能結爲夫妻。後來，儘管陳翠娜曾在無錫國學專修學校替顧佛影代課，並且在他晚年身患癌症時常去照拂〔註45〕，但二人始終沒有溢出朋友之情。顧佛影臨終前，還將他們的往來書信和唱酬詩詞全部付之一炬，謂不願翠娜負此不好聲名，爲世人所詆〔註46〕。

〔註41〕〈中國女子書畫展覽會〉，《中華》第28期（1934年）。
〔註42〕陶詠白、李湜，《失落的歷史——中國女性繪畫史》（長沙：湖南美術出版社，2000年），頁131。
〔註43〕〈女四家畫展盛況〉，《申報》1941年6月1日。
〔註44〕以上見陳小翠著、劉夢芙編校，《翠樓吟草》，頁225。
〔註45〕許宛雲，〈我所認識的陳小翠先生〉，《東方早報》2011年2月27日。
〔註46〕陳巨來，〈記龐左玉與陳小翠〉，《安持人物瑣記》（上海：上海書畫出版社，2011年），頁76～77。

　　建國後，陳翠娜一人獨居，許宛雲曾隨陳懋恒一起去過她家——位於淮海中路上海新村的陳宅。她描述了陳翠娜的居所：

> 靠窗的桌子上有未完稿的仕女畫像，貼壁的兩個玻璃書櫥裏放滿了大小參差不齊的畫冊，門邊的小茶几上有精心插置的盆景，一張雙人沙發擱在牆角。室內傢具雖簡單，但處處一塵不染，連地板都擦得鋥亮，給人一種清淨雅致的感覺。〔註47〕

不僅如此，年已花甲的陳翠娜還身著旗袍，「髮際上別插著鮮花」，「臉部的皮膚異常白皙」，舉手投足間洋溢著閨秀氣息。

　　1966 年，即陳翠娜去世的前一年，她「房屋被封，掃地出門」，竟「天眞地以爲到懋姐家（陳懋恒）去避難是最可靠的」。一日，大家一起喝茶，聊到登黃山之事，陳翠娜非常興奮，欲與年輕人一較高下。看到大家疑惑的眼神時，她十分得意，道：「你們別看我六十四歲的人了，可我身體很健康，身輕如燕，爬山不一定會輸給你們年輕人的，信不信？」〔註48〕可見其性格之天眞可愛。

　　著名書畫家陸丹林曾在《介紹幾位女書畫家》一文中，對陳翠娜有一段綜合評價：

> 詩是好昌谷太白，文是好歐柳洪北江，又好讀老莊諸子和《戰國策》等；寫字是學王珣；畫則學新羅，而好畫仕女，筆調秀麗超逸，表現出來的一種詩意。春秋佳日，好遊覽山水名勝，接近大自然，掇拾吟材畫稿。性情謙和，絕不自滿，天眞純粹，不懂得名利是什麼。〔註49〕

儘管這篇文章發表於 1930 年代，但筆者認爲，若將此言視爲陳翠娜一生藝術成就和氣質品性的註腳，也很合適。

三、陳翠娜的小說創作

　　作爲閨秀的陳翠娜，其詩文、詞曲、書畫俱佳；平心而論，她的小說創作似乎並不耀眼。首先，陳翠娜寫作小說的時間主要在 1920 年之前；其次，她的翻譯小說略多，創作較少。然而，因陳翠娜的小說浸潤著頗爲濃厚的閨秀氣息，從而在清末民初的小說女作者中顯得別開生面、獨具一格。

〔註47〕許宛雲，〈我所認識的陳小翠先生〉，《東方早報》2011 年 2 月 27 日。

〔註48〕見許宛雲，〈我所認識的陳小翠先生〉。

〔註49〕陸丹林，〈介紹幾位女書畫家‧陳小翠〉，《逸經》第 33 期（1937 年）。

陳翠娜小說著、譯篇目一覽表（*為譯作）

	小　　說	發表信息	時　　間	備註信息
1.	劫後花	《申報・自由談》	1915 年 4 月 30～5 月 12 日	標「哀情小說」，文/短
2.	新婦化爲犬	《禮拜六》第 76 期	1915 年 11 月 27 日	標「滑稽短篇」，文/短
3.	法蘭西之魂*	《小說海》第 2 卷第 9 號	1916 年 9 月 1 日	文/短
4.	望夫樓*	《申報・自由談》	1917 年 2 月 15～19 日	標「哀情短篇」，文/短
5.	自殺堂*	《申報・自由談》	1917 年 2 月 25～3 月 21 日	文/短
6.	情天劫	上海：中華圖書館	1917 年 10 月	標「哀情小說」，
7.	薰蕕錄（上、下）* 薰蕕錄續編*	上海：中華書局	1917 年 5 月	標「社會小說」，文/章回
8.	美人影	《申報・自由談》	1918 年 7 月 26、27 日	標「滑稽短篇」，文/短
9.	粉垣埋恨記	《小說叢報》第 4 卷第 7 期	1918 年 8 月 10 日	標「警世小說」，文/短
10.	露蒔婚史*	《小說大觀》第 13、14 集	1918 年 3 月 30 日、1919 年 9 月 1 日	標「倫理小說」，長篇
11.	療妒針*	上海：中華圖書館	不詳	標「寫情小說」，文/章回

　　在陳翠娜的小說中，可以清晰看到價值觀念偏向傳統。民國初年，貼有「悲情」、「慘情」、「苦情」、「奇情」等各類標籤的言情小說可謂泛濫，多數小說女作者也未能免俗，呂韻清、徐畹蘭、汪詠霞、項佩蘭等皆有言情之作。其中，最突出的是高劍華。作爲職業小說家和出版人，高劍華主要關注讀者市場，故小說往往有縱情的一面，一見鍾情而私定終身、有違傳統道德的故事常常見於筆端，且不避諱男女之間的親密接觸。與這些作品相比，陳翠娜的小說很是不同。

　　《劫後花》連載於《申報》，凡十四節，計六千餘字。這篇小說的情節頗爲曲折。出身落敗之家的江素雪與表兄駱錦雲從小青梅竹馬，錦雲在出國留學前夕，向素雪表白了愛情。數日後，素雪同母親至舅家借貸未果，卻聽到錦雲遭遇不測的消息。返家途中，母親失足落水，萬念俱灰的素雪亦跳水尋死，幸運獲救。然而，救她的竟是妓院老鴇。老鴇派人遊說她接客，素雪不從，與老鴇婢女鵑兒籌劃逃遁。一日夜晚，嫖客金某闖入素雪屋內，對她屢番調戲；幸得一位白衣男子相助，金某才悻悻離去。翌日清晨，素雪和鵑兒逃出妓院，計劃至鵑兒表兄家藏匿。然而，鵑兒的表兄恰是前夜調戲素雪的

金某。隨後，被金某鎖在樓上的素雪二人，再次爲白衣男子所救。原來，這位男子竟是素雪幼時入贅他鄉的兄長夢蘭，只因流離之故，失去音信多年。隨後，兄妹二人一同返鄉，素雪在舅父家意外見到錦雲，此前的消息不過是一個誤會。最終，有情人終成眷屬。

民初時期，女作家在創作言情小說時，除了高劍華的縱情傾向之外，大多會講述一個「發乎情而止乎禮」的故事——她們在「情」與「禮」的衝突中，艱難地選擇了後者，而這也正是「情」之所以「悲」、「哀」、「慘」的根本原因，徒令作者唏噓感傷。由此觀之，這些小說女作者實際上只是不能、或者說不願背叛禮教的約束，但她們心中卻充滿了不滿情緒。而陳翠娜與她們不同的是，她自覺地服膺於禮教，並且樂觀地向讀者展示了「禮」與「情」融洽調和的一面。

陳翠娜十分信奉「父母之命」的傳統倫理，也不將其視爲美好愛情的阻礙。小說《劫後花》的故事主線，是女主人公江素雪的落難與自救，而這條敘事脈絡又被作者巧妙地嵌套於素雪與錦雲的情愛由爆發、受阻至最終圓滿的線索裏。值得注意的是，該線索的實際操控者並不是男女主人公的愛情本身，而是對此掌握著生殺予奪大權的「父母之命」。這在小說《劫後花》中，具象爲江素雪舅父的個人意志。素雪一直鍾情錦雲，但在其表白之後，猶豫再三，還是拒絕。她的理由是：「吾家貧，君父必不以此事爲然。吾若許君，是背君父之旨矣。」反之，錦雲之所以敢於向素雪表白，其合法性亦建立在「吾父於姑丈未死時，固嘗有此意」；但他也深知其父「愛錢無殊其命」，需要「哀之以詞」。然而，出國在即，錦雲還沒來得及向父親稟明此情。直到素雪歷劫歸來，舅父聽聞其母亡故，自責對親姐過於薄情，以至其殞命。他回首往事，感慨道：「吾之待汝，直一路人之不若；而汝不以爲忤，且親予若父。噫！素雪，吾今而知汝，實爲一溫柔嬌好之女郎。」隨後主動提出讓素雪與錦雲成婚，方能成就這一樁好姻緣。

在小說《劫後花》末尾，附有一段「著者曰」，稱：「有志竟成，觀此亦可以見一班（斑）。吾之著此，所以諷世之臨難而易志者。」可見，素雪與錦雲的愛情，雖然最初不被愛財的舅父接納；但是，素雪憑藉自己始終如一的良好品行，最終打動了舅父，贏得愛情。也就是說，在陳翠娜看來，守禮有節不僅不會釀成愛的悲劇，反而是獲取人生幸福的重要保障。

　　事實上，陳翠娜的這一段「著者曰」聲明，同時蘊含著防止讀者猜測、維護自己名譽的功能。在陳翠娜的《焚琴記傳奇》中，小旦勸「烏有」姐姐將某公主的愛情故事改為劇本時，「烏有」言道：「閨閣言情，也易受通人謗。」〔註50〕通讀《焚琴記傳奇》即可發現，「烏有」這一角色，實質上承擔了替陳翠娜傳達思想的功能。因此，這一段所言女子寫作愛情故事很容易受到誹謗和指責，也不妨看作是陳翠娜的心理流露。《劫後花》發表之時，署名為「十四齡女子陳翠娜」；小說描繪的又是青梅竹馬的美好愛戀，故而很容易令讀者誤以為是作者的少女懷春與自我抒發。實際上，即便到了「五四」之後的新文學讀者，也常常喜歡將現實中的女作者與小說中的主人公「一視同仁」。陳翠娜在《劫後花》末尾附上這段「著者曰」，雖然看似點明主旨，但恐怕也與她不願落人口實、遭人誹謗的心理分不開。

　　同樣是認同傳統倫理觀念，陳翠娜1918年發表在《小說叢報》上的《粉垣埋恨記》〔註51〕，與《劫後花》可謂相得益彰。《粉垣埋恨記》採用第一人稱敘事，以「予」之所見、所聞、所感為中心，揭開白雷伯爵府邸多年前的一個驚天謎團。小說先敘「予」從律師雷度爾處聽到一段往事：伯爵當年離家之後，伯爵夫人命人燒光家中所有器具，自此閉門謝客。去世之前，她與雷度爾訂約，只要他能確保別墅五十年無人進入，就將之奉贈他的後人。然而，律師雷度爾一直不明其中緣由。同一日，「予」的女房東也講述了家中六枚鑽石的來歷，同樣與伯爵府有關：當年，一位拿破侖俘虜西班牙貴族向帝亞曾寄居其肆；這位男子美潔無匹，令人印象深刻。隨後，向帝亞連續幾日未歸，留給女房東的書信稱，將自己的財產（六枚鑽石及其他）贈給她，並囑她延請牧師替自己懺悔。講述至此，女房東說，她懷疑向帝亞的失蹤與伯爵夫人有關，因為從前每週在教堂做禮拜時，他們總是坐在一起；而且，店裏女工羅愛梨原是伯爵夫人的近侍，曾提起夫人殉葬品是四周鑲銀的烏木十字架，而這恰好是向帝亞之物。聽完女房東的講述，「予」好奇心大熾，翌晨，用計詐出了羅愛梨的憶語。據她所言，當年，伯爵聽聞蜚語，早歸府邸，發現夫人寢室有人匿於壁間巨櫥；夫人以有傷夫妻感情為由，阻其搜櫥。伯爵

〔註50〕小翠，〈焚琴記傳奇〉，《文藝叢編（栩園雜誌）》（第五冊）（上海：家庭工業社，1922年）。
〔註51〕小翠初稿、天虛我生潤文，〈粉垣埋恨記〉，《小說叢報》第4卷第7期（1918年8月）。

遂命人將櫥門砌死。人靜之時，輒聞壁中幽微聲音，夫人聞之，心碎欲狂。二十餘日後，漸漸寂然無聲。隨後，伯爵隻身前往巴黎，不復歸；夫人日日慟哭，抑鬱而死。「予」聽至此處，心中疑惑盡解。

在民初，倘若一般作家處理《粉垣埋恨記》這類情節新穎、引人入勝的悲情故事，大體會對伯爵夫人與向帝亞這段畸戀大肆敷衍，追求「能以至情發爲妙文，以賺人眼淚」〔註52〕——事實上，這也更加符合民初小說市場廣受歡迎的「哀感頑豔」之特色。然而，陳翠娜的處理方式卻不同流俗，在她筆下，白雷夫人與向帝亞的愛情只是潛藏線索，基本沒有進行正面敘述，小說大多使用暗示的手法表達二人的情感。《粉垣埋恨記》之所以沒有過份渲染悲情，與陳翠娜的創作意旨密切相關。在小說末尾，她發出點睛之筆的議論：

> 嗟夫！此少年者，英姿壯歲，正當有爲，乃以偶然漁色，而竟埋歿於粉垣之中，靈魂有知，又安得不自悔耶？而白雷夫人，則猶以爲五十年後，必已骨化形消，可無遺穢於人間；殊不知悠悠之口，正不可以萬金堵塞也。是可鑒矣！

不難讀出，陳翠娜寫作此篇小說的用意，在於點明背離倫理道德、縱情自歡之人，最終難逃身死名傷這一結局。事實上，《粉垣埋恨記》與《劫後花》恰好形成了鮮明對照，陳翠娜從一反一正兩個方面，傳達了她對禮教與情慾關係的立場。

在陳翠娜其他文類的作品中，維護禮教的命意亦頗爲常見。例如《自由花雜劇》與《焚琴記傳奇》，也都寫到枉顧禮教女子的不幸人生。在《自由花雜劇》中，鄭憐春懊惱地說道：「那自由兩字在歐西原是美名詞，不過逾淮變枳，橘已非眞……生小無瑕，也只是盧騷學說誤了儂家。」〔註53〕《焚琴記傳奇》中的「烏有」女士也稱：「可知情之一字，正是青年人膏肓之病。可笑近來女子，爭言解放，惟戀愛之自由，豈禮義之足顧！」在筆者看來，這種保守主義的文化情結，正是其閨秀身份意識在「國粹千年一旦亡」之危急時刻的責任感之表徵。

〔註52〕 徐枕亞，〈序四〉，吳雙熱，《孽冤鏡》（上海：民權出版部），頁2。

〔註53〕 〈自由花雜劇〉於1921年7月發表在陳蝶仙所辦《文藝叢編》，《栩園雜誌》（第二冊），凡兩個版本，前者經陳蝶仙潤色，後者爲陳翠娜原作。兩者文字上略有差異，本文依據後者進行論述。

　　此外，陳翠娜在小說中表現出來的對禮教與情慾的態度，實際上只是體現了她所遵循的一種外在的閨秀準則。至於小說所蘊含的內在閨秀氣質，則主要體現在作品的藝術性上。大體而言，可以從兩個方面解讀。

　　其一，是具有古典主義的美學傾向，講究適度、諧調與含蓄，作品飽含一種節制之美。這在陳翠娜的兩篇標為「滑稽短篇」的小說《新婦化為犬》與《美人影》中，表現得尤為明顯。

　　《新婦化為犬》講的是獨身主義者麥克司林達為得到叔叔兩萬法郎的婚禮贈金，不惜讓男僕阿塞假扮戀人而最終穿幫的故事。小說語言十分風趣，如司林達帶阿塞見叔父的場景：

> 老人聞言，以目凝視阿塞，見其玉膚如漆，纖腰可圍，略無娉婷婀娜之致，面龐雖為密網所遮，然亦可以想像而得，因廳額曰：「此女郎⋯⋯」阿塞恐言其醜，急以目斜睨作媚態，其時阿塞之面，幸有面網，老人未嘗見之，不則老人必且嘔矣！

而小說《美人影》的喜感，則主要體現在反差強烈的戲劇性矛盾中。陳翠娜先從環球影戲院的兩名女員工對話寫起，交代該公司的美人小影選拔活動，同時極力渲染中選女郎之美貌。隨後，作者筆鋒一轉，寫前去為中選者送賞金之人的遭遇——他發現圖片上風華絕代的女郎竟已徐娘半老，公司不僅選角願望落空，還損失了百磅豪金。縱覽全篇之後，再回想小說對公司送賞金之人的心理描寫，不免忍俊不禁：

> 時方有二少年直前而奔，蓋影戲院令往訪梅蘿奧冰於白爾路一百七十六號；雖汗珠濡背，亦不之覺，惟念入見梅蘿時，宜若何措詞，此一百鎊獎金，自當先付之，然後盛頌其美，且云：「吾園主已選君為最榮譽之名角，以後名譽金錢，任君所擇，高堂華履，任爾所愛，更毋須虱身此蜂房中矣。」此美人聞言，必且粲其皰犀，作巧笑以謝。或感我跋涉之勞，以後愛情日濃，或竟願為夫子妾，未可知也。思至此，乃大樂。

這篇小說與《新婦化為犬》一樣，趣味濃厚、引人發笑，雖皆有諷刺，卻不失善意，筆墨之間展現的是可笑之人也不乏可愛之處。

　　鄭振鐸在總結民初上海文壇時曾說，「他們對於文學的態度，完全是抱著遊戲的態度的⋯⋯沒有一點的熱情，沒有一點的同情心。只是迎合著當時社

會的一時的下流嗜好，在喋喋的閒談著，在裝小丑，說笑話」〔註54〕。然而，陳翠娜的滑稽小說，卻與當時這種頗爲流行的「尖酸輕薄毫無取義之遊戲文」〔註55〕明顯不同。周瘦鵑在《蘭莈雜識》種曾評價陳翠娜「天資穎妙過人，八歲即工詩，今年十九而天眞爛漫，猶似兒時」，並記述了這樣一件趣事：

> （翠娜）其弟曰寶，戲以粉筆畫房門，作古裝仕女狀，顧奇醜。
> 母夫人見而憎之，小翠請緩拭去，題詞一闋，云：「蛾眉掛，櫻唇大，
> 錢繩一串垂腰下。羅刹媽，無鹽姐，芳容瞥見將人嚇煞，怕怕怕！
> 顏如馬，肩如削，頸長絕似南京鴨，君休畫，娘休罵，一雙小手攤
> 開來罷，打打打！」〔註56〕

此首小詞玲瓏活潑、天趣盎然，難怪周瘦鵑慨歎「正不可多得也」。陳翠娜這種天眞無邪的性格表現在小說中，即顯示出豐富的生活溫情，又不見無聊低級的戲謔與輕薄，全然出自童心、得其童趣，頗有「樂而不淫」的特色。

此外，陳翠娜小說的節制之美，在她立意警世的《粉垣埋恨記》中亦有體現。小說通篇並無刻意污損有違道德的男女，反而稱贊白雷夫人爲「明眸皓齒之天人」，向帝亞亦「美潔無匹」。相反，白雷伯爵卻有顯得點兒不招人喜歡。他不僅脾氣暴躁，而且喜歡賭博，終日在外遊樂。此處，陳翠娜寫出了有錯之人可愛、可憐的一面。這種溫柔敦厚的閨秀氣質，與中國傳統美學排斥「各種過份強烈的哀傷、憤怒、憂愁、歡悅和種種反理性的情慾的展現」〔註57〕之特徵相當一致。

其二，陳翠娜的小說呈現出一種詩化的傾向，溫婉清麗。例如，《劫後花》對素雪與錦雲戀愛場景的描寫：「晚雲如黛，微露孤星數點，灼灼而窺下界。則此少年者，方以指環，加諸女郎纖指之上。桃花之瓣四飛，集女郎額，一若爲女郎添妝者。」此處筆觸細膩，將環境刻畫得十分浪漫。事實上，假如在此將男女主人公的愛情表現得卿卿我我、你儂我儂，不僅有違創作主體的閨秀身份，亦會落入窠臼、授人口實。然而陳翠娜卻將兩性之間的愛意萌生，通過他們彼時身處的自然世界的浪漫氛圍來烘託，不失爲一手妙招。

〔註54〕鄭振鐸，〈文學論爭集・導言〉，載《中國新文學大系》（第二集）（上海：良友圖書印刷公司，1935 年）。

〔註55〕梁啓超，〈告小說家〉（一），《中華小說界》第 2 卷第 1 期（1915 年 1 月）。

〔註56〕瘦鵑，〈蘭莈雜識〉，《申報》1920 年 5 月 16 日。

〔註57〕李澤厚，《華夏美學》（天津：天津社會科學院出版社，2002 年），頁 31。

　　除了利用形象性的畫面突出意境外，陳翠娜有時還會借助聲音來烘託場景。例如，《劫後花》中「兩人各不語，惟聞壁上秒鐘的的，競其繁響」一句，極言素雪與鵑兒苦思逃離之策而不得之時的安靜。再如，以「履聲震梯，乃作欣然之音」表示金某將素雪與鵑兒鎖在樓上後的喜悅心情。

　　此外，陳翠娜小說的抒情性還體現在她擅長描寫人物的心理活動。《劫後花》雖然採用全知全能的第三人稱敘事，但敘述者常常通過人物的限制性視角來聚焦；因此，小說特別需要描摹人物的內心世界，通過人物的所見、所想、所感，推進故事情節的發展。例如，素雪被救之後，誤以爲自己已死，當她見到船上的老鴇時，心裏很是詫異：

　　　　上坐者爲一中年之婦，年可四十許；女子無數，咸繞其旁而立，雖故爲莊重，而豔冶之態，輒復飛逸。素雪愕然，意豈世上男女平權，陰間亦復如是，其上坐者，殆世所謂閻羅歟？凝目佇視，而此所謂閻羅者發言矣，曰：「女郎蘇耶？睹汝狀，似覓死，汝固何如人哉？」素雪聞語，始審其爲人。

再如，當金某將素雪二人鎖在樓上後，說，「時已午，吾今鎖若輩於此，而偕湘……」，「湘」字甫一脫口，便停住了言語。同時，陳翠娜還交代了金某自作多情的想法，讀來頗爲好笑：

　　　　其意蓋言偕湘娥往觀劇也，既而思此語不可對素雪言，若言之，則素雪必妒此，事之成敗，未可知矣。乃即止不言。

尤爲精彩的是，陳翠娜的小說還由描述人物的內心，進而延伸至潛意識層面。例如，《劫後花》寫到素雪落水之後的幻覺，十分精彩──「素雪既入水，久之不省人事，但覺眼前盡爲五彩之綢，繞身而飛」。此外，還有對素雪夢境的描寫，亦可圈可點：

　　　　直至五更，乃始朦朧睡去，顧睡亦不寧。時見其親愛之阿母，現其和藹之笑容，攬己於懷而吻其額。忽而景物又易，己身恍在柳樹之下，與錦雲攜手偕行，喁喁情話，見錦雲頻以目注視己，則又不禁俯首報然；既而念及其已死，則牽其衣大哭。

這些對人物意識與潛意識等方面的揭示，使小說的敘述節奏更加柔和舒緩，利於情感的流瀉與詩性的呈現。

　　此外，陳翠娜的小說語言本身就包含著濃烈的抒情韻味，筆調優美，形象生動，富於畫面感。例如《劫後花》，「緋桃初放，碧草如茵，板橋之下，

流水淙淙，有類音樂，橋邊垂柳，則皆展其如煙之葉，臨風而舞」。有時，陳翠娜還以寫詩之時雕琢字句、鍊字煉意的狀態來寫小說。如第三節開篇言道，「其時新月色初上，寫女郎婷婷之倩影於地」，一個「寫」字，可謂盡得風流，頗有「春風又綠江南岸」的「綠」、「紅杏枝頭春意鬧」的「鬧」之神采。

陳翠娜才華卓異，人品高潔，在民國女性詩壇文苑，獨樹一幟。常州大儒錢振鍠向不輕易許人，卻說「得見小翠，實不枉閱人一世」〔註58〕。詩壇耆宿陳聲聰著詩話，評翠娜詩，「膾炙人口，鬱有奇氣」、「靈襟夙慧，女中俊傑」〔註59〕。著名學者施蟄存之「翠樓新句動江東」、「壇坫聲名海內傳」等句，更是道出了對陳翠娜的欽慕與贊賞〔註60〕。可見，她的詩詞、戲曲創作已得到了一定的認可；事實上，目前對於陳翠娜的研究，也大抵集中於此〔註61〕。然而經過本文的追蹤鉤沉，可以發現陳翠娜的小說在民初文壇上具有不可替代的地位。這表現在她本人的生存方式與文學生產，作品中對傳統價值觀念的自覺服膺，講究適度、諧調與含蓄的古典主義美學傾向，以及鍊字鍊句、融情入景的小說筆法，無不體現出與中國古代閨秀一脈相承的特色。筆者以為，在傳統與現代的接榫之處，陳翠娜的這種新中有舊、舊中含新的情感掙扎，無法全然以「衝擊-反應」模式進行詮釋，也不應被文學史「經典化」過程中新、舊女性的「兩分法」所遮蔽。

（作者簡介：馬勤勤，女，中國社會科學院文學研究所助理研究員）

〔註58〕 張寅彭主編，《民國詩話叢編》（第二冊）（上海：上海書店，2002 年），頁 670。

〔註59〕 陳聲聰，《兼於閣詩話》（上海：上海古籍出版社，1985 年），頁 251。

〔註60〕 施蟄存，《北山樓詩》（上海：華東師範大學出版社，2000 年），頁 96～98。

〔註61〕 單篇論文有宋浩〈陳小翠的《翠樓吟草》〉，《粵海風》2003 年第 4 期、鄧丹〈陳小翠的傳奇雜劇創作及其戲曲史意義〉，《戲劇藝術》2012 年第 4 期、郭梅〈陳小翠戲劇創作中的「新女性」〉，《中國現代文學研究叢刊》2016 年 6 期；學問論文有顏運梅《陳小翠詩詞曲研究》（廣州：華南師範大學，2005 年）、黃晶《陳小翠舊體詩詞創作流變論》（武漢：華中師範大學，2015 年）、張錦秀《陳璨戲曲研究》（臨汾：山西師範大學，2015 年）；資料整理有劉夢芙編校的《翠樓吟草》（合肥：黃山書社，2010 年）。

「去性別化」：清末女學堂中的身體改造

何　芳

　　摘要：在清末救亡圖存的號召下，女子學校教育廣泛興起，成爲塑造新一代「女國民」的重要場所。女學堂要求學生擯棄纏足、華麗服飾和妝扮等傳統女性身體美學特質，實現「去性別化」的身體改造。但是，女學生的身體仍被排斥在社會公共空間之外，意味著這種改造只是女性被納入民族國家建設的一種手段，並未爲女性帶來相應的政治權利和社會地位。

關鍵詞：去性別化；國民；身體改造；女學生；學校教育

　　在宗法家族制和君臣父子等級制的時代，女子教育始終未被列入歷代學制系統，而僅以家庭訓導的形式存在。直至清末社會遭遇巨大變革，改革者試圖以普及學校教育來塑造新一代國民，才爲女子教育帶來新的契機。清末女學堂在民間廣泛興起，其教育目的不單是灌輸女子德行和訓練家務技能，更重視引導女性成爲民族國家建設的人才資源。[註1] 以往這一主題的研究大多強調學校教育對女性國民觀念啓蒙的作用，而關於學校教育對女性進行的身體和行爲訓練卻著墨不多。本文認爲，「去性別化」的身體改造是清末女學

＊本文在北京大學歷史學系舉辦的「跨學科視野下的近代中國教育與社會」青年學者國際學術研討會上發表，得到北京大學中文系夏曉虹教授的指正，特此感謝。

〔註 1〕參見叢小平，〈從母親到國民教師：清末民族國家建設與公立女子師範教育〉，《清史研究》2003 年第 1 期，頁 87～97；Joan Judge，孫慧敏譯，〈改造國家──晚清的教科書與國民讀本〉，《新史學》第 12 卷 2 期（2001 年 6 月），頁 1～39。

堂塑造國民的重要策略。在接受學校教育的同時，傳統女性身體受到政治、文化當權者的批判，在新的女性國民角色論述框架中接受改造。本文討論清末女學堂對學生進行身體改造的原因與方式，以呈現女子教育與民族國家建設的關係，並進一步探討女性「國民」在清末中國這一社會文化環境中的特定涵義。

一、「女國民」觀念與清末女子學校教育的發展

清末女子學校教育的興起和發展，從一開始便與強國保種、救亡圖存的政治目標緊密相連。儘管女學堂的舉辦者們在政治傾向上並不完全相同，但究其辦學目的，卻都一致以將女性納入國家建設藍圖為旨歸。1907 年，女子學校教育正式獲得清政府官方首肯後，「女國民」作為對中國女性新的角色要求，進一步成為國家話語，對女學堂的培養目標產生廣泛影響。

梁啓超在其著名的〈論女學〉中闡述了興辦女學的原因。他認為，婦女之不受教育，乃是國弱民貧的主要因素：「況女子二萬萬全屬分利而無一生利者。惟其不能自養，而待養於他人也。故男人以犬馬奴隸畜之，於是婦女極苦。惟婦人待養而男子不能不養之也，故終歲勤動之所入，不足以贍其妻孥，於是男子亦極苦」。〔註 2〕婦女因為不受教育而不能就業，不但令自身處於社會最底層，更致使國弱民貧。若讓婦女接受學校教育，則可不斷改善和提高本民族人口的基本素質。此外，他還認識到婦女擔負著教育後代的重要任務：「苟為人母者，通於學本，達於教法，則孩童十歲以前，於一切學問之淺理，與夫立志立身之道，皆可以粗有所知矣。」〔註3〕在梁啓超看來，女學具有兩個重要作用，一是使女性獲得經濟自足的能力，二是使女性獲得教育下一代的能力。在他襄助下，由中國人自辦的近代第一所女子學堂——中國女學堂於 1898 年在上海城南誕生。

1902 年，務本女塾在上海成立，它承襲了梁啓超在戊戌變法中的女學思想。在其第二次改良規則的總則中，辦學宗旨被表達為「改良家庭習慣，研究普通知識，養成女子教育兒童之資格」。〔註 4〕這一時期還成立了一些女子

〔註 2〕梁啓超，〈論女學〉，收於梁啓超，《飲冰室合集》（第 2 卷）（北京：中華書局，1989 年），頁 15～16。
〔註 3〕梁啓超，〈論女學〉，收於梁啓超，《飲冰室合集》（第 2 卷）（北京：中華書局，1989 年），頁 15～16。
〔註 4〕〈務本女塾第二次改良規則〉，收於朱有瓛，《中國近代學制史料》（第二輯下冊）（上海：華東師範大學出版社，1989 年），頁 590。

職業學校，均旨在教授女子謀生技能，使其能夠自立。例如，〈上海女子蠶業學校章程〉中寫道：「本校注重栽桑、養蠶、製種、巢絲等實驗，並改良舊法，兼授普通及專門學理，以擴充女子職業，挽回我國利權爲宗旨。」〔註5〕上海速成女工師範傳習所在其簡章中也宣稱辦學宗旨是「用速成教授法，教授各種女工，養成女子自立之資格，兼備女學堂教師之選」。〔註6〕

　　梁啓超強調女性在家庭中的經濟功能和教育功能，這種觀點極有可能受到日本女子教育「賢妻良母」的影響。〔註7〕但是，也有一些女學興辦者並不認同這種局限於家庭的女性角色定位，而主張女性與男性平等參與政治改革和社會革命。如蘇英在蘇蘇女校的開校演說中就對「賢母良妻的資格」嗤之以鼻，她說：「說什麼母教，說什麼內助，還是男子的高壓奴隸，異族的雙料奴隸罷了。……我們的意思是要撇脫賢母良妻的依賴性，靠自己一個人去做那驚天動地的事業，把身兒跳入政治世界中，轟轟烈烈，光復舊主權，建設新政府。」〔註8〕實際上，對於教育應培養的女性角色，早在18世紀就有過是培養道德教育者還是培養才女的爭論。程爲坤認爲，這一爭論在清末的教育改革中得以延續，又因爲「國家主義」（nationalism）這一新因素的出現而被重新定義，成爲「賢妻良母」與獨立女性個體兩種學校教育目標之間的爭論。〔註9〕換言之，儘管政治與文化精英們在女性角色定位上存在差異，卻不約而同地把女性納入民族國家的視野：不論是相夫教子的賢妻良母，還是獨立自由的革命戰士，統統以女國民的名義接受教育，在愛國救亡的主題下得以成長。

　　女學思想在民間蔚爲風氣後，越來越多的士紳文人加入辦學潮流，使得女子學堂數量迅速發展。清政府進行第一次教育統計時，據報有 400 多所女

〔註5〕〈上海女子蠶業學校章程〉，收於朱有瓛，《中國近代學制史料》（第二輯下冊）（上海：華東師範大學出版社，1989年），頁633。

〔註6〕〈上海速成女工師範傳習所改良簡章〉，收於朱有瓛，《中國近代學制史料（第二輯下冊）》（上海：華東師範大學出版社，1989年），頁641。

〔註7〕見 Joan judge,「Talent, Virtue, and the Nation：Chinese Nationalisms and Female Subjectivities in the Early Twentieth Century」, The American Historical Review, Vol. 106, No. 3（Jun., 2001）, pp. 765～803.

〔註8〕〈蘇蘇女校開學演說〉，收於朱有瓛，《中國近代學制史料》（第二輯下冊）（上海：華東師範大學出版社，1989年），頁582。

〔註9〕Weikun cheng,「Going Public Through Education」, Late Imperial China, vol.21, No.1（June 2000）.

子學堂。〔註10〕1907 年，清政府終於頒佈了〈奏定女學堂章程〉，正式同意建立女子學堂。此後女子學堂更盛，學堂數量和學生人數大幅增長（見表一）。

表一　女學堂數和學生數：1904～1909〔註11〕

年　份	學校數	學生人數
1904	26	494
1905	71	1,761
1906	245	6,791
1907	434	15,324
1908	512	20,557
1909	722	26,465

二、從纏足到放足：女性身體美的重新定義

　　古代中國女性的小腳原本是美的表現，但在清末的女學堂中，這一具有特定審美意義的女性身體部位卻淪為醜陋惡習的象徵被勒令禁除。這種從美到醜的轉變，揭示了傳統習俗在救國圖存的思想狂瀾中被迫接受改造的命運，也呈現出女性身體美在女性國民角色中被重新定義的過程。

（一）女性纏足從美到醜的轉變

　　女性纏足的惡果早就受到一些文化志士的抨擊和批判，但其微弱聲音在「小腳拜物教」的社會中並未產生現實影響，對纏足的批判直到 19 世紀才引起中國社會廣泛重視。早期對於反纏足的研究多將其看作一種病態或變態行為，近年來已有學者開始重新審視這一習俗，認為纏足從美到醜的轉換是一個人為操縱過程，與近代中國社會、政治變動密切相關。〔註12〕

〔註10〕根據光緒三十三年（1907）全國女子學堂統計表計算而得，資料來自朱有瓛，《中國近代學制史料》（第二輯下冊）（上海：華東師範大學出版社，1989 年），頁 649～650。

〔註11〕Paul Bailey, Gender and Education in China : Gender Discourses and Women's Schooling in the Early Twentieth Century（London and New York : Routledge, 2007），p36.

〔註12〕較有代表性的如 Dorothy Ko, Cinderella's Sisters : A Revisionist History of Footbinding（Berkeley, CA : University of California Press, 2005）；楊念群，〈從科學話語到國家控制——對女子纏足由「美」變「丑」歷史進程的多元分析〉，收於汪民安，《身體的文化政治學》（鄭州：河南大學出版社，2004 年），頁 1～50；苗延威，〈從視覺科技看清末纏足〉，《中央研究院近代史研究所集刊》第 55 期（2007 年 3 月），頁 1～45。

纏足被刻意進行由美轉醜的現代「製作」，西方傳教士是始作俑者。傳教士認為婦女纏足後多不能赴稍遠之會堂聽道禮拜，這無疑有礙於培養中國的女教徒，影響教會勢力在中國的擴展。因此，傳教士把纏足看作應在醫療領域中予以觀察的行為，試圖直接建立起纏足與「疾病」表現症候之間的關聯性，從而確立起一種評價纏足的「衛生話語」。通過西方醫學的重新審視，婦女的腳變成了解剖學的對象，纏足由美的象徵轉變為畸形和病態的行為。

女性纏足的柔弱之美不僅在醫學眼光的透視下蕩然無存，在維新派知識分子的論述之中，這一審美價值更是淪為國家落後與種族屢弱的根源。早期的維新派知識分子尚未將纏足與國家聯繫起來，只是竭力批判纏足帶給女性的痛苦。如宋恕就曾說道：「裹足一事為漢人婦女痛苦，致死者十之一二，致傷者十之七八。」〔註13〕到戊戌維新時期，維新派已明確將戒纏足與救亡圖存的大目標聯繫起來。康有為非但徹底摒棄了纏足的審美內涵，而且在奏摺中將婦女纏足列為中國最大之恥辱：「吾中國蓬蓽比戶，藍縷相望，加復鴉片裹纏，乞丐接道，外人拍影傳笑，譏為野蠻之矣。而最駭笑取辱者，莫如婦女裹足一事，臣竊深恥之。」〔註14〕徐勤說：「既以纖小裹二萬萬婦女之足，又以此纖小裹二萬萬士人之心，裹足不能行則弱，裹心無所知識則愚，既弱且愚，欲不為人臣妾得乎。」〔註15〕譚嗣同則斷言纏足將產生亡國亡種之惡果：「華人若猶不自省其亡國之由，以畏懼而亟變纏足之大惡，則愈淫愈殺，永無底止，將不惟亡其國，又以亡其種類，不得歸怨於天之不仁矣。」〔註16〕可見，在維新派知識分子的倡議中，女性柔弱之美被冠上了國民愚昧、民族恥辱、亡國滅種之罪魁的罵名。

反纏足話語的邏輯是：纏足婦女導致國家頹廢、人種衰弱，因此女性放足實則為救亡強國出力。只要婦女放足舒趾，「則執業之人可增一倍，土產物產及各處稅務，亦增一倍，國富民強，指日可待。」〔註17〕由此，纏足原本所具有的審美意義被強國保種的政治語言徹底取代，長期被拒於政治之外的女性被納入到國家復興的計劃之中。1902 年，清政府頒佈勸誡纏足的上諭，

〔註13〕〈六字課齋卑議・救慘章第三十四〉，收於胡珠生，《宋恕集》（北京：中華書局，1993 年），頁 152。
〔註14〕翦伯贊等，《戊戌變法》（第二冊）（上海：上海人民出版社，1953 年），頁 242。
〔註15〕同上，頁 121。
〔註16〕蔡尚思、方行，《譚嗣同全集》（下冊）（北京：中華書局，1981 年），頁 303。
〔註17〕〈湖南士紳劉頌虞等公懇示禁幼女纏足稟〉，收於李又寧、張玉法，《近代中國女權運動史料（1840～1911）》（上冊）（臺北：傳記文學出版社，1975 年），頁 504。

使纏足運動得到國家手段的支持。此後，戒纏足運動在各地蓬勃開展，到 1904
年，「中國十八省總督皆有戒纏足之示，所缺惟閩浙與陝甘而已。」〔註 18〕儘
管此時清政府還未確認女學堂的合法地位，但其對放足的提倡卻爲後來各地
女學堂出臺不纏足規定提供了合法依據。

（二）男性化的放足鞋

女學堂獲得清政府認可之初，女子纏足就被認定爲「最爲殘害肢體，有
乖體育之道」，因而「各學堂務一律禁除，力矯弊習」。〔註 19〕但考慮到具體
實施上的難度，各地女學堂出臺的禁纏足規章在語氣上較爲柔和，總體上以
鼓勵和說服女性入學堂和放足爲要。例如，廣東女學堂提出「定議學生不得
纏足，惟現當風氣初開，暫且通融辦理，如有纏足者，姑許來學，仍以勸其
解放爲善」。〔註 20〕務本女學校在其規則中要求學生天足者不得復行纏足，已
纏者應逐漸放寬。〔註 21〕愛國女學校也禁止學生纏足，已經纏足者進校後必
須逐漸解放。明華女學在其章程中甚至斥責道：「纏足惡習，傷害天理，稍具
文明思想者皆知其謬，本學堂並不懸爲厲禁，仁人君子，通權達變，其勿以
此流毒弈襈，尤爲幸甚。」〔註 22〕

對於號召放足的女學堂而言，女學生放足後穿什麼樣的鞋，是必須考慮
的現實問題。倡議之初，不少女學生正是因爲無鞋可穿而對是否放足猶豫不
決，如埭溪發蒙學堂總教習之妹蔡愛花「早有天足思想，所以因循迄今始決
者，蓋其決斷心未強，懼爲先倡，其兄亦隨時勸導，歷有年所，本人以苦無
靴鞋，未曾實行」。〔註 23〕放足後，原來的小鞋已不能再穿，鞋樣的變化勢在
必行，其改變方式則是消除傳統女鞋特徵，向男鞋式樣靠攏。

中國傳統社會的男女有別，本也體現在鞋的式樣之上。除尺碼小這一必
備條件外，當時引以爲美的女鞋還具有尖頭、繡花點綴、色彩鮮豔等特徵，
但這些傳統女鞋的要素在放足鞋中被一律摒棄了，許多纏足會都要求女鞋與

〔註 18〕 〈天足會來函〉，《萬國公報》（光緒 30 年 9 月）。

〔註 19〕 〈學部奏定女子小學堂章程〉，收於朱有瓛，《中國近代學制史料》（第二輯下
　　　　 冊）（上海：華東師範大學出版社，1989 年），頁 658。

〔註 20〕 〈廣東女學堂簡要章程〉，《女子世界》第 1 年第 4 期（1904 年），頁 60。

〔註 21〕 〈務本女學校第二次改良規則〉，收於朱有瓛，《中國近代學制史料》（第二輯
　　　　 下冊）（上海：華東師範大學出版社，1989 年），頁 594。

〔註 22〕 〈明華女學章程〉，《女子世界》 第 1 年第 2 期（1904 年），頁 70。

〔註 23〕 〈記埭溪發蒙學堂女學生蔡愛花放足紀念會事〉，《警鐘日報》1904 年 12 月
　　　　 31 日。

男鞋相同。1898 年《貴州不纏足會條約》中規定：「約中女子，既不纏足，則足下須與男裝同式，其履式之方圓華樸，聽人自便，惟不得上大下小，致與纏足者相混，其衣飾仍從時制」。〔註 24〕奉化不纏足會簡章中規定「女子既不纏足，其鞋襪等件，自當照男子一式」。〔註 25〕

除了直接改穿男式鞋外，各地學堂和不纏足會也積極尋求新的放足鞋樣。1906 年，福州城裏女學堂聚會，「會中有新式各種鞋樣，學生傳遞於赴會者賞觀，眾所取為美者，以作標準，製成多雙」。〔註 26〕當年務本女學校的學生在回憶時也稱讚該校「一時放足之風影響社會，上門索要放足鞋樣者，每日甚多」。〔註 27〕上海天足會擬於 1905 年 1 月 14 日召開的第二次集會，這次會議內容之一是「將天足鞋式同於是日公同議定」，會場「備有鞋樣數式，旁設紅紙票筒，請臨會諸女士鑒擇，如有許可之式樣，祈即隨手拈一紅紙票放入許可之鞋內，以便從眾女士之好惡製天足會公定之鞋樣」。〔註 28〕

反纏足人士雖未統一女學生放足鞋的樣式，但對其要件已有共識，那就是鞋頭要寬以利於運動。時人說道：「現在斟酌適宜的樣子，斷斷勿用尖頭，須用圓頭的式樣。尖頭則足趾促狹，妨害運動；圓頭則足趾開展，行走自然便利。否則用靴也甚好，舉動更加輕便些。況習體操的時候，吾國靴樣太淺，是斷斷弗適用的。」。〔註 29〕當時很多女學堂都開設體操課，甚至舉辦運動會，如務本女學的舉行的運動會中包含了緣繩、射的、身體矯正術、算術競走、跳繩、庭球、跳舞、運糧競走、剖梨競走、上學競走、連體體操、槍旗競爭、拋球競爭等項目，〔註 30〕如果沒有適合於運動的鞋履，這些體育項目決難進行。

從這一時期商家銷售放足鞋的廣告中亦可看出放足漸成風氣，而女學生這一新興群體是不可忽視的消費人群。1906 年《順天時報》上刊載江南聚大昌南貨號的廣告，其中關於女鞋者有「放足坤鞋」、「蘇式女鞋」、「男女拖鞋」、「西式皀鞋」、「海式緞鞋」等，到 1907 年時此廣告除上述內容外又增添了「女

〔註 24〕 〈貴州不纏足會條約〉，《貴州文史叢刊》1981 年第 4 期，頁 76。
〔註 25〕 〈奉化不纏足會簡章〉，《女子世界》第 1 年第 7 期（1904 年），頁 79。
〔註 26〕 羅蘇文，《女性與近代中國社會》（上海：上海人民出版社，1996 年），頁 194。
〔註 27〕 〈回憶上海務本女塾〉，收於朱有瓛，《中國近代學制史料》（第二輯下冊）（上海：華東師範大學出版社，1989 年），頁 603、604、608。
〔註 28〕 〈上海天足會第二次集議啓〉，《大公報附張》1905 年 1 月 23 日。
〔註 29〕 〈女子簡易的體育〉，《女子世界》第 1 年第 10 期（1904 年），頁 26。
〔註 30〕 〈務本女塾及幼稚社運動會記〉，收於朱有瓛，《中國近代學制史料》（第二輯下冊）（上海：華東師範大學出版社，1989 年），頁 600。

學生鞋」，正好是清政府剛剛頒佈女學堂章程之時。〔註31〕作爲社會風尚的風向標，報刊廣告最能反映風尚流變，這一廣告的長時間刊登恰與當時社會放足之風盛行契合。

值得注意的是，纏足起初作爲一種美的時尚，爲富貴悠閒的女性所熱衷，下層婦女只是在上行下效的過程之中逐漸發展起這種習俗。富裕女性不需要和貧寒勞動婦女一樣勞作，故纏足曾是身份等級的標誌。如今，天足成爲新的上層身份象徵，因爲只有那些具有一定經濟能力的家庭，才能支付女兒就學的費用。通過對女性小腳的改造，女學堂亦重新設置精英標準，建構起新的女性國民身份。

三、戒華服與豔妝：打造文明的女學生身體

女性的服飾和妝扮既是美化自身身體的行爲，也是表明性別身份、獲得群體認同的一種方式。但是，女性的華服豔妝在清末卻被看作禁錮女性身體和心智發展的枷鎖，成爲女學堂著力戒除的對象。

（一）女性妝扮由繁到簡的轉變

晚清女性服裝崇尚華麗繁複的細節與飾物，越是有地位有身份的女性，其著裝打扮越是注重細節。然而到了清末，輿論卻開始否定粉黛華服的審美意味，將其看作女性愚昧、墮落和依賴的標誌。在一些知識分子筆下，女性必須要拋棄華服脂粉，改造柔弱身體，才能擺脫依附於人的從屬地位，轉變爲文明的女國民。一篇名爲〈告全國女子〉的文章對講究穿著打扮的女性大加貶抑：

> 我們天天說中國要亡，中國要亡，要救中國，一定要個個人都想法子打俄國。這種話給你們女子聽到，恐怕你們總說這單是說給男子聽，和你們女子是沒有什麼相干的。

> 你們女子有一等是專講究裝扮的，粉怎樣白，脂怎樣紅，衣服怎樣鮮明，首飾怎樣貴重，天天鬧這些還鬧不了，哪裏有閒工夫管別事呢？〔註32〕

這種觀點不僅存在於男性改革者之言論中，當時的一些女子亦將女性地位低下歸咎於對妝扮的熱衷。常熟一名13歲的女子曾競雄作了〈女權爲強國之元

〔註31〕 詳見楊興梅，〈被忽視的歷史：近代纏足女性對於放足的服飾困惑與選擇〉，《社會科學研究》2005年第2期，頁127～133。

〔註32〕 〈告全國女子書〉，《女子世界》第1年第1期（1904年），頁61～62。

素〉一文，她首先聲明女子教育與強國之聯繫：一國之所以文明乃是因爲其國民有政治思想，而政治思想則來自於母教，只有組織完備之國民才可收強國之效果。接下來便對女性之容止進行批判：「回顧祖國二萬萬之女同胞，洞耳束足，塗脂抹粉，如犬羊，如牛馬，如驅役，如囚徒，如猛獸之欄禁，不許越雷池一步。」〔註 33〕女性妝扮儼然已經成爲培養女性國民的桎梏，豈能不廢除之而後快？

就連女性服裝上的刺繡也逃不脫被批判的境遇。有論者哀歎道：「哀哉！我中國二萬萬女同胞之罪障何千重萬疊而無盡期哉？有纏足之困苦，復有此刺繡之磨難。纏足極筋骨之害，刺繡有性命之虞。纏足發於逼迫，刺繡淪於淹滯。纏足刺繡二者，實無有異致，爲害亦無有重輕。」〔註 34〕作者認爲，刺繡之弊有三：害於目、害於身體、害於光陰。富家女子所穿的刺繡衣服，乃是普通人家女子耗費光陰和心血做成，可謂以眾人之心力滿足一人之私欲，文明的女子是不應這樣做的。故而，應該提倡女性從此不再穿著錦繡衣服。

有趣的是，時人還爲女性提供了新的美容之術，《女子世界》曾專門介紹了適用於新女性的養顏術，文中說道：「每日梳妝之前，須行簡單之運動，五分或十分時，使血脈得以流通，而顏之色自美。」〔註 35〕女性使自己擁有美麗容貌的方法不是塗脂抹粉，而是進行適宜的運動。作者的論述意圖顯然與造就身體健壯的女性國民不無關聯。

（二）女學生的服飾規定

提倡樸素淡雅的著裝、不施脂粉、不戴首飾，是清末許多學堂對女學生的共同要求。吳若安在回憶務本女學校的紀律時，對學校不許學生穿華服施脂粉的規定記憶猶新：「務本女塾對學生紀律要求比較嚴格，禁止學生塗施脂粉，穿戴華麗服裝，並勸放足。……由於務本女塾崇尚樸實。學生衣著一般比較樸素，夏季上衣多爲白色，冬季多爲深色服裝。在生徒規約總規第一條，即明確提出：「起居容服，必樸雅整潔，勿效時裝。學生多能恪守，社會有所好評。」〔註 36〕務本女學校專門在其學校規則中列「服裝」一章，明確寫道：「帽鞋衣褲，宜樸淨雅淡。棉夾衣服用元色，單服用白色或淡藍。脂粉及貴重首飾，一

〔註 33〕〈女權爲強國之元素〉，《女子世界》第 1 年第 3 期（1904 年），頁 80。
〔註 34〕尚聲，〈論刺繡之害〉，《女子世界》第 1 年第 6 期（1904 年），頁 87～88。
〔註 35〕〈女子之美容術〉，《女子世界》第 4 年 2 卷 6 期（1907 年），頁 53。
〔註 36〕〈回憶上海務本女塾〉，收於朱有瓛，《中國近代學制史料》（第二輯下冊）（上海：華東師範大學出版社，1989 年），頁 603、604、608。

律不准攜帶。」〔註37〕實際上，這種著裝規定是當時女子學堂的普遍做法，同樣的規定在其他女學堂中比比皆是。如愛國女學校在 1904 年的補訂章程中要求學生「不得塗脂抹粉」、「不得著靡麗之衣服及首飾，亦不及詭異之裝束及舉動以駭眾」。〔註38〕鎮江承志女學堂要求凡來學者均不得豔裝華服，〔註39〕同時期的其他女子學堂如上海女子蠶業學校、宗孟女學堂等也有類似規定。〔註40〕

不過，這些地方女子學堂對學生著裝的規定雖有「禁」，但像務本女學校那樣「立」學生服色的還不多，即使是務本女學校，也並未發展出十分詳細的條例來。直到 1907 年，學部奏定設立女子師範學堂及女子小學堂，對女學生服飾的規定才變得越來越具體。女子師範學堂章程中寫道：學堂教員及學生，當一律布素（用天青或藍色長布褂最宜），不饘紈綺，不近脂粉，尤不宜規撫西裝，徒存形式，貽譏大雅；女子小學堂亦當一律遵守。〔註41〕1910 年〈學部奏遵擬女學服色章程摺（並單）〉中對女學生服飾的規定，則更為詳盡：〔註42〕女學堂制服用長衫，長必過膝，其底襟去地二寸以上，四周均不開衩，袖口及大襟均加以緣，緣之寬以一寸為度。

女學堂制服冬春兩季用藍色，夏秋兩季用淺藍色，均緣以青。

女學生得配襟章以為識別，其制以銅為宜，不得用金銀，其花樣字樣均聽本學堂自定，但須得向督學局或提學司報明。

女學生不得著花粉被髮跡以髮覆額。

女學生不得效束西洋裝束。

之所以如此規定，乃是因為服飾與行為之間有密切關聯：「衣服為行檢之表率，有管理訓迪之責者，宜力除奇袤奢靡之習庶，幾有裨於化民成俗之美，

〔註37〕〈務本女學校第二次改良規則〉，收於朱有瓛，《中國近代學制史料》（第二輯下冊）（上海：華東師範大學出版社，1989 年），頁 590、593。

〔註38〕〈愛國女學校補訂章程〉，收於朱有瓛，《中國近代學制史料》（第二輯下冊）（上海：華東師範大學出版社，1989 年），頁 619～620。

〔註39〕〈鎮江承志學堂附屬女學校簡章〉，《女子雜誌》第 2 卷第 4、5 期合刊（1905年），頁 104。

〔註40〕參見〈上海女子蠶業學校章程〉，收於朱有瓛，《中國近代學制史料》（第二輯下冊）（上海：華東師範大學出版社，1989 年），頁 636 頁、637。

〔註41〕〈女子師範學堂章程〉，收於朱有瓛，《中國近代學制史料》（第二輯下冊）（上海：華東師範大學出版社，1989 年），頁 674。

〔註42〕十洲古籍書畫社，《中國近代教育史資料彙編》（晚清卷）（北京：全國圖書館文獻縮微複製中心，2006 年），頁 2241～2242。

敬教勸學之規。」〔註 43〕顯然，在清政府統治者眼中，女學生的穿著打扮，不僅關係到學風之端正與否，甚至還影響整個社會風氣。

官方章程的頒佈加上民間學堂的實際推行，令不著華麗服飾、不施脂粉的女學生成為文明新風的標誌，故有竹枝詞云：或坐洋車或步行，不施脂粉最文明。衣裳樸素容幽靜，程度絕高女學生。〔註 44〕

四、限制行動：舊道德束縛下的「新」身體

儘管女學堂在對學生身體的塑造上有去除女性特質的趨向，但這並不代表女學生在言行上可以享有與男學生同等的權利。相反，女學堂對學生的言行要求非常嚴格，女學生必須嚴格摒除一切所謂放縱、自由的言行，對於女學生從事政治活動、參加集會演講等等方面的限制就更多。

（一）被隔離的女學生

女學堂多採取寄宿的就學方式，實行封閉式管理。同時，學堂制定嚴格的探視與出入規則，將女學生時刻置於學監的管理之下，與外部世界相隔離。愛國女學校規定：「學生親屬來訪，須於下午四時課畢之後。至本校應接所暫俟，而由女僕告知監督，令學生出見。」〔註 45〕天津淑範女學堂也強調男客前來參觀時需「以昭慎重」：「若男客願來堂觀看者，惟在董事贊成人員，或學生之父兄親屬方合，仍須先期示信，由本堂董理導引。」〔註 46〕上海女子蠶業學校宣佈非家族來校探望，概不招待。並聲明「如有校外來信，信面未寫明寫信人姓氏及住址者，本校校長有啓封稽查之權」。〔註 47〕上海速成女工師範傳習所規定寄宿生不得任意出校。以事請假者，由家屬或保人來信為憑。〔註 48〕

〔註 43〕　〈學部奏遵擬女學服色章程〉，收於朱有瓛，《中國近代學制史料》（第二輯下冊）（上海：華東師範大學出版社，1989 年），頁 675。

〔註 44〕　蘭陵憂患生，〈京華百二竹枝詞〉，收於楊米人等，《清代北京竹枝詞》（北京：北京古籍出版社，1982 年），頁 125。

〔註 45〕　〈愛國女學校補訂章程〉，收於朱有瓛，《中國近代學制史料》（第二輯下冊）（上海：華東師範大學出版社，1989 年），頁 619～620。

〔註 46〕　〈天津淑範女學堂章程〉，載《女子世界》第 2 卷第 4、5 期合刊（1905 年），頁 105～106。

〔註 47〕　〈上海女子蠶業學校章程〉，收於朱有瓛，《中國近代學制史料》（第二輯下冊）（上海：華東師範大學出版社，1989 年），頁 636、637。

〔註 48〕　〈上海速成女工師範傳習所改良簡章〉，收於朱有瓛，《中國近代學制史料》（第二輯下冊）（上海：華東師範大學出版社，1989 年），頁 644。

由於師資缺乏，一些女校亦聘用男教師或男性管理人員，這些男性在學堂中須與女學生保持距離。廣東女學堂有男女董事分別辦理學務，男董事司理外事，不得住堂。女董事司理堂內諸事住堂。〔註49〕愛國女學校規定，女子觀校，由監督導引；男子觀校，由校長或教習導引。須前一日函約。就連男校長與男教習都不得至寄宿舍。〔註50〕香山女學校也明令校中除教習、學生、女僕外，其餘閒人不許出入。凡董事皆在外辦事，倘有事商酌，請教習出客廳集議，亦不得闖進講堂。〔註51〕就連雲集了眾多先進知識分子的愛國女學校，其章程中也規定學生「不得常鶩遊觀，即集會演說之場，非監督率領亦不參與。不得請人代作文字，流佈外間，獵取虛名。不得以聞有女權自由之說，而徑情直行，致為家族、鄉里所不容。」〔註52〕宗孟女學堂在章程中不無自豪地寫道：「本學堂經理教習司帳司事等均係女士，規模整肅。本學堂課堂及寄宿舍等處，非婦女概不得入，與本學堂無涉之婦女，亦不得入。」〔註53〕儼然以此為學堂的一大優勢。可見，學堂力圖強調自身遵守「男女有別」的古訓，才能保證自己的辦學聲譽。

（二）行為「不檢」的女學生

儘管學堂規定嚴格，但仍然不可避免地令女學生進入公共視野。京師女學傳習所多次倡辦規模宏大且品類繁雜的女學慈善會，將女學生推向公共事業的舞臺之上，相當引人注目。〔註54〕1907年3月的《順天時報》上，有一則〈各國女學情形〉，清楚地表達了當時一些人對女學生拋頭露面的擔心：「然以深閨之弱女，浸入社會活動之中心，聳立於萬目注視之焦點，世人認為輕佻、為淺薄，或所難免，倘不慎之始，流弊所及，令女界再沉淪黑暗之世界，又未可知也。」〔註55〕

〔註49〕〈廣東女學堂試辦章程〉，《女子世界》第1年第4期（1904年），頁60。
〔註50〕〈愛國女學校補訂章程〉，收於朱有瓛，《中國近代學制史料》（第二輯下冊）（上海：華東師範大學出版社，1989年），頁619～620。
〔註51〕〈香山女學校試辦章程〉，《女子世界》第1年第7期（1904年），頁72。
〔註52〕〈愛國女學校補訂章程〉，收於朱有瓛，《中國近代學制史料》（第二輯下冊）（上海：華東師範大學出版社，1989年），頁619～620。
〔註53〕〈宗孟女學堂章程〉，《女子世界》第1年第4期（1904年），頁57。
〔註54〕參見〈擬開女學慈善會〉，《順天時報》1907年3月5日。
〔註55〕〈各國女學情形〉，《順天時報》1907年2月9、10日。

對女學生的拋頭露面，學部指責道：「現今女學方在萌芽，熱心興學者自應共體艱難，豈可以貽人口舌之事端，致生阻礙。」〔註 56〕儘管學部的這一通令採用勸誡口氣，言辭中處處標榜敬重女學生之深意與保全女學堂之苦心，但其意在抵制女學生的公開亮相，維護禮教風化。地方官府對此自然深刻領會，依樣辦理，甚至更為細緻嚴苛。1911 年，江蘇提學司發佈通告，將女學堂休息日改為每星期五，與男學堂不同日，以避免異性接觸，引發事端。並責成各學堂監督、堂長、教員、學生等，「務必自下學期開學日為始，一律遵照辦理，不得稍有違誤！」〔註 57〕廣東學臺於齊慶聽聞河南南武學堂暑假時會同附近之南武女學堂開設茶會一事，便出示諭禁，云：「近日女學始興，而一二蕩檢逾閑之女流，陽昌學生之名，陰行越禮之事。而辦理女學堂各員，又復管理不善，規則不良，予人口實。……因此，要求無論官立、民立之男女各學堂，皆當嚴分界限。倘有仍前混亂無章，經查覺，定將該校管理員等，分別刑處不貸。」〔註 58〕

在清末的女學堂中，女學生可以學習現代學科知識和實用技能，但絕不可自由交往，妄議朝政。而比之對影響社會風化的擔憂來，對女性要求政治權利的恐懼更甚。儘管清末時期女性參與政治活動還未形成潮流，但業已出現端倪。1903 年，愛國女學校、務本女學校等女學堂的學生就踴躍參加拒俄運動，〔註 59〕宗孟女學校還成立了上海對俄同志女會，由鄭素伊、陳婉衍、章同雪為總議長，會員近 200 人，清一色皆為女士。思想閘門一旦打開，再嚴格的禁令也有無能為力之時，這也是為何清政府與保守勢力試圖將接受了新教育的女性禁閉在學堂之中的重要原因。

五、結語

前已述及，清末關於女性國民身份的討論存在兩種不同的觀點：激進的觀點則認為，女性應成為女國民，享有和西方女性一樣的政治權利；溫和的

〔註 56〕〈學部通飭京內各女學堂文〉，收於朱有瓛，《中國近代學制史料》（第二輯下冊）（上海：華東師範大學出版社，1989 年），頁 674～675。
〔註 57〕〈江蘇提學司通（飭）各女學改星期第五日放假文〉，收於朱有瓛，《中國近代學制史料》（第二輯下冊）（上海：華東師範大學出版社，1989 年），頁 727～728。
〔註 58〕〈廣東學政示禁男女學生同開茶會〉，收於朱有瓛，《中國近代學制史料》（第二輯下冊）（上海：華東師範大學出版社，1989 年），頁 651～652。
〔註 59〕〈蘇報記愛國女學生參加拒俄運動〉，收於朱有瓛，《中國近代學制史料》（第二輯下冊）（上海：華東師範大學出版社，1989 年），頁 631。

觀點則認爲，女性是「國民之母」，將女性的自然屬性政治化，並將政治角色基於自然屬性之上，其目的是在將女性納入民族國家建設的同時，阻止女性直接參與政治。清政府接納了這種調和的觀點並同意興辦女學，其目的不是讓女性享受政治權利，而是教會他們履行自己的國民義務。季家珍（Joan Judge）在其對清末女性教育的研究中已指出，女性政治國民（Political Citizen）是從國家義務的角度而非個人權利的角度來解釋的，女性社會國民（Social Citizen）也是如此，它強調女性對社會的貢獻而非工作權利和消費權利。〔註 60〕本研究對清末女學堂中身體改造的考量亦表明，在國家復興的號召下，女性身體被「去性別化」，女學生們被迫放棄傳統女性的纏足、華麗服飾和妝扮等身體美學特質，融入統一的國民塑造進程中。然而，這種打著女國民旗幟的身體改造卻並不意味著女學生能獲得相應的政治權利和社會地位，他們的身體仍被排斥在社會公共空間之外，受到諸多限制。

　　正因爲國民塑造的原動力來自對國家目標的追求，以致在當時的國民塑造進程中，國民固然被視爲國家組成的必要部分，然而真正佔據核心位置的，卻絕非國民本身，而是他們所構成的有機整體——國家。國家作爲國民的整體，既享有高度的正當性，又超越任何個別國民，其意志和利益永遠高於個體國民的意志和利益。當然，對國民義務的片面強調並不是清末中國在塑造國民時的獨特現象。法國思想家托克維爾（Alexis de Tocqueville）在討論法國大革命時就已一針見血地指出了近代國家在塑造國民時的這種特徵，他說：「國民作爲整體，擁有一切主權權利；每個公民作爲個人，卻被禁錮在最狹隘的依附地位中；對前者，要求具有自由人民的閱歷和品格；對後者，則要求具有忠順僕役的質量。」〔註 61〕這一思維在清末女學堂的身體改造中的體現，便是極力鋪陳女學生作爲國民所必須具備的強健身體，同時又對女性的政治參與加以限制。理解了清末女學堂爲塑造國民而採用的身體改造策略，可對隨後的近現代歷史上各種女性身體動員機制有更深入的認識。

（作者簡介：何芳，女，上海社會科學院社會學研究所副研究員）

〔註 60〕 Joan Judge,「Citizens or Mothers of Citizens? Gender and the Meaning of Modern Chinese Citizenship」, in Merle Goldman and Elizabeth Perry, eds., Changing Meanings of Citizenship in Modern China（Cambridge： Harvard University Press, 2002）, pp36.

〔註 61〕 托克維爾著，馮棠譯，《舊制度與大革命》（北京：商務印書館，1992 年），頁 202。

三、民國女性社團研究

梅社女性詩群的形成與承續

彭敏哲

摘要：梅社是 20 世紀 30 年代，由中央大學女生成立的詩詞社。初期學宋，尚婉約，風格「窈然以舒」，抗日戰爭中二度聚合，轉爲「風人之致」。以沈祖棻和尉素秋爲主在高校教授詩詞，催生了藕波詞社、正聲詩詞社等社團。梅社成員認爲環境影響詩詞創作、詩詞乃民族精神之所繫，堅守雅正沉鬱的風格、強調詩詞創作與詩藝傳承。梅社上承清末民初東南學術，接續遺老詩人的舊學傳統，下啓當代學者詩群，爲傳統詩詞之承續做出了重要貢獻。梅社是提高詩詞素養、培養學術興趣的優良場域，在現代詩詞學發育過程中具有舉足輕重的作用。

關鍵詞：梅社；女性詩群；沈祖棻；尉素秋；正聲詩詞社

20 世紀 20～30 年代的中央大學，活躍著一批崇尚古典詩詞創作的學者與學生，逐漸形成中央大學-金陵大學詩群，黃侃主持「禊社」，吳梅師生組織了「潛社」。從 1917 年開始，從南京高師一直到中央大學、東南大學時期，中文系部分師生一直低調地堅持舊體詩詞創作，在當時被視爲堅守「舊學」的「學派」，與北京大學的新文學勢力抗衡。此外，還有一個全部由女性組成的詩詞社——梅社，這是在汪東、吳梅的影響下由學生自發成立的一個詩詞社團，由中央大學文學院學生尉素秋、王嘉懿、曾昭燏、龍芷芬、沈祖棻五人成立，之後在校內發展女性社員，最終達十幾人之多。梅社造就出代表當代一流水平的詩人，並成爲當代能傳承詩詞技藝的學者群。梅社女性詩群的形成賡續、藝術風格、詩詞理念及淵源都值得關注。

一、南京中央大學教授詩群

在古代，詩詞創作的學習一般是由先生開館收徒，學生拜師學藝。詩詞的創作被看作一門技藝得以傳承。這種方式在民國時期依然有保留，但另一種新的方式——現代大學教育也開始出現，「現代大學對於中國詞學的現代轉型有重要的推動作用。詞學課程的設置與學科體系的建構相生相成：學科體系對課程體系有規範作用，課程體系的完善對推動學科的發展、促進學術的進步意義亦不容低估」〔註1〕。大學體制下的技藝傳授，不再是一個老師來教導弟子，而是由許多位不同學術背景、不同思想觀念的大學教授來指導。這使得一個學生會接受到不同老師的觀念影響，形成多元的詩學觀念。南京中央大學-金陵大學之所以能形成具有影響的詩群，正是因為大學聚合了一大批詩人學者，培育出一批具有深厚詩詞修養的學生，如果要追溯這批學生的詩詞創作淵源，應當先考察當時的文化背景以及他們的諸位老師。

查閱 1931 年南京中央大學文學院的教職員錄，汪東擔任中央大學文學院中國文學系主任兼副教授代理院長，黃侃、王瀣、王易、胡小石、汪辟疆、吳梅擔任中國文學系副教授〔註2〕。這幾位學者，都是雅擅詩詞的行家。吳梅於 1922 年 9 月到東南大學任教，東南大學改制後在中央大學教授詞曲，教學活動一直持續到 1937 年。吳梅是典型的傳統文人，他在 1924 年起與學生組織「潛社」，1924 年到 1926 年間，有趙萬里、唐圭璋、王季思、王玉章、龔慕蘭、張世祿、陳家慶等十多人先後加入，後印行《潛社詞刊》。1928 年，汪辟疆、汪東也加入指導詩詞，吳梅則改為指導南北曲。潛社一直斷斷續續有活動，中間有停斷，後又再續，前後十多年，到 1937 年止。據《潛社彙刊同人名錄》，潛社成員共有 70 人。

吳梅非常重視創作。他的詞課也要求學生學習創作，這種傳統是從他東南大學教學起就開始了：

> 當民國十三年的二、三月間，我才是東南大學一年級生，選讀了吳瞿安先生的詞選課。先生以同學們多數不會填詞，為增加我們的練習機會和寫作興趣起見，在某一個星期日的下午，找我們到他

〔註1〕陳水雲，〈有聲的詞學：民國時期詞學教學的現代理念〉，《文藝研究》2015 年第 8 期。

〔註2〕〈國立中央大學一覽第十一種教職員錄〉，王強，《近代同學彙編錄》（第 17 冊）（南京：鳳凰出版社，2013 年），頁 298～299。

的寓處去。……隨出一個題目，叫大家試作，他更從書架上拿下萬
紅友的《詞律》，戈順卿的《詞韻》，給我們翻檢，初學填詞，困難
是很多的，有了老師在旁邊隨時指點，隨時改正，居然在三四個鐘
頭裏，各人都填成了一闋。……第二個星期上課的時候，便有同學
提議，請求先生定期給我們這樣的練習，有的同學更主張組織個詞
社。先生答應了，定社名爲潛社。〔註3〕

同時，他也是一個風雅詩意的文人，他常組織雅集，以山水之遊壯行吟之興：

　　第二次的社集，記得是秦淮河的一隻畫舫，署作「多麗」的大
船上。這船名也就是詞牌名，先生特別高興。當船由秦淮河搖到大
中橋時，他拿出洞簫，吹起那〈九轉彈詞〉來，簫聲的淒清激越，
引得兩岸河房上多少人出來看。到了大中橋畔，先生取出清初某名
家畫的李香君小像，下面是錢南垣題的幾個篆字，叫大家各填一首
〔驀山溪〕詞。直到暮色蒼茫，才移船到秦淮水榭，從老萬全酒家
叫了兩桌菜來聚餐，飛花行令，直到深夜才散。〔註4〕

這種教學方式深具古典意味，他個人的身份是現代大學的教授，但卻以古人
的雅集傳統來教育和影響學生，培養詩詞創作的興趣。

　　除開詞選之外，吳梅還開設《曲選》、《南北詞簡譜》、《詞學通論》等課
程，凡是選課的同學都可以入社，填詞作曲皆可。每學期都有幾次雅集，在
南京各處名勝，秦淮河、掃葉樓、靈谷寺、李香君故居遺蹟等地都留下了他
們的足跡。

　　在潛社存續的十年間，中央大學裏還有其他教員如汪辟疆、汪東、黃侃、
王易皆是善吟詠者。汪辟疆著有《方湖詩鈔》，汪東有《夢秋詞》，王易與弟
王浩有《南州二王詞》、《簡庵詩詞二稿》。王易與「與彭澤汪辟疆、南昌余謇、
奉新熊公哲並稱『江南四才子』，又與黃侃、汪東、汪辟疆、柳詒徵、王伯沆、
胡翔東合稱『江南七彥』。」〔註5〕他們也經常在一起集會：

　　那年的第一次重集，先生把王旭初、胡小石、王伯沆先生都拉
來作陪。爲著紀念前遊，先生特意叫我們把多麗舫定了來。社集時

〔註3〕王季思，〈憶潛社〉，王衛民，《吳梅和他的世界》（石家莊：河北教育出版社，
　　　2002年），頁72。
〔註4〕同上，頁73。
〔註5〕《二十世紀詩詞文獻彙編》編委會，《二十世紀詩詞文獻彙編・詩部》（第2
　　　輯第6冊）（成都：巴蜀書社，2011年），頁1。

還有詩鐘餘興、拈牌、葉二字，嵌第四字，冠軍是汪旭初先生的一聯
「帆隨楓葉辭牛渚，路記松牌到象州」屬對既整，韻味尤勝。王伯沆
先生素不事此道，也勉強擬了一聯「龍護一牌清萬歲，貂榮七葉漢中
郎。」……當華燈初上時，先生即席填成的那首〈商調山坡羊〉，已
經譜好了，按拍而歌，秦淮無數畫舫，兩岸笙歌，一時寂然。〔註6〕

1931 年沈祖棻入學之時，中央大學已經具備極好的舊體詩詞創作氛圍，查閱
當時的課程設置可知，吳梅在本科一至四年級開設詞曲必修和選修課程，一
年級開設《詞學概論》課，規定每兩周填詞一首。二年級時，由汪東開設《宋
名家詞》課，在課堂上講解詞的做法。在此背景之下，產生一大批長於詩詞
創作的學者，也就不足為奇了。

二、梅社女性詩群

　　1932 年秋，中央大學文學院學生尉素秋、王嘉懿、曾昭燏、龍芷芬、沈
祖棻五人成立梅社，梅社的成立和吳梅、汪東在課堂上的教學有關，尉素秋
說：「我們的填詞由被動轉為主動，由五位女同學發起，組織了一個詞社，第
一次聚會地點，選在六朝松下的『梅庵』，詞社遂命名為『梅社』，象徵五瓣
梅花。」〔註7〕梅社成立之後，每兩周聚會一次，加入的人也逐漸增多，大家
「輪流作東道主，指定地點，決定題目，下一次作品交卷，互相研究觀摩，
然後抄錄，呈吳師批改。」〔註8〕梅社的活動得到了吳梅、汪東等老師大力支
持，沈祖棻曾多次寫到梅社雅集的盛況：

記梅花結社，紅葉題詞，商略清遊。蔓草臺城路，趁晨曦踏露，
曲徑尋幽。繞堤萬絲楊柳，幾度繫扁舟。更載酒湖山，傷高念遠，
共倚危樓。〔註9〕（〈憶舊遊〉）

記梅花結社，吟情飆發。茶香酒熱，對樓外，青山一髮。看新
詞，題遍銀屏，把盞笑邀請明月。〔註10〕（〈瑞鶴仙〉）

〔註 6〕王季思，〈憶潛社〉，王衛民，《吳梅和他的世界》（石家莊：河北教育出版社，
　　　　2002 年），頁 74。
〔註 7〕尉素秋，〈詞林舊侶〉，《中國國學》1984 年第 11 期。
〔註 8〕同上。
〔註 9〕沈祖棻著、程千帆箋，《涉江詩詞集》（石家莊：河北教育出版社，2000 年），
　　　　頁 125。
〔註 10〕同上，頁 124。

梅社的活動有幾個特點，其一，她們在詞卷上不簽署自己的眞實姓名，而以詞牌作爲各人的筆名，筆名能顯示各人的特點：

霜花腴曾昭燏（1909～1964），字子雍，湖南湘鄉人，曾國藩的曾孫輩，知識淵博，風度質樸高雅，像九秋的菊花。後留學英國，成爲極有影響的考古學家，終身不嫁。1964 年 12 月 22 日，自墜南京靈谷寺塔。

點絳唇沈祖棻（1909～1977），字子苾，江蘇蘇州人。因其明眸皓齒，服飾入時，在學校使用口紅化妝，唇上胭脂，故名「點絳唇」。

釵頭鳳龍芷芬，湖南攸縣人。性情誠懇敦厚，走路姍姍細步，顫顫嫋嫋，作品中常有珠簾繡幌的名詞，故名「釵頭鳳」。

西江月尉素秋（1914～2003），江蘇碭山人。筆名「江月」。畢業後曾擔任中學教師 10 年，大學副教授、教授 28 年。嫁任卓宣，後赴臺灣，1971 年擔任國立成功大學中國文學系主任，1976 年夏退休。

此後梅社有新的女性加入：

虞美人章伯璠，江西南昌人，畢業後服務於監察院，後來轉到中國石油公司。

菩薩蠻徐品玉（1911～1996），字天白，江蘇常熟人，畢業後初教書，後嫁給報人卜少夫，轉入新聞界。1996 年 10 月 5 日病逝於香港。因其「圓圓的面孔，活溜溜的眼鏡，頗像無錫惠山的特產小泥菩薩」，故名「菩薩蠻」。

聲聲慢杭淑娟，安徽懷遠人，畢業後一直在中學擔任語文教師。解放後在重慶沙坪壩中學任教，後調到二十餘里外的楊家坪中學。文革中因其丈夫楊德翹曾居國名黨要職，於 1966 年 10 月被造反派殘殺於學校所在地。她性格嫻靜溫柔，說話溫呑，故名「聲聲慢」。

破陣子張丕環，山東臨清人，畢業後回山東教書，又回到南方，後與丈夫寄居香港。她吐詞鏗鏘有力，長於說辯，鋒芒畢露，故名「破陣子」。

巫山一段雲胡元度，四川資中人。她體態嫋娜修長，著拖地的素色長裙，望之若仙，因爲贏得這美名。

齊天樂遊介眉，福建霞浦人。她生性活潑，綽號猴子，又神通廣大，令人聯想到齊天大聖孫悟空。〔註11〕

其二，她們傚仿老師吳梅，以「雅集唱和」爲主要的形式，明孝陵、玄武湖、五洲公園、靈谷寺、臺城、棲霞山、秦淮河都曾留下了她們的足跡。

〔註11〕梅社成員資料據尉素秋，〈詞林舊侶〉，《中國國學》1984 年第 11 期。

　　這一時期梅社所存詩詞不多,「祖棻詞於其少作刪除獨多」〔註12〕,尉素
秋《秋聲集》中收錄約十首〔註13〕。但從汪東對沈祖棻的評價可知梅社時期
的諸女處於初學詩詞階段,故「覃思多暇,摹繪景物,才情妍妙,故其辭窈
然以舒」〔註14〕。她們曾同題詠燕:

〈**曲遊春**〉燕　沈祖棻

　　歸路江南遠,對杏花庭院,多少思憶。盼到重來,卻香泥零落,
舊巢難覓。一桁疏簾隔,倩誰問、紅樓消息?想畫梁、未許雙棲,
空記去年相識。

　　此日。斜陽巷陌。念王謝風流,已非疇昔。轉眼芳菲,況鶯猜
蝶妒,可憐春色。柳外煙凝碧。經行處,新愁如織。更古臺、飛盡
紅英,晚風正急。〔註15〕

〈**曲遊春**〉燕　尉素秋

　　嫋嫋雙飛處,正絮飄蝶舞,煙草凝碧。細語呢喃,對江山勝景,
脆音如滴。翠館連芳陌,新雨後,紫衣香濕。過高臺,亂蹴飛紅,
翻笑東風無力。

　　社日。春城簫笛,度十二珠簾,輕展嬌翼。頻寄銀箋,與天涯
倦侶、舊時相識。為問江南客,烏衣巷,近來消息。怕杏梁,漠漠
芳塵,難尋舊跡。〔註16〕

其辭藻意境皆古雅純正,但仍不脫離傳統意象,能看出屬初學之作。學南宋
諸家,模仿名家詞筆已趨純熟,汪東評沈祖棻此首:「碧山無此輕靈,玉田無
此重厚。」〔註17〕吳梅評尉素秋此首:「雅近草窗。」〔註18〕受老師的影響,
梅社詞宗宋,尚婉約。梅社的雅集中,詠雪花、寒蟬、燕子、菊花、紅葉等

〔註12〕沈祖棻著、程千帆箋,《涉江詩詞集》,頁4。
〔註13〕《秋聲集》作品並未繫年,根據排列順序及小序可推測為中央大學時期的詞
　　　作有〈青玉案‧秋意〉、〈踏鵲枝‧砧聲〉、〈憶舊遊〉、〈國香慢‧與社中諸友
　　　分韻詠水仙,有所指也〉、〈齊天樂‧夜雨〉、〈曲遊春‧詠燕〉、〈齊天樂‧九
　　　日登雞鳴寺,奉和霜厓師原韻〉、〈三姝媚‧菊影〉、〈水調歌頭‧登金陵半山
　　　亭,懷王荊公,亭在謝公墩上,東晉謝安所居也〉、〈霜葉飛‧紅葉〉等。
〔註14〕沈祖棻著、程千帆箋,《涉江詩詞集》,頁3。
〔註15〕同上,頁5。
〔註16〕尉素秋,《秋聲集》(臺北:帕米爾書店,1967年),頁5。
〔註17〕沈祖棻著、程千帆箋,《涉江詩詞集》,頁5。
〔註18〕尉素秋,《秋聲集》頁35。

詠物詩是練筆的常見題材。也有訪古尋幽、雅集宴飲之作，如尉素秋和吳梅有〈齊天樂‧九日登雞鳴寺，奉和霜厓師原韻〉唱和。詠物、詠史、記遊構成梅社初期的創作內容，師生常一起同題唱和。

梅社的意義重大，學生們受到古典詩詞的浸染，自發地結社，互相切磋砥礪，用清純風雅的情懷豐富了青蔥的歲月，這種純粹的、無功利的文學啟蒙使得舊體詩詞成為她們自然而然的表達方式，也因此她們有了自覺的藝術追求，詩詞創作基本上貫穿了梅社主要成員的一生，對舊體詩詞的這份熱愛成為締結師生、同學感情一項重要因素：「抗戰時期，……旭初師和『梅社』的我們幾個，常在重慶作詩酒之會。汪師曾說，『你們有了詞社，使上下幾班的女同學，不但團結不散，和老師之間也保持著密切的聯繫。從前的各班，畢業後就各處分散了。』」〔註19〕梅社締結了她們一生的友誼，更為重要的是，她們畢業之後，許多成員進入大學任教，又把這份古典詩詞的情懷傳遞了下去。正因為在堅守舊學的中央大學的保護下，詩詞創作在大學體制下才有了傳承的可能，這一點在當時新文學的環境下尤為難得。

三、戰亂中的梅社人

「時光如箭，我們畢業後詞社就分散了」〔註20〕，但這並不意味梅社人的詩詞活動停止了。1937 年抗日戰爭爆發。1937 年 8 月 15 日，南京遭受空襲，中央大學圖書館被炸。梅社的女性也有了各自的去處：沈祖棻和程千帆避往安徽屯溪。曾昭燏在於 1935 年 3 月 13 日自費到英國倫敦大學研究院攻讀考古學碩士，1937 年獲得文學碩士學位，1938 年擔任倫敦大學助教，9 月辭去助教職位，決心回國參加抗日戰爭，在昆明應中央博物院籌籌備處專門設計委員。尉素秋畢業後即前往上海。杭淑娟在沙坪壩南開中學教書，後調到二十餘里外的楊家坪中學，此後一直擔任中學語文教師。戰亂中的梅社人，其心境發生了巨大變化，其風格也隨之變化。

（一）梅社再聚

1937 年 9 月 1 日，沈祖棻往安徽屯溪避難，作〈菩薩蠻四首〉，其序云：「丁丑之秋，倭亂既作，南京震動。避地屯溪，遂與千帆結縭逆旅。適印唐

〔註19〕尉素秋，〈詞林舊侶〉，《中國國學》1984 年第 11 期。
〔註20〕同上。

先在，讓舍以居。驚魂少定，賦茲四闋。」〔註21〕其後，沈祖棻開始了亂世顛沛之旅，1937 冬至武漢，又從武漢至長沙，1938 年春又轉至益陽，5 月至重慶任貿易局科員，兩個月後，她又至巴縣界石場蒙藏學校任教。1938 年秋，沈祖棻寫下〈臨江仙八首〉，「歷敘自南京至屯溪、安慶、武漢、長沙、益陽終抵重慶諸事，極征行離別之情。」〔註22〕值得注意的是，在重慶她與汪東、汪辟疆重逢，又與梅社舊友章伯璠、尉素秋、杭淑娟相聚，梅社的雅集之風又再次回歸。

尉素秋寫道：「二十七年（1938）春天，我們相聚山城，旭初師常以他的近作見示。這時伯璠、淑娟、祖棻、丕環諸友好陸續入川。常追隨老師們登山臨水，飲酒賦詩。」〔註23〕「旭初師和梅社的我們幾個，常在重慶作詩酒之會。」〔註24〕沈祖棻作詞〈喜遷鶯〉記錄此事，序云：「亂後渝州重逢寄庵、方湖兩師，伯璠、素秋、淑娟、叔楠諸友，酒肆小集，感賦」〔註25〕，但此時的梅社諸友已早不復當年的青蔥心境，取而代之的是去國懷鄉之悲：「重逢何世？剩深夜、秉燭翻疑夢寐」、「扶醉。凝望久，寸水千岑，盡是傷心地。畫轂追春，繁華酣夢，京國古歡猶記。更愁謝堂雙燕，忘了天涯芳字。正淒黯，又寒煙催暝，暮笳聲起。」〔註26〕1939 年秋，沈祖棻與程千帆同至雅安，寄〈浣溪沙十首〉與汪東、尉素秋，其詞悲苦沉鬱，流露出國仇家恨、鄉情鄉愁。連她的老師汪辟疆都寫信勸慰她：「家國之痛，身世之感，亦不宜過於奔迸。」〔註27〕

1946 年，胡元度、尉素秋、沈祖棻又在成都聚會，沈祖棻作〈喜遷鶯〉，序云：「丙戌春，素秋至成都，漪如來回。共論舊事，兼訊新愁，因賦此闋。」〔註28〕梅社人之間一直保持著聯繫，雖不時常見面，但常有書信往來。

（二）藕波詞社

1942 年，金陵大學於戰時內遷成都，沈祖棻與在成都的八位詞家曾成立藕波詞社，並組織〈霜花腴〉雅集：「壬午九日詞，作者八人，限制霜花腴調。

〔註21〕沈祖棻著、程千帆箋，《涉江詩詞集》，頁 8。
〔註22〕沈祖棻著、程千帆箋：《涉江詩詞集》，頁 9。
〔註23〕尉素秋：《秋聲集》（臺北：帕米爾書店，1967 年），頁 109。
〔註24〕尉素秋：〈詞林舊侶〉，《中國國學》1984 年第 11 期。
〔註25〕沈祖棻著、程千帆箋：《涉江詩詞集》，頁 12。
〔註26〕同上。
〔註27〕汪辟疆：《汪辟疆文集》（上海：上海古籍出版社，1988 年），頁 622～625。
〔註28〕沈祖棻著、程千帆箋：《涉江詩詞集》，頁 92。

龐石帚先生首唱，用陽韻，和者多依之。」〔註29〕，龐石帚首唱，白敦仁、陳孝章、劉君惠、蕭印唐、高石齋、沈祖棻和之。同年歲暮，孫止畺邀請成都詩詞名家七人雅集萬里橋頭枕江樓，沈祖棻填〈高陽臺〉一首，第二日，龐石帚、蕭中侖、陳孝章、蕭印唐、高石齋、劉君惠皆和作一闋。此次雅集寫成七首〈高陽臺〉，被稱爲〈枕江樓悲歌〉，在成都各大學競相傳抄。沈祖棻稱在成都「旅寓三年，極平生唱和之樂。」〔註30〕

在 1937 年至 1945 年這一時期，沈詞較梅社時期發生巨大變化，其師汪東云：「余惟祖棻所爲，十餘年來，亦有三變：方其肄業上庠，覃思多暇，摹繪景物，才情妍妙，故其辭窈然以舒。迨遭世板蕩，奔竄殊域，骨肉凋謝之痛，思婦離別之感，國憂家恤，萃此一身。言之則觸忌諱，茹之則有未甘，憔悴呻吟，唯取自喻，故其辭沉咽而多風。」〔註31〕1937 年冬，沈祖棻寫下〈八聲甘州〉，其詞沉重哽咽，情感激烈，以「九死」、「腸斷」、「國殤」、「揮淚」、「傷心極」這樣的重語入詞，梅社時期的清麗深婉轉爲「沉咽多風」。

（三）尉素秋與曾昭燏

不僅沈祖棻如此，其實梅社人的詞風均受戰亂環境影響。汪東曾強調時局對詩歌的影響：「夫聲音之道，與政相通；情感之生，與物相應。彼處成周之盛世者，必不得懷黍離之思，睹褒妲之淫亂者，又豈能詠關雎之什？」〔註32〕所以「彼其憂歡欣戚，有不期然而然者，非作者所能自主也。」〔註33〕梅社諸子踐行著「聲音之道，與政相通」的精神，1945 年 12 月 10 日，尉素秋在《和平副刊》上發表〈沁園春〉，全詞云：

> 十載延安，虎視眈眈，赤旗飄飄。趁島夷入寇，胡塵滾滾，漢奸竊柄，濁浪滔滔。混亂中原，城鄉分占，躍馬彎弓氣焰高。逞詞筆，諷唐宗宋祖，炫盡風騷。

> 柳枝搖曳含妖，奈西風愁上沈郎腰。算才情縱似，相如辭賦，風標不類，屈子離騷。閶闔遺徽，李巖身世，竹簡早將姓氏雕。功與罪，任世人指點，暮暮朝朝。〔註34〕

〔註29〕沈祖棻著、程千帆箋：《涉江詩詞集》，頁 56。
〔註30〕同上，頁 57。
〔註31〕沈祖棻著、程千帆箋，《涉江詩詞集》，頁 3。
〔註32〕同上。
〔註33〕同上。
〔註34〕尉素秋，〈沁園春·雪〉，《和平副刊》1945 年 12 月 10 日。

此詞是在國民黨中央宣傳部「圍剿」毛澤東〈沁園春・雪〉的環境下所寫。
1945 年，重慶文藝界圍繞〈沁園春・雪〉展開了一場論戰，國民黨內許多文
人以唱和爲名，打出反對「帝王思想」的旗號，對〈沁園春・雪〉展開批評，
先後在《中央日報》、《和平日報》、《益世報》、《和平副刊》、《合川日報》、《大
公晚報》、《益世副刊》等報紙上發表了 30 多首唱和詞作，尉素秋這首就在其
中。這首詞上閱責難延安的共產黨，認爲共產黨是趁日軍入侵、漢奸汪精衛
建立親日政權時發展勢力，以農村包圍城市，毛澤東的詞作是逞強炫耀，諷
刺帝王。下閱諷刺柳亞子，說其才情雖如司馬相如，但風骨遠不如屈原，並
將其比喻爲投靠李自成的李岩。比之沈詞的含蓄婉轉，尉詞則直白激烈。不
論其政治立場的對錯，作爲一個女性，她並未將自己置於閨閣情懷、兒女幽
思之中，而是參與到男性的政治世界裏，這與汪東所說「睹褒妲之淫亂者，
又豈能詠關雎之什？」不謀而合。

　　這一時期，尉素秋的作品音節忼爽、頗具豪氣。1947 年冬，尉素秋「執
教四川教育學院，諸子親附，忽得其弟凶問，乃辭歸。諸生不忍別，餞之於
嘉陵江畔，素秋當筵賦〈水龍吟〉一閱」〔註35〕：

　　　　夕陽遠水長天，倦遊人似離群雁，西風勁疾，千山木落，飄零
　　何限，桔綠橙黃，一年佳景，者番重見。奈蕭蕭易水，衣冠滿座，
　　荊卿去，豪情換。

　　　　難忘翠陰庭院，趁清輝，夜涼開宴，春江一曲，蘭橈載酒，錦
　　箋寫怨。渺渺予懷，飄然歸去，江南池館，剩夢魂夜夜。關河萬里，
　　逐鵑聲斷。〔註36〕

汪東評此詞：「盡洗綺羅香澤之氣，幾欲神似坡公」〔註37〕。尉素秋在梅社
時期表現並不算突出：「讀詞課時，初無表現」〔註38〕，但之後頻繁寫詞，
最終呈現出「與祖棻之淒麗婉曲者異」〔註39〕的豪爽之態，這種激烈忼爽
的風格是在時局變幻、戰爭離亂、日寇侵略的大環境下所逐漸形成。

　　此期曾昭燏所存詩詞不多。其後她的興趣轉向考古學，但詩詞仍然是她
生命的一部分。1940 年，曾昭燏於雲南大理發掘蒼山洱海地區遺址，閑暇時

〔註35〕汪東著，《寄庵隨筆》（上海：上海書店，1987 年），頁 28。
〔註36〕同上。
〔註37〕同上。
〔註38〕同上。
〔註39〕同上。

作詩五首，其四〈寄懷子淋約廉柏林〉云：「金袂凌風絕世姿，參天雕柱亦威儀。一城芳草終季綠，惆悵無緣共賦詩。」「喪亂飄流各海涯，月明同動故園思。秦鬢妝鏡今猶昨，休話莫愁夜泛時。」〔註40〕同樣的家國離亂，相似的故國之思，在詩人筆下湧動，後來張約廉讀到這首詩，十分感慨：「她從來沒有寄到柏林去！可竟然錄在這短短幾頁詩存裏！讀之令人悒悒於懷」、「我一生欽佩的女詩人，也只是曾小姐一人。」〔註41〕

戰亂中的梅社人實現了「窈然以舒」到「風人之致」的轉變，儘管詩風各異，但梅社女詩人跳出了傳統女性的閨閣題材，作品鮮明地反映了重大的歷史事件和其對於時局的思考，具有強烈的時代使命感，實現由傳統閨秀詩人向現代女性詩人的過渡。

四、梅社的賡續——正聲詩詞社

梅社的創作活動是三四十年代青年知識女性對古典文學的堅守，在梅社人的心目中，古典詩詞是一種高貴的技藝，如同老師曾在大學裏教過她們一樣，她們也要將這技藝傳承下去。其中突出的典型是沈祖棻和尉素秋。

1942 年秋，沈祖棻隨程千帆到成都金陵大學任教，在金陵大學開設了詞選課，先後在金陵大學、華西大學講詩。她深受吳梅、汪東的影響，從教之後也將中央大學詩詞教學傳統延續下來，「沈師發揚吳霜崖太老師要求學生嚴的傳統，每周布置兩次作業，而且認真修改學生的習作。她從不在學生習作後面籠統地批字評好壞，而是採取圈、點、丨、×等符號以示字句之優劣。……（一）通首無一是處者，師在其題右（當時通行豎寫）置一長×；正文用單圈代為斷句，錯別字用丨號標出外，不作任何修改。但學生習作受此處理者甚少。（二）一首之半闋或數句稍具作意者，師鉤細心為之修改、潤色。大抵信筆雌黃句單圈，差可句雙圈，較佳句密點或密圈。較佳句中，師亦常為改易少許字眼，遇當對未對或對而不工處，師必為之對仗或改易數字使工。（三）遇失律字，師用丨號標出並用頂批或旁批：此處當平或當仄，或此處當作去或去上等。」〔註42〕課堂講授和批改習作是沈祖棻詩詞創作教學的主要內容，這些方法則源自於吳梅。

〔註40〕南京博物館編，《曾昭燏文集》（北京：文物出版社，1999 年），頁 314。
〔註41〕同上。
〔註42〕劉彥邦，〈師恩未報意如何・紀念沈子苾（祖棻）師誕辰九十七週年及遇難二十八週年〉，海鹽沈祖棻研究會編，《沈祖棻研究論文集》（第一輯）（2009 年），頁 29。

　　如果說梅社是青年時期沈祖棻學習詩詞創作時一種成功的嘗試，那麼正聲詩詞社就是她從教後對梅社的一種延續。在金陵大學教學期間，她與程千帆在學生中提倡詩詞創作，並成立了「正聲詩詞社」。梅社蘊育了沈祖棻的詩歌情懷，她覺得有必要成立一個學生詩詞社，來將這份古典情懷與技藝傳承下去，「一九四二年秋，子苾師應金大聘即開詞選課，不久，她就發現班上有幾位可造之材，但他們居處分散，下課後從不在一起交流學習心得。」〔註43〕詩詞社團正是同學切磋技藝的最佳平臺，於是「便去同系主任高石齋師商量如何使成績好的學生能多有機會互相研討，共同提高。商量後，石齋師便示意時任系學生會正副會長的四年級學生鄒楓枰、邱祖武和三年級成績突出的盧兆顯三人承頭成立詩詞社，吸收《詞選》班尖子楊國權、池錫胤（國專生）和崔致學（農藝系）等三人為首批社員（社裏接收社員一直本寧缺毋濫原則）。」〔註44〕

　　正聲詩詞社大致分前後兩期，前期主要由盧兆顯主持社務，聘請程千帆、沈祖棻、高石齋、劉君惠為導師。成立之後，社員就開始辦刊，《正聲》詩詞月刊第一期、第二期於1944年一、二月正式出版，刊登社員及當代詩詞名家的詩詞，每期印數為500本，200本左右分贈文化部門及親友，300本交給各大書店代售。「由於注重內容質量，特別是刊佈當代名家的作品（主要由本社導師提供），刊物極快售完。」〔註45〕1944年夏，鄒楓枰、楊國權、池錫胤即將畢業，自費編印《風雨同聲集》，冊中合刊楊國權《苾新詞》三十首、池錫胤《鏤香詞》三十六首、崔致學《尋夢詞》三十一首、盧兆顯《風雨樓詞》三十六首，沈祖棻作序。詩集出版後引起關注，章士釗〈論近代詩家絕句〉有云「沈祖棻為程氏婦，其門人已刊《風雨同聲集》詞稿。」〔註46〕之後，

〔註43〕劉彥邦，〈師恩未報意如何‧紀念沈子苾（祖棻）師誕辰九十七週年及遇難二十八週年〉，海鹽沈祖棻研究會編，《沈祖棻研究論文集》（第一輯）（2009年），頁32。

〔註44〕同上。

〔註45〕劉彥邦在〈師恩未報意如何‧紀念沈子苾（祖棻）師誕辰九十七週年及遇難二十八週年〉一文說「1943年春中，兩期刊物正式出版」。筆者查閱由海鹽沈祖棻詩詞研究會重印的《正聲詩刊四種》，其原刊封面上注明第一期為「民國三十三年一月一日出版」，第二期為「民國三十三年二月一日出版」。又，劉彥邦在為該書所作序〈抗日戰爭中的正聲詩詞社〉一文中說「一九四四年一二兩月，便編印發行了《正聲》第一卷的第一、二兩期。」〈師恩未報意如何〉一文或為作者筆誤。

〔註46〕舒位、汪國垣、錢仲聯、鄭方坤、張維屏原著、程千帆、楊楊整理，《三百年來詩壇人物評點小傳彙錄》（鄭州：中州古籍出版社，1986年），頁94。

宋元誼（四川大學中文系）、蕭定梁（金陵大學）、陳榮緯（金陵大學）、劉彥邦（金陵大學）先後加入詩詞社。

1944 年秋，前期社員大都畢業。王文才（華西大學中文系）、劉國武（華西大學中文系）、周世英（四川大學中文系）、王淡芳（四川大學中文系）、高眉生（武漢大學中文系）五人加入詩詞社。此後兩年間，每兩月選一節假日，在少城公園的茶館或新南門外枕江茶館聚會。「開會不拘形式，人人皆可暢所欲言，但當導師講話，社員們總會先靜聽，後質疑。導師之間有時對詩或詞有所辯論，我們在一旁聽了真感如坐春風，深受啓發。」〔註 47〕1944 年秋至 1946 年春，《西南新聞》闢《正聲》詩詞專欄，半月刊登一次。1946 年秋，《正聲詩詞刊》新一期編印刊行。1947 年 10 月，盧兆顯病逝，正聲詩詞社的活動漸漸終止。

正聲詩詞社是沈祖棻「行道救世、保存國粹」（吳宓評語）的歷史見證，它作爲梅社的延續，不僅表現在詩詞創作上，還體現在其對於梅社詩詞觀的繼承上。刊發於《正聲》第一期的楊國權〈論近人研治詩詞之弊（代發刊詞）〉，推崇「運當易代，痛切家國，故其發爲詩歌，幾爲血淚所凝」、「其詠一草一木，每抒身世家國之感，悲憤激烈之懷」〔註 48〕的表現時代之作；堅守「倚聲之家，但有恪守成規，平仄聲韻，悉依前制，未曾稍忽」〔註 49〕的詞律；強調「其作者當時創作所經之過程，欣賞者亦必當實身經歷，然後始能與作者當時情感密合無間」〔註 50〕的詩詞創作過程；反對「新奇怪異之理論」、「新奇怪異之創作」〔註 51〕，這與汪東、吳梅、沈祖棻的詩詞理念是一脈相承的。

梅社中的尉素秋也一直在堅持詩詞教學，「五十年來，我和詞結下了不解之緣，讀詞、塡詞、講詞、改詞，成了我經常的工作」〔註 52〕。尉素秋的教學活動從畢業後就已經開始了，1946 年，她任教於四川省立教育學院，當時，「一班愛讀書的青年學生，時常前來質疑問難，間或作些文藝活動和休閒活動，以培養生活中的藝術氣氛。我組織了一個旅行團，到遠近風景區遊賞。

〔註 47〕劉彥邦，〈師恩未報意如何・紀念沈子苾（祖棻）師誕辰九十七週年及遇難二十八週年〉，海鹽沈祖棻研究會，《沈祖棻研究論文集》（第一輯），頁 34。
〔註 48〕海鹽沈祖棻詩詞研究會重印：《正聲詩刊四種》，頁 52。
〔註 49〕同上，頁 53。
〔註 50〕同上，頁 54。
〔註 51〕同上，頁 54～55。
〔註 52〕尉素秋：〈詞林舊侶〉，《中國國學》1984 年第 11 期。

團員成份分爲以下幾種：一是我的五妹靜秋和侄兒天縱，被稱爲『子弟兵』；一是直接受業的中文系學生，被稱爲『政學系』；一是青年軍退伍復學的學生，被稱爲『黃埔系』；一是社會教育系的學生，被稱爲『社會賢達』（這是當時政治協商時黨派間的流行口語）。」〔註53〕她也會像當年吳梅一樣帶著自己的學生雅集：「旅行以夜泛嘉陵江那次最富詩意。當時塡了很多的詞。其中以徐次陶、張元卿二人的才華爲最高。徐作清新雅正，張詞進步神速。靜秋的作品則平穩妥帖，各有造詣。」此次雅集，徐次陶、張元卿、張定華、陳其檪作〈前調〉，收入《秋聲集》中。如果把這些作品也編成詩集，或許也可一觀，「只可惜當時的作品多已散佚，無從搜集了。」〔註54〕

尉素秋在 1949 年後去往臺灣，1959 年起在臺南成功大學中國文學系教詞選課程。她曾將學生的作品編印成集，並作〈滿庭芳〉爲序。1964 年夏，尉素秋組織「成功嶺夏日雅集」，中文系五十四年班的同學聚在彰化溪湖糖廠的黃天聲家中雅集，作〈憶舊遊〉1 首、〈踏莎行〉36 首，輯錄成冊。尉素秋在序中強調詩詞創作是生活的一部分：「開學之後，在詞選的課堂上，我要求大家，捕捉這段鮮明的記憶，把它譜入新詞，藉留鴻爪。爲了引起大家的興趣，我先塡〈憶舊遊〉和〈踏莎行〉各一首，讓他們酬和。把寫作活動和休閒活動打成一片，使作品不至於空洞無物，我們一向是如此的。」〔註55〕繼而，她又兼私立東海大學和中國文化學院的詞課，組織過〈雨夜之歌〉的唱和：「我們這十來個人，也想試著用自己的筆，把東海大學的一角，在春宵風雨中的情和境，剪取下來，和我們的生命聯繫在一起。」〔註56〕

尉素秋曾加入中國文化大學張其昀所創辦的「中華學術院詩學研究所」〔註57〕，並在文化大學教授詩詞創作數年。文化大學一直保留詩詞傳統，1999年成立學生詩詞社團——鳳鳴吟社，至今仍在活動。退休後她居住在臺北農村，2003 年 6 月 40 日在臺北市木柵寓所去世。《秋聲集》收錄了多次與學生雅集唱和的詩詞。

〔註53〕尉素秋：《秋聲集》，頁 119～120。

〔註54〕同上，頁 120。

〔註55〕同上，頁 56。

〔註56〕同上，頁 62。

〔註57〕據中國文化大學廖一瑾教授提供資料：「中華學術院詩學研究所」由張其昀教授創立於 1968 年，尉素秋及其丈夫任卓宣均加入。尉素秋在文化大學開設有詩詞寫作課。後廖一瑾留校任教，現擔任文化大學鳳鳴吟社的指導老師。

五、梅社的詩詞理念

梅社中代表人物沈祖棻、尉素秋、曾昭燏等人，與南京中央大學詩群中的唐圭璋、盧前、王季思、常任俠、任中敏、錢南揚這些同學或校友相比，沒有留下太多關於詩詞學的著作，她們雖然也進入了高校或研究機構擔任教職，但更熱衷於詩詞的創作和傳承。梅社人的詩詞理念在其成立初期就已經基本形成，在此後幾度聚合中又逐漸確定。

其一，環境影響詩詞創作。汪東曾強調時局對詩歌的影響：「夫聲音之道，與政相通；情感之生，與物相應。彼處成周之盛世者，必不得懷黍離之思，睹褒妲之淫亂者，又豈能詠關雎之什？彼其憂歡欣戚，有不期然而然者，非作者所能自主也。」〔註58〕沈祖棻則將這種觀點更進一步，「子苾先生認為，社會環境之於詩人，作用自然極大，但山水風土之情浸透了詩人心靈后，也往往是形成詩人風格的重要因素。對山水風土的領會，足以加深對詩人風格的瞭解。」〔註59〕社會環境與山水風土，共同影響了詩詞風格的形成。梅社成員的創作內容與環境息息相關，1949年沈祖棻決心不再寫詞，給汪東寫信：「近以大局丕變，文學亦不能不受政治之影響，標準既不相同，解人亦愈來愈少，深有會於古微先生晚年所謂理屈詞窮之戲言，因欲斷手不復更作。」〔註60〕梅社成員脫離傳統閨閣題材，作品飽含時代氣息，將個人體驗與戰爭局勢、時代動蕩緊緊聯繫在一起，「身世家國之恨打為一片」〔註61〕，正是環境影響詩詞創作的一種表現。

其二，詩詞是民族精神之所繫。汪東曾在《國立中央大學日刊》上發表〈國難教育聲中發揮詞學的新標準〉的演講詞：「要知文學者，小而言之，為一人意志情緒之所託，大而言之，即為一國民族精神之所繫。民族精神不滅，則其國恒存，反是則亡。」〔註62〕文學是國民精神的承載，在任何時期都自有功用。老師的這種觀念深入梅社女性心中，沈祖棻曾說「憶余鼓篋上庠，適值遼海之變，汪師寄庵每諄諄以民族大義相詔諭。卒業而還，天步尤艱，

〔註58〕劉彥邦，〈師恩未報意如何‧紀念沈子苾（祖棻）師誕辰九十七週年及遇難二十八週年〉，海鹽沈祖棻研究會，《沈祖棻研究論文集》（第一輯），頁30。
〔註59〕吳調公，〈吳天寥廓憶詞人〉，鞏本棟，《程千帆沈祖棻學記》（貴陽：貴州人民出版社，1997年），頁406。
〔註60〕汪東，《寄庵隨筆》（上海：上海書店出版社，1987年），頁131。
〔註61〕沈祖棻著，程千帆箋，《涉江詩詞集》，頁11。
〔註62〕汪東，〈國難教育聲中發揮詞學的新標準〉，《文藝月刊》1936年第9卷第1期。

承乏講席，亦莫敢不以此勉勖學者。」〔註63〕又在《自傳》中說：「在校時受汪東、吳梅兩位老師的影響較深，決定了我以後努力的詞的方向，在創作中寄託國家興亡之感，不寫吟風弄月的東西，及以後在教學中一貫地宣傳民族意識、愛國主義精神。」〔註64〕因此，梅社女性跳出傳統閨秀視域，觀照文學之發展、時局之變幻、民生之疾苦，把對政治時局、國家大事的關心寄意融入到詩詞裏。詩詞不僅是抒發一己之情的工具，也是民族精神的繫託。沈祖棻更是進一步表達詞體之地位：「受業向愛文學，甚於生命。曩在界石避警，每挾詞稿與俱。一日，偶自問，設人與詞稿分在二地，而二處必有一處遭劫，而寧願人亡乎？詞亡乎？初猶不能決，繼則毅然願人亡而詞留也。此意難與俗人言，而吾師當能知之，故殊不欲留軀殼以損精神。」〔註65〕

其三，標舉「雅正沉鬱」之風。沈祖棻在教學生劉彥邦詩詞時，曾指出「初學為詞，千萬莫學三李（璟、煜、清照）和蘇辛，因沒有三李的身世和遭際，學了會刻鵠類鶩；沒有蘇辛的襟抱和氣魄，學了會畫虎不成」。〔註66〕她堅決反對「輕巧」、「滑易」，認為如《花月痕》那類鴛鴦蝴蝶的言情小說中「詩詞多半帶有寒酸氣或江湖氣或才子氣」、「作詞若染上任何一氣，不病傖俗，即病浮滑，終身不藥」〔註67〕，直到這位學生學了《蕙風詞話》裏倡導的「重、拙、大」的主張，沈祖棻才說「彥邦第入手甚正確」，但仍提醒他「尤須力摒粗俗、熟濫、輕綺諸病」。〔註68〕受到中央大學教授的影響，梅社諸子的詞學理念接續常州詞派，尊詞體、崇比興、區正變，強調詞作對現實的關注與影響。沈祖棻曾在《風雨同聲集》的序言裏說：「乃本夙所聞於本師汪寄庵、吳霜厓兩先生者，標雅正沉鬱之旨為宗，纖巧妥溜之藩，弗敢涉也。」〔註69〕她所創正聲詩詞社，社名取自李白〈古風五十九首〉之一：

〔註63〕沈祖棻著，程千帆箋，《涉江詩詞集》，頁95。

〔註64〕徐有富，《程千帆沈祖棻年譜長編》（南京：南京大學出版社，2013年），頁71。

〔註65〕沈祖棻著，張春曉編，《微波辭》（石家莊：河北教育出版社，2000年），頁211～212。

〔註66〕劉彥邦，〈師恩未報意如何‧紀念沈子苾（祖棻）師誕辰九十七週年及遇難二十八週年〉，收於海鹽沈祖棻研究會編印：《沈祖棻研究論文集》（第一輯），頁30。

〔註67〕同上。

〔註68〕同上。

〔註69〕沈祖棻著，程千帆箋，《涉江詩詞集》，頁178。

「正聲何微茫，哀怨起騷人」，寄寓著詩詞的雅正觀。尉素秋也曾贊揚學生徐次陶作品「才華最高」，因其「清新雅正」〔註70〕縱觀諸女之作，「雅正沉鬱」正是梅社所堅守的藝術風格。

其四，強調詩詞創作與詩藝傳承。據吳梅的學生萬雲駿回憶，吳梅在醉後常常說：「一個人文學理論無論談得如何天花亂墜，我不會相信，他如能當場寫一篇出來，我便佩服了。」〔註71〕中央大學的教授群體都頗為強調創作才能，沈祖棻曾說：「吳梅對我的影響是使我愛好及學習詞曲（《履歷表》)」〔註72〕正因為老師們都在身體力行著詩詞創作，並看重詩詞技藝的傳承，梅社人才會以此為己任，在其後的教學生涯裏踐行著老師們的期許。汪東曾對尉素秋說：「我看重女子教育，認為是改造社會國家的一個根本問題。現在我老病侵尋，要做的事太多。你一直服務教育界，希望勝利復員之後，實踐你的諾言，為我所計劃的教育事業盡力。」〔註73〕後來尉素秋在〈詞林舊旅〉一文中說：「我自己雖無能，卻一直為了延續詞的命脈，奉獻其餘年。盼望與此中同道，共同努力，莫讓這一脈藝術生命，枯萎在我們這一代人手裏。」〔註74〕透露出梅社人承續舊體詩詞的歷史使命感。

梳理梅社成員的詩詞理念，進而審視其發生和存續過程，還有一些值得關注之處。其一，梅社的形成不是孤立的，是「潛社」、「禊社」蘊育了它，而它又催生了藕波詞社、正聲詩詞社等社團。如果放在二十世紀漫長的文學史中，梅社是接續晚清民國遺老詩人和新中國學者詩人的一個過渡階段，它上承東南學術的舊學傳統，下啓 1949 年後的學者詩群創作，是保留「國粹」不可或缺的一代，為傳承舊體詩詞做出了重要貢獻。其二，梅社成員各有成就，沈祖棻被推舉為「千年來女性作者的集大成者」〔註75〕，她在中央大學詩群裏一度佔有核心位置，對劉永濟、唐圭璋、程千帆等人的文學創作和研究也產生了影響。尉素秋在臺灣久負盛名，在詞的創作上有不俗表現，其人其作也當進入詩詞史。其餘徐品玉、曾昭燏等活躍在文壇或學術界之中，在

〔註70〕尉素秋，《秋聲集》，頁 120。

〔註71〕萬雲駿，〈悼瞿安師〉，王衛民，《吳梅和他的世界》（石家莊：河北教育出版社，2002 年)，頁 50。

〔註72〕徐有富，《程千帆沈祖棻年譜長編》（南京：南京大學出版社，2013 年)，頁 71。

〔註73〕尉素秋，《秋聲集》，頁 110。

〔註74〕尉素秋，〈詞林舊侶〉，《中國國學》1984 年第 11 期。

〔註75〕葉嘉瑩，〈從李清照到沈祖棻——談女性詞作之美特指的演進〉，《文學遺產》2004 年第 5 期。

各自的領域裏有所成績。其三，梅社是現代大學蘊育出來的文學社團，與歷史上所有詩詞社最大的不同是有大學教授指導。在現代大學環境中，在教授詩家指導下，學生們結社唱和，是現代大學教育中提高詩詞創作水平、培養學術興趣的優良場域，是現代詩詞學觀念與學科體系形成的一種重要方式。

（作者簡介：彭敏哲，女，中山大學中文系博士生、新加坡南洋理工大學國立教育學院研究助理）

天津基督教女青年會教育事業評析
——基於報刊資料的初步考察

趙天鷺

摘要：基督教女青年會是國際性的基督教社會服務組織，自 1855 年在英國創立後，開始在全球拓展會務。19 世紀末，該會由美國傳入中國。天津基督教女青年會成立於 1913 年，成立初期即對婦女教育傾注了不少精力。至 30 年代，女青年會不但形成了由所屬教育部、服務部、職工部分別指導的完整的社會教育體系，還開始嘗試辦理幼兒、小學教育等基礎教育事業。女青年會創辦的教育事業，持續時間長，不僅爲城市不同民族、階層的女性提供了多樣的教育資源，也積極回應了國家、社會的現實需要，做出了力所能及的貢獻。

關鍵詞：女青年會；天津；教育；社會服務

    基督教女青年會（Young Women's Christian Association，YWCA），係基督新教社會活動機構。1855 年由金奈爾德夫人（Mary Jane Kinnaird）創立於倫敦，最初只進行宗教和社會服務工作，不久傳到德國、美國等地。1894 年，世界基督教女青年會在英國成立，總部設在日內瓦。中國基督教女青年會是由美國傳入的。1890 年，杭州弘道女中組織了中國第一個學校女青年會。至 1920 年，全國已有市會 12 處、校會 89 處。1923 年，第一次基督教女青年會全國會議在杭州召開，成立了中華基督教女青年會全國協會，會址設於上海。〔註 1〕女青年會的宗旨是：「本著基督精神，促進婦女德、智、體、群四育發

〔註 1〕參見陳秀萍，《沉浮錄——中國青運與基督教男女青年會》（上海：同濟大學出版社，1989 年），頁 6～7。

展，俾有高尚健全的人格，團契的精神，服務社會，造福人群」。其會訓為「爾識真理，真理釋爾」。

天津基督教女青年會成立於 1913 年 3 月。創辦之初，人事、經濟等大權皆掌握在外國人手中。總幹事及各部負責人，都由美國人擔任。1927 年，張文忠女士接任總幹事職務，是為第一任中國總幹事。〔註 2〕該會成立之初，即根據社會需要，陸續開展了眾多的社會服務事業，其中關於婦女教育的實踐活動，佔據了較為突出的位置。迄今為止，國內學者對女青年會的研究，大多集中於中西幹事群體、勞工事業等方面。在空間分佈上，又以上海、廣州為多。〔註 3〕筆者即擬以相關報刊資料為中心，對天津女青年會教育事業的基本情況進行初步探索，並嘗試分析其發展的地方特色與內在邏輯。

一

天津女青年會所辦教育事業，首當其衝的便是名目眾多的教育班，其歷史最早可追溯至該會成立之時。「本會設辦的日校，已十有七載的歷史，完全是補習性質。設有英文、漢文班，彈琴、打字、速記班、中西烹飪各班。」〔註 4〕教育班由女青年會所屬教育部辦理，以培訓各類技藝和助學為目的，一般為有償服務，面向全社會開放，學習完規定課程並考試合格後，可獲得女青年會頒發的證書，方便學員升學或謀職。

〔註 2〕 參見李新建、漢文起，《天津宗教史》（天津：天津人民出版社，2013 年），頁 280～281。

〔註 3〕 參見王麗，《中華基督教女青年會幹事研究——以 20 世紀二、三十年代為中心》（北京：首都師範大學，2005 年）；鈕聖妮，〈近代中國的民眾團體與城市女工——以中華基督教女青年會的勞工事業為例（1904—1933）〉，《東嶽論叢》2005 年第 3 期；周蕾，〈服務社會，造福人群——女青年會的勞工事業和鄉村事業之歷史考察（1927—1937）〉，《世界宗教文化》2009 年第 1 期；趙曉陽，〈20 世紀上半葉中國婦女的啟蒙與覺醒——以上海基督教女青年會女工夜校為對象〉，《中華女子學院學報》2010 年第 3 期；陳建林，《廣州基督教女青年會的社會活動研究（1912—1949）》（廣州：廣州大學，2011 年）；馮蕾，《戰後上海中華基督教女青年會托兒所研究（1945—1949）》，（上海：上海師範大學，2014 年）。當前學界對天津女青年會的研究極少，可參見陳瑋，〈民國時期天津基督教女青年會相關問題探析（1913—1949）〉，天津市檔案館，《天津檔案與歷史》（第 1 輯）（天津：天津人民出版社，2008 年），頁 87～93。

〔註 4〕 〈教育部的概況〉，《天津基督教女青年會會務季刊》第 11 期（1930 年）。

圖 1　天津女青年會所辦各類教育班

（圖片來源：《天津女青年會卅週年紀念刊》，1943 年）

　　教育班的服務對象，大多爲無暇進行學校教育的職業女性與家庭主婦，爲其提供所需的技能培訓。教育班種類繁多，週期性開辦，並不斷增加科目。1935 年 12 月，女青年會召開教育委員會，對教育班進行了分科管理：「教育班方面暫分三科，即普通科、家政科及體育科。普通科設英文班、漢文班、婦女千字課班、鋼琴班；家政科設家庭經濟常識、家庭簿記班、中西烹飪班及手工班；體育科分理論班、技術班。」〔註5〕教育班的繁榮，甚至一直延續到抗戰時期。據前總幹事鄭汝銓回憶，「這一時期教育班在原來的基礎上辦得更活潑多樣，語言類的有英語、法語、日語、德語、俄語、中文、中英文打字班；技藝類的有刺繡、繪畫、手工、中西烹飪等班；音樂類的有音樂、鋼琴、小提琴、吉他、芭蕾舞等班；助學類的有語文、算術等班……到 1938 年，參加各教育班的學員有 260 多人，比 1931 年的 130 人增加了 1 倍。」〔註6〕

　　女青年會爲各類教育班制定了不同的學制、學費政策，並酌情聘請了相關領域的專家進行教授。如 1935 年秋季，女青年會教育委員會規定，「英文班由初學起，四年畢業，畢業後之程度與高中相等，並聘英文專家爲教員。漢文班分初級及高級，初級由初學起，至高級，亦定四年畢業，課程採用選

〔註5〕〈女青年會昨開教委會〉，《大公報》第 11 版，1935 年 12 月 13 日。
〔註6〕鄭汝銓、莫振良，《鄭汝銓回憶錄》（天津：天津人民出版社，2012 年），頁 56。

科制，聘國學專家擔任教授。」〔註7〕學費方面，各教育班不一，但大體較爲便宜。如 1937 年春季開辦的中西烹飪班，「中國烹飪班材料費每季十二元，學費免收，另有報名費一元，每星期教授兩次，共爲十二次。西國烹飪材料費九元，學費免收，每星期授課六次，每次二小時。」〔註8〕教員方面，女青年會也在該會內外網羅了不少專家，以保障教學質量。如中餐烹飪班「聘定該會會員王長信夫人爲主任教員。因王夫人對於烹飪一項。富有研究。可謂烹飪良帥。」〔註9〕口琴班「由名口琴家常學墉先生擔任教授。常君爲我國名口琴家，曾任上海光明口琴隊指揮，上海市公開口琴比賽會評判員。」〔註10〕南胡班「由南胡名家丁先生擔任教授，丁君曾在日本及上海天津等地公演，極受歡迎。」〔註11〕不唯如此，女青年會有時還會有意識地引導人們對某一學科產生興趣，拓展教育班的種類：「本市女青年會……茲爲引起會員研究攝影興趣起見，特於今日上午十時，請王卓先生在該會講演『攝影意義與興趣』，當時並作一臨時之攝影展覽，更希望能引起會員之攝影興趣，聞該會不久即有一攝影班實現，以使有志於斯道者，從事研究。」〔註12〕各教育班的學員，大多爲中國女性，但部分課程也獲得了不少外僑女性的青睞，中國烹飪班即是一例：「初次加入此班者，計有英、德、美、日、法的婦女，共十一人。首次所做的是拔絲山藥，又有口蘑鍋巴湯。做成之後，每人共嘗試之。以後每星期開一次，每次均有兩樣菜。如芙蓉雞片、糖醋溜魚，各式各樣家常飯菜等，皆得各友邦女士所歡迎。」〔註13〕

女青年會在開班授課之餘，還鼓勵各教育班學生組織各種小團體，用以聯絡感情、豐富課餘生活。這些小團體，「學生可隨意參加，藉此可利用閑暇時間，而增進課外智識。」〔註14〕

〔註7〕 〈女青年會昨開教委會〉，《益世報》第 14 版，1935 年 9 月 7 日。

〔註8〕 〈女青年會中西烹飪班開課〉，《大公報》第 13 版，1937 年 4 月 19 日。

〔註9〕 〈女青年會之新事業 重設中餐烹飪班〉，《大公報》第 4 版，1925 年 2 月 22 日。

〔註10〕 〈女青年會口琴班定期授課 網球場亦將開幕〉，《大公報》第 16 版，1935 年 4 月 9 日。

〔註11〕 〈女青年會組織南胡班〉，《大公報》第 13 版，1935 年 8 月 11 日。

〔註12〕 〈女青年會近訊〉，《大公報》第 18 版，1935 年 4 月 13 日。

〔註13〕 〈教育部的概況〉，《天津基督教女青年會會務季刊》第 11 期（1930 年）。

〔註14〕 〈女青年會工作頗活躍 組織各種小團體〉，《益世報》教育與體育版，1934 年 9 月 24 日。

各班學生，除在日校上課，相聚的時機很少。因此我們組織一個友誼團，團長、書記、司庫等職員，皆由學生推舉。每星期聚會一次。目錄內容有美文談話、歌詩、手工、戲劇、故事、參觀工廠等等。上期友誼團團員最有興趣的成績，就是研究天津歷史。團事分工調查天津的名勝地方、工商業、出入口貨及物產，調查完畢，將結果報告大眾，並將物產的原料貼在紙上展覽，很覺有趣。〔註15〕

又如1931年組織的暑假師生旅行團，「參加的二十人，先由馬場道河沿，坐小船出發，經過南開一帶；我們先遊一周，然後將兩船緊靠，同進晚餐，歡笑彈唱之聲，一時並起。天時漸晚，明月卻分外明亮，笑語聲鼓掌聲，不絕於耳，直至九點三刻，方盡興而散。」此外，學生在每日課程之外，每星期五還安排有演講活動：「講題依照學生的興趣而定。前已講過『花的布置法』、『西方禮節』、『飯桌的陳設』及『西方婚喪的典禮』，藉此交換意見，增長學識。」〔註16〕

隨著女青年會會務不斷擴展與完善，該會在開辦各類培訓學校外，開始涉足天津的幼兒與小學教育領域。早在1929年，時任女青年會總幹事的陶玲即有創辦幼兒園的意願，「奈因經濟問題，且無相當人才，屢為中止」。幸遇「該會會員單劉中權女士，係南京第一女師幼稚師範高材生，曾任旅寧美僑幼兒園等教職，對於幼兒教育學識經驗，根底甚深，極願與陶女士合作創辦幼兒園，暫時附設在該會，將來再圖擴充。」〔註17〕1935年，女青年會幼兒園——幼光幼兒園正式成立。開辦之初，「僅有二十幾個學生，教室亦僅一間」，此後歷經擴充，不斷成長。至1937年初，「學生增至四十幾人，因為教師領導有方，學生的程度，都超過水平以上。該園現由女青年會教育組主任張維亞女士主持，教員兩位，一為方熟琴女士，一為姚含芳女士……該園授課時間，為半日制，每日上午九時至十一時半，下午照例無課，學費每期為十二元，另外還有點心費、雜費及檢查費等，學生多半是中產以上家庭的子弟。」〔註18〕

1938年春，女青年會成立了第一所正規小學——培育小學。初期為初級

〔註15〕 〈會員部事跡〉，《天津基督教女青年會會務季刊》第11期（1930年）。

〔註16〕 〈會務報告‧教育部〉，《天津基督教女青年會會務季刊》第12期（1931年）。

〔註17〕 〈女青年會幼兒園 九月八日報名截止〉，《大公報》第5版，1929年9月6日。

〔註18〕 〈津市幼兒園巡禮（續）〉，《大公報》第6版，1937年2月20日。

小學，設三個年級共 3 個班，學生 100 餘名，聘請女青年會董事、教育學專家王哲希女士擔任校長，課程與普通小學完全一樣。該年秋季又增設四年級，隨著學生人數增多，學校由女青年會遷出，最終定於馬場道津沽大學後街，並逐漸發展爲當地小有名氣的私立學校。該校對貧困兒童可免費入學，並提供獎學金加以扶助，爲淪陷時期的兒童就學提供了些許幫助。〔註19〕

二

除卻興辦培訓班、介入基礎教育，天津女青年會教育事業的另一個重要內容，即是爲城市貧民開展的各類義務學校。具體而言，其主體可分爲針對失學女童而開展的工讀女校、爲城市工廠女工開辦的職工學校，以及與天津其他社會團體協同辦理的平民教育工作。

作爲近代中國北方的工商業大城市，天津的學校教育，不可謂乏善可陳。然而，對廣大貧苦民眾而言，受教育的機會依然微乎其微。有鑒於此，女青年會向來重視對底層女性教育工作的扶助，這在該會整個教育體系中佔據了十分重要的位置。「天津爲通商大埠，人煙稠密，雖云學校林立，而求學之困難仍未稍減。至女子更覺不便。本會抱四育宗旨，創設教育各班，以應女子之需求。於民國六七年之間每季入學人數平均五六十名，入班學生不僅女士，一般失學婦女投入者占全校學生二分之一。」〔註20〕

女青年會所屬服務部辦理的工讀女校，經歷了一段較爲複雜曲折的過程。1916 年春，女青年會董事王老太太提議設立貧民女子小學於東北城角三多街會所，是時定名爲「育華女校」。授課半日，不收學費，因限於地勢，只收清貧幼女 30 餘人。1917 年，會所房間不敷應用，學校移至意租界，暫借倉門口中華基督教會房間。1922 年，因倉門口教會需用房間，該校一度停辦。1923 年，言忠芸女士來津擔任服務部幹事，先是借得東門外公立女醫局課室復課，並在女校中開設縫紉所，「招收本埠幼女練習生，額數暫以二十名爲限，年齡十二歲至二十歲爲合格，習學之課程：（一）國文（二）習字（三）算術（四）縫紉（五）手工。學費及一切雜費，均行免收，每日午間備有早餐，亦不收費，凡習學三個月者，並酌與工資。」〔註21〕轉年，女青年會租定城內鼓樓西九道

〔註19〕 參見鄭汝銓、莫振良，《鄭汝銓回憶錄》，頁 57～59。
〔註20〕 《天津基督教女青年會十五周紀念特刊》（1928 年）。
〔註21〕 〈女青年會添設縫紉所〉，《益世報》第 11 版，1923 年 8 月 14 日。

灣胡同，將女校與縫紉所合併，定名爲工讀女子小學校。此後校務大興，校址又移至南馬路翟家五條胡同。該校課程半日讀書、半日手工，學級遵照教育部新學制，四年卒業。「學生所讀課程有國文、國語、算術、英文，所作手工則有床單、枕套、手巾、臺布、圍嘴以及各種繡花。更於工讀外，每星期五開少女團會一次，交換知識聯絡感情，得益非淺也。」〔註22〕學生畢業後，「家境困難者介紹練習商業，藉謀生活，其餘學生均考升各高級學校肄業。」〔註23〕

與教育部所辦各類培訓學校相似，服務部所辦工讀女校的學生，也有較爲豐富的學生課外活動。如1931年4月初舉行的師生旅行：

> 天時朗爽，氣候和暢，師生六十餘人，分坐兩船，談笑聲中，已到西沽北洋大學，乃於森林之中，覓一草亭，息焉！遊焉！唱歌、遊戲之外，共食野餐，午後皆徘徊桃堤間，賞玩桃花，花雖略殘，香味猶濃，令人有樂不欲返之慨，鐘鳴者五，始行回校。

又如該年6月舉辦的師生懇親會：

> 六月二十七日下午四時，在該校（南門外翟家五條）開師生懇親會，陳列學生手工（床單、手巾、對枕、臺布、圍嘴等）和文字的成績（小楷、大楷、做法、綴法、尺牘）家長參觀各生的成績，極感激學校設施的適宜，並引起對子女入學的責任。餘興則有學生的唱歌、雙簧表演，濟濟蹌蹌，居然學有所得，極爲學生家長所贊許，到會者除學生外，計有百二十餘人。〔註24〕

除卻貧困失學女童，女青年會還專爲工廠女工開辦了職工學校，由該會所屬職工部負責辦理。1927年，女青年會全國協會指派美國幹事章秀敏（L. Johnson）和中國幹事陶玲來津調查女工生活狀況。調查者將天津女工做工的情況分爲6類，即棉紗廠、捲煙廠、火柴廠、花生廠、制服廠、商店。其中棉紗廠女工人數最多，還雇有14歲以下的女童，每天工作12小時，工錢2角至3角5分，最多可得4～6角；捲煙廠女工，每天做工10小時，工錢4角；火柴廠女工中有12歲以下女童，每日做工11～12小時，工錢僅有40～100枚銅錢；花生廠女工每天做工11～13小時，工錢每天最多不超過70枚銅錢；制服廠的女工，

〔註22〕〈工讀女校過去與現在〉，《天津基督教女青年會會務季刊》第10期（1930年）。

〔註23〕〈服務部設立女子小學起原〉，《天津基督教女青年會十五周紀念特刊》（1928年）。

〔註24〕〈會務報告·服務部〉，《天津基督教女青年會會務季刊》第12期（1931年）。

每日的工錢約為 60～100 枚銅錢；商店女工每天做工 15～16 小時，每月可得薪酬 2 元，包住宿，每日供給兩餐。〔註25〕足見當時天津女工境況之悲慘。

表 1　天津女青年會所查女工每日工作時間表

（由 30 工廠內 9340 名工人平均計算）

小　時	8	9	10	11	11.5	12	12.5	13〔註26〕	15～16	無限制
長年工作	58	22	2040	65	1010	2580	70	12	50	—
短期（月季）工作	—	70	—	1155	—	—	58	329	750	1050
總　計	58	92	2040	1220	1010	2580	128	332	800	1050

（資料來源：陶玲，〈天津勞動婦女生活概況〉，《女青年報》1928 年第 7 卷第 5 期）

表 2　天津女青年會所查女工工資表（由 25 廠內 6357 女工內平均計算）

工　資	短期做工	常年做工	總　計
2 角以下	1553	200	1753
2～4 角	50	2532	2582
4～5 角	—	3022	3022

（資料來源：陶玲，〈天津勞動婦女生活概況〉，《女青年報》1928 年第 7 卷第 5 期）

　　經由此番調查，女青年會提出了以下兩點工作計劃：「（一）女工俱樂部以智、德、體、群、娛樂為宗旨，使已倦之身體得以重復原狀，於遊戲交際間，俾其女工個人領袖才能得有發展（二）設立平民學校使女工得機向學。」〔註27〕至 30 年代初，職工部工作人員在西沽公理會、河東新民學校和小劉莊德源里租賃房舍，設立了 3 所職工補習學校，招收學生百餘名，於每日工餘時間，習讀 2 小時，每星期 5 次。課程方面，「初級，讀《千字課》、算術。完畢，讀國語、算術、尺牘。」〔註28〕女青年會職工部所開辦的職工學校，

〔註25〕參見王可卿，《天津基督教女青年會——一個社會學的分析》（北京：燕京大學法學院社會學系，1939 年），頁 57～58。

〔註26〕該列數據疑有誤，此處從原文。

〔註27〕〈職工參觀記〉，《天津基督教女青年會十五周紀念特刊》（1928 年）。

〔註28〕〈職工部進行的方法〉，《天津基督教女青年會會務季刊》第 11 期（1930 年）。按：《千字課》即《平民千字課》，近代著名平民教育家晏陽初所編。晏陽初（1890～1990），先後就讀於香港聖保羅書院（香港大學前身）、耶魯大學、

毗鄰女工較爲集中的工廠地段，三校具體情形如下：

> 西沽職工學校。校在丹華火柴公司旁，其餘各小工廠，「織襪、織布、糊盒等廠」亦所在多有。所收的學生也多是這工廠的職工。他們的工作，多半在家庭，時間稍爲寬容，到校讀書較爲便利。

> 河東職工學校。地址在大王莊，鄰於英美煙公司。所收的學生多半是英美煙公司的職工。以該公司工作的時間短，工作覺輕，她們在工餘入學，非常踊躍。前因統稅的問題，工廠停工兩個月，工友因生活問題，多遷就他事，致影響本校學生。到十一月該公司開工，本校也漸漸恢復舊觀。

> 小劉莊職工學校。鄰近裕元紗廠。入校的學生也多係該紗廠的職工。以該廠工作時間稍長，對於入學，不免有種種的困難。[註29]

女青年會職工教育的特殊性，在於這項工作也被納入到該會整個勞工服務事業的範疇之中。爲解決城市女工的生活問題，女青年會職工部人員在興辦教育的同時，也隨時對女工進行訪問，並爲其設立義務診療所，聘請醫生檢查身體。「全潤普、劉純懿兩女士，曾到衛生局助產學校，實地習學家庭衛生常識法，然後到劉莊去實行。並定每星期內請義務大夫施診一次。」[註30]小劉莊的診療所，「每星期二上午施醫，每星期只有一次。自設立迄今，統計本處治療者，共有八百餘人。」[註31]1935年，裕元紗廠停工，小劉莊勞工學校的學生飽受失業痛苦，一家生計無法維持。女青年會此時又積極爲女工尋找出路，「向東亞毛織公司捐得毛線五磅，由教員分期教授習織毛線。」[註32]其間種種服務內容，可謂十分細緻周到。

與女青年會其他各類學校一致，職工學校也有其專屬的課外活動。如每月四次的團會，其中「每星期選兩勞工女友研讀報章，在團會時報告。俾使女工有讀報章之習慣。而未讀報章之女工亦能有相當常識。」[註33]此外，

　　　普林斯頓大學，獲政治學碩士學位。1920年回國，在中國基督教青年會中主持推行平民教育工作。《千字課》在國內銷售100萬冊，是當時平民識字的流行教材。

〔註29〕　〈各校狀況〉，《天津基督教女青年會會務季刊》第11期（1930年）。
〔註30〕　〈各校狀況〉，《天津基督教女青年會會務季刊》第11期（1930年）。
〔註31〕　〈會務報告‧職工部〉，《天津基督教女青年會季刊》第13期（1931年）。
〔註32〕　〈會務鳥瞰‧天津〉，《女青年報》第14卷第6期（1935年）。
〔註33〕　〈會務鳥瞰‧天津〉，《女青年報》第12卷第10期（1933年）。

尚有遊藝會表演，如 1935 年大王莊、小劉莊學生共同舉辦的遊藝會，「內容有清唱，故事，唱歌，及新劇等節目，由兩校勞工學生分別擔任表演，除遊藝外，同時並展覽各生日常作業之成績，歡迎各界屆時前往參觀，聞票價僅售一角云。」〔註 34〕而一年一度的勞工節慶祝大會，更是職工學校學生重點慶祝的節日。1935 年的勞工節大會於 5 月 5 日下午舉行，「由勞工委員會委員長金惠生太太主席，小劉莊勞工學生唱歌及談話表演，並由大王莊學生主演新劇『鋤頭健兒』，並於是日展覽兩校作業成績，到會者八十餘人。」〔註 35〕大王莊學生演出的新劇，「劇情係描寫鄉人之迷信，極有興趣，該劇完全在各生工作之暇所練習，一切表情作做，均能恰到好處。」〔註 36〕抗戰爆發後，因侵略軍的干擾，職工學校被迫停辦。1938 年，女青年會在法租界 59 號平民服務所開設義務初級小學，是爲職工學校事業的一種延續。〔註 37〕

圖 2　天津女青年會職工部幹事

（圖片來源：《北洋畫報》1930 年第 577 期）

〔註 34〕〈女青勞工學校　定今日舉行遊藝會〉，《大公報》第 13 版，1935 年 11 月 30 日。
〔註 35〕〈會務鳥瞰·天津〉，《女青年報》第 14 卷第 6 期（1935 年）。
〔註 36〕〈女青年會今日舉行勞工節紀念　勞工學生演新劇〉，《益世報》第 5 版，1935 年 5 月 5 日。
〔註 37〕參見鄭汝銓、莫振良，《鄭汝銓回憶錄》，頁 59。

　　除自行辦理教育事業，女青年會也曾積極參與天津地區的平民教育實踐。在 1923 年女青年會第一次全國大會通過的決議案中，關於平民教育的部分，即做出了如下說明：「(一) 各處城市女青年會應盡力提倡平民教育，並且應當與其他各機關聯絡而進行全城的平民教育運動。(二) 平民教育運動，不獨以使人能識字為目的，也應使人有生活上需要的知識。(三) 協會應竭力協助各市會以進行平民教育的事業。」〔註 38〕翌年，在地方官紳的支持下，天津基督教青年會〔註 39〕發起平民教育運動，「預定以五年或十年之期間，使天津全埠平民，均有普通知識。」〔註 40〕此後，在青年會、女青年會、匯文學校、西門內福音堂中設立了平民教育機構。至 1928 年，女青年會的平民學校已成立 10 處，分散全城，學生人數 260 餘，年齡自 12～48 歲不等。〔註 41〕畢業生有志再往求學者，「有赴該會所設的工讀學校的，有赴民立小學的。」〔註 42〕

　　除卻上述常設的教育機構，女青年會還依據形勢的需要，開辦過不少臨時性的教育實踐活動，尤其是在時局不穩的戰亂年代。1924 年，第二次直奉戰爭爆發，難民大量湧入天津。女青年會「對於難民供給衣食住外，更為該項難民們的男女孩童設有千字學校和遊戲。對於成年婦女亦擬設縫紉手工班，以免終日閒著無所事事的弊病。每日有醫生來，為他們診治病痛，並向她們演講衛生常識。每日除幹事和管理員服務外，又有該會董事和熱心的會員們擔任著教育、照料和其他各種事項。」〔註 43〕1933 年長城抗戰期間，女青年會「特組織救護班，請公立女醫局丁院長主講，自一月十六日起（星期一），每日下午二時至三時，至二十一日為止，共講六次，凡該會會員及十四歲以上之各校女生，均可及時加入學習。」〔註 44〕1936 年綏遠抗戰，女青年

〔註 38〕〈女青年會第一次全國大會之議決案〉，《中華基督教女青年會第一次全國大會記錄》（上海：女青年會全國協會書報部，1924 年），頁 180～181。

〔註 39〕基督教青年會（Young Men's Christian Association，YMCA）是全球性基督教青年社會服務團體，迄今已有 170 多年的歷史。自 19 世紀末傳入中國以來，青年會在全國各地建立會所、開展社會服務工作，在傳播西方文明、改良中國社會等方面做出了一定的貢獻。天津基督教青年會成立於 1895 年，是中國第一個城市青年會。

〔註 40〕〈平民教育之奮興運動〉，《大公報》第 6 版，1924 年 2 月 24 日。

〔註 41〕〈會務新聞‧天津〉，《女青年報》第 7 卷第 7 期（1928 年）。

〔註 42〕〈會務新聞‧平民教育〉，《女青年報》第 7 卷第 2 期（1928 年）。

〔註 43〕〈會務新聞‧天津〉，《女青年報》第 5 卷第 2 期（1926 年）。

〔註 44〕〈本市女青年會開設救護訓練班〉，《大公報》第 11 版，1933 年 1 月 14 日。

會又「組織護士訓練班……每星期三及星期四上午九時至十一時上課,凡各界婦女有志參加,均可隨時至該會報名。」〔註45〕

餘 論

天津女青年會的教育事業,體系宏大,時間長久,且帶有鮮明的社會服務色彩。該會對婦女教育的重視,大抵與其婦女解放理念密切相關。「本會的宗旨,是本著男女平等的原則,發展女子人格,為國家服務,打倒數千年輕視女子的惡習……本會一方面為被壓迫的婦女謀解放,一方面培養德、智、體、群四育健全人格的婦女,以期發展婦女固有之天才,因此會中設有各種教育班、研究團、服務團、演講會及交誼會等,以增進婦女界對社會國家服務的機關與技能。」〔註46〕易言之,教育一直被女青年會視為解放婦女、服務社會與國家的根本方法。

作為一個基督教團體,宗教教育在天津女青年會中也理應佔有一席之地。然而該項教育似乎開展得並不那麼出彩。「近年來,查經班事項屢次奮興,屢次渙散。考其原因,不失於教材缺乏,即失於領袖難得。不能應人的需要,引不起人的興味。」〔註47〕事實上,與青年會類似,隨著該組織社會服務事業的不斷擴展,其宗教色彩也在不經意間日漸削減。相反,女青年會逐漸演變成一個聯結社會各界人士,為「女界」共同體尋求幸福的婦女社會服務團體。「女青年會是一個很好的橋樑,一方面拉著有錢人的手,聯繫著有權有勢的『貴夫人』、『幸運者』,另一方面拉著沒有錢人的手,聯繫千百萬無權無勢的『不幸人』。把有錢人的錢,用在沒有錢人的身上……女青年會是一個唯一的婦女團體,對於婦女工作有一定的貢獻。」〔註48〕

當然,女青年會的教育事業,也並非一帆風順。無論是哪種教育機構,其規模皆十分有限,總是難以惠及更多的人群。究其原因,與女青年會自身財力的缺乏有關。天津女青年會成立後,直到 1935 年才在英租界海大道建起獨立會所,獲得穩定的活動和辦公地點,在此期間,竟出現了「會所五遷」

〔註45〕〈各地熱烈捐款〉,《大公報》第 4 版,1936 年 12 月 1 日。
〔註46〕〈介紹為女界服務之天津女青年會最近工作之一斑〉,《益世報》社會服務版,1934 年 9 月 23 日。
〔註47〕〈會務新聞・天津〉,《女青年報》第 5 卷第 5 期(1926 年)。
〔註48〕鄭汝銓、莫振良,《鄭汝銓回憶錄》,頁 200。

〔註49〕、靠租賃房屋進行活動的特殊經歷。頻繁的遷徙，對女青年會會務的發展產生了一定的不良影響，而建設新會所又讓女青年會負債嚴重，依靠大量募捐款項，直到1940年才清償債務、徹底擺脫財政困難。〔註50〕因此，負債運轉的女青年會，也難免遇到教育經費拮据的窘境。1936年，大王莊職工學校即因此一度萎縮，暫時被移入會所內繼續進行，「由各董事、各幹事每晚義務教授《千字課》、算術、手工、社會常識等課程。」〔註51〕女青年會人士也曾謙虛地承認，「本會自成立以來，參加之會員，前後雖有數千之多，團體服務之成績，已頗有可觀，惟較諸津地婦女之總數，與急待服務及研究之問題，則不啻滄海一粟，不堪道及。」〔註52〕

不過，儘管留有缺陷，女青年會的教育事業，對不同民族、階層女性群體的成長，對近代天津城市社會的發展，都做出了特殊的貢獻。其部分事業，如幼兒園與各種教育班，直到今日依然存在，可見其生命力之強大。迄今為止，學界對天津基督教女青年會的研究尚不多見。本文囿於材料所限，許多歷史事實未能完全呈現，不少有價值的議題，也有待進一步的深入挖掘。

（作者簡介：趙天鷺，男，南開大學歷史學院博士生）

〔註49〕 天津女青年會，起初設在英租界海大道倫敦會會所，1915年遷至舊城東北角三多街，1919年遷到意租界三馬路，1925年又遷到舊城東門裏東箭道，1926年再遷法租界35號。
〔註50〕 參見鄭汝銓、莫振良，《鄭汝銓回憶錄》，頁40。
〔註51〕 〈女青勞工學校近訊〉，《大公報》第11版，1936年1月29日。
〔註52〕 〈介紹為女界服務之天津女青年會最近工作之一斑〉，《益世報》社會服務版，1934年9月23日。

四、傳統與現代：性別研究新視野

女學生的愛與病：民國初期西方同性戀學說在中國的翻譯與改寫

莊馳原

摘要：本文以民國初期出現在中國報刊雜誌上的西方同性戀學說譯文爲考察對象，通過對翻譯文本和翻譯活動的分析，呈現了這一時期在中文語境中西方同性戀學說翻譯的階段性特徵，論證譯者在翻譯活動中受到自身價值觀、贊助人及主流意識形態影響，因而形成了對譯文的操縱與改寫。其中，「女學生」話題在這一時期對同性戀學說的譯介和討論中受到了重點關注，反映出當時社會對男女隔離的學校制度進行改革的現實訴求，和傳統男權中心思想下對違反生育秩序的女性欲望的普遍焦慮。

關鍵詞：同性戀；民國；翻譯；改寫

引 言

兩性關係及與此相關的一系列性別問題在中國傳統文化中一直處於受壓抑的禁忌狀態，對同性戀問題的討論更是禁忌中的禁忌。因此，近代中國出現的對於西方同性戀理論相對集中的翻譯與論爭顯得尤爲特殊。對於中國語境下的性以及同性戀話題，上世紀末以來，不少學者已經從歷史系、社會學、文學等不同學科視角進行了開創性的研究，取得了不少相當紮實的成果〔註1〕。其中一些研究涉及到與翻譯相關的文本，但缺少針對翻譯過程的詳

＊本文係編者 2016 年 3 月 26 日主持的北京大學第十二屆「史學論壇」第五分論壇「跨學科視野下的性別、政治與近代中國社會」會議論文，一併收錄文集，特此說明。
〔註1〕相關研究成果詳見：Frank Dikotter, *Sex, Culture and Modernity in China : Medical Science and the Construction of Sexual Identities in the Early Republican*

細考察，忽略了翻譯文本與原文本之間的差別，導致翻譯本身在歷史中所扮演的角色尚未得到完整揭示。作爲一種跨文化交際行爲，翻譯從不是在眞空中進行的，其過程會受到各種因素影響形成譯文對原文的改寫與操縱。翻譯學者勒弗維爾（André Lefevere）認爲，翻譯中的改寫是譯者受三個重要因素影響或制約的結果，這三個因素分別是「主流意識形態、詩學和讚助人」〔註2〕。由「改寫理論」我們可以追問：在近代中國歷史上，以歐洲爲中心的西方同性戀學說，經過了怎樣的翻譯與改寫後被傳遞給了中國讀者？改寫背後的原因爲何？譯者、翻譯讚助人及主流意識形態在這一過程中扮演了何種角色？因此，本文將從翻譯學與歷史學研究相結合的跨學科視角，就民國初期中國對西方同性戀學說的翻譯過程和翻譯文本進行考察，嘗試對上述這些問題給出回答。

研究方法上，筆者依託幾大近代報刊電子資料庫，以「同性」與「戀愛/愛戀/戀/愛/愛情」等搭配作爲關鍵詞搜索，再經過原文篩查和比對，選取了1912至1929年間與西方同性戀學說譯介相關的若干報刊文章，下文將以這些翻譯文本爲主要研究對象展開論述，詳細梳理西方同性戀性學理論在這一階段的翻譯特徵，探討在特定的社會歷史時期裏，譯者及其翻譯活動如何受到自身價值觀、讚助人及主流意識形態的影響，而翻譯的改寫又如何實現了知識傳播與價值引導的角色功能〔註3〕。

一、先聲：1920 年代之前的譯介

1912 年，《婦女時報》第 7 期上發表的〈婦女同性之愛情〉是筆者查找到的近代中國報刊上第一篇以西方現代醫學視角討論同性戀問題的文章，署名「善哉」。〔註4〕這是一篇由淺白的文言寫成報刊評論，討論對象是女性之間的同性戀愛。它並不是嚴格意義上的譯文，但鑒於它最早在報刊輿論中涉及

Period, London：Hurst & Co.,1995; Tze-Lan D. Sang, *The Emerging Lesbian：Female Same-Sex Desire in Modern China*, Chicago：University of Chicago Press, 2003; Fran Martin, *Backward Glances：Contemporary Chinese Cultures and the Female Homoerotic Imaginary*, Durham N.C.：Duke University Press, 2010；陳靜梅，《現代中國同性戀愛話語譯介及小説文本解讀》（成都：西南交通大學出版社，2013 年）。

〔註 2〕關於「改寫理論」詳見：André Lefevere, *Translation, Rewriting, and the Manipulation of Literary Fame*. London & New York：Routledge, 1992.

〔註 3〕關於「譯者的角色功能」，詳見 Jean Delisle& Judith Woodsworth, *eds. Translators through History（Revised Edition）*. Amsterdam：John Benjamins Publishing, 2012.

〔註 4〕善哉，〈婦女同性之愛情〉，《婦女時報》1912 年第 7 期。

同性戀話題，且內容轉譯了具體西方學者的同性戀研究理論，這裡仍然將其視作近代中國譯介西方同性戀學說的先聲。

首先，文章將女子之間的同性戀愛類比於「男子之好男色」，這種本土化的解釋對於中國讀者來說更容易理解。接著，作者分析了女同性戀形成的原因，可分爲先天的「情慾之顛倒」和受後天環境影響兩種。作者繼而花了很長篇幅例證古今中外女同性戀現象的普遍性，並提及自己參考了「科學家愛黎氏士所著之《生殖感覺》（Geschlechtlichkeit Gefühl）中『論女性之情慾顛倒』一章」。此「愛黎氏」即英國著名性心理學家和社會活動家亨利・哈維洛克・靄理思（Henry Havelock Ellis，1859～1939，下文簡稱「靄理思」），所引內容的來源爲其六卷本英文著作 Studies in the Psychology of Sex（今譯爲《性心理學研究》）的第二卷 Sexual Inversion 中第四章 Sexual Inversion in Women。從文中標注的德文書名 Geschlechtlichkeit Gefühl 及其他德文術語，我們可以推斷，善哉當時所看應爲 Ellis 原著的德文本或其他經過德文的轉譯本。本文使用靄理思的英文原文與相關譯文進行逐句對照後，仍可以發現明顯的翻譯關係。此外，善哉文中提及的幾位歐洲歷史上的著名女性人物分別對應著原書第四章中提到的若干人物，如：「詩人莎敷荷」（Sappho）、「女史喀芎梨奈二世」（Catherine II of Russia）、「喀芎梨奈馬迦里莎林根」（Catharina Margaretha Lincken）等，亦可證明兩個文本之間明確的翻譯關係。

原　文	譯　文
In New Zealand it is stated on the authority of Moerenhout （though I have not been able to find the reference）that the women practised Lesbianism.	據慕愛辣納氏所言，則南洋婦女中其同性相愛之風亦甚熾。
In South America, where inversion is common among men, we find similar phenomena in women.	又在男色大流行之南美洲，其女界中亦蔓延同樣之陋風。
Among Brazilian tribes Gandavo wrote："There are certain women among these Indians who determine to be chaste and know no man. These leave every womanly occupation and imitate the men. They wear their hair the same way as the men; they go to war with them or hunting, bearing their bows; they continue always in the company of men, and each has a woman who serves her and with whom she lives."	又據甘德復氏之報告謂，在西印度地方有終身不與男子相接之女子，此種女子凡一切婦女應爲之事業皆置之不顧，而模擬男子之所爲，其頭髮亦截短如男子，其家中僅用處女一人，供奔走之役而已。
Among the Arab women, according to Kocher, homosexual practices are rare, though very common among Arab men.	據谷赫爾氏所言，阿拉伯女子之同性相戀愛者甚稀。
In Egypt, however, according to Godard, Kocher, and others, it is almost fashionable, and every woman in the harem has a "friend".	至於埃及，據可信之人所述，此風亦復盛行，貴婦人而無相愛之女友者，殆絕無僅有之事。亦可推知其風俗之一斑矣。

　　通過比對筆者發現，儘管存在少量漏譯和誤譯（如將 New Zealand 譯爲「南洋」等），整體上，靄理思原文中關於女性同性戀的地域例證基本上得到了比較準確的傳達，旨在說明女同性戀在古今中外不同地域不同階層中普遍存在的客觀事實。但值得注意的是，譯文對原文有明顯的改動。在英文原文中，這些事例並不包含道德判斷，翻譯後的文字卻帶有明顯的褒貶色彩，如將中性表達「phenomena」譯爲有貶義的「陋風」。此外，善哉在文章中認爲「女子之於男子更易有此風」、「女子更較男子易有此風，蓋女子愛情最易動故」，而靄理思在原文第四章開頭曾明確認爲男女在普遍程度上是無差別的，「Among women， though less easy to detect， homosexuality appears to be scarcely less common than among men.」〔註 5〕這些差異與譯者自身對於女同性戀現象的批判態度有關。文中指出，雖然西方醫學觀點認爲女同性戀主要形成於病理因素：「大都皆謂原因於情慾之顛倒，爲一種疾病之變常現象」，但「現今女學生所流行之同性之戀愛」的主要原因是後天的環境影響和獵奇心理：「因無與男子相接之機會，而爲滿足其情慾計，不得不然者，或因欲貪新奇之歡娛，以致出此劣情者居多」。先天的「情慾之顛倒」畢竟是少數情況，而後天養成的「陋風」、「劣情」、「陋習」是可以被改變和糾正的。採取女性同性戀行爲比男子更普遍的論述，則使得對於女性的這種陋習的糾正相比男性更顯緊迫。至於關於糾正的方法，作者認爲，不論是制度上廢除女校寄宿制、禁止女生同宿，還是教育上提出的「情慾教育」都易言難行，唯一的解決之道是「涵養女子之品行德操」以「預防撲滅是種惡習」。此外，「善哉」這一筆名也頗有佛教拯救迷途、渡厄苦難的勸世之意，字裏行間流露出作者對女學生間「同性愛情」的批判和勸誡。

　　在這篇具有開端意義的譯介文章裏，現代醫學視角下對同性戀現象的科學認識與傳統性道德視角下對於女性同性情慾的警惕、焦慮與批判是並存的。翻譯在其中扮演著十分微妙的角色：譯文確實提供了一種嶄新的來自西方文明社會的科學視角，但作用僅僅是補充一些客觀的外國歷史背景，旨在增強文章整體上的學理性和權威性；同時，譯者增加了原作者不具有的價值判斷，並篡改了原文中的部分論述，從而更有利於自身批判態度的傳達。在女同性戀形成原因和認識態度上，譯者均未認同當時西方醫學的「疾病論」，

〔註 5〕Havelock Ellis, *Studies in the Psychology of Sex*, Volume 2, New York : Random House, 1905, pp. 220～221.

而是採取了「環境決定論」，提倡回歸傳統觀念裏修身養性的道德途徑。由此，中西文化互相吸引和衝撞的張力在西方同性戀理論的譯介之初已暗含於翻譯文字之中，譯者自身的文化背景與價值判斷明顯影響了翻譯文本的內容剪裁和翻譯策略。

二、眾聲喧嘩：1920 年代的譯介

20 世紀的第二個十年裏，中國的報刊雜誌對於同性戀愛問題的討論逐漸增多。受「五四」新文化運動影響，「戀愛」這個新名詞到了 20 年代已經廣為人知，但這種新式的自由戀愛到底應該採取何種標準符合何種規範，各方觀點尚未達成共識。贊賞者視「戀愛」為人生的最高哲學，反對者將「戀愛」等同於放縱和淫亂，由此還引發了一系列頗具影響力的社會文化事件〔註6〕。在這樣的大背景下，伴隨著新式國民教育的普及，社會上不斷出現的女學生同性戀現象成為了這場「戀愛大討論」中的眾多關注點之一，而同性戀與女性、與教育之間的複雜關係也成為了整個近代中國譯介西方同性戀學說中持續的焦點。

在譯名方面，儘管在 1912 年報刊上就已出現了西方醫學角度的同性戀學說介紹，但彼時並形成任何新的中文詞彙。一般認為，日後頗為流行的新名詞「同性愛」最早出現在中文語境裏是 20 世紀 20 年代初，和當時很多流行的西方概念一樣，它經由日語漢字詞「同性愛（どうせいあい）」轉譯而來。1922 年 5 月 12 日，李宗武的評論文章〈性教育上的一個重大問題：同性愛之討論〉〔註7〕是筆者所查找到的第一篇明確出現「同性愛」一詞的中文報刊文獻記錄。這一時期，中文語境裏描述同性間親密關係的常用名詞還有「同性愛情」、「同性戀愛」和現今最常用的「同性戀」〔註8〕，不過都不及「同性愛」一詞使用廣泛。必須注意，新譯名的使用並不代表新概念的確立。在一個尚且需要通過不斷的論爭中去定義「戀愛」概念的年代裏，用「同性愛」這個組合詞去翻譯西方概念 Homosexuality，除了體現出來自日本方面的影響外，

〔註6〕代表事件如 1922 年《婦女雜誌》的「離婚問題號」討論，《新女性》從 1922 年持續至 1924 年的「自由戀愛」與「戀愛自由」的論戰、1928 年「戀愛論」與「非戀愛論」的論戰等。

〔註7〕李宗武，《性教育上的一個重大問題：同性愛之討論》，《國民日報·覺悟》1922 年 5 月 12 日。

〔註8〕Tze-Lan D. Sang. *The Emerging Lesbian : Female Same-sex Desire in Modern China*. Chicago and London： University of Chicago Press, 2003, pp.308.

還暗含著一種不確定性：和「戀愛」一樣，「同性愛」雖然有了新名詞，但是概念的界定尚未成型。這種「同性愛」和異性愛有什麼區別？和中國傳統社會裏的「男風」有什麼區別？和同性友誼有什麼區別？這種「愛」到底是指一種精神共鳴，還是一種不良疾病？這些都是亟待探討的問題。

面對認識上的混沌狀態，一些知識分子開始積極地從西方理論中找尋解決本土問題的良藥，這是 20 年代開始大量翻譯現代西方同性戀學說背後的深層動機。而不同譯者及讚助人通過不同的文本選擇和翻譯策略，將自己的主體意識悄然參雜進舶來理論中，以看似客觀、權威、科學的話語形式呈現出一派眾聲喧嘩的譯介景象，這些譯者和他們的翻譯文字於無形中奠定了此後十年二十年乃至更長時期內中國人對於「同性愛」這一概念的理解基礎。

（一）寬容派與「中性論」

1920 年，《婦女雜誌》第 6 卷第 8 期「名著」欄目發表了一篇近萬字的翻譯文章〈中性論〉，署名「（英）Carpenter, E./正聲 譯」。〔註9〕這是筆者所找到的近代中國報刊雜誌上第一篇對西方同性戀理論著作在嚴格意義上的節譯文。根據譯者介紹，原作者係英國詩人作家、哲學家、社會主義活動家愛德華・卡本特（Edward Carpenter，1844～1929，下文簡稱「卡本特」），原文是 1908 年出版的 *The Intermediate Sex： A Study of Some Transitional Types of Men and Women*（下文簡稱 The Intermediate Sex）一書的第一、二章。

卡本特在這本書中提出了一種「中性人」理論，認爲除了生理構造上的男性與女性之外，我們每個人身上都擁有不同程度的男性氣質和女性氣質，大多數情況下有一種占主導，但存在一類「中性人（Urning/Uranian）」，他們身上的兩種氣質大致平均。卡本特用中性氣質而非病理學上的性別倒錯來解釋同性戀現象，並引用了當時歐洲知名性學家的學說來論證自己的觀點，例如，卡爾・亨利希・烏爾利克斯（Karl Heinrich Ulrichs，1825～1895）認爲，中性人的愛在奉獻程度上高於異性之間的愛；奧托・魏寧格（Otto Weininger，1880～1903）認爲，人類和自然界的其他生物一樣，在兩性之間存在很多過渡形態；更有甚者提出，中性人是人類進化過程中最完美的模型。那麼，這種中性特質的人所發生的親密關係應該被當做愛情還是友誼呢？卡本特認爲，二者之間的界線模糊並可以相互轉化，但有一點是共同的，即這種愛沒

〔註9〕正聲，〈中性論〉，《婦女雜誌》第 6 卷第 8 期（1920 年）。

有身體欲望的成分。此外，文章還涉及中性人群占總人口的比例、反對將同性戀稱爲一種病、同性戀傾向難以通過結婚生子來改變、呼籲社會寬容、中性氣質與藝術創造的關聯等諸多當代同性戀研究中的重要議題。簡言之，卡本特非常有意識地抗拒醫學視角下將同性間的親密關係視作一種「疾病」的觀點，認爲同性之間的愛情是更爲理想的愛情模式，極力爲「同性戀」正名，呼籲社會的理解和包容。

正聲的這篇翻譯的價值在於，最早正式翻譯了歐洲性學理論研究的學術成果，爲公眾提供了「中性論」這樣一個看待同性戀問題的新視角，不僅有助於拓寬中國讀者對同性戀相關問題的認識，也在試圖挑戰前人將同性戀「疾病化」的觀念。這篇譯文基本沒有主觀的刪改，也未加入任何譯者的價值判斷。然而，「客觀」本身其實也代表著譯者的態度，譯文之前的說明文字寫道：「中性在兩性問題中已是一個極重要的問題」，所以這篇譯文的目的是介紹「現代研究中性重要著作」以「引起各方面研究的興味」。毫無疑問，卡本特的不少觀點對當時中國傳統社會的同性戀認識是有很大衝擊的，如認爲中性氣質不是病態是常態、同性戀與性行爲沒有必然聯繫等，這些與 1910 年代所輸入的西方醫學觀點很不相同，有助於讀者跳出性別兩極化的刻板認識，從而以更爲寬容和多元的視角看待和研究同性情感。

1923 年 8 月 20 日，《教育雜誌》第 15 卷第 8 期刊登了題爲〈同性愛與教育〉〔註 10〕的文章，署名「沈澤民/卡賓塔（Carpenter）原著」。此譯文刊登在當時教育領域的權威刊物《教育雜誌》「性教育專號」中，說明當時教育界的視線已經不僅觸及兩性教育的內容，而且較爲深入地關注到了邊緣化的同性問題。譯者沈澤民〔註 11〕（1900～1933）是著名作家茅盾的弟弟。1922 年開始，沈澤民撰寫了大量有關婦女解放的文章，翻譯外國進步作家的作品，陸續發表在《民國日報》副刊《婦女評論》、《民國日報》副刊《覺悟》、《婦女雜誌》和《小說月報》等刊物上。這篇《同性愛與教育》發表時，沈澤民正在上海《民國日報》社工作。

沈澤民的譯文與 1920 年正聲的〈中性論〉一樣都是選自 *The Intermediate Sex* 一書，但沈選擇的是其中的第四節 Affection in Education，專論學校教育

〔註 10〕沈澤民，〈同性愛與教育〉，《教育雜誌》第 15 卷第 8 期（1923 年）。

〔註 11〕關於沈澤民這一時期的經歷，詳見鍾桂松，《沈澤民傳》（北京：中央文獻出版社，2003 年），頁 302～305。

中同性年長者和年輕者之間的「友誼」問題。從原書第二章裏對「戀愛」和「友誼」的區分來看，這裡討論的同性友誼與同性戀愛實無明確的分界，都屬於情感上的親密關係，且不涉及生理欲望內容。卡本特認爲，這種精神上的親密友誼對年輕人的成長是有益無害的，學校用一種「陰溝方法」否定這種情感只會導致更大的弊端。卡本特指出了兩種解決方法，一是在性的方面「應該由公開或私人給予一種聰明而切實的教授」，二是「實行男女同校，或者也能使男女性格互相調劑」。沈澤民在文末「譯者附誌」中明確說，自己的翻譯初衷就是針砭時弊並提倡情感教育，「中國是一個卡翁所說的『陰溝方法』最流行的地方。情感底斲傷，一部分成就於社會一般觀念，一部分成就於舊式婚姻制度；而現在學校又在繼續著這種工作了。」批判「社會一般觀念」和「舊式婚姻制度」對於個人情感的戕害，這與「五四」反對封建禮教、個體意識覺醒的訴求是一脈相承的，譯名「同性愛」在此意義上特指同性間的精神友愛，被視作情感教育的一種代表。

同樣針對學校教育問題的，還有 1925 年《婦女雜誌》第 11 卷第 6 期薇生翻譯日本學者古屋登代子的〈同性愛在女子教育上的新意義〉〔註12〕一文，文章內容雖來自日本，但深受西方性學理論思想特別是卡本特思想的影響。沈澤民的譯文主要以討論男校爲主，而薇生的譯文則專論女子教育。作者將同性愛分爲「醜陋的劣情關係」和「崇高的意義的精神的同性愛」兩種，認爲對待「以精神生活爲中心」的師生間或學生間的同性愛，態度是「應當諒解的」，作者主張學校教育應該追求「有溫味的感情的交流和人格的交涉」，即所謂「教育的新文化主義」，而同性愛是實現這種教育的一種方式，會對教育產生間接影響。這種「新意義」上的同性愛「並不是應該獎勵的，也不是應該禁止的」，它在一個「男女兩性顯著接近的時代」（這裡明顯受到卡本特中性論的影響）是「現代文明的特徵之一」，而教育者應該「善用」這種同性愛以「造成更多收穫」。此文中「同性愛」的含義和沈澤民的譯文是一致的，都指向一種不涉及生理欲望的同性情感關係。譯者無疑希望向中國讀者傳遞這樣的信息：學校教育裏的女學生的同性親密問題應該被視作正常的合理的精神交流。

1929 年 4 月至 5 月，胡秋原（1910～2004）翻譯了卡本特 *The Intermediate Sex* 一書的第三章 The Homogenic Attachment，題爲〈同性戀愛論〉。〔註13〕第

〔註12〕薇生，〈同性愛在女子教育上的新意義〉，《婦女雜誌》第 11 卷第 6 期（1925 年）。
〔註13〕秋原，〈同性戀愛論〉，《新女性》第 4 卷第 4、5 期（1929 年）。

三章是原書最為激進的部分，卡本特以一種打破權威的姿態，力陳同性愛情的正當性。這篇譯文與之前正聲和沈澤民的譯文相比，除了在行文用語上更為流暢外，特點是譯注做得非常細緻，體現了平實嚴謹的翻譯風格。譯者在「譯注一」明確表示，自己的翻譯意圖是糾正大眾對於「同性戀愛」的誤解：「假使能因這篇拙劣的譯文，使許多人能對這個問題引起研究的興趣，不將它看做離奇變態，甚是看作『男色』、『磨鏡』那一類的東西，就是譯者區區的微意了」。1929 年 6 月 28 日，卡本特逝世。當時正在日本留學的胡秋原於同年 8 月 16 日《北新》雜誌第 3 卷第 15 號上發表長達 29 頁的紀念文章〈新故的卡本特〉，用十分崇敬與懷念的語調回顧了卡本特的生平與著述，全面梳理了其在文學、藝術、社會學、文化批判等領域取得的成就，稱其為「詩人、卓越的文化批評家、自由思想者、社會思想家、新戀愛論家」〔註 14〕。胡秋原回顧了中國人對卡氏的中性論和同性戀愛論的譯介過程（上述沈澤民的譯文被提及），稱這是其戀愛論裏一個「特異的部分」，是對過往的「愚昧與武斷」的痛斥和抨擊，指出這種思想背後有深刻的希臘傳統，也有著名詩人惠特曼（Walt Whitman，1819～1892）的「夥伴之愛」（Love of Comrade）的影響，正是這些貢獻使卡本特成為了最系統公正地論述同性戀問題的「第一個人」。

至此，從 1920 年的正聲譯〈中性論〉開始，十年間，卡本特的 The Intermediate Sex 這本書五章中的前四章節已相對完整地出現在了中國讀者的視野裏，如果再加上同時期的另一本譯著《愛的成年》（Love』s Coming of Age），卡本特毫無疑問成為了這一時期被譯介最完整的西方性學家。卡本特通過譯介被塑造成為了中國知識界在同性戀愛問題上的理論權威，但「同性愛」這一概念在卡本特的譯文裏有著和現代意義不同的所指，特指同性在精神層面的情感關係和影響力。譯者們通過翻譯傳達出對於這種「同性愛」肯定和寬容的態度，反對將其視作一種疾病，呼籲挖掘這種情感關係在教育上的積極意義。

（二）批判派與「疾病論」

與寬容派譯介同性戀理論時著重提倡情感教育的出發點不同，批評陣營的聲音主要與當時社會上批判男女隔離的學校制度的歷史語境緊密相關。

〔註 14〕 胡秋原，〈新故的卡本特〉，《北新》第 3 卷第 15 號（1929 年）。

　　1923 年 5 月，《婦女雜誌》第 9 卷第 5 號刊登了晏始的〈男女的隔離與同性愛〉〔註 15〕，將學校中流行的同性愛問題明確歸因於男女隔離的學校制度。晏始對於同性愛持強烈的批判態度，呼籲社會嚴肅對待這一問題。「同性愛實在是戀愛的變態，對於青年男女危害很大」，原因主要是「兩性的隔離過嚴」。雖然在「評壇」欄目，但文章用三分之一的篇幅完整翻譯了英國學者沃爾特·馬修·加里康（Walter Matthew Gallichan，1861～1946）在 1917 年出版的著作《婚姻的心理學》（*The Psychology of Marriage*）中的兩段話，借西方理論來論證男女同校的必要性和緊迫性。這兩段看似忠實的翻譯其實是爲了譯者自己的觀點做鋪排。晏始寫道：「據茹里堪（即 Gallichan）的話看來，青年男女，如果同性者一起群居，<u>一定</u>會發生同性相愛的弊害，要想禁止只有施行混合教育的一法」，而這段有關性別隔離與同性傾向關聯的原文是：「This arousal of new desires <u>may be</u> mingled with a passing sensuous attraction towards one's own sex, and <u>may</u> lead to one or another of those manifestations of homosexual character……The separation of sexes at this critical hour in their development is fraught with many moral and hygienic risks.」〔註 16〕事實上，加里康所說的是，青春期情慾萌發與同性戀氣質顯現之間有一定程度的關聯，而這一時期如果與異性隔離會帶來「道德的和衛生的危險」。加氏並非認爲男女的隔離一定導致同性戀。顯然，譯者按照自己的邏輯扭曲了原意，得到了一個看似來自西方權威的結論，爲號召實行男女同校提供外來理論的支持。

　　無獨有偶，從學校教育角度提出對同性戀批判的譯介還有 1923 年 9 月吳景超〈從《清華生活》中所見的同性戀愛〉一文〔註 17〕。繼 1912 年善哉的文章之後，靄理思的同性戀學說又一次較爲正式地被介紹給了中國知識界。吳首先將靄理思稱爲具有權威性的「性的問題的專門學者」，接著翻譯了靄理思在《性心理學研究》第二卷（*Studies in the Psychology of Sex Volume II-Sexual Inversion*）第六章 The Theory of Sexual Inversion 中的部分內容，來論證「同性戀傾向普遍存在」。此外，吳列舉的三種同性愛誘因「學校制度的不自然（即指男女不同學而言）」、「有同性戀愛經驗者的引誘」和「異性戀愛的失敗」與

〔註 15〕晏始，〈男女的隔離與同性愛〉，《婦女雜誌》第 9 卷第 5 號（1923 年）。

〔註 16〕Walter Matthew Gallichan, *Psychology of Marriage*. New York：Frederick A. Stokes Co., 1918, pp.37.

〔註 17〕吳景超，〈從《清華生活》中所見的同性戀愛〉，《清華週刊》第 284 期（1923 年）。

靄理思文中所提到的「the causes that excite the latent predisposition」也完全一致。由此可見，吳景超對於靄理思的著作是仔細閱讀過的。但吳對於靄理思的改寫亦十分明顯。首先，吳和之前的善哉一樣，雖然引入了西方權威理論，但側重於討論受環境和境遇影響而後天形成的類型：「在清華學校中，大約是沒有同性戀愛生活的人占多數，那些有同性戀愛的人，由於根深蒂固的同性戀愛傾向向者也是少數，多數還是因為遇著相當的刺激，才走上歧路。」其次，吳一再強調「同性之愛」和「友誼之愛」的區別，並強調友誼對於年輕人的重要性，認為友誼的忠心、誠實、犧牲、熱誠等特質與同性戀的完全相悖，「在友誼之愛中並無佔有的衝動」，「在友誼之愛中並無朝夕廝守的願望」，「在友誼之愛中並無玩狎的舉動」等等；而同性戀愛有違背自然法則、阻礙個人發展、妨礙個性、易形成惡德、有損身心等五條「罪狀」。雖然聲明自己不是從道德的角度譴責同性戀，但「歧路」、「惡德」這類貶義用詞中流露出的對於同性戀愛的警惕和批判之意已然十分明顯，而這部分對於同性愛的價值評判是靄理思的原書中不存在的。吳景超的這篇文章是基於現實情況而寫，當時的清華校園裏同性戀愛現象非常普遍，「在清華成立十二週年刊出的《清華生活》專號上，居然有四處涉及到同性戀的問題，尤其兩篇小說赤裸裸地袒露人物的同性戀的生活與心理，引起全校譁然」〔註 18〕。作為清華學生的吳景超認為，這已是校園生活中「不能迴避的問題」。他希望通過自己對同性戀愛問題的科學分析給予清華學生有益的人生指導，文章結尾一句「人生多歧路，我們千萬要留心啊」的呼籲更是體現了對同齡人的警示和勸誡之情。

　　1926 年，慨士在《新女性》第 1 卷第 9 期發表了〈性生活的變態〉，譯自「（瑞典）聶斯忒朗姆」。〔註 19〕文章從病理學的角度分析了同性愛屬於性的一種「變態」（這裡的「變態」屬於醫學術語），並明確區分了先天和後天的兩種同性愛，後天由於惡習或引誘而形成的同性愛「當然是罪惡」，而先天的「疾病」可以通過催眠治療法等醫學手段治癒，並詳細描述了自己對幾個病人的治療經過。這篇譯文的價值在於引入了西方心理學上應用「催眠治療法」治療同性戀的概念，向國人明確傳達出的意義是：先天形成的同性戀是一種

〔註 18〕張玲霞，《清華校園文學論稿（1911～1949）》（北京：清華大學出版社，2002年），頁 347。
〔註 19〕慨士，〈性生活的變態〉，《新女性》第 1 卷第 9 期（1926 年）。

疾病，且可以通過醫學手段進行治療。再聯繫譯者慨士此前在《婦女雜誌》上針對陳建晨、黃亞中這對女同性戀讀者來信所寫的評論文章來看，我們不難發現，慨士對於同性之間「經營共同生活」的主張持一貫的批評態度：「同性愛本不能成一種主義，不必說更沒有提倡的必要」〔註 20〕。譯者在這種觀念的主導下，選擇了「瑞典聶斯忒朗姆」的這篇文章進行翻譯顯然是「有目的」之作，背後隱含著知識分子中對於同性戀問題的嚴厲態度，並希望借西方病理學理論將同性戀行為「疾病化」。

（三）翻譯讚助人的影響

1927 年，謝瑟翻譯的〈女學生的同性愛〉一文〔註21〕刊登於張競生（1888～1970）主編的雜誌《新文化》第 1 卷第 6 期。原文出自前文所提及靄理思《性心理學研究》（*Studies in the Psychology of Sex*）第二卷附錄 The School-Friendships of Girls 一文，專論女學生之間的特殊「友誼」。在靄理思的學說中承認這種特殊友誼當中有性的因素，但與「絕對的性的倒亂」（an absolute expression of real congenital perversion of the sex-instinct）是不同的，僅僅是「愛情的變態」（a love-fiction）和「性欲的玩耍」（a play of sexual love）。它由幾種短暫性的因素共同促成的，包括生理上的欲望、年輕女性心理的柔弱、學校環境的隔離以及人類固有的利他性，一旦這些特定的因素改變，這種「友誼」也就會隨之改變。

其實早在 1925 年，《民國日報》副刊《婦女週報》上已經刊登過這篇文章的一部分，題為〈女學生的「校友」〉，譯者「高山」。〔註22〕相比之下，謝譯是全文，刊登於當時致力於性教育的專門雜誌《新文化》，影響似乎更大一些。另外，謝譯還曾在 30 年代和 40 年代以相同的標題被兩次轉載。〔註23〕筆者在此主要藉此文來討論西方同性戀學說在輸入中國的過程中，翻譯讚助人及其價值觀念對於翻譯活動的操控與改寫。

〔註20〕 慨士，〈主張與批評：同性愛和婚姻問題〉，《婦女雜誌》第 11 卷第 5 期（1925年）。

〔註21〕 謝瑟，〈女學生的同性愛〉，《新文化》第 1 卷第 6 期（1927 年）。

〔註22〕 高山，〈女學生的「校友」〉，《婦女週報》第 95、97 期（1925 年）。「高山」即周建人（1888～1984），字松壽，又字喬峰，浙江紹興人，魯迅（周樹人）與周作人的胞弟。

〔註23〕 江愛珠，〈女學生的同性愛〉，《攝影畫報》第 10 卷第 27～36 期（1934 年）；又載《精華》第 2 卷（革新）第 7～13 期（1946 年）。

首先，謝瑟對靄理思的翻譯是由張競生直接促成的。作為中國性學研究的先驅性人物，張競生曾在其所著《性史》書後刊登翻譯啓事，公開徵集譯者合作翻譯靄理思的《性心理學研究》六卷本。之後，張競生與人合辦「美的書店」出版的「性育小叢書」正是從靄理思著作中抽取各類問題編譯而成。除了單行本外，大部分都刊載於《新文化》上，如第 1~5 期上彭兆良譯〈視覺與性美的關係〉、〈觸覺與性美的關係〉和〈嗅覺與性美的關係〉、第 5 期上一鳴譯〈跳舞的藝術〉諸篇。張競生曾就自己的翻譯選材和翻譯模式做過詳細說明：「第一，我們所譯述的性書，乃是高等而不特別，是科學而又兼有文學的興趣者；第二，譯述時取自由制度，即任譯述人自由工作，不是限他們必定於某時候到寫字樓寫出若干字數；第三，譯述人於得到月薪外尚可用己名署於所譯述書之上而又能得版稅。」〔註 24〕靄理思的性學著作常常以收集到的信件爲研究材料，引述了眾多研究者和觀察者的觀點，以一種「自然主義」的方式呈現各方觀點而基本不加判斷性的論述，這種風格十分符合張競生所謂的「高等而不特別」、「科學而兼文學」的翻譯選材標準，因此《新文化》對於靄理思的推崇是自始至終的，而張競生在經濟上的支持和對作者的偏好直接促成了謝瑟的這篇翻譯出現。

其次，張競生對同性戀的認識觀念間接影響了翻譯策略，形成了翻譯對原文的操控與改寫。張競生的性學理論是以生殖爲指向的，建立在晚清以來知識分子「自強保種」的邏輯之上，之所以提倡研究性學、認可女性情慾也是爲了優生優育，因此他對同性戀的批判也就顯得理所當然。他認爲，首先，「同性愛」是一種「不自然」的、「變態」的、「軌外」的滿足性欲的性行爲，在性育上沒有可立足的位置，應該予以堅決反對；此外，女性同性戀更爲普遍，原因是女子懼怕生育、富於愛情、模仿性強、性智識較淺。〔註 25〕不難看出，這種判斷具有明顯的生育指向和男權邏輯。基於這種觀念，這一篇討論女學生同性戀問題的翻譯中出現的改寫問題就具有了特殊的意義，他是否希望通過與西方性學理論的對話使自己的觀念得到關注和理論支持？

具體來看，譯文將原文標題 The School-Friendships of Girls 中的 friendship 翻譯爲「同性愛」使得文章聚焦於「性」話題，但靄理思的原意是把這種特殊友誼與「性的倒亂」分開，這也是爲何原標題使用了 school-friendship 而非

〔註 24〕張競生，〈新文化社與美的書店近況〉，《新文化》第 1 卷第 5 期（1927 年）。
〔註 25〕張競生，〈性育通信〉，《新文化》第 1 卷第 3 期（1927 年）。

homosexuality 去指代這種親密關係。除增加標題的聚焦作用之外，譯文最突出的改寫是，用基於群體責任的傳統婚姻和自強保種的價值觀念替換了原文中基於個人主體的價值觀念。關於譯文與原文的差距，學者桑梓蘭曾給出了十分有創見的分析，尤其是英文的 active 和 passive 分別轉變為中文裏「居於夫的地位」和「乃如妻子的柔順」，表明譯者始終將「性」置於婚姻範圍來理解，代表了中西方文化裏對「自我」理解的不同。〔註 26〕筆者在文本對比中進一步找出了以下的例證：

　　原文：Mercante found the points of view of the two members of each pair to be quite different in moral aspect. "One takes the initiative, she commands, she cares for, she offers, she gives, she makes decisions, she considers the present, she imagines the future, she smoothens over difficulties, gives encouragement and initiative; she docile, gives way in matters of dispute, and expresses her affection with sweet words and promises of love and submission.

　　譯文：馬氏覺察兩個情人的道德觀念是不同的。一邊儼然居於丈夫的地位者，行主動的命令的，照顧的；而一邊則儼然似妻子一樣是被動的，事事需人照顧的。

除了譯文簡略許多之外，這段譯文對原文最大的改動是，增加了原文沒有的「丈夫」與「妻子」的限定語，來描述女同性戀者兩方的不同特質。經過翻譯無形的操縱，在西方語境裏完全屬於「個體」範疇的性格傾向論述，成功轉變為了中國語境裏屬於「社會」範疇的婚姻角色論述。這樣，既能夠幫助中國讀者從婚姻的角度更好地理解同性戀者雙方的不同特點，同時也能夠引導讀者從兩性角色和社會價值的角度去評價同性戀行為。這與張競生的性觀念是暗合的：所有戀愛的指向都是建立一種夫妻二元式的婚姻模式，個人合理的性欲望必須以生育為目標，不單純是滿足個體性需求的一種自主行為；而同性戀在性格上雖然也具有這種夫妻式的表象特質，但並不能完成婚姻所承擔的社會責任，因此是不合理的。這種翻譯改寫為此後日益加強的疾病化

〔註 26〕 Tze-Lan D. Sang. *The Emerging Lesbian : Female Same-Sex Desire in Modern China*, Chicago : University of Chicago Press, 2003, pp.116～117. 所涉及相關的原文是「In spite of the spiritual and feminine character of these unions, one element was active, the other passive……」（謝譯：「不過在那種關係中，總不免有一女子是居於夫的地位，而另一女子乃如妻子的柔順……」）

論述找到了與中國傳統婚姻價值相契合的「西方」理論支撐，也體現了同性戀在中國語境中被逐漸疾病化的深層文化心理。

三、結語

在近代中國艱難曲折的現代化進程中，西方現代思想體系中的許多概念和知識經由翻譯輸入中國，與中國傳統知識體系不斷發生著碰撞與融合，逐漸發展形成了許多獨特的中國式理解。西方同性戀學說在民國初期的輸入正是這樣一個極為複雜的動態過程。

從民國初年的譯介先聲到 20 年代的眾聲喧嘩，中國知識界在這一時期圍繞同性戀話題的西方學說譯介複雜而多元，被譯介的西方理論家涉及卡本特、靄理思及其他多位外國學者。整體上，各方都認同西方理論中區分先天的「性的倒錯」和後天受環境因素影響而形成的這兩類同性戀，但是各方的側重點各不相同。在強調同性愛是「愛」的寬容派中，正聲側重從普遍存在的中性氣質去理解同性戀，從而使讀者跳出同性戀是疾病的認識；沈澤民和薇生摒棄了同性愛中存在的肉欲因素，強調其在精神上和教育上的積極價值並由此來呼籲人性化的情感教育。在強調同性愛是「病」的批判派中，晏始側重於抨擊男女隔離的學校制度；吳景超側重於區分友誼與同性戀的區別及強調同性戀的弊害；愷士則從病理學角度強調先天形成的「疾病」需要通過醫學治療來根除。此外，20 年代以張競生為代表的翻譯贊助人與一群自由譯者，共同構建起《新文化》這樣一類專門譯介西方性學理論的翻譯平臺，並建立了一套清晰的翻譯機制和標準。翻譯贊助人為促進西方性學理論在近代中國傳播做出了重要貢獻的同時，也試圖將自己的性學價值觀悄然植入到譯文中。

對這一時期西方同性戀學說的譯介活動進行了回顧之後，我們對於近代中西文化交流史上的翻譯活動至少可以得出這樣幾方面的思考：

首先，民國初期對於西方同性戀學說的譯介不是偶然發生的，它從屬於晚清以來先進知識分子們改造國民性、構建現代國民身份的集體努力。大部分有識之士堅信，國民尤其是年輕人的素質優劣是一個國家興衰的根本，創造新國家首先需要創造新國民，個人身體和情感的方方面面都關乎國家命運。因此，戀愛、結婚、生育包括同性戀等等，這些在傳統社會中原本屬於個人領域的性話題，被提高到了改造國民性的公共層面而受到普遍關注。先

進知識分子們期待從西方理論中找尋解決問題、改造落後從而躋身現代文明國家的「良方」。

第二，譯者及其翻譯活動在此過程中受到自身價值觀、讚助人意識形態的影響，形成了對原文的種種改寫。翻譯的角色功能也逐漸由知識傳播轉向價值引導。這一方面來源於中國傳統文化中根深蒂固的以生育爲指向的性道德觀念，另一方面來源於民國時期加強身體管理、實現強國保種的國家意志。翻譯西方知識的作用是，以「科學」的名義，強化傳統性道德裏對同性戀的批判態度，同時維護穩定的婚姻和生育秩序，以利於國家和民族的未來發展。

第三，女學生群體，或者說，教育與女性話題，始終是這一時期同性戀學說譯介中被重點關注的對象，背後蘊含著更爲深刻的社會現實需要。教育話題受關注的背後對應著呼籲教育領域改革的現實訴求：即改變男女隔離的學校制度。女性話題受關注背後的邏輯則稍顯複雜：在由男性知識分子所主導的西方「性啓蒙」話語中，女性的同性欲望一方面突破了在傳統文化中被遮蔽的狀態獲得了一定的表達空間，另一方面，也在男權中心的影響下被定性爲缺乏理智或情感泛濫，引發了警惕和批判。這在某種程度上提醒我們，在肯定近代中國以男性爲主的知識分子對於女性自我意識的確立和思想解放發揮了積極作用的同時，也不能忽視，這種深植於傳統思想觀念裏的性別對立與男權焦慮，也曾對中國女性的自我認知與性思想解放帶來過一定的負面影響。

綜上，民國初期中國譯者們通過對西方同性戀學說的翻譯，拓展了中國傳統社會文化中對於戀愛、婚姻等概念的認識，也在一定程度上改寫了西方性學理論的原貌。這些譯文連同譯者們的所有努力，以一種隱形而迂迴的方式參與了一個現代國家國民知識體系的構建過程。

（作者簡介：莊馳原，女，香港中文大學翻譯系博士生）

男性文本：中國現代女性文學研究不可忽略之地

譚　梅

　　摘要：就兩性文化而言，民國時期的男女兩性文化呈現出極為複雜的狀況。但是中國現代女性文學研究卻對這一客觀事實置之不理，固守兩性關係二元對立的思維模式，以致男性文本很少出現在女性文學研究的視野之內，即使是從性別的角度進行研究，也大都起到標籤式的靶子作用，遠未系統研究男作家與現代女性文學之間的複雜歷史關係。本文將民國社會視為一個新的文化空間，從分析女作家研究模式的弊端出發，進而闡述男性文本在中國現代女性文學研究中不可忽視的獨特性所在。

關鍵詞：女性文學；男性文本；新文化空間

　　回到民國時期的歷史語境中，中國「女性解放」這一命題是由男性在艱辛探索現代民族國家理論與實踐的過程中正式提出來的，在婦女文化與文學的現代建構中男性知識精英也起到了重要的主導作用。然而，令人感到遺憾的是，中國女性文學研究最嚴重的弊端之一卻是對男性文本及其建設性內涵研究的忽略。因此，我們有必要對當下的現代女性文學研究進行反思。

一、女作家研究模式存在的問題

　　女性主義批評自上世紀 70 年代末、80 年代初傳入中國，經過 20 多年的探索與積累，已經成為中國現代文學研究中的一個重要的視角。它提供了一種基於女性價值來理解世界與洞察歷史的新方法，其先鋒性與批判力是有目共睹的。然而，隨著批評實踐的推移，其暴露出來的弊端也同樣十分醒目，

以致女性主義批評遭遇瓶頸。其中，最核心的問題之一在於固守二元對立的女作家批評模式，男性文本基本不在研究的視野之內。

那麼，固守女作家批評模式究竟潛藏著怎樣的隱患呢？首先，過份強調性別對立，將男權主義等同於男性。毋庸置疑，在中國文明的歷史發展過程中，父權制思想的主導地位幾乎佔據了整個歷史的時空，即便是在經過五四新文化運動、新民主主義革命和社會主義革命洗禮過後的當下，男權制的社會格局依然沒有實質性的改變，而男權主義思想已經積澱爲集體無意識鑲嵌在每個人的靈魂深處。令人感到可悲的是，從古到今的婦女在心靈上對男權文化的臣服，更加劇了男權主義思想的擴散。然而，我們必須辨析清楚的是，男權主義並不等於男性。事實上，有些女性的男權主義思想比男性更爲嚴重。因此，女性主義批評要針對的應該是以男權主義爲核心的政治體制和文化形式，要抨擊的也應該是這個不平等的社會契約，而不是男性本身。有些持女性主義極端理論的研究者要麼籠統的將男性放在自己的對立面，用偏激的仇恨片面地來闡釋這個世界；要麼在潛意識中仍然不可避免地套用男性主義的價值判斷進行霸權式的論述，從一個極端走向另一個極端。毫無疑問，這樣的做法破壞性大而建設性少，只能將女性主義批評推向墳墓。事實證明，從晚清到五四，有很多男性知識精英爲爭取女性的利益前仆後繼地奮鬥。值得追問的是，造成性別對立這種理解的思想根源在哪裏？這實際上就是將「女性」進行本質化理解的結果。這種觀點認爲無論是女性經驗、女性氣質還是女性特質都是一層不變的，而事實上這都是不可能的。比如，四川妹子身上天然存在一股酣暢淋漓的「辣」勁。在李劫人的《死水微瀾》中，川妹子鄧麼姑一點也不安分，她本爲農家女，卻一心想著到省城去生活。婚後面對包辦婚姻的沉悶還理直氣壯地追求婚姻之外的靈肉合一的情感生活。除此之後，爲人處事還很大氣耿直。這與我們通常理解的順從、溫柔、小格局的女性氣質相去甚遠。也就是說，從某種程度上來說，女性自身行爲的本身也決定了女性自身的特徵，這也從另外一個側面說明了從來也不存在與男性特徵截然相反的女性特徵和一層不變的女人性質。

其次是對歷史本質化的理解。正如孟悅、戴錦華在《浮出歷史地表——現代婦女文學研究》一書中所闡述的那樣，在社會管理層面，儘管統治角色在歷次的改朝換代中不停的變換，但是女性被統治被壓抑的地位卻從遠古延續到今天；在話語層面上，男權社會一直控制著語義系統，女性在近二千年

的歷史中只是一個盲點。其實，這個判斷過於武斷。因爲一方面這個社會主
體並非鐵板一塊，不能低估了女性爲了獲得更好的生存空間而爆發出來的反
抗能力或者說協調能力，否則的話，男權社會也不會三番五次強調符合儒家
精神的性別行爲規範。另一方面，男性話語也不是一個天衣無縫的符號系統，
且不說主體內部是由相互矛盾相互衝突的各種力量所構成，就是整個體系也
有它的裂痕、邊緣與空白地帶，而利用好這些裂縫之處，女性就能發出自己
的聲音。胡文楷所著的《歷代婦女著作考》一書中就梳理了中國歷史上四千
多名女作家的創作，以及她們的文學批評活動，包括編選、注釋、批點、考
證等等。由此可見，中國古代婦女只要周旋得當，就能擁有相對寬鬆的活動
空間進行文學活動。否則的話，女性主義所謂的尋找女性文學傳統就無疑是
水中撈月。高彥頤在《閨塾師》一書中對歷史的理解方式也撬動了之前對婦
女史「壓制」與「被壓制」這種截然兩分的固化認識方式。她建議以三重動
態模式去認識婦女史。即「將中國婦女的生活，視爲如下三種變化層面的總
和：理想化理念、生活實踐、女性視角。」〔註1〕理想化理念是指官方推行的
以儒家女性文化爲核心的行爲準則，生活實踐是指婦女日常生活空間，女性
視角是指女性對自我意識。「這三個層面有時是協調的，有時則是不一致的；
在某些情況下，它們被難以逾越的鴻溝所分開，而在另一些情況下，它們又
是完全重合的。……她們被授予了其應信奉的理想化準則——『三從』及其
衍生物『四德』。在日常的生活中，她們大多數都於名義上遵從著這些格言，
在法律和社會習俗的管束下，過著以家庭爲中心的生活。儘管婦女不能改寫
框定她們生活的這些規則，但在占統治地位的社會性別體系內，她們卻極有
創造地開闢了一個生存空間，這是給予她們意義、安慰和尊嚴的空間。……
在這樣的行動中，這些婦女爲自己開闢了自由活動的場所。」〔註2〕但是，需
要指出的是，這種對婦女歷史動態化的理解「並不是要捍衛父權制或爲儒家
傳統辯護，而是堅持認爲，對儒家社會性別體系的強大性和持久性的現實理
解，可以同時服務於史學的、革命的和女權主義的議事日程」。〔註3〕

〔註 1〕〔美〕高彥頤著，李志生譯，《閨塾師》（南京：江蘇人民出版社，2005 年），
頁 9。
〔註 2〕〔美〕高彥頤著，李志生譯，《閨塾師》（南京：江蘇人民出版社，2005 年），
頁 9。
〔註 3〕〔美〕高彥頤著，李志生譯，《閨塾師》（南京：江蘇人民出版社，2005 年），
頁 10。

此外，女作家批評模式還潛藏著一個認識上的誤區，即只有女性文本才能表現女性意識，而男性文本是不能表現女性意識的。所以研究者才會孤立地研究女性文本，而將男性文本視爲不相干的存在。那到底是不是只有女性文本才能具有女性意識？而男性文本就不具有女性意識？《紅樓夢》開篇明義，直陳寫作目的，「忽念及當日所有之女子，一一細考較去，覺得行止見識皆出我之上，何我堂堂鬚眉，誠不如若裙釵哉？……然閨閣中本自歷歷有人，萬不可因我之不肖，自護己短，一併使其泯滅也。……我雖不學無文，又何妨用假語村言敷演出來？亦可使閨閣昭傳。」也就是說，作爲男性作者的曹雪芹不是爲鞏固男權社會的道統立傳，而是爲他所見過的有才有德的女性立傳。質疑男權社會、發出被壓抑的聲音、道出眞實的生活情境。難道這不是男性文本中出現的女性自身最期待的女性意識嗎？《紅樓夢》既證明了男作家表現女性意識的能力，又提醒我們在漫長的女性無聲的歷史長河中，女性意識主要在男性作品中體現。王富仁先生在〈談女性文學——錢虹編《廬隱外集》序〉一文中也談到，「我認爲不能認爲只有女性作家的作品才有可能具有女性意識。人的一個基本素質便是具有對象化的能力，便是具有相對遠離自我而有意識地立於對象的立場上，以對象的審美意識、思想觀念、感情態度環視人生的能力，這對於文學藝術家更是必不可少的條件和才能。」〔註4〕因此，將男性文本排除在女性文學研究的視野之外是不合適的，僅僅將男性文本作爲批評的靶子而忽略其獨特的建設性內涵的做法同樣是不可取的。

二、男性文本在現代女性文學研究中的獨特性

那麼，男性文本在女性文學研究中究竟有何獨特性呢？首先體現在男作家地位的獨特性上。王富仁先生在〈談女性文學——錢虹編《廬隱外集》序〉一文中曾深入分析這一點，他認爲「整個漫長的文明史，都是男性中心的社會歷史，在全部社會的價值觀念和文學觀念中，都浸透著男性中心的社會歷史特徵，一個女性作家要在這樣一個文化環境中塑造自己、發展自己，才能取得一定的創作才能，也只有首先取得了這樣的一套價值觀念和文學觀念，其作品才能得到這種文化環境的認可或默認。這樣，一個女性作家的作品就不可能直接地、具體地體現自己全部的女性審美意識。這種可能性也是客觀

〔註4〕王富仁〈談女性文學——錢虹編《廬隱外集》序〉，載《名作欣賞》1987年第
1期，頁119。

存在的：越是女性作家，越是不便於或不敢於公開表現當時文化環境中認爲不合理的甚或醜惡的心理特徵，而越是不敢於公開表現這種獨特的心理特徵，其作品的女性意識越不能得到更充的體現。相反，倒是男性作家由於自己的特殊地位，敢於更直露地表現女性的心理活動，較少爲女性掩蓋社會所公認的『醜惡』的角落。」〔註5〕王富仁先生所分析的這種情況在晚清與民國尤爲典型。與西方不同，中國沒有發生過獨立的女權運動，始於晚清的女權運動歷次都是被更爲重大政治文化運動裏挾而來，最初是以「強國保種」爲目標維新變法運動，其次是以推翻帝制爲主要目的的辛亥革命，最後是以建設現代民族國家的旨歸的五四新文化運動及其衍生的暴力革命。可以這樣說，「女性解放」這一命題是由男性在艱辛探索現代民族國家理論與實踐的過程中被發現的。在晚清，對傳統女性觀造成劇烈衝擊的西方現代思想，具體而言，就是有關人權與女權的思想和話語，都是男性精英知識分子從西方翻譯過來的。民國時期，以《新青年》爲首的眾多報刊雜誌水到渠成紛紛開闢了「婦女問題」專欄，熱論有關「婦女解放」的問題，其中撰文闡述的也多是男性作家。在中國現代文學的女性人物長廊中，被公認爲經典的女性形象也大多出自男作家之手，比如祥林嫂、子君、鳴鳳、繁漪、陳白露、虎妞、曾樹生等等。這些男性精英站在建設現代化國家與建構現代文明的高度上，抨擊不合時宜的「女性傳統」，重新打量女性，思考女性與定位女性。可見，男作家們不僅比女作家早有歷史意識與知識優勢提出女性解放的問題。而且，他者的陳述比女作家自己來痛陳空白的歷史與被壓迫的現狀更有說服力。

其次，這種特殊性表現在男作家對話語系統的熟練駕馭這個方面。孟悅與戴錦華就曾指出女性經驗與話語互逆的事實。她們認爲剛剛浮出歷史地表的女作家們還沒有充分具備表現其閱歷的成人心理意識、話語準備與話語自覺。所以，我們常常一方面看到女作家用一般性的詞彙來表達原本可能是對女性產生深遠影響的事件。女性寶貴的性別體驗大多被情感、理智、同性友誼、愛、自由戀愛等等這些抽象而浮泛的時代術語所掩蓋，從而喪失自己的獨特性。而另一方面，我們又發現女性表達的焦慮。因爲，幾乎沒有一套現成的以女性價值立場爲旨歸的話語系統和文學示範，而女性獨有的感受與思考卻需要這樣一份語言與文學傳統。悖論就在這裡出現了，女作家們如果不

〔註 5〕王富仁〈談女性文學——錢虹編《廬隱外集》序〉，載《名作欣賞》1987 年第 1 期，頁 119。

掌握時代語彙系統就無法進入新文化的主流，但是，越是追求把個人體驗融入到這套時代語彙系統之中，性別經驗信息保留的也就越少。這在盧隱、冰心與馮沅君等等女作家身上都有反映。例如，「盧隱的人物儘管與作者互相對應，但她從未寫出真正的自傳，從未寫過自幼被母親輕蔑所帶來的母女情結，或她那不合禮教的愛情始末以及所遭受的社會壓力，她似乎總是『將真事隱去』（甚至將由可能泄露真事的情節也『隱去』），而大篇鋪寫『事』所引起的內心焦慮——一種泛泛的人生信念，人生出路的迷惘不決。」〔註6〕馮沅君的寫作一直被視為勇敢而犀利的，但是她筆下流淌出來的不是五四女青年在反抗舊秩序舊道德過程中生發出來的獨特經驗，而更像是一種為反叛而反叛的抽象概念。相對而言，有經驗的男作家就較少出現經驗與話語互逆的情況。現行的話語系統本身就是按照男性經驗與男性價值累積發展而成，男作家運用起來自然得心應手。比如同樣是書寫五四自由戀愛的題材，男作家雖然難以細緻入微地體察女性複雜的心理，但是男性作家憑藉其對話語系統及其背後文化的諳熟操練與透徹理解，同樣能夠鮮活地傳達出女性在遭遇自由戀愛之後的窘境。這可以在魯迅、曹禺、巴金等作家的作品中得到驗證。比如魯迅的小說《傷逝》因其高超的敘事技巧、生動的人物形象與深刻的見解常常被人稱頌。作者通過故事層次和話語層次由外而內將新女性層層疊加的生存困境淋漓盡致地透析出來，讓人不得不信服。

最後，這種獨特性還表現在我們也可以通過對男性文本的研究而返觀女性創作的意義。毫無疑問，對女作家的作品進行研究是女性文學研究的重點。雖然，歷史給男、女作家提供了不盡相同的思想空間、藝術空間和歷史生活空間。但是，女性創作的意義不是自動呈現的，它只有在與男性創作的對比中才能凸顯出自身的獨特來。換句話說，男性創作能夠為闡釋女性創作的意義提供了十分重要的語境。在封建社會，女性幾乎沒有話語權，研究男性文本就能瞭解男權歷史的文化形態及其運作機制。這無疑能幫助今天的婦女文化與文學建設。「五四」反封建的思想革命不僅給女性更多的教育機會與更大的寫作空間，而且也讓男作家重新思考女性與定位女性。因此，我們解讀現代男作家作品的思路還不能跟解讀古代男作家作品的思路完全一樣。也就是說不能像西方女權主義那樣對男性文本完全採用男權批判的解讀思路。因

〔註6〕孟悅、戴錦華，《浮出歷史地表——現代婦女文學研究》（北京：中國人民大學出版社，2010年），頁22～23。

為，事實上，自五四以來，中國文學界就誕生了一個持續近一個世紀的新文化命題，即對腐朽的、封建的、不符合人性健康發展的男權主義的批判。誰要是違背了這一新文化命題就會遭到來自外界輿論壓力和自身良心的譴責。因此，對於現代女性文化與文學的建設來說，與其說中國現代男作家的作品是一個靶子，不如說更像是一面鏡子。通過這面鏡子，更能清晰地闡釋女作家寫作的價值與意義。比如劉禾就將蕭軍《八月的鄉村》與蕭紅《生死場》進行對比分析之後，得出結論，同樣是寫鄉村的社會圖景，「蕭軍重在描繪男人的自足和戎馬情狀，而蕭紅卻側重於鄉村女性的狀況和命運。在《生死場》中，不論是佔領前還是日據時期，女人的故事使作者無法將現存的父權——男權社會理想化。國家的劫難既不能解釋，也不能抹去女人身體所承受的種種苦難。……蕭紅並非不想抗日或對民族命運不關心——她的困境在於她所面對的不是一個而是兩個敵人：帝國主義和男性父權制。後者會以多種多樣的方式重新發明自身，而民族革命亦不例外。」〔註7〕可見，通過對比分析，「蕭紅態度的曖昧性就馬上進入我們的視野」〔註8〕。由此，我們更能理解蕭紅及其作品中的內容與情感，也更能看清蕭紅對民族主義的理解遠遠超出同時期的很多作家。

三、「民國」：一個新的文化空間

　　就整體水平而言，與古代男作家相比，為什麼現代男作家對女性的認識和理解普遍有了極大的提高呢？這不得不歸因於一個新的文化空間的出現，即文化層面上的「民國」。而「民國機制」〔註9〕正是這個新的文化空間內部運行的法則。

　　在這個文化新空間中，女性主體意識的迅速增長讓性別之間的平等互動成為可能。新型的文化空間為女性主體意識的增長提供了機會。這主要源於以下三個方面的合力。一是接受正規教育權利的獲得。這為女性獨立理解這個社會與世界提供了知識上的保障。二是五四「倫理革命」對強加於女性身

〔註7〕〔美〕劉禾著，宋偉傑等譯，《跨語際實踐——文學，民族文化與被譯介的現代性》（北京：三聯書店，2002年），頁295～301。

〔註8〕〔美〕劉禾著，宋偉傑等譯，《跨語際實踐——文學，民族文化與被譯介的現代性》（北京：三聯書店，2002年），頁295。

〔註9〕參加李怡，〈民國機制：中國現代文學的一種闡釋框架〉，載《廣東社會科學》2010年第6期，頁132。

上的傳統道德戒律的鬆綁。倫理之爭是新舊文化爭論的焦點。五四新文化派
將他們大量的精力投入到道德革新這件事情上。其中，女子問題又是改革倫
理觀念的重要一環。因此，很多有識之士就將女子問題作爲新文化啓蒙的突
破口。比如，陳獨秀在《一九一六》一文中不僅直陳舊道德的流弊，他還因
勢利導鼓勵青年男女，尤其是青年女子，不要成爲他人的附屬品，恢復自己
獨立自主的人格。「儒者三綱之說，爲一切道德政治之大原。君爲臣綱，則民
於君爲附屬品，而無獨立自主之人格矣。父爲子綱，則子於父爲附屬品，而
無獨立自主之人格矣。夫爲婦綱，則婦於夫爲附屬品，而無獨立自主之人格
矣。率天下之男女爲臣爲子爲婦而不見有一獨立自主之人格者，三綱之說爲
之也。緣此而生金科玉律之道德名詞：曰『忠』，曰『孝』，曰『節』，皆非推
己及人之主人道德，而爲以己屬人之奴隸道德也。人間百行，皆以自我爲中
心，此而喪失，他何足言！奴隸道德者，即喪失此中心，一切操行，悉非義
由己起，附屬他人以爲功過者也，一九一六年之男女青年，其各奮鬥以脫離
此附屬品之地位，以恢復獨立自主之人格。」〔註10〕這無疑給當時的青年女
子出門求學、追求自由戀愛和進入職場等等行爲以莫大的鼓勵。三是女性的
職業發展。女性的職業發展不僅能夠拓展女性的視野，而且能爲女性增加新
的經驗與特質。因爲一旦有大量的女性進入原本由男性一統天下的公共領
域，其組織模式、規章制度和表現形式等等都會因新成員的加入而發生變動。
女性也會由當初爲進入職場而不自覺的對男性行爲的模仿，到逐漸獲得消化
了男性氣質中許多元素之後而摸索生成的嶄新經驗與特質。

　　在這個文化新空間中，大眾傳媒與出版業的興起爲男、女作家的交流提
供了機會與平臺。科舉制度結束之後，出版傳媒既是部分知識分子謀生之所，
也是他們傳播與交流思想、參與現代民族國家建設的主要渠道之一。當然，
這個渠道與平臺也被當時的知識女性所利用。她們經歷了從最初的被啓蒙到
積極參與其中再到獨立發表觀點的過程。五四時期，陳獨秀在《新青年》上
特闢「女子問題」專欄，希望知識女性踊躍投稿參與到「婦女解放」這一話
題的討論中來，結果應者寥落，很少有人響應。但是到了上世紀三十年代，
不僅有知識女性成爲了雜誌的主編，比如丁玲主編《北斗》，而且形成了一定
規模的女編輯與女作者隊伍。抗戰時期，《女聲》與《天地》在知識女性的主
導下，更是以發出「女性之聲」爲辦刊目標，不僅公開批評父權制社會對女

〔註10〕陳獨秀，〈一九一六年〉，載《青年雜誌》第 1 卷第 5 號（1916 年），頁 10。

性的壓迫，而且大膽的討論與女性身體息息相關的問題，比如，欲望、生育和衣食等等。可見，在民國這個場域，中國知識女性「接受了個人思想表達如何介入公共話題，個人的話語權力與他者的話語權力如何對話與互動，如何在彼此的砥礪中構建更大的話語空間的全面訓練。」〔註11〕知識女性如此，男性知識精英更是如此。在這個意義上，男、女作家之間有效的交流方式及「和而不同」的交流氛圍被建構了起來。

在這個文化新空間中，男、女作傢具有在文化層面上溝通與交流的基礎與目的，即共同對父權制社會的批判與對抗。高彥頤在《閨塾師》一書中就談到了明末清初江南城市上流社會的才女與男性文人的互動。作者認爲在明末清初，才女文化以非正式或正式的組織形式存在，即通過婦女詩社的形式存在。婦女詩社大致分爲三種形式，即家居式、社交式和公眾式。前兩種組織形式的主要成員是以親戚和鄰里關係爲主，比如母親、婆婆、鄰居等等。最後一種組織形式也被稱爲「公眾式」社團，因爲它要出版刊物，其成員有一定的文學聲望。這種詩社常常是在男性文人的承認和推動下初具規模的，並常常與男性詩社交流探討，一較高下。可見，男、女作家在文化層面上交流自古便有，只是在古代社會中不成規模，更爲重要的是，這種交流沒有文化目的自覺性。在某種程度上，只是活躍了古代婦女的文化生活。在現代社會可就不一樣了，這主要源於知識分子對父權制社會的認識。這正如崔衛平在〈宦官制度、中國男性主體性和女性解放〉一文中以宦官爲例談中國文化的實質那樣，他認爲雖然宦官在數量上是有限的，但是「閹割」卻形成了一種制度。這種制度不僅爲這個社會上的所有男性所承認，而且一再被複製。並且「『淨身』就不僅是發生在一些男人肉體上的事實，它也發生在其餘男人的意識當中。當一些男人身體上遭受閹割之時，另外一些男人在精神上、人格上、尊嚴方面就毫髮無傷麼？」〔註12〕在此基礎，他判斷道「這種現象拿西方的女權主義理論是無法解釋的，那裏有一個『菲勒斯中心』，即男根中心，但是在中國，即便是男根，也不是牢不可破的，它時時處於被閹割、被削弱、被威脅的危險之中。對許多男人來說，這個表述改爲『只有一個男根是中心』

〔註11〕 李怡，〈「五四」與現代文學「民國機制」的形成〉，《鄭州大學學報》（哲學社會科學版）2009 年第 4 期，頁 55。
〔註12〕 崔衛平，〈宦官制度、中國男性主體性和女性解放〉，《天涯》2003 年第 5 期，頁 10。

更爲恰當。而他們自身，則處於『去勢』和『非雄性』之中。」〔註13〕因此，在等級森嚴的父權制社會中，遭到壓抑的不僅是女性，還包括男性。雖然很多男性以不斷掏空自己爲代價躋身於權力擁有者的序列，通過加倍壓制處於「下位」的人來達到心靈上的平衡，但是也不排除受壓抑的人們團結起來，共同反抗這專制的社會。這也是我們在男性文本中不斷發現的對以父權制特徵爲內在邏輯的革命話語、民族話語進行質疑與批判的原因所在。這無疑就成爲兩性之間相互理解與交流、齊心協力進行社會改造的基礎。

王富仁先生在〈一個男性眼中的中國當代女性文學研究〉一文中談到，「中國現代女性意識確確實實是在反對男性霸權主義的過程中逐漸發展起來的，但這並不意味著是在反對『五四』時期男性文學的霸權主義的過程中建立起來的，而是在反對儒家『男尊女卑』的傳統觀念及其在現實社會的嚴重影響的過程中建立起來的。而在這個過程中，『五四』時期男女兩性的文學是站在同樣一條戰線上的，將這個時期的中國女性文學與中國男性文學簡單對立起來，不但無法正確地描述中國現代的男性文學，也無法正確地描述中國現代的女性文學。」〔註14〕的確，如果現代女性文學研究沒有將男性文本包括進去，對男作家創作本身沒有一個總體的認識，那麼對女性文學的發展來說是不利的。我們既很難辨別女性文學、女作家創作的文學作品所能達到的獨立高度在什麼地方，也容易把男女兩性共同的認識和奮鬥目標僅僅當做女性文學的認識與目標。相反，男作家如果不增加對女性文學的思考，也不能發現自身在表現女性的局限在什麼地方。我們同意男作家對女性的表現能達到一定的高度也不能取代女作家自身的創作，也堅持認爲男性作家在書寫女性方面所取得的成績是無法抹殺的。中國現代女性文學研究如果對男作家在中國女性文學發生發展中的歷史作用及意義沒有一個總體認識的話，這是不符合中國女性文學自身發生發展的歷史事實的。

（作者簡介：譚梅，女，成都大學師範學院副教授）

〔註13〕崔衛平，〈宦官制度、中國男性主體性和女性解放〉，《天涯》2003 年第 5 期，頁 10。

〔註14〕王富仁，〈一個男性眼中的中國當代女性文學研究〉，《文藝爭鳴》2007 年第 9 期，頁 6。

楊柳青年畫視角下的中國女性生活

王　鳳

　　摘要：楊柳青年畫是中國四大木版年畫之一，其藝術風格不僅受到北方版畫和院體畫的影響，而且「半印半繪」的繪製工藝更使其聞名遐邇。其中，楊柳青年畫中的仕女題材歷史悠久，它不僅包含著民眾對和美家庭生活的嚮往，同時也爲探討中國女性生活提供了珍貴的視覺文本。在傳統中國，年畫中的傳統女性形象是男權社會對女性規訓後的藝術再現。而近代中國，女性形象所發生的一系列變化，充分體現出民族主義話語及男性精英知識分子對年畫創作者及年畫作品，乃至社會的浸潤與期待。女性的主體身份和社會角色的重新塑造與定義，充滿了性別權力關係的調整與變化。楊柳青年畫作爲記錄、反映並引領女性生活的視覺文本，不僅展現出女性形象的變化，而且還考察了中國女性生活從傳統到現代的歷史變遷及其隱含其中的性別權力關係。

關鍵詞：楊柳青年畫；性別；女性；變遷

一、前　言

　　在新文化史日漸興起的時代，跨學科、交叉研究逐漸成爲潮流，以全新的視角來審視史料能夠給研究者提供更多認識歷史的可能。因此，圖像、年畫等視覺文本越來越受到人們的高度重視。由於視覺文本來源於歷史中的眞實，在一定程度上展現了特定歷史時期的重要事件、普通人群的生活及其觀念，乃至社會風俗、文化現象。因此，近些年來學者們賦予視覺文本以更多地價值和意義。「視覺史料的價值並不只是作爲文字史料的附屬品（如插圖），它更能觸及宗教、族群、性別、階級等的界域劃分，以及不同界域之相互關

係，而其內涵不僅包括理性思維、理念傳遞，亦包括情感表達、群體的記憶與認同，因而具有主體性的地位。」〔註1〕

實際上，中國歷代藝術家所創作的繪畫作品早就受到人們的重視和開發。學者們不僅高度肯定其文化、藝術價值，而且還自覺或不自覺地將其作爲史料，提升其學術和理論價值。在中國歷代繪畫作品中，女性題材一直受到學者的關注並被歸類爲「仕女畫」，成爲美術史中的一個重要組成部分。藝術史研究者把目光投向中國歷代的女性創作者以及中國傳統美術作品中女性形象，「女性研究逐漸拓展至藝術史領域，研究者開始關注與重估女性創作者在藝術史上的地位與價值，並進而探討傳統美術中作爲圖像存在的女性形象變遷史」〔註2〕，但普遍缺少性別視角，而選取的視覺文本大多數來自中國主流繪畫，如文人畫與宮廷繪畫等，關注民間年畫者寥寥。隨著社會史、社會性別史的蓬勃發展，學者們不僅將研究視野轉向普通民眾，而且聚焦女性，將視覺文本作爲研究社會史、社會性別史的重要史料。

於是產生並發展於近代中國的各種畫報成爲研究社會生活、風俗習慣的重要文本，有關女性的視覺文本則成爲研究近代女性生活變遷及社會性別秩序變動的重要資源。海內外學者取得了一定的學術成果，值得關注。如侯傑、王昆江編著的《醒俗畫報精選：清末民初社會風情》〔註3〕一書，通過對近代出版的這份重要的石印畫報的系統搜集、整理，按照專題，揭示出近代中國社會年節、婚喪、家庭、信仰等習俗以及陋俗的破除、開民智所帶來的發展變化，闡明圖文互觀、圖文互證、圖文互釋的關係。他在與李釗合撰的〈媒體‧視覺‧性別—以清末民初天津畫報女性生活爲中心的考察〉〔註4〕一文中，闡釋出畫報不僅起到過新聞傳播的效果，而且通過對女性生活的描述及其考察，可以深入研究性別角色在社會文化上的意義和特徵等。陳平原的《左圖右史與西學東漸——晚清畫報研究》一書，從畫報入手，對特定歷史時空中，傳統中國的「左圖右史」怎樣與西學東漸的匯流結盟，進而影響到中國的現

〔註1〕黃克武，《畫中有話——近代中國的視覺表述與文化構圖》（臺北：中央研究院近代史研究所，1993年），頁1。

〔註2〕王宗英，《中國仕女畫藝術史》（南京：東南大學出版社，2009年），頁1。

〔註3〕侯傑、王昆江，《醒俗畫報精選：清末民初社會風情》（天津：天津人民出版社，2005年）。

〔註4〕侯傑、李釗，〈媒體‧視覺‧性別——以清末民初天津畫報女性生活爲中心的考察〉，《南方論叢》2005年第1期。

代化進程的歷史過程進行了梳理和思考。〔註5〕葉漢明不僅編輯了〈《點石齋畫報》通檢〉〔註6〕，而且還撰寫了〈《點石齋畫報》與文化史研究〉〔註7〕、〈性別覺醒—兩岸三地社會性別研究〉〔註8〕等論文，顯示出「索引」對深化報紙、期刊等新聞媒體研究具有巨大的推動作用。黃克武主編的《畫中有話：近代中國的視覺表述與文化構圖》，彙集通過圖像來研究近代歷史和與圖像有關的研究論文 13 篇，其中，就有王爾敏利用近代畫報研究近代中國歷史走向的〈《點石齋畫報》所展現之近代歷史脈絡〉等文。此外，王爾敏還撰寫了〈中國近代知識普及化傳播之圖說形式——《點石齋畫報》例〉〔註9〕等論文，表現出極高的學術熱情和探索精神。

林美莉的〈媒體形塑城市：《圖畫日報》中的晚清上海印象〉〔註10〕和柯惠玲的〈清末畫報的婦女圖像——以1900年後出版的畫報爲主的討論〉〔註11〕等文，分別論述了畫報與近代上海城市形象、女性研究中的諸多議題。李從娜的〈《北洋畫報》的身體史意蘊及解讀〉〔註12〕探討了出版於民國時期的這份畫報在都市女性身體的現代性建構過程中所發揮的重要媒體作用。她的另一篇論文〈從《北洋畫報》看民國時期都市交際舞業〉〔註13〕則專注舞女群體，論及都市消費與兩性關係的異化，畫報媒體與社會的互動等議題。吳果中有關《良友》畫報中女性身體問題的研究〔註14〕和陳豔對《北洋畫報》封

〔註 5〕 陳平原，《左圖右史與西學東漸——晚清畫報研究》（香港：三聯書店（香港）有限公司，2008 年）。

〔註 6〕 葉漢明、蔣英豪、黃永松，《〈點石齋畫報〉通檢》（香港：商務印書館（香港）有限公司，2007 年）。

〔註 7〕 葉漢明，〈《點石齋畫報》與文化史研究〉，《南開學報》2011 年第 2 期。

〔註 8〕 譚少薇、葉漢明、黃慧貞、盧家詠，《性別覺醒——兩岸三地社會性別研究》（香港：商務印書館，2012 年）。

〔註 9〕 王爾敏，《中國近代知識普及化傳播之圖說形式——點石齋畫報例》（臺北：中央研究院近代史研究所集刊，1990 年），頁 19。

〔註10〕 林美莉，〈媒體形塑城市：《圖畫日報》中的晚清上海印象〉，《南開學報》2011 年第 2 期。

〔註11〕 柯惠玲，〈清末畫報的婦女圖像——以 1900 年後出版的畫報爲主的討論〉，《南開學報》2013 年第 3 期。

〔註12〕 李從娜，〈《北洋畫報》的身體史意蘊及解讀〉，《蘭臺世界》2011 年第 16 期。

〔註13〕 李從娜，〈從《北洋畫報》看民國時期都市交際舞業〉，《中州學刊》2010 年第 1 期。

〔註14〕 吳果中，〈民國《良友》畫報封面與女性身體空間的現代性建構〉，《湖南師範大學社會科學學報》2009 年第 5 期。

面女性形象的剖析，以及其他海內外學者對畫報的研究也都具有一定的價值。〔註15〕可見，作爲現代媒體的畫報受到研究者的關注，相對而言，有關傳統媒體與中國社會史、性別史的相關研究就十分薄弱了。

　　有鑒於此，筆者將目光對準天津楊柳青年畫這一較爲傳統的視覺文本，借助社會性別視角，考察近代中國女性從傳統走向現代的生活。首先是因爲楊柳青年畫既吸收了中國文人畫與宮廷繪畫的元素，是內容豐富的視覺文本，又具備傳統媒介傳播文化、思想、觀念的功能以及商品屬性。更重要的是該年畫起源民間，與包括女性在內的普通民眾日常生活息息相關，同時還展現出近代中國的某些變動，恰如社會之縮影。「因此，年畫可補史籍記載之不足，爲中國的宗教、民俗、社會學、美術史尤其民間傳統繪畫史之研究，提供了形象直觀的實物資料，具有它特定的史料價值。」〔註16〕其次，天津楊柳青年畫始於明盛於清，爲中國四大年畫之首，其「半印半繪」的製作工藝使年畫的視覺效果更加豐富、細膩，不僅受到普通民眾的歡迎，連皇宮貴族都非常喜愛。爲此，楊柳青年畫創作者在繪製的過程中，儘量滿足不同人群的需要，如針對皇宮貴族們的「細活」和滿足普通民眾需求的「粗活」，從而拓展了年畫的題材範圍及受眾群體。再次，從作品題材上來看，反映普通民眾生活的作品雖然較多，但是仕女娃娃畫作爲主要題材之一，長期存在。女性形象豐富多彩，有的端莊賢淑，有的婀娜多姿、千嬌百媚，展示的是女性「孱弱病態」之美。這種充滿「病態美」的女性形象產生於明清文人畫家之手，不僅代表了古代男權社會對女性審美的要求，同時也是明清文人柔弱群體抒發抑鬱不得志、感傷苦悶的媒介。楊柳青年畫創作者爲了迎合主流繪畫，把文人仕女畫中的「病態美」巧妙地嫁接在年畫中的仕女形象身上。因爲他們深知只有融入主流，才能被社會認可，擁有更大的生存空間。最後，楊柳青年畫創作者博採眾家之長，在繪畫技法等方面不斷傳承和創新。「據宋代有關史料記載，遼金進兵中原，採工匠北遷爲奴，不少畫工因畏懼北國嚴寒，躲到天津楊柳青，楊柳青年畫也因此開始發展，故有北宋院體畫傳楊柳青之說。」〔註17〕考諸年畫作品，也不難發現楊柳青年畫在繪畫技法方面受到過宮廷繪畫的影響，工筆繪畫的起稿方式嚴謹、工致、細膩。因此不論是女性的妝容、髮型，還是服飾、足飾，甚至是服裝上繁縟的花

〔註15〕陳豔，〈「新女性」的代表：從愛國女學生到女運動員——20世紀30年代《北洋畫報》封面研究〉，《廣西社會科學》2009年第12期。

〔註16〕王樹村，《中國年畫史》（北京：北京工藝美術出版社，2002年），頁5。

〔註17〕張道梁，《天津年畫百年》（天津：天津人民美術出版社，2004年），頁8。

紋等都很工致、細膩地表現出來。這不僅爲中國女性妝容、髮型、服飾史的研究提供了珍貴的視覺文本，同時也爲解讀近代女性生活創造了條件、可能。楊柳青年畫創作者對女性形象的刻畫與審視包含了深刻的文化內涵，不僅是傳統時代彰顯男權，壓抑女性的體現，而且也反映出男女兩性的權力關係。這爲研究者透過視覺文本，追尋中國的傳統形態提供了難得的素材。

近代中國正處在危機深重、社會動盪的艱困時期，在男性知識分子的大力提倡下，楊柳青年畫走上改良之路，成爲「開民智」的載體。年畫也隨之發生變化，出現了戒纏足、興女學等新內容。在新舊文化碰撞、融合的轉型時期，年畫在商業與啓蒙的雙重助推下，重新定義「女性」，對女性問題的觀察與呈現也有更多的複雜的面向。這些變化不僅透露出女權的覺醒，反映出傳統秩序、人倫禮法的改變，而且使得年畫創作者參與到社會主流話語的建構，提高了社會地位。

二、楊柳青年畫中的傳統女性形象

在中國歷代仕女畫中，傳統女性形象格外值得關注。這不僅集中體現在身體、服飾等方面，而且還隱含著對她們的主體身份和社會地位的認知。除了唐代張萱、周昉筆下的美女「豐腴肥碩、健康豔媚」，展現屬於那個時代的審美意趣之外，其他朝代繪畫作品中的女性形象大多是衣領緊鎖，細長的腰身被厚重的服飾層層裹起，女性特有的曲線身型完全被遮蔽。明清時期，禮教盛行，畫中的女性形象更加模式化，一對柳葉細眉不僅成爲流行眉款，而且還意味著做女人要善良、溫柔；而刻意被畫得極小的嘴唇被稱爲「櫻桃小口」，除了美觀外更是愼於「婦言」的外在體現。「明清仕女畫中體現男性審美觀的櫻桃小口是限制女性說話，保持男權話語的尊嚴。」〔註18〕畫中女性的耳環雖然不那麼明顯，但也是繪畫者們精心刻畫的重點。耳飾分穿耳與不穿耳，不穿耳的耳飾有玦、瑱、珥等。而瑱，是一種由玉製成的耳飾，其佩戴也被寄予深刻的含義。「周代，各種禮儀制度逐漸完備，據說，后妃貴婦耳懸瑱，是爲了使其不妄聽妄言，鄭重行事，順從婦德。」〔註19〕由此可見，畫中的傳統女性從妝容到配飾要盡量符合男權社會的審美要求。在禮教盛行的明清時期，傳統女性不僅在生活中要遵守各種規訓，就是在繪畫作品中亦是如此。因此，在楊柳青年畫中的傳統女性形象特別耐人尋味。

〔註18〕 王宗英，《中國仕女畫藝術史》（南京：東南大學出版社，2009 年），頁 143。
〔註19〕 汪維玲、王定祥，《中國古代婦女化妝》（西安：陝西人民出版社，1991 年），頁 179。

　　眾所周知，竭力推崇倫理綱常的程朱理學從宋代開始逐漸在社會生活中起
到主導作用，「存天理，滅人欲」的教條不僅禁錮了民眾的思想，而且嚴重束縛
了女性的身心。這種禁錮與束縛體現在繪畫作品中的就是女性服飾上的變化，
呈現出拘謹保守的趨向。如上衣款式多為交領深掩，裙長拖地，掩蓋足型。在
繪畫作品中展現女性「病態美」成為主流。楊柳青年畫在與文人畫、宮廷畫對
話的過程中，亦將對女性「病態美」的追求融會到楊柳青年畫仕女畫的創作中。
為了將這種風格保留並延續下去，楊柳青年畫創作者還編出一套畫美人的畫
訣，「鼻如膽，瓜子臉，櫻桃小口螞蟻眼；慢步走，勿乍手，要笑千萬莫開口。」
〔註20〕這套畫訣雖寥寥幾句，卻精準地抓住了表現仕女「病態美」的關鍵。也
正是由於口訣式的繪畫技法及其傳授，使年畫中的仕女形象逐漸趨於一致，「人
物的模式化一方面可以使畫面中的女人比現實的女人長得更像女人更有女人特
徵，如臉蛋曲線更誇張、嘴唇更小、眼睛更眯等等，是一種理想中的美人形象。
同時畫中所有的女人都是同一個形象，少有個性差異，突顯的是女性的精神氣
質。」〔註21〕由此可見，女性的「病態美」成為繪畫者追求的目標，而不是個
體差異。楊柳青年畫創作多屬於集體行為，起稿、刻版者多為男性，年畫中的
女性形象既是男性創作者對女性審美追求的直接體現，同時也是男權社會對女
性的規訓在藝術上的間接表達。

　　儘管女性形象的「病態美」在某種程度上是男權社會的產物，但在現實生
活中，女性對美的追求並不只是被動的接受，也有她們自我追求美與幸福的內
在動因。化妝不僅能夠使女性變得更加美麗，而且還包含著更多期待。在女性
無法充分行使話語權的傳統社會，她們還能通過不同的妝容傳情達意。「對女性
而言，在封建禮教的嚴厲束縛下，她們無法舒暢言行以表達自我的思想感情（尤
其是對異性的愛），而常常更多地代以『眉聽目語』。眉目作為最活躍，最有神
采的表情區，事實上成為她們意念表達和情感傳遞的重要途徑和特殊工具。」
〔註22〕漢書‧張敞傳》中就有「張敞畫眉」的典故。「西漢人張敞曾官京兆尹（即

〔註20〕白庚勝、于法鳴，《中國民間楊柳青年畫技法》（北京：中國勞動社會保障出
　　　　版社，2009 年），頁 64。
〔註21〕李蒲星，《美術視窗內的女性世界》（北京：光明日報出版社，2007 年），頁
　　　　17。
〔註22〕汪維玲、王定祥，《中國古代婦女化妝》（西安：陝西人民出版社，1991 年），
　　　　頁 37。

京都長安的最高地方行政長官），他為人直言敢諫，不怕開罪權勢，為官多有政績。但同時又是個很有溫情的丈夫，喜歡親手為妻子畫眉。故傳為美談，以喻夫妻恩愛。」〔註23〕足見，眉語既可以在夫妻間傳遞溫情，在情人那裏也可以寄託思念。在唐代元和年間，墨代替青黛，也就是女性改用墨畫眉。而墨畫的眉毛容易留下染痕，細心的女性就以此表達愛情。唐宋時期的著名文人韓偓和歐陽修等人就分別在詩句中點破其中奧秘。韓偓寫道「解寄繾綣小字封，探花筵上映春叢。黛眉印在微微綠，檀口消來薄薄紅。」〔註24〕歐陽修在《玉樓春》中也明言「半幅霜綃親手剪。香染青蛾和淚卷。畫時橫接媚霞長，印處雙沾愁黛淺。當時付我情何限。欲使妝痕長在眼。一回憶著一拈看，便似花前重見面。」〔註25〕不管是夫妻間的溫情，還是情人間的相思，女性的妝容在傳遞感情方面的確另闢蹊徑。在情感受到壓抑，表達不夠順暢的情景下，一對眉痕、一方口印，傳遞著女性對愛的追求與嚮往。

圖1　《美人圖》

〔註23〕 汪維玲、王定祥，《中國古代婦女化妝》（西安：陝西人民出版社，1991年），頁44。

〔註24〕 孟暉，《花間十六聲》（上海：生活‧讀書‧新知三聯書店，2006年），頁124。

〔註25〕 孟暉，《花間十六聲》（上海：生活‧讀書‧新知三聯書店，2006年），頁124。

　　與唐宋時期文人詩詞警句表達女性情感相比，楊柳青年畫在展現傳統女性形象上更爲直觀。《美人圖》〔註26〕中的仕女們上身穿著鑲邊女衫，外罩大鑲邊琵琶襟坎肩，下身穿著馬面裙，含羞嫵媚地站在花幾前。一人手呈蘭花指輕撫面頰，而另一人玲瓏玉手輕托下巴，二人姿態嫵媚多情、風韻翩翩。除了畫中仕女嬌媚的姿態外，引人注目的還有她們所穿的華麗衣裳。在中國傳統社會，每一個人的衣著都要符合其特定的身份和社會地位，服飾幾乎成爲人的第二身體。服飾不僅是裹體遮羞之布，更是對特定時代精神風貌與審美意象的展現。這兩幅楊柳青年畫所展示出的清代女性服飾的某些特徵，具有豐富的性別意涵。

　　自周代始，中國就建立比較嚴格的服飾制度。胡服騎射，更說明了中國人爲趕上時代的步伐，而向兄弟姐妹民族學習的胸襟。最終形成爲了應對四季分明的氣候變化，穿著了不同服裝的習俗。爲了抵禦嚴寒，他們發明了有衣領、長袖、採用掩襟式的上衣和長長的下裳，將全身上下包裹嚴實。不僅如此，這樣的服飾習俗使人們逐漸形成了遮蔽人體的強烈願望和要求，對於女性服飾來說更是有過之而無不及。至清代，服飾已經把女性的身體包裹得密不透風。在《美人圖》中可以看到的女性身體部位只有頭與手，其他部分都被服裝掩蓋起來，給人一種削肩、平胸、寬大、直筒般的外部觀感，就連女性的性別特徵及其曲線身姿都掩蓋在寬大的服裝之中。「層層的衣飾將人體緊密包裹起來，並且創造出一種與人體自然曲線無關的服飾節奏。」〔註27〕因此，女性的身體本身失去了存在的意義，幾乎淪落爲衣服架子。然而這卻充分表達出清代女性服飾設計要將符合禮制與禮教的教條置於首位的文化心理，「端莊、凝重、四平八穩是此種服飾的基本格調。」〔註28〕

　　儘管如此，清代女性對身體美的展示卻從未放棄過。她們運用智慧與靈巧的雙手，通過對服飾的改造與裝飾表達自己對幸福生活的憧憬、以及對美的想像。於是她們大膽突破明代女性服飾設計的限制。因爲明代禮教盛行，人體的禁忌觀念愈加強烈，女性服飾所掩蓋的身體範圍越來越大，遮掩與包裹成了服飾設計的主要訴求。明代晚期，隨著紐扣的使用，女服採用中式立領。「這種立領只要憑藉著在頸前縮扣的一至三粒紐扣，便可呈直立式裏貼在

〔註26〕王樹村，《中國年畫史》（北京：北京工藝美術出版社，2002 年），頁 13。
〔註27〕孟暉，《中原歷代女子服飾史稿》（北京：作家出版社，1995 年），頁 17。
〔註28〕龍志丹、王秋墨，《圖說清代女子服飾》（北京：中國輕工業出版社，2007 年），頁 4。

脖頸的周圍。特點就是可以使衣領服帖地圍裹在脖頸上。」〔註 29〕於是，明代女性的脖頸也被掩藏起來。隨著立領的不斷增高，甚至「可達 4 至 7 釐米，而且採用方領尖，扣合之後的豎領便如一道圓箍。」〔註 30〕為了遮掩頸部而採用的立領款式，完全不顧穿著者的實際感受，讓女性身體和心靈受到雙重壓抑。清代女服雖然繼承了明代服飾風格，但是也做出一些改變。最突出的表現在上衣立領處，就是將明代的方領尖改成弧形或眉形立領。這種帶有弧度的眉形立領既能夠把女性柔美的臉頰襯托起來，起到修飾下巴曲線的作用，又不像方尖領那樣將女性脖頸遮掩得如此嚴密，能夠顯露出頸部的部分肌膚。從性別文化的角度來分析，清代女性上衣的立領不僅順應了傳統禮教「遮體」的要求，同時也有效地修飾與拉長了女性頭頸之間的曲線，而且通過略高的立領迫使女性抬頭挺胸，規範了頭部的位置，使穿著立領上衣的女性在形體上顯現身體的魅力。

除此之外，清代女性服飾還將紐扣與立領進行了組合，改變著令人備感壓抑的服裝款式。「大約在嘉慶、道光年間，醞釀成了新一代的女服風格。豎領改變了衣領與兩襟的關係；紐扣則使衣襟可以固定在襖衫的任何一點上，而不破壞衣飾的美觀；紐扣自身也可以成為服裝上的精巧飾物。」〔註 31〕紐扣的巧妙的運用，還使清代女服的上衣款式產生新的變化。如女服中的坎肩，又被稱為馬甲或背心，為無袖短身的上衣。由於使用了紐扣，使其式樣更加豐富，衍生出一字襟、琵琶襟、對襟、大撇襟、人字襟等式樣，為寬大、樣式單一的女服上衣增添了一絲活力。而紐扣的設計與製作本身更表現出一定的創造力，「紐的本義最初本是以帛條卷成一圈，以做繫結。後來出現紐扣，分為牡、牝。扣子為牡，紐圈為牝。」〔註 32〕除了實用功用，女性又賦予了紐扣較強的裝飾性。她們用布條或帛條盤織成各種花樣，統稱作盤花扣。至於盤花圖案一般都具有濃鬱的民族情趣和吉祥含義，如蝴蝶扣、鴛鴦扣、囍字扣、吉字扣、菊花扣、梅花扣等。盤扣在女服中不僅具有連接衣襟的實用功能，而且被賦予吉祥寓意，表達著穿衣者對美好、幸福生活的嚮往。

〔註 29〕孟暉，《中原歷代女子服飾史稿》（北京：作家出版社，1995 年），頁 169。

〔註 30〕孟暉，《中原歷代女子服飾史稿》（北京：作家出版社，1995 年），頁 170。

〔註 31〕孟暉，《中原歷代女子服飾史稿》（北京：作家出版社，1995 年），頁 177。

〔註 32〕馬大勇，《霞衣蟬帶：中國女子的古典衣裙》（重慶：重慶大學出版社，2011 年），頁 297。

　　清代女服的變化不僅體現在衣領處，還表現在滾邊上。滾邊是衣服的裝飾花邊，被稱爲縧子或闌干。不同寬窄與色彩的彩縧沿著領口、衣襟、袖口以及裾緣層層鑲飾，產生色彩斑斕、鮮豔奪目的效果。儘管寬大的服裝遮住了女性的曲線美，但是滾邊卻釋放出女性對美的無限遐想。

　　刺繡也成爲清代女服變化的重要元素之一。它不僅展示了心靈手巧等女性特質，而且透過刺繡圖案及其所賦予的寓意訴說與表達著自己的希望。如傳統紋樣中的梅、蘭、竹、菊、石榴、牡丹等植物花卉圖案象徵著吉祥與美滿。植物與動物圖案的組合，既可以增強紋樣的裝飾性效果，又使其寓意更加豐富有趣。牡丹與金魚的組合象徵著富貴有餘、牡丹與燕子的組合象徵著宴祝富貴等。還有將漢字變形後的幾何圖案，如「壽」字的變形、「萬」字的變形「卍」，賦予萬壽無疆、和諧永恒等意義。

　　總之，在中國傳統服飾制度下，女性順從了禮教的種種要求，服裝完全變成了遮掩身體的工具。然而女性對美的追求，使她們運用智慧與雙手不斷地對服飾進行改造，並在禮教與美之間找到平衡點，體現出一定的主體性。可是，我們還應該看到，女性如此追求服飾美，與「女爲悅己者榮」，希望得到男性的欣賞等傳統心理有關。對於無法充分展示的身體來說，只有不斷變化的服飾才能使自己的容貌變得更美，進而博得男性的青睞。「無論髮型頭飾、服飾還是足飾，凡此種附著在女性身體之上、被建構出來的美，也都是有男女兩性商榷而成的。」〔註33〕由此可見，女性服飾美的含義不僅包括外在美，更蘊含了女性的各種渴望，其中不乏性別憧憬。具體而言，楊柳青年畫《美人圖》中兩位女性衣著華麗地站在那裏，既被包裹、遮掩，同時也以一種獨特的方式展示著、訴說著自己及其所代表的群體。

三、楊柳青年畫中母與子的性別透析

　　在傳統禮教的束縛下，女性在家庭生活中受到各種約束與限制。「未嫁從父，既嫁從夫，夫死從子」的「三從四德」剝奪了億萬女性的多項權力。男權社會雖然以禮教禁錮女性，但在家庭生活中，倫理與現實生活之間存在著相當大的張力，具有一定的靈活性。在男女兩性共同構建的家庭生活中，各個階層的女性均以不同的方式適應著、調和著甚至改變著禮教對女性生活的嚴酷束縛和制約，呈現出溫馨、幸福的某些面向，如家庭生活的富足、母與子的溫情。

〔註33〕辛太甲、侯傑、習曉敏，〈《大公報》與民國時期中國女性研究〉，《南方論叢》
　　　　2008年第3期。

在楊柳青年畫仕女娃娃畫中，有很多作品表現的就是母與子，並將母親對孩子的撫育、教育、養育置於給孩子洗澡、陪孩子玩耍、對孩子教育等生活場景之中加以呈現。如《戲嬰圖》〔註34〕、《愛嬰沐浴，嬌兒戲蛙》〔註35〕這兩組門畫〔註36〕就選取了生活中十分常見的生活場景，讓人感到既普通又溫馨。圖 2 中，夏日庭院、樹蔭竹影、母親手執紈扇探身窗外，一手搖扇爲孩子祛暑納涼、一手逗引孩子玩耍。調皮的孩童則站在長廊上快樂之極，時不時還要回頭張望母親，洋溢著輕鬆愉悅的氣氛。而圖 3 表現的內容更爲豐富，一是母親正在給沐浴中的孩子擦拭身體；另一個是母親雙手扶著正要戲蛙的孩子，生怕他摔倒。如果說圖 2 是用「戲」來營造母與子輕鬆愉快的關係，那麼圖 3 所表現的母愛更讓整個畫面充滿了溫馨與親情。人世間最無私的愛就是母愛，年畫創作者充分利用生活中司空見慣的某些細節強化「母愛」的主題，同時也讓觀者感到在只有母與子的圖畫世界中，母親的角色是多麼的重要。對於孩子的哺育與養育來說，母親的作用是任何人都不能替代的。「母親不像其他女性角色那樣迷一般的模棱兩可。一個女人把自己是孩子的媽媽看得比其他都重要，就會發現生活少了許多令人困惑、沮喪的東西。」〔註37〕女性只有在獲得並認同母親這一主體身份後，才具有更加豐富的人生。在畫面中，母親所具有的教育使命也得到彰顯。值得注意的是母親手中的紈扇，因「扇」與「善」諧音，暗示著作爲母親的女性一定要爲孩子做出表率，爲人要善良。可見，楊柳青年畫在主題確定、構圖形式，甚至在畫面人物所使用的物品隱喻上都力求樹立「慈母」的形象。「中國的家庭價值觀由於如此推崇母親這個角色，因此把老年婦女看得比青年女子更尊貴，多子女的女人比子女少或未生育的女人更尊貴。通過從每一種可能的角度激勵女人當一個好媽媽，中國的家庭體系鼓勵女人精心、慈愛地養育子女。」〔註38〕

〔註34〕天津楊柳青畫社，《中國楊柳青木版年畫》（天津：天津楊柳青畫社，1988 年），頁 99。

〔註35〕天津楊柳青畫社，《中國楊柳青木版年畫》（天津：天津楊柳青畫社，1988 年），頁 99。

〔註36〕門畫是由兩張構圖對稱的畫組成，也稱爲「對臉」，一般是貼在屋門上。

〔註37〕伊沛霞，《內闈—宋代的婚姻和婦女生活》（南京：江蘇人民出版社，2004 年），頁 165。

〔註38〕伊沛霞，《內闈—宋代的婚姻和婦女生活》（南京：江蘇人民出版社，2004 年），頁 165。

圖 2 　《戲嬰圖》

圖 3 　《愛嬰沐浴，嬌兒戲蛙》

　　爲教育子女，古代先賢的母親已經做出榜樣。「昔孟母、擇鄰處，子不學、斷機杼。」在影響深遠的《三字經》中，就有對《孟母三遷》與《孟母戒子》的高度概括。不僅孟母將對孩子的教育提升到一個新的高度，而且西漢學者劉向在《列女傳》也把《鄒孟軻母》列入《母儀傳》〔註39〕中，強調母親教育孩子既要「言教」更要「身教」。楊柳青年畫非常注重母親對子女的教育，因此對《孟母三遷》之類的題材情有獨鍾，創作大量作品，如《孟母三遷》〔註40〕與《孟母擇鄰》〔註41〕。圖 4 中所表現的孟母充分體現了中國儒家美學觀念，構圖是以中軸線爲中心而向左右兩邊展開。孟母的形象被置於畫面的中心區，使觀者在面對作品時首先注意到的就是孟母，然後才會看到旁邊的孟軻與車夫。除此之外，年畫創作者在人物形象的塑造上也是匠心獨運。如果和楊柳青年畫其他作品中華麗的女性形象相比較，就會發現孟母的衣著、髮型與髮飾都極爲樸素。僅領口處有繡花的淡藍色長衫、莊重的表情與懷中所抱著的古琴，彰顯出孟母的莊重、大方與才藝，毫無少婦的嫵媚。而站在母親右後方的小孟軻，也不同於其他年畫中頑皮好動的男童形象。他規規矩矩地站在母親身旁，一手捧書，一手托劍，表情成熟穩重。從孟軻的形象上來看，也充分體現出孟母的教子有方。因此從年畫的構圖到人物形象的塑造，都使「孟母」這位出色的、善於教子的母親形象躍然紙上。女性觀畫者不禁會以孟母爲榜樣，學習教子之道。圖 5《孟母擇鄰》強化的是動態描繪，也就是母親帶著孟軻第三次遷居到學堂附近居住的歷史場景。畫面色彩豐富、人物眾多，在畫中左側的學堂中有的學童還在讀書，老師則正在與已經到來的孟軻雙手作揖，互相行禮問候。美麗的風景、師生之間的禮貌互動加之專心讀書的場景，營造出非常適宜孩子學習成長的環境空間。在這幅年畫中，並沒有展現孟母前兩次遷居的場景，而是選擇最關鍵、對孟軻學習成長最有益的第三次遷居作爲描繪對象，從一個側面體現了孟母在孟軻學習成長過程中至關重要的作用，說明母親一定要爲孩子選擇良好學習生活環境的道理。歷史已經做出證明，沒有「孟母擇鄰」就不會有孟軻以後的成就。這不僅贊揚了「孟母」，同時也提升了善於教子的母親們在家庭乃至社會中的地位和價值。在傳統中

〔註39〕在《列女傳》的《母儀傳》中，還有許多贊揚母親教子有方的歷史典故，如
　　　　〈湯妃有莘〉、〈啓母塗山〉等。從這些典故中感受到，母親的言傳身教對子
　　　　女成長的重要作用，而子女的成才也能夠提升母親在家庭、社會中的地位。
〔註40〕王樹村，《中國民間美術圖說》（杭州：浙江文藝出版社，1992 年），頁 4。
〔註41〕王樹村，《中國楊柳青木版年畫集》（天津：天津楊柳青畫社，1992 年），頁 13。

國,「衡量女性成就的真正標準是看她們怎麼很好地把孩子撫養大。」〔註42〕

圖 4　《孟母三遷》

圖 5　《孟母擇鄰》

〔註42〕伊沛霞,《內闈—宋代的婚姻和婦女生活》(南京:江蘇人民出版社,2004 年),
頁 162。

　　足見，在楊柳青年畫中無論是母親與孩子嬉戲玩耍，還是培養教育孩子，表現的是母親在與子女們朝夕相處的每一刻都能獲得生活的快樂與人生的喜悅。如果子女成才就更能體現出母親的成功，進而提高了母親在家庭中的地位和價值。目前越來越多的人已經認識到「這不僅僅是文明認為女人具有母親的天職而必須與孩子親熱，而且女人也確實在這樣的生活狀態中感受到了自己的快樂和價值……因為只有這樣的生活，才會使女人真正感受到自己是一個女人，而不僅僅是一個人。不管是文明的加強，還是性別的決定，女人總是能在做一個女人的感覺中發現快樂。」〔註43〕可惜的是，還很少有人意識到男性，特別是父親的缺席。

　　需要強調指出的是，在孕育、撫育、養育、教育孩子的過程中，母親早已突破「三從四德」的某些限制，也沒有完全遵循傳統禮教所制定的生活邏輯。因為她們實現了身份的轉換，由丈夫的妻子，同時擁有了孩子母親的主體身份，禮應受到孩子的尊重和愛護。置於楊柳青年畫中仕女娃娃題材作品，不僅僅充滿子孫滿堂、家庭和美的寓意，同樣也寄託著女性追求美好生活的願望。因此在父親缺席、只有母與子的歷史畫境中，母親不僅獲得了快樂，而且也對人類做出自己的貢獻。

四、改良年畫與近代女性生活變遷

　　20 世紀初，知識分子開始注意到傳統年畫在民間的傳播優勢，倡行年畫改良，以開啓民智。他們的倡議很快就得到楊柳青最有名的兩家畫店——戴廉增和齊健隆的回應，先後創作出一批具有時代特色，新聞性較強的年畫作品。這一類的年畫統稱為「改良年畫」。隨著楊柳青年畫所反映的近代變化日漸豐富，其中所蘊含的性別意義也在不斷增加，如戒纏足、興女學、鼓勵女性工作、提倡男女平等。楊柳青年畫成為時代主流話語的接受者，開始更多地反映並引領近代女性生活的變遷。

　　清末，以康有為、梁啓超為首的中國知識分子已經逐漸意識到婦女問題不僅是個人問題，更與國家富強、民族危亡有著密切的聯繫。他們一方面猛烈抨擊殘害女性的各種陳規陋習，另一方面大力倡辦女學會、興建女學堂、

〔註43〕李蒲星，《美術視窗內的女性世界》（北京：光明日報出版社，2007 年），頁26。

領導不纏足運動，讓女性承擔起更大的社會責任。《女子自強》〔註44〕這幅楊柳青年畫描繪的是一家四口，男主人坐在桌子旁邊，女主人則站在兩個孩子的中間。該畫上方的題詞寫道「現在的時勢，不論男女必須自食其力方能自保，不趕緊想法子，還是女的靠著男子，男子受了累女子亦必活不成了。中國不強，大病在此。」題詞表達了女性不應該依賴其丈夫而過活，應當自食其力承擔起家庭的責任。不僅如此，創作者還繼續引申，將「中國不強」的責任直接推到女性身上，認為只有「女子自強」了，中國才能強大。把「女子自強」與「國家強大」直接聯繫在一起。

圖6　《女子自強》

年畫《婦女工作》〔註45〕更直接描繪了正在從事工作的三位女性。左前方的女子盤膝坐在紡車前紡紗，另外兩位女子正在績麻。圖上方的題詞為「婦女工作，當聚一處。紡紗績麻，各盡所長。」從題詞充分感受到年畫創作者認為女性應該自尊自立，積極參加工作，各盡所長，互相銜接和配合，為家庭與國家承擔責任。

〔註44〕劉見，《中國楊柳青年畫線版選》（天津：天津楊柳青畫社出版，1999年），頁529。

〔註45〕劉見，《中國楊柳青年畫線版選》（天津：天津楊柳青畫社出版，1999年），頁528。

圖 7 《婦女工作》

　　由此可見，楊柳青年畫中所描繪的女性形象與傳統年畫出現很大差異，女性在家庭中相夫教子，享受家庭生活快樂的內容，讓位給女性在民族危亡中要承擔更多的義務，參加工作，以自己的實際行動承擔起「小家」與「大家」的責任。這些年畫所要表達的都是「救國」主題，充分說明了「婦女除了爭取自身的權益，還肩負挽救民族於危亡的社會責任。」而「中國一直缺少獨立於政治鬥爭以外的婦女運動，民族矛盾和階級鬥爭往往掩蓋了性別關係。」〔註 46〕因此，透過楊柳青年畫中的女性形象，可以更直觀地感受到其家庭與社會角色的這些變化。

　　女性纏足被認為是導致民族危亡的重要原因之一，急需改良。男性知識分子認為只有根除女性的這些傳統生活陋俗，才能解除社會危機。改良年畫畫師閻子陽創作的年畫《戒纏足》中，就有由他撰寫的白話詩句，文字淺顯、通俗易懂「莫纏足，莫纏足，纏足真個苦，一雙小腳兩眼淚，筋斷骨折血肉枯，文明女子尚天足，大方真自如，何必忍心害理下毒手，致令女兒終身痛切膚，勸世人，莫纏足。」〔註 47〕創作者不僅深切關注纏足給女性帶來了身體上的極大痛苦，而且還提出若要成為「文明女子」就要「天足」，為此勸誡

〔註46〕鄭永福、呂美頤，《中國婦女通史：民國卷》（杭州：杭州出版社，2010 年），頁 15。
〔註47〕閻伯群，〈閻子陽與改良年畫〉，《今晚報》2013 年 7 月 10 日。

為人父母者千萬不要再給女兒纏足了。由於男性知識分子十分重視並強調女性在挽救民族危亡中具有強國保種的作用，所以大力主張並推動將不纏足直接寫入學校章程，成為女學生入學的必備條件。如在 1907 年，清政府就頒佈了包含此項規定的《女子師範學堂章程》和《女子小學堂章程》。「在《女子小學堂章程》中已明確提出了這樣的教育要求：女子纏足最為殘害肢體，有乖體育之道，各學堂務一律禁除，力矯弊習。」〔註 48〕

圖 8 《女子求學》

如果說不纏足是從形體上解放女性，那麼興女學則是要從思想上解放女性。改良年畫《女子求學》〔註 49〕描繪的是兩位身著漢服的年輕女性向男性長者讀書識字的畫面。題詞中將女性受到輕視的原因歸結於沒有知識，若要不依賴於男子，追求男女平等，就要進入學堂去讀書。該幅作品以簡潔的構圖配上通俗易懂的文字，明確地表達了興女學的意義。

由於不纏足與興女學相伴而行，所以許多學校無法也沒有完全拒絕纏足女童入學。在楊柳青年畫中就可以見到一些纏足女學生在校內參加體育活動

〔註48〕 羅時銘、王妍，〈論近代中國女子體育的興起〉，《成都體育學院學報》2006
年第 1 期。

〔註49〕 馮驥才，《中國木版年畫繼承—楊柳青卷（下）》（北京：中華書局，2007 年），
頁 391。

的場景。近代中國女學在體育課程的設置上，多模仿德國、日本，基本上是
以教導普通體操、兵式體操和遊戲為主。其中，兵式體操在北方女學中蔚然
成風，包括徒手操、器械操、槍操等，以培養女學生「尚武」的精神。〔註 50〕
而這也被楊柳青年畫創作者生動地呈現在年畫作品中。年畫《女學堂演武》
〔註 51〕畫的就是一座新式庭院，左右建有西式亭軒，內掛新式煤油燈。廳內
圓桌上，擺有座鐘、圖書、瓶花、筆硯等。庭院裏面，8 個頭戴禮帽，身穿軍
服高靴的女學生，分作兩排，有的在舉槍練習射擊，有的列隊觀看。柳樹下，
一位手持教鞭的女教習在觀看評點。遠處木柵欄前有兩個女生，一敲洋鼓，
一吹銅號，似在伴奏操演。院中綠石芭蕉，芳草牡丹，也被描畫得一筆不苟。
但是仔細觀察，不難發現學堂中正在演武的女學生依舊保持纏足的形象。這
是因為改良年畫的創作者們雖然選取了一些與時代變遷息息相關的題材，但
是囿於傳統表達方式，使得畫面中的某些景物未能徹底革新，故而與年畫的
主題有些游離，帶有某些傳統的痕跡。另外，這也從一個側面反映出女學生
群體中纏足的情況還很普遍或者是依然存在。

圖 9 《女學堂演武》

〔註 50〕 游鑒明，《超越性別身體：近代華東地區的女子體育（1895—1937）》（北京：
　　　　北京大學出版社，2012 年），頁 62。

〔註 51〕 馮驥才，《中國木版年畫繼承—楊柳青卷（下）》（北京：中華書局，2007 年），
　　　　頁 397。

不容否認，受時代話語的影響，楊柳青年畫創作者們把「不纏足」與「興女學」等反映近代社會變遷的議題，通過年畫這一民間的傳統藝術方式呈現出來，並在畫面中塑造出眾多近代女性形象。儘管說無論是「不纏足」還是「興女學」等主題的年畫作品，均為回應強國保種、挽救民族危亡、解放女性等時代話語的呼喚，但是女性身體的解放、知識的擁有，生活空間從家庭向社會的延伸，揭示出近代中國女性生活的深刻變化及其歷史變化軌跡。

五、結　語

福柯認為，視覺權力是實現社會規訓的第一步。從這個意義上來說，楊柳青年畫中被觀看、被審視，並集體具有「病態美」氣質的女性形象不僅是年畫創作者女性審美觀的再現，也是男權社會對女性規訓的某這折射和體現。在楊柳青年畫中，傳統女性的妝容和服飾受到禮教與宗法的束縛，而家庭也是女性唯一活動的場所。直到近代社會，為應對民族危亡的壓力和挑戰，男性知識分子不得不重新審視女性，期待著能夠革除傳統陋俗，再造國民之母。她們不僅應該是天足、有健美的身體、有學識，還能勝任養育下一代的責任，擔負起救國的重任。近代女性主體身份和社會角色的變化，的確對與男權社會和宗法制度相適應的性別制度及其觀念發起了挑戰。但是這些挑戰並非完全出自女性自我意識的覺醒，往往還是男性的提線木偶。

不可否認的是，女性的生活並沒有完全被傳統禮教禁錮住。女性的實際生活在男女兩性共處的社會屋簷下，以各自不同的方式調和著，甚至改變著。而在近代男性知識分子的鼓動下，女性自我覺醒的意識也逐漸提高。作為中國四大木版年畫之一的楊柳青年畫為研究中國女性從傳統走向現代的生活變化提供了豐富的多彩的視覺文本。一些楊柳青年畫創作者運用手中的畫筆參與公共輿論空間的建構與時代主流話語的製造、傳播。這不僅樹立了楊柳青年畫創作者嶄新的社會形象，而且也為性別研究奠定了堅實的基礎。

（作者簡介：王鳳，女，天津大學馮驥才文學藝術研究院博物館部研究員、南開大學歷史學院博士）

附錄一：「跨學科視野下的近代中國教育與社會」——北京大學青年學者國際學術研討會綜述

蔡　潔

　　2016 年 11 月 25～27 日，北京大學歷史學系主辦的「跨學科視野下的近代中國教育與社會」青年學者國際學術研討會在北京大學人文學苑 5 號樓順利召開。來自大陸各大高校，以及臺灣大學、臺灣政治大學、臺灣成功大學、香港中文大學、馬來西亞博特拉大學、韓國學中央研究院、新加坡南洋理工大學等海外研究機構的 74 位青年學者，包括教授、副教授、講師、博士生以及部分優秀碩士生，相聚於未名湖畔，博雅塔下，共襄學術盛會。會議體現了跨地域、跨國際、跨學科的多重視野，研究課題涵蓋了歷史學、文學、教育學、語言學、社會學、民族學、新聞學等諸多學科，包括「政治與教育」、「性別與文化」、「邊疆與區域」、「思想與文學」等多元主題。

　　本次會議不僅獲得了 2016 年度北京大學研究生院「博士研究生國際專題學術研討會」項目的資助，而且得到了校內外知名學者、CSSCI 核心期刊的大力支持。其中，北京大學歷史學系黨委書記王元周教授、王曉秋教授、劉一皋教授、郭衛東教授、歐陽哲生教授、臧運祜教授、尚小明教授，北京大學中文系夏曉虹教授、校史館楊琥研究員、北京師範大學文學院李怡教授、中國人民大學文學院楊聯芬教授、中國人民大學中共黨史系宋少鵬教授、中國社會科學院民族學與人類學研究所方素梅研究員、中央民族大學歷史文化學院彭武麟教授、高翠蓮教授、湖南師範大學歷史文化學院李育民教授、中國勞動關係學院王翠豔教授、山東師範大學徐保安教授等，擔任了各分論壇

的點評嘉賓。此外，《婦女研究論叢》編輯部副主編宓瑞新副研究員、史凱亮老師，廣東省社會科學院歷史與孫中山研究所副所長、《廣東社會科學》雜誌社編輯李振武研究員，《現代中國文化與文學》副主編周維東教授，《歷史教學》編輯部杜敬紅老師，《北京社會科學》編輯部汪豔菊老師等也出席了會議。

11 月 26 日上午，開幕式由本次會議的負責人、北京大學歷史學系博士生高翔宇主持。在嘉賓致辭環節中，北京大學歷史學系黨委書記王元周教授代表主辦單位對各位與會學者的到來表示真誠的歡迎，第九、十、十一屆全國政協委員、北京大學歷史學系王曉秋教授，京外嘉賓代表、湖南師範大學歷史文化學院、國家級重點學科帶頭人、全國優秀教師李育民教授，跨學科嘉賓代表、教育部“長江學者”、北京師範大學文學院李怡教授分別發表了學術演講，並對青年學者寄予了厚望。臺灣大學中文所許懲容博士作為與會代表發言，抒發了遠道來京的喜悅和憧憬。隨後，參會學者分為四個小組，分別在北京大學歷史學系 B121、B113、233、235 四個多媒體教室展開了學術交流。

第一小組側重「政治文化視野下的教育史」，主要圍繞五大專題進行學術對話。在第一專題「共和元年的政局與思想界」中，北京大學歷史學系博士生王慶帥通過分析辛亥鼎革之際，中外人士圍繞「南北分立」展開的多元討論，揭示了其背後所隱藏的各方勢力政治角逐，進而透視民國初建前後中國政局變動的態勢；北京大學歷史學系博士生高翔宇探討了民國元年梁啓超歸國前後各方政治勢力的反應，分析梁啓超與共和黨、民主黨、國民黨以及袁世凱之間的複雜關係，進而窺視日後民初政黨政治的若干走向。

在第二專題「留學生與近代中國留學教育」中，遼寧師範大學教育學院講師譚皓通過梳理日本留學生鹽谷溫到中國留學的經歷，分析「日本求學於中華」這一傳統在 20 世紀末的傳承，勾勒出該時期獨立於時事以外的中日文化交流空間；南開大學歷史學院博士生呂光斌集中探討了民國時期留美的中國博士生對國內教育問題的研究狀況，指出其研究理路所呈現出的典型特徵，以及該成果在中外教育交流以及國內教育完成現代化轉型等方面的重要意義。

在第三專題「抗戰動員與政治教育」中，湖南師範大學歷史文化學院郭輝教授著重研究了抗戰期間，作為少數民族傳統資源的「成吉思汗」形象在全民族抗戰動員活動中的運用，認為在中共以及南京國民政府的共同推動下，「成吉思汗」逐漸從蒙古族的地方精英形象，逐漸上升為中華民族的偉大英雄；四川大學文學與新聞學院周維東教授集中探討了「窮人樂」的敘事模

式在延安文學的運用，分析了該敘事範型出現的現實背景、文學特徵以及社會動員功能，進而剖析背後所隱喻的延安時期陝甘寧邊區政府對鄉村社會的重建與改造；北京大學歷史學系碩士生項浩男則通過梳理了抗戰初期中共在晉察冀邊區恢復和普及小學教育的實踐，揭示在抗日民族統一戰線的宣傳下，兒童作爲中華民族的後備力量，亦成爲了中共動員和整合的主要對象。

在第四專題「跨學科的對話：蔡元培研究」中，北京大學歷史學系博士生趙埜均通過考察 20 世紀 20 年代初蔡元培、胡適等北大教員的政治參與以及受挫的結局，分析該時期教育界內部以及同政界之間的複雜關係，進而探討北洋系實力派對教育界的離異與其最終走向失敗之間的某種聯繫；中國人民大學文學院博士生馮慶則側重研究蔡元培關於「勞工神聖」論述，並通過將其與「五育」思想進行比照，認爲蔡元培在吸收西方思想文化的同時，亦重視對中國古典精華的借鑒以及對現實問題的觀照。

在第五專題「近代中國教育團體與教育制度」中，臺灣大學歷史學系博士生韓承樺追溯了「中央研究院」社會科學所的發展歷程，認爲該所的創建不僅反映了自 1920 年代起中國社會調查蓬勃發展，而且彰顯了圍繞「社會」這一議題集聚起來的學人社群內部以及同政府之間的關係；北京師範大學教育學部博士生王聰穎通過研究 1932 年以北師大的停辦危機爲代表的高師制度存廢之爭，揭示背後所隱藏的保存派與廢除派在教師職業專業性問題上的學理分歧、政學兩界的派系矛盾以及工具主義思想對高等師範教育發展的深刻影響等複雜內涵；南京大學歷史學院博士生蔡興彤探討了 1943 年國民政府爲提高學田收入，穩定戰時教育經費，致力於對學田制度管理經營以及收益分配等方面的改革，但最終奏效甚少，致使學田難以繼承承擔起教育經費主要來源的功能。

第二小組則針對「性別視域下的歷史與文化」，圍繞五大專題展開討論。其中，在第一專題「晚清女子教育與女性形象」中，首都師範大學歷史學院講師秦方通過探討呂碧城從無名到知名的轉變歷程，分析該時期新女性形象的塑造與傳播，以及傳統才女在文化認同中的融合與衝突；上海市社會科學院社會學研究所副研究員何芳強調，清末時期女子學校通過對女學生進行「去傳統性」以及「去性別化」的教育和改造，將女性群體納入民族國家的建設之中，卻未能給予女性實際的政治權利和社會地位；臺灣成功大學中文系博士生張玉明以晚清小說《黃繡球》爲研究對象，探討該時期傳統才女希冀以

女英雄的姿態踐行挽救國家和民族的願望，以及隨著才德觀念的變遷，「女學」、「女權」等成爲了「女國民」教育中的重要議題；臺灣政治大學中文系博士生詹宜穎指出，晚清時期關於「虛無黨」論述在女子教育中的傳播，使得從事暗殺的女性形象一度成爲了男女兩性的理想模式，折射出了革命年代爲女性提供了特殊發聲平臺的時代特徵。

在第二專題「『浮出歷史地表』與現代女性文學的發生」中，臺灣大學中文所博士生許愷容探討了山陰祁氏閨秀詩會的代表性人物商景蘭，認爲其參與的文學性社交活動突破了傳統閨秀題材的局限性，不僅豐富了近代女性文學作品的表現技巧和內容，也促進了清代閨秀才學的提升；中國社會科學院文學研究所助理研究員馬勤勤以清末民初女性小說作家陳翠娜爲個案，探討在 20 世紀初期所謂的「新女性」尙未正式浮出歷史地表以前，傳統才女如何在時代的衝擊下重新詮釋與調整自我。

在第三專題「民國文學中的性別問題」中，成都大學師範學院副教授譚梅突破了傳統性別研究中兩性二元對立的思維定勢，將民國社會視爲一個新的文化空間，強調男性文本在中國現代女性文學研究中的重要意義；北京大學中文系博士生秦雅萌通過對抗戰時期「孤島」上海與「文化城」桂林先後興起講述「木蘭從軍」故事熱潮的研究，進而分析戰時語境下「木蘭從軍」故事對傳統文本的改寫，以及在不同地域的現實隱喻。

在第四專題「民國女性的婚姻與家庭」中，首都師範大學歷史學院副教授余華林著重探討了民國時期的婚外同居現象，認爲時人對此的多元認知，反映了該時期新舊生活方式面臨著多重的困境，以及新舊性道德和婚姻倫理的過渡之間有著內在的思想通道；中央民族大學歷史文化學院碩士生蔡潔則將研究視角聚焦於 1935 年磨風藝社的《娜拉》公演，在重新考訂史實的基礎上，揭示了在「娜拉事件」當中，媒體炒作、女性啓蒙、政黨政治與民族國家話語等多元而複雜內涵相互交織，演繹了「性別解放」與「政治話語」的雙重變奏。

在第五專題「民國女性社團研究」中，南洋理工大學國際教育學院博士生彭敏哲研究了 20 世紀 20～30 年代南京大學圈中的女性詩詞社團——「梅社」的詩詞藝術成就，認爲該社在承續傳統詩詞方面，起到了上承清末民初東南學術，接續遺老詩人的舊學傳統，下啓新中國學者詩群的重要作用；南開大學歷史學院博士生趙天鷺則著重探討了國際性基督教社會服務組織——

「基督教女青年會」基本概況，認為該會在為城市女性提供教育資源，以及回應國家現實需要等方面做出了諸多貢獻。

第三小組則聚焦「區域文化與近代社會變遷」問題，分為三大專題進行討論。其中，在第一專題「邊疆教育與民族國家想像」中，雲南民族大學人文學院教授段金生探討了 20 世紀 30 年代關於中國西北、西南邊疆的研究狀況，並通過時人的關注焦點逐漸從西北向西南的轉變，透視該時期國內及國際環境的變動態勢；中國社會科學院中國邊疆研究所副研究員馮建勇梳理了 1930 年代初至 1940 年代中期，國民政府領導下的邊疆教育實踐，並從邊疆民族的文化程度以及文化心理等方面，分析了國民政府以期通過邊疆教育實現邊疆整合的努力，最終卻效果不彰的原因；中央民族大學世界民族學與人類學研究中心副教授袁劍研究了 18、19 世紀清朝與俄國對於內亞空間的認識和政策取向，進而探究了其對後來的內亞地區政治與社會走向的影響；北京大學歷史學系博士生徐鵬研究了近代中國領土從「秋海棠」、「桑葉」到「雄雞」的形象變遷與文化傳播，分析其中所蘊含的愛國主義與民族主義，以及政府藉此所獲得的政治合法性與現代政治認同；四川大學歷史文化學院博士生代自鵬集中探討了國民政府時期雲南西部的邊疆教育，認為該時期同晚清和北洋政府相比，儘管取得了較大的進步，但其行政措施失當、邊疆吏治腐敗、資金投入較少等弊端卻成為了重要的制約因素；北京大學歷史學系博士生黃圓晴梳理了清季京師八旗新式教育興辦的背景、基本概況以及至民國初年的沿革脈絡，並將其放在近代軍事變革視野下進行探討；清華大學馬克思主義學院博士生夏清則將研究重點投向國民黨利用共產國際解散之機，進行否定共產黨合法性的輿論宣傳，指出國民黨以「民族至上」為口號，努力將共產國際解散這一國際問題，轉化為追求國內政治統一的國內議題，最終因遭致國內外輿論的反感而宣告破產。

在第二專題「地方士紳與清末民初教育」中，復旦大學歷史地理研究中心博士生董乾坤以徽州府祁門縣胡廷卿為例，分析了在晚清教育改革浪潮中，塾師如何在困境中尋求應對措施等問題；中山大學歷史學系博士生張亮通過對晚清時期四川、山東兩地童試經費攤派與籌集困境的比照，認為在科舉廢除前夕童試已經呈現出了難以為繼的尷尬局面；華南師範大學歷史文化學院學生張曉琪以嶺東同文、華英、聿懷中學堂為研究對象，分析在汕頭教育近代化進程中，地方紳民與中西新學堂之間的矛盾與調和。

在第三專題「浙江學堂風潮研究」中，中國社會科學院文學研究所助理研究員李哲在重新考訂 1909 年底浙江兩級師範學堂風潮的基礎上，認爲該案件背後的權力博弈遠遠超越了教師與監督之間的矛盾，實爲多方勢力較量下的產物；北京大學中文系博士生周旻則聚焦繼五四運動後全國最重要的學生運動即 1920 年初的「浙一師風潮」，進而分析五四時期的師範教育以及青年問題。

第四小組側重於「近世以來的思想與文學」，並從四個專題進行討論。其中，在第一專題「新文化運動與『五四』新文學教育」中，香港中文大學人文學部講師林崢挖掘了北海公園作爲「五四」新文化運動下成長起來的一代新青年輔助與補充學校教育的現代美育空間這一特殊的功能與內涵，認爲後者賦予了前者詩意的烏托邦色彩，前者確立了後者群體性的精英身份；北京大學中文系博士生李浴洋則探討了「新文化運動」時期馮友蘭的教育經歷與文化實踐，分析了其「五四」時期的「缺席」及遲至 20 年代中期的「登場」的獨特性，認爲在北大期間的前「五四」式「運動」經驗，爲其離校後介入並且延續「新文化」的「志業」準備了條件；北京大學中文系博士生宋雪考察了中國創辦最早的教會大學即齊魯大學，所彰顯出的教會教育、民族意識和現代精神相融合的特徵，並探究其與政府當局的微妙關係，以及對待學生運動的複雜態度，進而窺視該校在五四前後的諸多歷史面相；復旦大學歷史學系碩士生趙帥以北京大學國文門朱希祖所授文學史課程爲例，分析了朱希祖、袁丕鈞、傅斯年的師生關係，以及三人在「文學革命」前後關於文學史方面觀點的論爭及其背後所代表的知識資源與思想觀念。

在第二專題「五四時期的語文與文字改革」中，北京師範大學歷史學院講師湛曉白以近代中國維護漢字言論爲中心，考察了自章太炎以來的文化民族主義者、語言文學者對於漢字的多元認知，並從近代以來中國漢字存廢的論爭出發，分析文化民族性與現代性如何在衝突中尋求調適；中國社會科學院郭沫若紀念館副研究員李斌通過研究劉宗向《中等學校國文讀本》的編輯體例、編撰目的，並揭示了其背後所蘊藏的民初部分人士在國勢日蹙形勢下的危機感。

在第三專題「學術、學人與報章」中，北京郵電大學民族教育學院副教授宋聲泉通過對周作人翻譯和創作實踐的研究，認爲其新體白話實爲該時期吸納歐西文脈和變革古文體制的典型，進而分析新式教育尤其是新邏輯性語

言經驗如何影響了「五四」時期部分學人的思維方式與語言表達，並促使中國傳統文脈發生了裂變與新生；解放軍南京政治學院軍史系講師李雷波以鄧之誠撰寫《中華二千年史》為例，探討了近代學術轉型視野下「中國通史」的撰寫及其與社會的互動；南京市委黨校講師童亮集中討論了1935年《教育雜誌：讀經問題專號》上關於讀經問題的論說，進而分析論說背後所代表的利益訴求以及這場論爭的深遠影響。

在第四專題「古典新義：經典傳承與現代闡釋」中，馬來西亞博特拉大學現代語言與傳播學院高級講師秦美珊通過曾國藩和梁啟超的家書，分析了他們的家庭教育模式與各自的知識體系、人生經歷之間關係，並剖析了兩者的借鑒意義及其局限性；韓國學中央研究院博士生楊攀梳理了韓國古典小說中 4 種具有代表性的「朱元璋」形象及其意義，進而探究朝鮮對於中國明、清兩朝的認知變遷；南開大學歷史學院博士生王鳳通過記錄、反映、引領女性生活的視覺文本——楊柳青年畫，考察了中國女性形象、女性生活從傳統到現代的歷史變遷，進而揭示了背後隱藏的性別權力關係，展現了「古典新義」的獨特魅力。

11 月 26 日下午，各小組討論結束後，至 B117 教室參加了閉幕式。首先，各小組總結人對各自的研討情況發表了學術總結。隨後，北京大學歷史學系尚小明教授致答謝辭，歡迎與會學者再次來到美麗的燕園研討切磋。最後，會務組全體同學向與會學者鞠躬，表示誠摯的感謝。本次會議在熱烈的掌聲中圓滿落幕。

附錄二：「跨學科視野下的近代中國教育與社會」——北京大學青年學者國際學術研討會會議日程

本次會議係 2016 年度北京大學研究生院
「博士研究生國際專題學術研討會」資助項目

北京大學歷史學系　2016 年 11 月 25 日～11 月 27 日

一、會議時間

2016 年 11 月 25 日（周五）～2016 年 11 月 27 日（周日）

二、會議地點

北京大學歷史學系（北京大學李兆基人文學苑 5 號樓）

三、會議日程

【11 月 25 日】

1、京外學者報到

　　1）時間：9：00～21：00

　　2）地點：富驛時尚酒店・中關村店（北京市海淀區北四環西路 68 號）

2、京外學者歡迎晚宴

　　1）時間：18：00～20：00

　　2）地點：何賢記・廣東人民酒家三層大廳（北京大學西南門外）

【11 月 26 日】

1、京內學者報到

　　1）時間：8：00～8：30

　　2）地點：北京大學人文學苑 5 號樓北京大學歷史學系

2、開幕式

　　1）時間：9：00～9：30

　　2）地點：B117 室

　　3）項目：

　　　　※ 主持人、北京大學歷史學系博士生高翔宇介紹會議召集情況

　　　　※ 北京大學歷史學系黨委書記王元周教授致歡迎辭

　　　　※ 全國政協委員、北京大學歷史學系王曉秋教授講話

　　　　※ 全國優秀教師、湖南師範大學歷史文化學院李育民教授講話

　　　　※ 北京師範大學文學院李怡教授講話

　　　　※ 參會代表、臺灣大學中文所博士生許愷容發言

3、與會學者合影

　　1）時間：9：30～9：45

　　2）歷史學系大門前

4、分組討論

　　1）時間：9：45～11：45

　　2）地點：

　　　　第一小組：政治文化視野下的教育史（B121 室）

　　　　第二小組：性別視域下的歷史與文化（B113 室）

　　　　第三小組：區域文化與近代社會變遷（223 室）

　　　　第四小組：近世以來的思想與文學（235 室）

5、午餐

　　1）時間：11：45～13：00

2）地點：各小組會議室

6、分組討論

1）時間：13：00～17：20

2）地點：各小組會議室

7、閉幕式

1）時間：17：20～17：50

2）地點：B117 室

3）項目

※ 各小組總結人彙報論文發表情況

※ 北京大學歷史學系尚小明教授致答謝辭

8、集體晚宴

1）時間：18：30～20：30

2）地點：未名樓酒店一層大廳（北京大學西南門外）

【11 月 27 日】

與會學者離會

四、會議分組討論安排

【第一小組：政治文化視野下的教育史】

1、地點：北京大學歷史學系 B121 室

2、主持人：李煜

3、小組總結人：趙埜均

4、專題討論

【專題一】共和元年的思想界與政局

9：45～10：45		
王慶帥	〈辛亥鼎革之際南北分立議論以及實質〉	北京大學歷史學系 博士生
高翔宇	〈梁啓超歸國與民初政爭〉	北京大學歷史學系 博士生
評議人：北京大學歷史學系　王曉秋 教授		

【專題二】留學生與近代留學教育

10：45～11：45		
譚皓	〈日本文部省留學生鹽谷溫留華考略〉	遼寧師範大學教育學院 講師
呂光斌	〈美國學術場域中的中國教育研究——基於民國時期留美生博士論文的考察〉	南開大學歷史學院 博士生
評議人：湖南師範大學歷史文化學院　李育民　教授		

【專題三】政治教育與抗戰動員專題

13：00～14：30		
郭輝	〈抗戰時期「成吉思汗」紀念及其形象塑造〉	湖南師範大學歷史文化學院 教授
周維東	〈解放區的天是明朗的天——延安時期的移民運動與「窮人樂」敘事〉	四川大學文學與新聞學院、《現代中國文化與文學》編輯部 教授、副主編
項浩男	〈小學教育與政治動員：以抗戰初期的晉察冀邊區爲例〉	北京大學歷史學系 碩士生
評議人：北京大學歷史學系　臧運祜　教授		

【專題四】跨學科的對話：蔡元培研究

14：40～15：40		
趙埜均	〈另一群「好人」——蔡元培、胡適與壬戌年的北京政局〉	北京大學歷史學系 博士生
馮慶	〈「勞工神聖」的思想溫床——以蔡元培的社會關懷和教育理念爲核心〉	中國人民大學文學院 博士生
評議人：北京大學校史館　楊琥　研究員		

【專題五】近代中國的教育團體與制度

15：50～17：20		
韓承樺	〈學科、制度與機構：中央研究院社會科學所的創設（1928～1948）〉	臺灣大學歷史學系 博士生
王聰穎	〈高師制度存廢之爭探析——以 1932 年北平師範大學的停辦危機爲中心〉	北京師範大學教育學部 博士生
蔡興彤	〈論 1943 年國民政府對學田制度的改革〉	南京大學歷史學院 博士生
評議人：北京大學歷史學系　尚小明　教授		

【第二小組：性別視域下的歷史與文化】

　　1、地點：北京大學歷史學系 B113 室

　　2、主持人：王靜

　　3、小組總結人：米丁一

　　4、專題討論

【專題一】晚清女子教育與女性形象的建構

9：45～11：45		
秦方	〈晚清女性公共形象的製造與傳播——以呂碧城為個案的探討〉	首都師範大學歷史學院 副教授
何芳	〈「去性別化」：清末女學堂中的身體改造〉	上海市社會科學院社會學研究所 副研究員
張玉明	〈從清代才女到女英雄：論《黃繡球》中的才德觀念與女子教育〉	臺灣國立成功大學中文系 博士生
詹宜穎	〈虛無黨與暗殺：晚清女學教育與女性形象的塑造〉	臺灣國立政治大學中文系 博士生
評議人：北京大學中文系 夏曉虹 教授		

【專題二】「浮出歷史地表」與現代女性文學的發生

13：00～14：00		
許愷容	〈閨閣聯吟，一門風雅——以商景蘭為論述核心兼論山陰祁氏閨秀群體〉	臺灣大學中文所 博士生
馬勤勤	〈長記定公矜一語 不將此骨媚公卿——陳翠娜小說創作的閨秀氣質〉	中國社會科學院文學研究所 助理研究員
評議人：中國人民大學中共黨史系 宋少鵬 教授		

【專題三】民國文學中的性別問題

14：00～15：00		
譚梅	〈男性文本：中國現代女性文學研究不可忽略之地〉	成都大學師範學院副教授
秦雅萌	〈「木蘭從軍」故事的現代講述——以抗戰時期的上海、桂林為中心〉	北京大學中文系 博士生
評議人：全國婦聯婦女研究所《婦女研究論叢》編輯部 宓瑞新 副主編		

【專題四】民國女性的婚姻與家庭

15：10～16：10		
余華林	〈新式婦女「甘心作妾」？——民國時期婚外同居現象論析〉	首都師範大學歷史學院 副教授
蔡潔	〈性別解放與政治話語的雙重變奏：1935 年「娜拉事件」的多元觀照〉	中央民族大學歷史文化學院 碩士生
評議人：中國人民大學文學院 楊聯芬 教授		

【專題五】民國女性社團研究

16：20～17：20		
彭敏哲	〈梅社女性詩群的形成與承續〉	新加坡南洋理工大學國立教育學院 博士生
趙天鷺	〈天津基督教女青年會教育事業評析：基於報刊資料的初步考察〉	南開大學歷史學院 博士生
評議人：廣東省社會科學院《廣東社會科學》雜誌社 李振武 研究員		

【第三小組：區域文化與近代社會變遷】

1、地點：北京大學歷史學系 233 室
2、主持人：屠含章
3、小組總結人：紀浩鵬
4、專題討論

【專題一】邊疆教育與民族國家想像

9：45～10：45		
段金生	〈學術與時勢：20 世紀 30 年代中國西北、西南邊疆研究的轉承起伏〉	雲南民族大學人文學院 教授
馮建勇	〈「化特殊爲相同」——國民政府的邊疆教育與文化統合之路〉	中國社會科學院中國邊疆研究所 副研究員
評議人：中央民族大學歷史文化學院 彭武麟 教授		
10：45～11：45		
袁劍	〈帝國的邊疆知識爭奪——18、19 世紀清朝、俄國對內亞空間的認識與政策取向〉	中央民族大學 世界民族學人類學研究中心 副教授
徐鵬	〈秋海棠・桑葉・雄雞——政治文化視野下近現代中國領土形象變遷〉	北京大學歷史學系 博士生
評議人：中央民族大學歷史文化學院 高翠蓮 教授		

13：00～14：30		
代自鵬	〈邊教與邊民：國民政府時期雲南西部的邊疆教育〉	四川大學歷史文化學院 博士生
黃圓晴	〈轉型與敗落：近代軍事變革下京畿旗人新式教育概況〉	北京大學歷史學系 博士
夏清	〈「國際」與「民族」：1943 年共產國際解散後國民黨的輿論宣傳〉	清華大學馬克思主義學院 博士生
評議人：中國社會科學院民族學與人類學研究所 方素梅 研究員		

【專題二】地方士紳與清末民初教育

14：40～16：10		
董乾坤	〈晚清教育改革與塾師的應對策略——以徽州府祁門縣胡廷卿為例〉	復旦大學歷史地理研究中心 博士生
張亮	〈籌款變「愁」款：晚清童試經費的攤派與籌集〉	中山大學歷史學系 博士生
周孜正 張曉琪	〈衝突、認同與融合：汕頭紳民與中西新學堂之關係——以清末民初嶺東同文、華英、聿懷中學堂為研究中心〉	華南師範大學歷史文化學院 講師 本科生
評議人：北京大學歷史學系 劉一皋 教授		

【專題三】多重視野：浙江學堂風潮研究

16：20～17：20		
李哲	〈「事件」與「風潮」——「木瓜之役」本事考〉	中國社會科學院文學研究所 助理研究員
周旻	〈從「浙一師風潮」看五四時期的師範教育和青年問題〉	北京大學中文系 博士生
評議人：中國勞動關係學院文化傳播學院 王翠艷 教授		

【第四小組：近世以來的思想與文學】

1、地點：北京大學歷史學系 235 室

2、主持人：劉媛

3、小組總結人：李樂

4、專題討論

【專題一】新文化運動與「五四」新文學教育

9：45～10：45		
林崢	〈「到北海去」——「新青年」的美育烏托邦〉	香港中文大學人文學部 講師
李浴洋	〈缺席與在場——「新文化運動」時期馮友蘭的教育經歷與文化實踐〉	北京大學中文系 博士生
評議人：北京大學歷史學系 王元周 教授		
10：45～11：45		
宋雪	〈齊魯大學與「五四」運動考論〉	北京大學中文系 博士生
趙帥	〈文學教育與文學革命——以北京大學國文門文學史課程爲例〉	復旦大學歷史學系 碩士生
評議人：北京師範大學文學院 李怡 教授		

【專題二】民國時期的語文與文字改革

13：00～14：00		
湛曉白	〈文化認同與恪守漢字本位——以近代中國維護漢字言論爲中心的考察〉	北京師範大學歷史學院 講師
李斌	〈「屬行明史」、「幽情思古」與民初中學國文教學——關於劉宗向的《中等學校國文讀本》〉	中國社會科學院郭沫若紀念館 副研究員
評議人：北京大學歷史學系 歐陽哲生 教授		

【專題三】學人、學術與報章

14：10～15：40		
宋聲泉	〈晚清學堂教育與文章變革——以周作人爲中心〉	北京郵電大學民族教育學院 副教授
李雷波	〈近代學術轉型視野下的「中國通史」撰寫——以鄧之誠《中華二千年史》爲中心的探討〉	解放軍南京政治學院軍史系 講師
童亮	〈讀經論爭的高潮：《教育雜誌讀經問題專號》再研究〉	南京市委黨校 講師
評議人：北京大學歷史學系 郭衛東 教授		

【專題四】古典新義：經典傳承與現代闡釋

15：50～17：20		
秦美珊	〈曾國藩與梁啓超家庭教育模式的理念與實踐〉	馬來西亞博特拉大學 現代語言與傳播學院 高級講師
楊攀	〈聖兩歸丹禁 承乾動四夷——韓國古典小說中「朱元璋」的人物形象與意義〉	韓國學中央研究院 博士生
王鳳	〈楊柳青年畫視角下的中國女性生活〉	南開大學歷史學院 博士生
評議人：山東師範大學歷史文化與社會發展學院 徐保安 教授		

嘉賓代表名錄

姓　名	單　位	職稱/職務
杜敬紅	天津古籍出版社《歷史教學》編輯部	編輯
方素梅	中國社會科學院民族學與人類學研究所	研究員
宓瑞新	全國婦聯婦女研究所《婦女研究論叢》編輯部	副主編
高翠蓮	中央民族大學歷史文化學院	教授
郭衛東	北京大學歷史學系	教授
林雪漫	《廣州大學學報》編輯部	編輯
李怡	北京師範大學文學院、《現代中國文化與文學》編輯部	教授、主編
劉一泉	北京大學歷史學系	教授
李育民	湖南師範大學歷史文化學院	教授
李振武	廣東省社會科學院《廣東社會科學》編輯部	研究員、編輯
歐陽哲生	北京大學歷史學系	教授
彭武麟	中央民族大學歷史文化學院	教授
史凱亮	全國婦聯婦女研究所《婦女研究論叢》編輯部	助理研究員、編輯
尚小明	北京大學歷史學系	教授
宋少鵬	中國人民大學中共黨史系	教授
汪豔菊	北京市社會科學院《北京社會科學》編輯部	編輯
王翠豔	中國勞動關係學院文化傳播學院	教授
王曉秋	北京大學歷史學系	教授
王元周	北京大學歷史學系	教授、系書記
夏曉虹	北京大學中文系	教授
徐保安	山東師範大學歷史文化與社會發展學院	教授
楊琥	北京大學校史館	研究員
楊聯芬	中國人民大學文學院	教授
臧運祜	北京大學歷史學系	教授

會議宣傳橫幅

與會學者代表合影

開幕式現場 1

開幕式現場 2

開幕式：主持人、北京大學歷史學系博士生高翔宇介紹會議召集情況

開幕式：北京大學歷史學系黨委書記王元周教授致歡迎辭

開幕式：全國政協委員（第 9～11 屆）、北京大學歷史學系王曉秋教
　　　　授致辭

開幕式：京外嘉賓代表、湖南師範大學歷史文化學院、國家級重點學
　　　　科帶頭人、全國優秀教師李育民教授致辭

開幕式：跨學科嘉賓代表、北京師範大學文學院李怡教授致辭

開幕式：與會代表、臺灣大學中文所許愷容博士發言

第一小組討論現場 1

第一小組討論現場 2

第二小組討論現場 1

第二小組討論現場 2

第三小組討論現場 1

第三小組討論現場 2

第四小組討論現場 1

第四小組討論現場 2

與會學者代表同北京大學中文系、近代中國婦女史研究專家夏曉虹教授
合影

閉幕式：會議總召集人、北京大學歷史學系尚小明教授致答謝辭

閉幕式：主持人高翔宇做閉幕總結

閉幕式：會務組全體同學向與會代表致謝

與會學者歡迎晚宴

後　記

高翔宇

　　2016 年 11 月 25 日至 27 日，北京大學歷史學系召開了「跨學科視野下的近代中國教育與社會」青年學者國際學術研討會，本人有幸成爲了本次會議的負責人。爲鼓勵在校博士生獨立承辦學術會議，北京大學研究生院設立了「博士生國際專題學術研討會」資助項目。鑒於近年來，新史料的挖掘，研究視域的轉換，關注近代中國教育、文學與社會的互動，成爲了嶄新的學術生長點。秉持著北京大學「兼容並包」之學術風尙，嘗試打通學科的界限，展現多元的學術理念，在求同存異的基礎上實現跨學科的交流，本人提交了項目申請，並成功獲得了立項。

　　感謝我的導師尙小明教授。感謝他在籌備會議期間，從始而終對我的鼓勵、信任和支持。他像一顆高大的樹，在身後默默地爲我遮擋「風霜雨雪」！

　　感謝北京師範大學文學院李怡教授。我會銘記他在會議開幕式上對於「五四」精神的闡釋，對我們寄予了無私的厚愛和期望。特別感謝他將本次會議的論文結集出版，並列入他所主持的「民國文學與文化研究文叢」系列叢書，何等有幸！這將是我們「永不逝去的青春」歲月裏最好的留念。

　　感謝爲本次會議擔任評議的各位老師們。感謝北京大學歷史學系王曉秋教授、郭衛東教授、劉一皋教授、歐陽哲生教授、王元周教授、臧運祜教授、尙小明教授，北京大學中文系夏曉虹教授，北京大學校史館楊琥研究員，北京師範大學文學院李怡教授，中國人民大學文學院楊聯芬教授，中國人民大學中共黨史系宋少鵬教授，中國社會科學院民族學與人類學研究所方素梅研究員，中央民族大學歷史文化學院彭武麟教授、高翠蓮教授，中國勞動關係

學院王翠豔教授，湖南師範大學歷史文化學院李育民教授，廣東省社會科學院《廣東社會科學》雜誌社李振武研究員，全國婦聯婦女研究所《婦女研究論叢》編輯部副主編宓瑞新副研究員，山東師範大學社會發展學院徐保安教授等敬愛老師們，熱情而真誠地支持我們學生主辦的活動！

感謝支持本次會議的 CSSCI、核心期刊編輯部的老師們。感謝《婦女研究論叢》編輯部主編杜潔研究員、副主編宓瑞新、編輯史凱亮老師，感謝《廣東社會科學》雜誌社總編輯江中孝研究員、李振武研究員，感謝《現代中國文化與文學》主編李怡教授、副主編周維東教授，感謝《歷史教學》編輯部杜敬紅老師，感謝《北京社會科學》雜誌社編輯汪豔菊、竇坤老師，感謝《廣州大學學報》編輯部林雪漫老師，謝謝各期刊單位對我們學生舉辦會議的關注和關心，謝謝你們的鼓勵和厚望！

值得一提的是，在第二分論壇「性別史研究」專場中，北京大學中文系夏曉虹教授對於選題策劃，給予了特別的指點和費心，是她將我帶入了婦女史研究「這片風光無限的領地」；《婦女研究論叢》編輯部爲支持我們的活動，特於 2017 年第 1 期開闢了「性別、政治與民國社會：青年學者專欄」，並先後刊發了三篇會議論文；中國人民大學文學院楊聯芬教授也從會議中擇取數篇論文入編了她主編的《女性/性別與中國文化現代轉型問題》一書。在此，一併致以誠摯的謝意！

感謝會務組同學們的合作與付出。謝謝師兄趙埜均、師弟紀浩鵬、師妹李樂、李煜、屠含章、王靜、劉媛、米丁一，謝謝你們爲繁雜的會務工作承擔的辛苦，以及在長達三個月會議籌備中的堅守！還要感謝三胞胎王彩鳳、王寶鳳、王鑫鳳三位姐姐在會議召開最緊張、最關鍵、最需要的時刻，對我們提供了特別的幫助！感謝同學趙宇、薛冰清、師弟盧伏夷、師妹馬小菲、竹君對會務工作無償的協助。

感謝我的家人，愛我的媽媽、爸爸，謝謝你們在背後給予兒子最溫暖、最無私、最寬容的愛！遺憾的是，在會議召開前夜，媽媽不幸生病住院。然而，爲了不耽誤我的工作，不讓我分心，保證會議順利舉辦，媽媽竟然悄悄瞞著我完成了手術。對此，我的內心十分不安，深感自責與愧疚。感謝我的新婚妻子蔡潔女士，爲了減輕我的壓力和負擔，除了協助我處理會議籌備期間的各種瑣碎事務，還代我承擔起了會議論文集的統稿編輯工作，謝謝她對我的學習與工作一如既往的支持。

　　其實，最應當感謝的還是會議論文集的各位主角們，謝謝惠賜優秀稿件的各位作者，這爲我們會議的成功舉辦，論文集的順利出版，奠定了最基礎的保障和最堅實的力量。需要說明的是，入選本次會議的 48 篇論文中，計有 38 篇收錄本書集。一方面，由於會議按照專題組稿的形式策劃，因論文數量有所變動，原先的欄目組稿在收錄本書時，隨之稍做了調整；另一方面，爲契合叢書主題，論文集名稱修訂爲《「跨學科視野下的近代中國教育、文學與社會」——北京大學青年學者國際學術研討會論文集》。由於時間緊，任務重，編者水平有限，論文集在編校中間難免有青澀、疏漏之處，還望海內外專家學者多加批評指正！

2017 年 1 月 21 日夜於錦州蘭溪谷寒舍